魅丽文化 花火工作室

掌心雀跃

顾辞微 著

江苏凤凰文艺出版社
JIANGSU PHOENIX LITERATURE AND ART PUBLISHING LTD

图书在版编目（CIP）数据

掌心雀跃 / 顾辞微著．-- 南京 ：江苏凤凰文艺出版社，2018.9

ISBN 978-7-5594-2580-5

Ⅰ．①掌… Ⅱ．①顾… Ⅲ．①长篇小说－中国－当代 Ⅳ．①I247.5

中国版本图书馆 CIP 数据核字 (2018) 第 172798 号

书　　名	掌心雀跃
作　　者	顾辞微
出版统筹	汪修荣　邹立勋
选题策划	黄　欢
责任编辑	胡小河　姚　丽
文字编辑	蒋戴泽
责任监制	刘　巍　江伟明
出版发行	江苏凤凰文艺出版社
出版社地址	南京市中央路165号，邮编：210009
出版社网址	http://www.jswenyi.com
印　　刷	湖南关山美印有限公司
开　　本	880 mm×1230 mm 1/32
字　　数	273千字
印　　张	10.5
版　　次	2018年9月第1版，2018年9月第1次印刷
标准书号	ISBN 978-7-5594-2580-5
定　　价	36.80元

目录

目录

Chapter 01
Hello，我的小提琴手

贝果第一次见到叶天泽就被他破坏了节奏感。

晚上九点，贝果正在路边摊直播挑战十碗豪华牛肉面，吃到第九碗的时候却忽然被一只手一把抓住。

那是一只修长的男人的手，十指优雅灵活，它牢牢地抓着贝果的手腕，仿佛它对手腕的主人有绝对的控制权。

“你有一双适合拉小提琴的手。”

男人的声音像是巴松管，低沉庄严里藏着温和与甘美。

贝果感觉心脏仿佛漏跳了一拍，手一松，筷子就掉了，甚至来不及抹嘴贝果就抬起头来。

是一个极英俊的男人……

就像是人生里的第一口冰激凌，巧克力味的，甜美浓郁又凉爽刺激。眼前这个男人的出现激活了贝果大脑里沉睡了二十多年的区域，那是一种甜蜜的激动，一种火热的战栗，贝果仿佛经历一场高烧。

“你是哪个乐团的小提琴手？”他问。

贝果一开口才发现自己的声音嘶哑。

“我是做吃播的，不是拉小提琴的。”

吃播？

叶天泽皱了皱眉，看了一眼贝果立在桌上的手机，有一丝的疑惑。

贝果意识到这个男人大概不懂什么是吃播，他一看就不是那种混迹二次元的人。

“就是吃饭直播。”贝果耐心地解释道，“我一边吃一边直播，大家在平台看我吃饭，然后粉丝会花钱送礼物。”

叶天泽好像听说过这种事情，他打量着眼前的这个女孩，相貌清秀可爱，但也没有美到要花钱看她吃饭的地步。

直播间里大家都好奇起来。

“这人谁啊，为什么要打搅我们贝贝吃饭！”

“这路人甲声音还挺好听……”

“手好看啊！你们没看到那只手吗！”

“贝贝，我们要看他长什么样！”

可是贝果根本就没心思看大家的留言，因为男人忽然伸出一只手捧住了贝果的脸！他的大拇指在贝果沾着红油的嘴角轻轻一抹，然后放进嘴里吸吮了一下。

“很辣。”他说。

太轻佻了吧！

贝果的心脏怦怦地跳个不停，恨不得跳进凉水里降温，脸红得就跟阿根廷红虾似的，只觉得周围的空气都变得稀薄，呼吸困难，恨不得解开领口的扣子给自己扇扇风……

直播间里炸了锅。

“卧槽！竟然摸我的贝贝！”

“啊啊啊，我要报警了，贝贝的纯洁！”

“我也要抓小手，我也要摸小嘴！”

“痴汉，滚开！”

“小提琴手，明天来找我。”

男人在桌上留了一张名片，匆匆转身走了。

贝果拿起名片，痴痴地看着这个神秘的男人离去的方向，甚至都没有注意到直播间里的鬼哭狼嚎。

她低下头来，手上那张深灰色金属质感的名片充满设计感，上面只写了一个电话，连个名字都没有。

第九碗面还没有吃完，可是贝果有生之年第一次觉得自己吃饱了。

路过风，路过雨，路过艳阳，路过泥泞……

路过炸酱面、牛肉面、热干面、油泼面、阳春面、重庆小面、葱油拌面、豆角焖面、意大利肉酱面，却都比不上遇见这个男人时的动心。

扯面十碗，不如你。

母胎单身的贝果对叶天泽一见钟情了。

贝果做了一年的吃播，在大胃王圈子里也算得上人尽皆知。

“吃饭只吃七分饱，做人要留三分好。”

这是贝果的微博签名，也是她这辈子做人做事的准则。可是讨厌贝果的人，最讨厌的也是她这一点。

“虚伪，哪有大胃王没有好胜心的，明明就是吃不过别人，还装什么七分饱，恶心。”

“贝果的笑容就像是塑料花一般，假，但是永不凋谢。”

今天贝果没有吃完十碗面更是戳到了黑粉们的G点，真爱粉们纷纷在底下留言，要贝果实力打脸黑粉一次。

贝果倒是不想打谁的脸，可毕竟是自己答应粉丝的事情没有做到，她有些内疚，所以便发了一条微博说：今天没带好节奏，下次挑战二十碗牛肉面补偿大家。

“哎哟，这个牛皮吹得都可以去搞载人航天了！”

“我们贝果是美女里最能吃的，大胃王里最美的！”

“明明是大胃王里吃得最少的，美女里长得最丑的……”

“我们家贝果从来都只吃七分饱，等着贝果直播打你们的脸。”

“贝果家的粉丝够了没，每次都拿七分饱出来说事儿，她要是能吃二十碗牛肉面我直播吃屎。”

“坐等楼上吃屎。”

风暴中央的贝果丝毫不受这件事情的影响，她关掉微博，躺在床上笑眯眯地举着那张名片。

主动留电话给她，还约她明天见面，这不是搭讪吗？

贝果虽然没谈过恋爱，但是长相在水准线之上，性格又可爱，一直都有追求者，所以对于被搭讪这种事情她还是有一定经验的。

不过搭讪都搭得这么婉转，这个男人也是个人才。

贝果虽然性格温暾，面对自己喜欢的东西却总是很有勇气，她也不矫情，小心翼翼地输入了那个电话号码。

“我叫贝果，是今天牛肉面摊的女孩子。”

叶天泽洗完澡出来就收到了贝果的信息。

贝果……

Bagel？为什么会取一个面包的名字，这是真名，还是她做吃播的艺名？

叶天泽还来不及回复，那边又蹦出一条信息来。

“我明天请你吃牛肉面吧！”

叶天泽轻笑一声，一边擦着头发，一边回忆着今天偶遇贝果的情形。

他已经在国内闲逛了快一个月，却什么收获都没有，已经放弃寻找什么玄之又玄的艺术上帝，打算下周返回柏林。

可是叶天泽却没有想到自己会在回酒店的途中看到那双手……

那是一双天生的小提琴家的手，叶天泽这么些年见过许多顶尖乐手的手，可贝果的手，是他见过的最完美的。

关节柔软，手指修长，尤其是小指，长度几乎跟无名指差不多；手掌宽，她的手掌演奏八度和十度会相当轻松，简直就是得天独厚；指尖肥厚，形状特别，指尖的表现力主要在揉弦的音色上，叶天泽相信贝果的指尖是能够演奏出极有个性的音色的；而且今天天气炎热，那碗牛肉面叶天泽尝过，很辣，可她的手却还是干燥的，一滴汗都没有流……

吃播播主？这样的手，怎么可能只拿筷子？这是艺术家的手。

叶天泽相信自己没有看错，这个女孩一定是小提琴手。

那边还在报菜名，叶天泽笑了笑，终于回复了信息。

“明天上午十点，到这个地址找我。”

短信声响起，贝果从床上猛地坐起来，是那个人回复了，他发过来一个酒店的地址。

“好的，明天不见不散！”

……

“你还没告诉我你的名字呢，你叫什么啊？”

……

“加微信吗？”

……

然而电话那头的人再也没有了动静。连名字都不告诉她吗？这么神秘……

幸好贝果不是容易气馁的敏感性格，并不因为对方的冷淡而觉得难过，贝果想了想，在通讯录里写了“贝多芬”三个字。

贝多芬是贝果知道的最有名的音乐家，这个神秘的男人似乎很喜欢古典音乐？

她把手机放到床头，心满意足地关上灯闭上眼准备睡觉。

每天晚上睡前贝果都会问自己一个问题，直击灵魂地拷问自己，不允许自己有半点儿犹豫，必须真实地说出自己灵魂最深处的渴望。

这个问题就是：我明天吃什么呢？

可今天不一样，今天她多了一个新的问题。

我明天到底要带“贝多芬”吃什么呢？

贝果第二次见叶天泽是在一个七星级酒店的咖啡厅，直到这一天贝果才知道这个世界上竟然还有比五星级更好的酒店。

这里的甜点一定做得超好吧！

贝果想起十三岁那一年她被邀请到欧洲做演出，在一家五星级酒店里吃到过一种叫作艾克蕾的甜品。

那是一种硬式泡芙，只是饼皮更轻更扎实，长条状，里面夹着光滑细腻的卡仕达奶油，外面有一层闪亮的巧克力糖衣。

一口咬下去脆脆的，酥皮首先激发齿间的感官，紧接着舌尖尝到浓郁的巧克力味道，那是古典制法的巧克力糖衣，需要熬制六个小时，熬煮的过程里厨师需要寸步不离才能熬出拥有完美光泽、香气和美味的巧克力酱，最后卡仕达奶油的细腻在口腔里弥漫开，酥脆，浓郁，甜美，三种味道完美地平衡在一起。

贝果还记得，吃艾克蕾的时候大厅里放的也是贝多芬的《春的召唤》，和今天一样。

贝果一边回忆着十三岁那一年的艾克蕾一边咽唾沫，直到一双属于男人的笔直大长腿出现在了她面前。

贝果缓缓抬起头来。

这个人穿着熨帖合身的西装裤，上面穿着白衬衣，袖口挽起露出结实的小臂，衬衣扣子随意解开几颗，皮肤紧绷仿佛能感觉到他硬硬的肉体。

优雅又不驯，严肃又轻浮，这个男人身上有一种矛盾的气质。

大脑里像是过了电，甜美的滋味宛如灵感的碰撞，贝果感受到了春的召唤，仿佛又吃到了她的艾克蕾……

第二次见到叶天泽，贝果又对他再见倾心了。

“贝多芬”看了一眼手腕，把菜单推到她的面前道：“等我十五分钟，你先点些你爱吃的。”

贝果痴痴地点了点头，目送着他走远，然后低头开始看菜单……

好贵！

贝果掂量了一下自己的钱包，今天说好了她要请贝多芬吃饭的，但是她只带了两个人吃牛肉面的钱！身上的钱请贝多芬吃饭应该问题不大，但是这种地方她自己就能把自己吃破产……

贝果默默地合上餐单，今天不打算吃了，因为吃东西这件事情她是不能轻易开始的，开始了就很难停止。

不远处，叶天泽正背对着贝果跟一个金发碧眼的美女说话。

外国美女看起来五十岁左右，保养得宜，眼角的鱼尾纹丝毫不影响她的美，即便她现在看起来处于愤怒之中，却依旧姿态优雅。

贝果觉得自己五十岁的时候能有这个美女一半美她就心满意足了。

美人说了一堆，“贝多芬”却只是轻飘飘地说了一两句。只见外国大美人忽然抓住他，似乎是在祈求，恨不得都要哭了，而他只是嫌弃地拍掉了大美人的手。

贝果默默地猜测着两人的关系。

叶天泽看起来顶多二三十岁的样子，跟这个女人是什么关系？也不会是妈妈啊，都不是一个人种。

大美人看着叶天泽的眼神那么热烈，难道是情人，叶天泽要跟她分手她不愿意？

贝果心里忐忑，虽然她对叶天泽一见钟情，已经准备倒追他了，但是小三她可不能当！

终于两人说完了，“贝多芬”走到贝果面前坐下，贝果看了看时间，刚好十五分钟。

他叫来侍应生，让贝果点餐。

“你点吧，我就不吃了。”贝果不好意思地说。

叶天泽看出贝果的心思，微笑道：“我请你，随便点。”

贝果还是摇头，往叶天泽那里凑了凑，小声道："这里很贵的。"

叶天泽轻笑一声道："点吧，你就是把餐厅吃了我也请得起。"

Too young too native……

她如果想是真的可以吃掉这个餐厅的。

不过人家都这么说了，贝果觉得自己不吃也不大好，今天就克制一点儿，吃个一分饱扛一扛，剩下的六分，等一会儿出去吃牛肉面。

她翻着餐单，果然让她找到了艾克蕾。

"这个！我要这个！"贝果激动地说，"十个！"

见到对面的女孩子眼睛忽然放起光，叶天泽笑起来，天才一向都有些怪癖，吃得多些也算不得什么。

"现在可以回答我你在哪个乐团了吗？"叶天泽问。

"我真的不是搞音乐的。"贝果笑眯眯地说。

"不可能，我还没有看错过。"叶天泽似乎有些不相信，问，"你从没有拉过小提琴吗？"

贝果犹豫了一下，道："我跟音乐没有关系。"

叶天泽皱眉，如果从来没有接触过古典乐，就算是拥有一双天才的手也毫无意义，年纪太大了。

"你叫什么名字？"贝果问她的贝多芬，"你是搞古典乐的吗？"

叶天泽已经彻底对贝果失去了兴趣，毫无耐心地说："如果你不是小提琴手，我就对你没兴趣了，我的名字你不用知道，你可以走了。"

贝果愣住了。

"我坐了两个小时的地铁过来的……"贝果目瞪口呆地看着叶天泽道，"你叫我过来就是为了确认我是不是小提琴手吗？"

"对。"

"你为什么不直接短信问我？"贝果不解地问。

叶天泽挑了挑眉毛，眼里有一丝嘲弄。

"也对，让你白跑了一趟，你可以吃饱了再回去。"叶天泽说。

不待贝果再说话，叶天泽就转身走了，连一声再见都不说，甚至没有再看贝果一眼，仿佛她是一只用完的一次性饭盒。

没礼貌！

狂妄！

叶天泽又走到那个外国美人那一桌，背对贝果坐下。

贝果只觉得胸口呕了口血，上不来下不去，她看了一眼一旁的侍应生，问：“你们这里还剩多少艾克蕾？”

咖啡厅里有一阵小小的骚动，Sophie 看向刚才跟叶天泽说话的小女孩，疑惑地问他：“Ist das Mädchen deine Freundin？”

那是你的朋友吗？Sophie 问。

叶天泽回过头去，看向贝果。

贝果举着餐刀坐在窗边，鼓着一张生气的小脸。

侍应生推着餐车走到她的身边，上面是小山一样的碟子。

叶天泽忍不住嘲讽地笑起来，这个小姑娘大概是想报复他，所以一口气叫了这么多。

“Es ist egal， Wir machen uns weiter。”

叶天泽说不用管她，我们继续。

可是叶天泽却发现一向专注的 Sophie 竟然有些心不在焉，总往贝果的方向看去，一直在分心。于是他也好奇地转过身，这一看把叶天泽吓了一跳。

只见刚刚那小山一样的碟子已经少了一半，餐桌上摞起来一堆碟子，而贝果还在不断地往嘴里塞。

都是她吃掉的？

贝果吃了十来盘的时候就已经心平气和，艾克蕾太具有安慰的作用了。

真好吃，仿佛全世界都变成了粉红色，贝果感觉自己身后有无数个粉红色的泡泡在转啊转。

眼看贝果已经吃掉了五十碟艾克蕾，侍应生又推过来一座小山道：“这是抹茶艾克蕾和摩卡艾克蕾。”

整个餐厅都被贝果吸引了注意力，甚至有人直接离开自己的位置，走到她附近看她吃。

贝果才刚刚开胃，现在想停都停不下来，她也不在乎目光，她搞网络直播的，超级习惯吃东西被人围观的好不好。

大家窃窃私语，甚至有人拿出手机开始录像，围观的人越来越多，就连叶天泽也彻底转过身，饶有兴趣地看向她。

等贝果快吃完艾克蕾的时候，侍应生又推了一个餐车过来，是五十碟巧克力千层派。

贝果疑惑地问：“这不是我点的啊。”

侍应生指了指旁边的一桌道：“是那位先生送给您的。”

贝果看过去，是一位乐呵呵的混血帅哥，正微笑着对贝果点头示意……

“Enjoy！”

贝果谢过混血帅哥，揉了揉脸颊，嘴巴吃酸了。

围观的人都有些担心地看着这个小姑娘，觉得那五十个巧克力千层派她肯定是吃不下了，这混血帅哥送这么多，也不知道存的什么心。

“可以给我点儿白开水吗？”贝果不好意思地对侍应生说，“吃得有些口渴了。”

“我请你吧。”一位上了年纪看起来很和蔼的女士对侍应生招了招手，给贝果点了五杯果汁。

果汁上来，贝果喝了几口，心满意足地揉了揉肚子。

大家都以为她应该不会再吃了的时候，贝果却又伸手去拿巧克力千层派。

这千层派可比艾克蕾饱肚子得多，一般的女生吃两个就该饱了，这个小女孩已经吃了一百盘艾克蕾，还吃得下？

“你不用都吃完。”送贝果千层派的外国帅哥用蹩脚的中文说，“可以打包带回去。”

“没事儿，吃得完。”贝果笑眯眯地说。

只见贝果又开始吃千层派，她吃得很快，但是又不给人狼吞虎咽的感觉，笑眯眯地看着她吃就忍不住食指大动。

眼看那小山一样的巧克力千层派越来越少，她桌上的餐碟也越堆越高。

吃到最后十个的时候贝果打了个饱嗝儿，一般她打饱嗝儿就说明她已经七分饱了，照说应该停下来了，可是看到大家殷殷期盼的眼神，她又觉得不能浪费人家的一片心意啊。

围观的人都有些紧张，整个餐厅都为贝果屏住了呼吸。

只见贝果又伸出了手从餐车上拿了一个盘子，大家松了一口气，继续拍照和录像。

终于，贝果吃完了一百盘艾克蕾和五十碟巧克力千层派。在她吞下最后一口千层派把碟子摞起来的同时，餐厅里爆发出了如雷的掌声，有人吹口哨，甚至有人叫起了 Bravo！

贝果害羞地红了脸，挺着吃得圆滚滚的肚子，在众人的欢呼声中走出了餐厅。

餐厅里的人各自回了座位，脸上都笑意盈盈的，讨论着刚才那个吃得很多的女孩，全都胃口大开想要点餐，忙得侍应生一时分身乏术。

过了一会儿侍应生才走到叶天泽的面前，微笑着把账单递给了他。

叶天泽看了看上面的价格，忍不住大笑了起来，无可奈何地摇摇头，愉快地签了单。

无论从哪个方面来看，这个小姑娘都是个天才。

“你的曲目演绎永远是一百分，你需要寻找的是你的九十九分。”

……

“Sebastian，你注定会成为人类历史上最伟大的指挥家之一，可伟大的东西难免虚夸，而艺术的上帝是无法不真诚的。”

……

“我希望你去寻找艺术的上帝，找到你的幻灭。”

……

恩师的遗言萦绕在耳边，叶天泽夜不能寐。

回国已经一个月，叶天泽什么都没有找到，更别说恩师口中那玄之又玄的幻灭了，唯一能算是发现的就是那个叫贝果的吃得很多的女孩子，只可惜她根本就跟艺术没有任何关系。

车速慢了下来，明明已经是深夜，应该不会堵车才是。司机解释道：“这里是条有名的小吃街，吃宵夜的人多。”

叶天泽叫停了司机，独自下了车。

周围人来人往，满街都是一脸热切寻觅食物的人，嘴里嚼着，手里拿着，眼睛还盯着锅里。叶天泽又忍不住想起那个叫贝果的女孩子。

他一向对食物没有什么特殊欲望，每天吃什么都由专业的营养师制定，只吃身体必需的营养元素，多吃一口对于他来说都是一件浪费时间的事情。

不过那一天看到贝果吃掉一百五十碟甜品之后他倒是难得地给自己点了个千层派，就连一向饮食极度克制的 Sophie 也没忍住吃了一个蒙布朗。

贝果……

回想起来，那个女孩子倒真是人如其名，和越嚼越有味道的bagel面包一样，越想越觉得有意思。

小吃街上的人不少，但多数都市井气浓重，难得见到叶天泽这样穿着一身正装的男人，更别说叶天泽的模样过于精致，有种和这里格格不入的气质。

叶天泽被打量得有些不耐烦，转身溜进了背街的小巷子里。

小巷越往里走就越安静，明明几墙之隔的地方便是夜市和马路，这里的夜晚却幽深静谧。

狭窄的小巷，斑驳的砖墙，简直像是回到了昨日世界……

远处忽然传来了一阵小提琴声。

叶天泽猛地停住脚步，微微睁大了眼睛，震惊不已。

眼角有泪水溢出，并不是因为悲伤，而是灵性的音乐打开了身体的每一个毛孔，五感通畅，手心发汗，泪腺也跟着不自觉地被打开。

叶天泽仿佛听到了艺术的上帝。

巴赫的第1004号作品，《恰空舞曲》，史上最伟大的小提琴独奏曲之一。

神秘，优雅，严谨，浑然天成，气魄雄伟，这首曲子是一个解不开的无穷无尽的谜题，是上帝的作品。

叶天泽曾经指导过世界上许多顶尖的小提琴家，他听过各种个性化并且技术高超的诠释，可这个演奏家却和之前的所有人都不同。

他隐藏在了乐曲里，纯净得似乎不愿意去感染任何人。

正因为如此，这首《恰空》才最接近曲子的原意，它毫不遮掩地面对整个世界，如此准确又充满了温度。

一个个音符就像是万事万物，在动荡不安的骚乱里达成了完美的平衡，一首曲子仿佛便是一整个宇宙。

开始是悲伤的小调，然而悲伤又粲然收住，原来痛苦也是不能放任的，就像是堤坝的闸门，轰然地阻截住奔涌的河流。

叶天泽从未听到过这样清醒的痛苦。

琴曲的中段像是一种宽慰，仿佛是教堂的玻璃顶门里射进来一道温暖的光线，忧郁却圣洁，如同一个美丽的梦境。然而宇宙本质是悲观，任何美丽的事物都带着一丝悲剧的气质。

中段过后，梦醒时分，小调又重新回到了乐曲的主动地位，这无妄的忧愁的现实，就像是繁华过后的落幕。

这是伟大之后的幻灭……

“Sebastian，去寻找你的幻灭。”

……

小提琴声渐弱，仿佛掉进黑暗里。

叶天泽猛地反应过来，匆匆朝着传来琴声的那栋楼跑过去。

他有着绝佳的耳力，可以清楚地判断出这小提琴声是从十米外那栋楼房的楼顶传来的。

他要找到这个演奏者！

“大半夜的弹什么棉花呢！”

隔壁楼的大叔扔过来一只啤酒瓶，吓得贝果往后一闪差点儿摔倒，幸好没磕着小提琴。

大叔还在骂骂咧咧，贝果只得默默地收了琴，藏到废弃的旧水箱里。

爬下水箱，贝果抬起头看向夜空，漫天的繁星，月亮又圆又亮。

今天的月色很美，美得让贝果想起街口的红豆奶黄车轮饼。

啊，肚子又饿了……

叶天泽气喘吁吁地跑上天台的时候，他的小提琴手已经消失了。

灯还亮着，叶天泽打量着四周。

这片区域都是楼层不高的老式楼房，楼栋之间距离很近。

这个天台上搭了一个小板房，房子很小，大概只有十来平方米。

叶天泽敲了敲门，没有人应。他探头往里看了看，屋子里乱得要命，只有一个脏兮兮的床垫，地上摆满了吃过的一次性餐具，除了一把椅子，整个屋子里没有一件像样的家具。

这里简直就是一个流浪汉的家，叶天泽很难把这间屋子的主人跟刚才那上帝一般的琴声联想在一起。

不过也不稀奇，叶天泽安慰着自己，艺术的性格和艺术家生活中的性格本就南辕北辙。

只是奇怪的是叶天泽既没有看到人也没有看到小提琴。他又走到门口推了推门，这才发现门上挂着一把锁，屋子被从外面锁起来了。

奇怪，他已经用最快的速度跑过来了，难不成找错了？

不，叶天泽相信他的耳朵，他不可能判断错误。

“你找谁？”身后传来一个声音。

叶天泽的身子一僵，发现一向游刃有余的自己有生之年竟然第一次觉得紧张。

叶天泽转过身，看向来人。

“我来找刚刚拉小提琴的人，是你吗？”

Chapter 02
大胃王和软饭王

贝果今天的运气实在是太好了，到车轮饼小摊的时候刚好两锅都出炉，一锅红豆，一锅奶黄，还刚巧没人排队。

“两锅我全都要了。”

一共一百个车轮饼，贝果拍了一张照发微博。

“还有人在吗？今晚直播吃车轮饼如何？三十分钟速食挑战！”

等车轮饼全部包好，微博下已经有几百条评论了。

“这段时间怎么搞的，好惊喜，直播频率好高！”

“贝贝，不要这样吃啊，三十分钟太快了，我们又不是因为你吃得快才喜欢你的！”

“总觉得贝贝最近怪怪的，忽然吃好多，该不是失恋了吧……”

贝果看着微博评论，想起那个傲慢的“贝多芬”，无奈地叹息了一声。

没想到有生之年第一次一见钟情竟然就这样惨淡收场，连个名字都问不到。

“贝果，叹什么气啊，来，这两个鸡腿你拿去吃！”炸鸡店的老板叫住贝果道。

整条街的小摊老板都喜欢贝果，因为她总是照顾大家的生意，谁家的东西做了吃不完，贝果准会通通买走，吃得干干净净。所以平素见到贝果，老板们都要给她塞吃的，塞几根鸡翅啊，一把肉串啊，一笼包子啊……

于是等贝果买完车轮饼走回家，硬是拎了满满几个袋子的食物。

这世上能让人分泌多巴胺的除了爱情就是食物，虽然吃东西时分泌的多巴胺远远比不上热恋时的浓度，但是没关系，多吃一点儿不就行了吗？

贝果咬了一口炸得又酥又嫩的鸡腿，又高兴了起来。

踏着月色，贝果回到天台上。

跟附近的楼房一样，这个天台上也搭了一个小屋，只是这个小屋的主人颇有些情趣，不像对面的房子邋遢污秽，小屋重新粉刷过，贴了精心挑选的石砖，墙面上还挂着小巧的盆花。

小屋外是一个露天的餐厅，旧水箱做成的餐桌，上面铺着朴素干净的布艺，花瓶里插着一枝蓝色的矢车菊，旁边点着一盏亮黄色的小油灯。铁椅看起来有些年头，但是重新刷了粉色的油漆，上面放着碎花的软垫。

天台围栏上绕着五颜六色的小灯，虽然廉价，但是在这夜色里倒也显得有几分可爱和璀璨。

贝果抬头一看，却发现一个男人正站在小屋门口的阴影处，吓得她的车轮饼差一点儿都掉了。

谁？！

一份澳洲牛排，一份香草焗龙虾意粉，一份蘑菇海鲜意大利饭，一份意式生牛肉沙拉，一份墨西哥鸡肉馅饼，一份香煎龙利鱼柳配芥末籽汁，一个肉桂香蕉比萨，一只法式烧春鸡，一个蘑菇菠菜蛋包，一碗黑松露蘑菇忌廉汤。

三杯牛油果奶昔，四盘甜点，五杯软饮，十个不同种类的全麦三明治，十对鸡翅。

早上十点的阳光透过巨大的落地窗照在满桌的缤纷诱人的食物上，一个清秀可爱的女孩子坐在落地窗边，面前是一张跟她的比例不大相称的大桌子。

“Hello，大家好！我是大胃王贝果，今天我要吃的是Brunch！”

……

听到“贝果”这个名字的时候，叶天泽放下咖啡杯，回头一看，果不其然见到了那个吃得很多的女孩子。

还真是有缘，哪里都能碰见她。

叶天泽起身坐到咖啡桌对面，叫来服务生，重新叫了一杯咖啡，饶有兴致地看向正在大口吃牛排的女孩子。

她的手真是太完美了。

如果那一夜出现在天台上的人是她就好了，偏偏是个腆着大肚子的邋遢秃头大叔，那双满是污垢、又粗又短的手，一看就知道不可能是他要找的小提琴手。

“好大一只虾！”贝果举着一只巨大的波士顿龙虾，激动地说，“我这辈子还没有吃过这么大的虾！这简直是我见过最实在的龙虾意面了，平时吃的只有两颗虾球！”

叶天泽无奈地笑起来，摇摇头，真是没吃过好东西。

“不要钱的，这里的老板请我来吃的。”

“甜点要化了吗？让我来先吸一口！”

“好浓郁！”

叶天泽莫名其妙地看着贝果，她是在跟谁说话？直播间的观众吗？叶天泽生出了难得的好奇心。

服务生送来咖啡，叶天泽让服务生给自己下了贝果正在用的直播软件，进了她的直播间。

“见到你我就酥了”送出赞乘以 136。

“奥利奥狂魔”送出兰博基尼乘以 5。

“我是抖 M 大王”送出 666 乘以 100。

“疯癫的羊咩咩”送出弱鸡乘以 3。

这些都是什么奇怪的名字？

叶天泽好奇地点了一下送出游艇，却跳出了充值的页面，送礼物还要花钱？

“你是小提琴手吗”送出游艇乘以 10。

直播间炸了……

不知道哪里来的土豪一口气就送了 10 艘游艇。

贝果吃春鸡的动作也是一滞，她不算特别红的主播，而且喜欢她的绝大多数都是女粉，所以从前也没遇到过这样的土豪粉丝。

而且名字怪怪的。

你是小提琴手吗？

好怪，好微妙，她心里有一种不好的预感。

“感谢‘你是小提琴手吗’送出的游艇，谢谢，谢谢！”

大概是受到了游艇的鼓励，贝果吃得相当顺利，今天的状态似乎特别好，很快就吃掉了主菜，桌上就只剩下软饮和十份三明治了。

“这家店的肉食都做得特别好，嚼起来一点儿都不累。”

贝果已经吃掉十人份的餐，基本上她平时直播的上限也就到这里。

弹幕里有人猜贝果要吃不下了，毕竟平时贝果就不是会勉强自己多吃的人。然而今天贝果却出人意料地伸展了一下胳膊，元气满满地说：“要吃这些颜值超高的三明治了，激动！”

赞赞赞……

666……

直播间里气氛热烈，大家纷纷送礼物，叶天泽又笑起来，不过他笑的是贝果这么激动，真是不仅没吃过好东西，还没见过世面。

就在叶天泽准备再给贝果送个游艇打气的时候，他眼前忽然出现了一道黑影，抬头一看，是一位穿着红色西装裙的女士。

Sophie……

真是阴魂不散。

贝果终于吃完了最后一个三明治。

“今天的 Brunch 我就吃完了！欢迎大家关注我的微博‘大胃王贝果’，有什么要推荐我吃的可以在微博给我留言，哈哈哈哈，对，我就是在套路你们关注我的微博，哈哈哈哈……”

贝果仰头大笑的时候余光忽然瞥见一个熟悉的身影……

贝多芬！

他为什么会在这里？

大概这就是钟情吧，就算是知道那个人自大又轻佻，但是见到他，贝果还是有一种吃到了巧克力冰激凌的感觉。

贝果呆住了，一度忘记了自己正在直播，无可救药地对这个男人如痴如醉了……

贝多芬又是跟上次那个漂亮的外国女士在一起，两个人这次似乎争论得更加激烈，说的好像是德语，贝果隐隐约约听到几个单词，什么抛弃啊，不负责任啊，好像还有什么钱的事情……

贝果傻了，这是怎么一回事？两个人不是情侣吗，怎么还有经济纠纷？不仅情变？！而且女方还被骗了钱？！

难道贝多芬不仅仅是性格不好，人品还不好，竟然当小白脸骗小姐姐的钱？！

贝果看向贝多芬，阳光在他身上镀了一层金色的光芒，简直就像是奥林帕斯的天神一般。他轻挑了一下手指，明明是有些轻蔑的动作，可他做起来，却优雅得仿佛是在拨动琴弦……

贝果不禁感慨，这样的一双手，简直就是被上帝吻过的手。所以贝多芬这样的人，怎么会是坏人呢？怎么会有坏人长得这么好看呢？

她不相信！

那边美女小姐姐似乎被贝多芬无所谓的态度给刺激到了，非常生气，将一杯热咖啡直接泼到了贝多芬身上，气急败坏地走了。

贝多芬被淋了一身的热咖啡，可就算是这么狼狈的模样，也依旧帅得贝果不要不要的。

贝果的第一个念头就是过去给他递纸巾，可一起身却忽然意识到自己还在直播，忙看向手机屏幕，只见大家正在直播间里议论呢。

“贝果看什么看呆了？”

“双眼含春，肯定是在看帅哥！”

“贝果你在看什么，我们也要看！”

贝果有些不好意思，忙跟大家道歉，解释道：“今天直播就到这里吧，我们明天直播的时候再见！”

然而大家却不依不饶，纷纷给贝果送礼物，想要贝果继续直播。

虽然贝多芬很重要，但职业道德也是不能丢掉的。贝果没有办法，无奈地说：“那今天给大家一点儿福利，给你们看看我的肚子，看完了就要结束了哟！”

大家一直都很喜欢看贝果吃完东西之后肚子的形象，贝果一般都不大乐意，但是今天就破个例吧！

贝果站起来，侧对着摄像头，摸了摸道：“看到了吧，圆鼓鼓的吧。好了，就这样，再见！”

贝果迅速地关掉直播，抓起桌上的纸巾就想去找贝多芬，可是一抬头却发现那里空空荡荡的，连杯子都被撤走了……

贝果想都没有多想，就找出贝多芬的电话号码打过去。

不在服务区……

巨大的失落感降临，连方才吃的那十人份的 Brunch 都不能填补。

有的人也许一生都遇不到那个命中注定的人，也许一辈子都不会有一见钟情，上天却破格给了贝果两次机会偶遇那个让她一见钟情的人，可是她却都没有把握住。

贝果心灰意冷地准备离开，餐厅的老板追出来，是上回给贝果送了五十个巧克力千层派的混血帅哥。

“以后有机会继续合作。”外国帅哥用不大标准的中文说。

“没问题，不过下次你不要大半夜在我家天台堵我了。”

叶天泽从洗手间里出来，他看向靠窗的桌子，那里空荡荡的，餐盘都已经被撤走，那个叫贝果的吃得很多的女孩子也不见了。

“Sebastian，你真的不需要我找一件衣服给你换吗？”餐厅老板 Neo 见到叶天泽走出来，立刻就迎了上去。

“不需要，酒店就在附近，我回去换。”叶天泽又看向窗边的座位，问，“刚刚坐在那里吃东西的女孩子呢？”

“你说贝果吗？走了啊……怎么你们认识吗？”

“算是认识吧……她为什么会来你们餐厅？”

“我专程去请的，她是个很红的网络主播，我找她来给我们餐厅做宣传。”这还是叶天泽第一次主动打听一个女孩子的事情，混血帅哥笑得意味深长地说，“怎么，你对她有兴趣？要不要我给你她的电话？”

“不用。”叶天泽迈开步子准备走，忽然想起了什么，停下脚步道，“Neo，你在这里待的时间长，认识的人多，我想在这个城市找间房子住下来，你能帮我看看吗？”

“可以啊，你想住哪里？”

“城中心那个挺出名的小吃街。”

Neo 一愣，惊讶地问：“那里的房子又破又旧，没什么好房子的。”

“没关系，你给我找个天台就可以了。”

“天台？！ Sebastian，你疯了吗？你这种挑剔的人怎么可能住得惯天台，而且那附近的环境又脏又乱，我去过一次都被吓到，更别说你了，你一天都无法忍受的。”

“你给我找就是了。”叶天泽扬了扬嘴角，意味深长地说，“那里住着我的上帝，为了上帝我什么都能够忍受。”

“你是小提琴手吗”这个ID最近疯狂地在贝果的直播间里刷存在感，以至于今天直播的时候没有收到他的礼物贝果竟然觉得有些失落……

像贝果这种美食吃播的博主，都是名气大，礼物少，以至于圈子里纷纷传言这个“你是小提琴手吗”是贝果跟平台合作找的托，就是炒作，根本就不是真粉。

贝果知道解释只会越描越黑，只能随便他们议论，不过她心里却也好奇起来。这个人是男是女，是高是矮，多大年纪，做什么工作，哪里来的这么多钱打赏？

胡思乱想着，迎面走过来一个人，差点儿跟贝果撞上。

贝果这才回过神来，见到一辆大货车正卡在路口，几个工人正在往她对面的那栋楼搬家具。

搬错地方了吧？这些家具看起来很贵的样子，跟整条街区的气质格格不入。

贝果心里纳闷儿，便停下脚步多看了一会儿，货车前站着一个穿着衬衣和西装裤的男人，只不过车身挡住视线，贝果只能隐约看到他半个背影。

怎么有种似曾相识的感觉？

贝果捂住胸口，好奇怪，为什么心跳无缘无故地开始加快了？她又按住眼睛，不好，为什么右眼皮一直跳？她又摸了摸腋下，离奇，怎么就忽然开始冒汗了？

“好饿好饿我真的好饿，明明今天早上吃了五碗面，可是非常奇怪现在就饿了……”

电话铃声响起，贝果吓得赶紧藏到了货车后面，也不知道自己到底心虚个什么劲儿。

“喂？”

“是贝果小姐吗？我是电视台的制片，之前看到了你在网上的直播，我们最近打算办一个大胃王的节目，想跟你谈一下合作的事情，请问你什么时候有时间我们可以当面聊一聊？”

最近吃播挺火的，所以电视台打算趁着这个热度办一个大胃王的比赛，贝果作为小有名气的美女大胃王自然是被列入了选手名单里。

跟制片人聊了半个多小时，贝果还是礼貌地谢绝了他的邀约。如果只是参加一个大胃王的节目她倒是无所谓，但如果是比赛她就没有办法了。

贝果没有办法参加任何比赛……

她有病。

制片人送贝果离开办公室的时候，刚好另一个大胃王也到了。

大胃王鲜仙仙，人称小仙女，特别擅长吃肉食，所以咬合肌发达，脸稍微有些宽。小仙女高瘦白，长得也不错，但是不知道为什么存在感就是不高，大概是因为长相比较没特色，总让人记不住。

贝果稍微回忆了几秒才意识到这个人是小仙女，小仙女激动地拉着贝果寒暄，亲热得就像她们是失散多年的姐妹似的。

“那我就不送你了，你什么时候改变主意再联系我。”制片人对贝果说。

等贝果离开，鲜仙仙才故作随意地打听道:“贝果也要参加比赛吗？”

“嗯，我们有意向邀请她，不过她拒绝了。”

贝果拒绝电视台比赛邀约的消息在微博和论坛里传开来。

“果然是平时直播化妆太浓，美颜开得太过头，所以不敢把自己暴露在电视台的高清镜头之下吧……”

“贝果是实力太虚，知道自己肯定会第一轮被淘汰，所以有自知之明，干脆不参加比赛。”

“贝贝是低调好吗！”

“呵呵，低调的人还搞直播哟……”

各家的粉丝们跟贝果的真爱粉又在微博下面撕起来。贝果也是不明白，就算自己躺着什么也不做，三不五时也要被大家拉出来鞭尸。

还有半小时就要开始直播了，贝果有预感，今天的直播间肯定又是一片血雨腥风。

贝果抱着三盒甜甜圈走出房间，外面的阳光很好，她打算今天就在天台上直播。

铺好桌子，贝果把甜甜圈一个个摆好，这家甜甜圈的店主是混血帅哥 Neo 的朋友，他们家的甜甜圈做得非常少女心，搭配着各种巧克力和坚果，简直就像恋爱一般甜蜜。

一想到恋爱这件事，贝果就忍不住想起贝多芬来。

这少女怀春的忧伤到底什么时候才能消退？

贝果叹息一声，缅怀着自己的第一次心动，却忽然发现对面的天台不知道什么时候竟然完全变了样……

屋子重新粉刷过，外面还搭了个一看就价值不菲的金属龙骨的玻璃棚，充满了现代感。

里面的家具看起来有些眼熟，贝果回忆起来，这不就是那天货车搬来的家具吗？敢情是搬到她对面了呀！

贝果忽然想到了自己的小提琴，紧张地看了一眼角落里的旧水箱，见到水箱还在原位这才松了一口气。

这附近治安不好，时常有失窃的事件，贝果最宝贵的东西就是她的小提琴，所以她只得把小提琴藏在对面天台的旧水箱里，因为她觉得应该没有人会想去偷住在对面的流浪汉大叔的……

贝果琢磨着应该找个机会把小提琴拿回来，根据这个新邻居的装修风格推断，他应该迟早要对这个一点儿也没有现代感的旧水箱下手。

对面的门动了动，是新邻居要出来了吗？

贝果非常好奇，正定睛看过去的时候，手机闹铃却响了起来。

下午三点，她直播的时间到了……

“大家好，我是大胃王贝果，今天我们要吃的是甜甜圈！”

叶天泽这几天忙着搬家和躲避Sophie的天罗地网，所以直到今天才有空看贝果的直播。

他也不知道自己怎么会喜欢上这种无聊的消遣。

每次开始直播之前，贝果都会简单地介绍一下食物。

“今天的甜甜圈是不是很有少女心？是不是很有恋爱的感觉？你们想吃吗？”

“绿色是抹茶的，粉色是草莓的，红色是蔓越莓的，黄色是奶黄的，蓝色是蓝莓的，黑色是巧克力的，白色是酸奶的，这个是原味的！”

“三点钟的阳光，下午茶的时间，是不是跟甜甜圈很配？”

毫无意义的对话，叶天泽觉得自己的这个新消遣果然很无聊……

“你是小提琴手吗”送出游艇乘以1。

土豪粉丝又出现了！

贝果难掩激动地说：“谢谢‘你是小提琴手吗’送的游艇，好久不见！”

叶天泽脸上露出一丝得意的笑来，给自己倒了一杯咖啡，拿着手机走到了天台外的沙发上坐下，一边开着直播间，一边打开电脑查收邮件。

他才走了一个月，乐团那边就已经有人开始蠢蠢欲动了，甚至有人直接向董事会提出要换新的总监，难怪 Sophie 那么慌张。

叶天泽回复完所有的邮件，约好了跟董事会视频的时间，又拿起手机开始看贝果的直播。

也就是他回复邮件的工夫，甜甜圈已经少了一半。

贝果坐在一个天台模样的地方，虽然布置温馨，角度也找得很巧妙，但叶天泽还是眼尖地看到画面的角落里有一座正在修建中的高楼。

叶天泽抬起头看向远方，他住的地方，刚好也能看到一座修建中的高楼。

他拿起手机对比了一番，一模一样。

“你们有没有想过一个问题，为什么甜甜圈会有一个洞？”

不远处忽然传来一个女孩子的声音，清脆甜美得像是钟琴，明快悦耳，梦幻得刚好应该出现在这下午三点的午后。

叶天泽顺着声音惊讶地看过去，只见到对面的天台有一个女孩子正坐在一桌子斑斓的甜甜圈前，笑眯眯地对着镜头说话。

很快手机里也传来同样的声音。

“你们有没有想过一个问题，为什么甜甜圈会有一个洞？”

贝果笑容灿烂地问。

下午三点，阳光懒懒的，周围很安静，恨不得能够听见微风的声音。

明明暖洋洋的，贝果却忽然没来由地打了个寒战，奇怪，为什么有一种凉飕飕的背后发凉的感觉……

直播间里大家踊跃地回答着贝果的问题。

“大概是为了省成本吧，挖个洞少花点儿材料。”

“要是甜甜圈没有洞，你肯定又要问为什么甜甜圈没有洞了……”

“甜甜圈没有洞那就不是甜甜圈，是甜甜饼了。”

“意外地觉得甜甜饼怪萌的。”

看到大家的讨论，贝果大笑起来，道：“我来揭晓答案！如果甜甜圈没有洞，中间的部分就不能被充分烹饪，要么里面炸好了外面炸过了，要么就是外面炸好了里面没有炸熟，所以甜甜圈才会有一个洞。你们不觉得很奇妙吗？因为有缺陷反而才变得完美……”

“心灵鸡汤贝贝”上线。

“正能量小天使贝贝”上线。

“不说人话贝贝”上线。

看到大家的吐槽贝果又笑起来，拿起甜甜圈满足地一大口咬下去。

“果然完美！”

贝果满足地低头看手机上大家的弹幕，却被直播间里正在发生的事情吓得差点儿噎死……

“你是小提琴手吗”送出鱼丸乘以100。

“你是小提琴手吗”送出鱼翅乘以100。

“你是小提琴手吗”送出跑车乘以100。

“你是小提琴手吗”送出飞机乘以100。

“你是小提琴手吗”送出火箭乘以100。

“你是小提琴手吗”送出游艇乘以100。

叶天泽觉得这条街简直就是克他。

早上叶天泽洗澡洗到一半忽然停了水，他拿矿泉水把身子冲干净之后便没有水做早餐，只能出来找吃的。

已经是上午八点了，大部分店却都没有开门，街上也没几个行人。好不容易才找到一家开门的茶餐厅，店铺门面很小，老板是个五大三粗的汉子。

叶天泽坐在街边的塑料凳子上喝了一杯他这辈子喝过最甜的奶茶，又吃了一口这辈子吃过最腻的菠萝油之后才发现自己没有带钱包。

“我就住附近，回去拿钱给你。”

没想到店主一把就揪住了叶天泽。

“没钱就不要装得人模狗样地出来消费！兔子进磨坊，充什么大耳朵驴啊！”

此时此刻，叶天泽终于懂得为什么Neo说他一定无法忍受这条街了……

店主非让叶天泽把他的手表押在这里，一顿不到二十块的早茶，要他几十万的手表作为抵押，怎么可能？

就在叶天泽和店主马上就要打起来的时候，一只又细又白的胳膊伸到了两人中间。

“我替他给，都是朋友，不要激动……”

女孩子的声音温和甜美，叶天泽低下头，看到了一双熟悉的手——那是一双天生就要拉小提琴的手，完美无缺。

叶天泽心里的火气一下子就消了一半，他看向女孩生机勃勃的脸，嘴角扬起一抹难以察觉的笑意来。

果然是贝果。

昨天发现贝果就住在他对面的天台之后，叶天泽便打算找机会去找她，没想到她竟然自己冒出来了。

哪里有这么巧的事情？那上帝一般的小提琴声和这双天才的手出现在同一个地方，只有一个天台的距离？叶天泽相信自己的直觉。

“来来来，今天我请客。”贝果一脸和气的模样，冲着剑拔弩张的两个男人说，“都别激动，和气生财，和气生财……”

店主和叶天泽都收回手，叶天泽整了整西装，冷漠地向后退了一步，跟另外两个人拉开了距离。

早茶店店主虽然是个暴脾气，但是一直都挺喜欢贝果的，她都出来打圆场了他也就不好再计较。

“既然是你的朋友就算了，不用钱了。”老板豪爽地说。

“不行的，收着收着！”

贝果硬是把钱塞给了店主。

店主收了钱，用一种微妙的眼神看了一眼叶天泽，然后凑到贝果的耳边，低声叮嘱道：“花女人钱的小白脸可不靠谱，小贝果啊，你可得长点儿心……”

“不是你想的那个样子。”贝果紧张地解释道。

“这种事情我还不知道吗……”店主嘟囔着转身进了店。

贝果涨红了脸，偷偷地打量着叶天泽，怕他听了心里不舒服。可叶天泽站在一边，侧着脸，神色依旧淡淡的毫无波澜。贝果估摸着他大概是没有听到店主刚刚说的话，这才松了一口气。

贝果走到叶天泽身边，雀跃又讨好地问：“你怎么会在这里？是专门来小吃街吃早点的吗？”

叶天泽似乎心情不怎么好，随意地应了一声。

虽然叶天泽态度有些冷淡，贝果丝毫不灰心，她好不容易又偶遇了梦中情人，这一次绝对不能随随便便让他跑了。

贝果喜欢一个人的方式很简单，那就是带他吃好吃的。

“我见你菠萝油只吃了一口，应该没吃饱吧？我请你吃好吃的！”贝果热情地说。

叶天泽这才微微垂眼，看向一脸热忱的贝果，打量着她。

贝果的心脏恨不得都要从喉咙里跳出来了，心里百转千回的。

他为什么这样看着我？我会不会太直接了？他拒绝我怎么办？如果他拒绝我，我要怎么才能约他再见面？他不愿意跟我再见面怎么办？

“可以。”

贝果呆住了，有些不相信自己的耳朵。

……

“啥？”

叶天泽无奈地叹息一声，又道：“可以。”

“好的呀！”

贝果带着叶天泽来到自己最爱的一家生煎店。

店铺还没有开始营业，老板正在摆椅子，见到贝果来了，熟络地跟她打招呼，然后冲着厨房喊道：“老公，贝果来了，赶快把锅热起来！”

贝果不好意思地伸出两根手指，笑眯眯地说:“老板娘，还是老样子，两锅！”

别人都是一两一两地点，贝果却是一锅一锅地点。叶天泽仔仔细细地打量着贝果，思考着她这么个不大不小的人，是怎么吃得下那么多东西的。

贝果被叶天泽盯得紧张不已。叶天泽的目光又移到贝果的那双手上，贝果立刻把手放到了桌下,开口找着话题道:“你今天是忘记带钱包了吗?还是钱包被偷了啊？这条街上很多小偷的。”

察觉到贝果的刻意，叶天泽也不戳破，笑了笑反问道：“你怎么知道我是忘记带钱包或是钱包被偷了？说不定我就是故意不给钱呢。”

“怎么可能。”贝果想都不想就说，“你七星级酒店都住得起，还请我吃了那么多艾克蕾，你肯定不是故意的！”

“你怎么知道我不是？”叶天泽忽然向前伸了伸身子，轻挑嘴角道，“你忘了早茶店主对你说的话了吗？我这种花女人钱的小白脸不靠谱的……说不定那家七星级酒店我也是花女人的钱住的呢，说不定你的艾克蕾就是用别的女人的钱买的呢？”

贝果“噌”地一下就坐直了身子，脸红得跟阿根廷红虾似的，身体僵硬，完全傻了。

完了，完了，完了，他听到店主说的话了，他肯定生气了，他肯定被伤害了自尊心，男人的自尊心都超级脆弱的。

贝多芬的耳朵怎么那么好呢，那么小的声音也听得见……

“我……他……他乱说的，他就是那样，成天胡说八道，你不要生气，我之后一定会好好跟他解释的！你千万别往心里去！”

见到贝果这副惊慌失措的样子，叶天泽才满意地向后靠了靠，无所谓地说：“不用解释，我不在乎他怎么想。”

“我知道你不是那种人。”贝果对心上人表着忠心道。

见到贝果这忠心耿耿的模样，叶天泽觉得好笑，故意笑容暧昧地说：“那如果我告诉你，我就是那种人呢？”

贝果心里咯噔一下，但又摸不准叶天泽是不是在说笑，干笑两声，声音有些虚地说：“你肯定不是啊。”

“我是啊。”

叶天泽面无表情，毫不犹豫地说道。

贝果呆住，不可思议地看着叶天泽，想要确定他是不是在开玩笑。

可如果是在开玩笑他的表情为什么这么严肃？哪有人开玩笑的时候这么正经的！

贝果想起之前听到贝多芬和那个外国姐姐的对话。

难道他们真的是情人？还是那种关系？难怪会有经济纠纷……

贝果一时难以接受自己的梦中情人是小白脸这个设定。

贝果现在的表情实在是太精彩了，这个女人怎么别人说什么她都信。叶天泽忍住笑，优雅地拿起水杯喝了一口，正想开口说话的时候，却听到了一声响亮的吆喝声。

“两锅生煎好了！”

老板娘端着生煎走出来，贝果一肚子的疑问都只能暂时憋了回去。

两锅生煎，即便拿最大的盘子装也还是摆了一桌。

老板娘一边往桌上摆生煎一边打量着叶天泽，神色暧昧地问贝果道：“这个帅哥是谁啊，男朋友呀？”

贝果向来都是独来独往，私底下，大家都对贝果的感情生活非常好奇。

“不是！不是！您误会了！”

贝果忙红着脸摆手。她哪里有这个福气？真是就好了……

见到贝果这样着急撇清关系，叶天泽的脸色微变，心情一下子就不大好了……

“哎哟，还不好意思啊。”老板娘看着脸红成小龙虾的贝果，打趣地说，“你在我们家都吃了一年的生煎了，这还是你第一次带男的过来呢，你们俩看对方这小眼神大妈还不知道吗？真是的，都是过来人，害羞啥！”

什么小眼神？！难道她太过于痴汉以至于大妈都看出来自己很迷恋贝多芬吗？那贝多芬岂不是也看出来了！

“真不是，我们真没关系的。”贝果急得都要冒烟了，生怕大妈把贝多芬吓跑，以后不跟自己来往了，“我们就见过几次面，连朋友都算不上的！”

叶天泽的脸色更难看了，不知道为什么，贝果这种态度，让叶天泽觉得很不舒服。

见贝果这样义正词严，老板娘才觉得自己大概是误会了，但是她那么多年从没走过眼，这两个人的眼神互动明显就是有问题啊！

所以老板娘又看向叶天泽再次确认道：“你真不是小贝果的男朋友啊？”

“不是。”叶天泽冷冷地说。

虽然是事实，但贝果心里还是有一些小失落的。

叶天泽顿了一下，又面无表情地继续说道：“我是她养的小白脸。”

……

气氛一度十分诡异。

贝果尴尬得脸发烫，她现在很确定，贝多芬是真的非常介意早茶店老板说他是小白脸的这件事情，要不然不会接二连三提这三个字。

这人怎么心眼这么小呢？！

一旁的老板娘看叶天泽的眼睛都直了，贝果估摸着老板娘大概是把叶天泽的玩笑话当真了……

贝果想对老板娘解释，毕竟她养活自己都很艰难，更别说包养小白脸了。

“老板娘，他开……嗯……”

贝果刚张嘴一个生煎包就被塞到了她嘴里。

“小宝贝，我喂你。”叶天泽温柔地说。

贝果蒙了……

这家的生煎是老字号，开了二十多年，城里的老饕客没有不知道的。

生煎皮又薄又香软，底部被煎得很脆，咬一口下去柔软酥脆，肉馅在嘴里爆出浓郁的汤汁来，一口气吃八个都不嫌多。

贝果下意识地咬下去，面香和肉香在嘴里弥漫，顷刻间就让她忘记了要先跟老板娘解释的事情，吧唧吧唧就把生煎吞了。

吃完生煎贝果又准备跟老板娘说话，可才一开口，叶天泽就又往她嘴里塞了一个生煎包。

老板娘没有想到自己竟然也有无言以对的这一天，这人旁若无人地给贝果喂饭，似乎一点儿都不为自己吃软饭的身份感到羞耻！

“两位吃好啊！”老板娘丢下这句话就拿着托盘走了，她得赶紧回后厨跟老公八卦，要不然她得憋死。

老板娘走了贝果的嘴巴也终于闲下来，她小声对叶天泽嘟囔道：“你干吗乱说，老板娘肯定误会了……”

叶天泽挑挑眉，问：“你这么怕别人误会我们有关系吗？就这么讨厌我？”

“当然不是讨厌你，我……”贝果有些腼腆地说，“我是不想别人误会我们是那种关系而已……”

她怎么会讨厌他，喜欢都来不及呢，喜欢他喜欢得连鲜肉生煎包都不惦记着吃了……

叶天泽轻笑一声，问道：“你不希望别人误会我们是那种关系？”

“嗯……”

贝果的耳后忽然一麻。

叶天泽的嘴唇凑到贝果的耳边，用暧昧的声音低声问：“那你希望别人误会我们是哪种关系，嗯？”

温热的气息喷在贝果的耳后的皮肤上，让她一阵战栗。

贝果觉得她在发烧。

见到贝果连脖子根都红了，叶天泽才满意地坐正了身子，一副专心用餐的样子，似乎刚才在贝果耳边吹气的另有其人似的。

这种撩完就跑的行为实在是太过分了吧！

他到底想干什么？贝果有点儿不服气，是在作弄她吗？

贝果气鼓鼓地看着叶天泽夹生煎，他捏筷子的姿势极其优雅，两根普通的木棍到了他手上就像是魔法师的魔法棒，或者说……就像是指挥家的指挥棒，每一个小小的挑动都仿佛有情绪。

一下子贝果心里那股不服气的劲儿就消失了。

这个男人英俊优雅，神秘得像是一个谜题，浪荡起来简直就是弹簧，可严肃的时候又像是圣徒，永远叫人预料不到他接下来会做什么。

被这种男人玩弄感情，撩拨心绪，贝果心里是很服气的……

发现贝果正在痴痴地看着自己，叶天泽抬眼看向她，问："怎么，没有我喂就不会吃了吗？需要我喂你吗？"

"不用！"

贝果立刻乖乖地低头吃生煎，一个接一个地往嘴里塞，比平时吃得都快。

对面传来一声嗤笑，是贝多芬在笑话她。

贝果飞快地往嘴里塞生煎，甚至有些食不知味。

她在心里埋怨着自己：就知道在心里 YY，人家一出手撩拨自己连接招都不会，只知道害羞，真的是太㞞了！

叶天泽见到贝果吃得香，也拿起了筷子。不得不说，贝果对食物的品位相当地好。

一口气吃了八个，叶天泽已经吃不下了，对面的贝果却刚刚进入状态。

"你不吃了吗？"贝果问。

叶天泽摇摇头。

贝果把叶天泽面前的盘子端到自己面前，一面吃一面自言自语道："今天都忘记直播了……"

直播……

"你的小提琴是哪个老师教的？"叶天泽忽然毫无预兆地问道。

贝果正在往下咽生煎，差点儿没被噎死。

这个人能不能不要这么轻飘飘地问这么可怕的问题！

贝果咳得激烈，叶天泽把水杯递给她，伸出手放在她的后背给她顺气，语气温柔地说："你的老师应该反省，怎么能让你这颗明珠遗落到小吃街这种地方呢？你此刻应该站在维也纳的音乐厅里。你本应该是一朵高岭之花，是普通人无法染指的明珠，是每一个学音乐的人可望而不可即的艺术女神。”

贝果觉得浑身的汗毛都立起来了。再这样下去，她很有可能会消化不良的。

“我不是说过吗？我不会拉小提琴，哪里来的什么老师……我可做不了什么艺术女神，哈哈哈，我觉得我当吃播播主也挺好的呀。”

叶天泽挑挑眉，语意不明地说：“这样啊……”

贝果喝了一口水，继续低头吃生煎，一边吃一边心虚地偷看着贝多芬。

他脸上挂着暧昧不明的微笑，一双眼睛像要把贝果看穿。

“你为什么对小提琴这件事情这么执着？”贝果决定把话题转移到贝多芬身上，因为再被他这么盯下去，她迟早要破功，“你是拉小提琴的吗？”

“不是。”

“那你肯定是专业搞音乐的吧？”

贝果对叶天泽的职业非常好奇，他总不能真的是专业当小白脸的吧。

“我不是专业搞音乐的。”叶天泽喝了一口水，深邃的双眼凝视着贝果，慢悠悠地说，“我是专业搞音乐家的。”

贝果愣了两秒才恍然大悟。

这个男人说话未免也太轻佻了吧！

“我只和音乐家做情人。”贝多芬又补充道。

贝果明白了，他是职业的音乐家情人！

贝果知道上个世纪，有些女人不仅给画家做模特，还照顾他们的饮食起居，以此来换取生活，但是不知道现代社会竟然依旧有这种事情，而且还是男人。

她有些不可置信，又害羞又好奇，鼓起勇气问：“为什么只有音乐家？”

叶天泽毫不在意地说：“我对普通的女人提不起兴趣来。”

贝果心情复杂。

“那我之前看到的那个外国美女……”贝果还是很介意叶天泽跟那个漂亮姐姐的关系，“她也是音乐家吗？”

叶天泽微微蹙眉，回想了一下，问道：“你是说 Sophie 吗？她原来是乐团的首席小提琴，不过后来伤了手，渐渐就淡出舞台了。”

“难不成你就是因为她伤了手当不成音乐家才离开她的？！”贝果惊讶地问。

叶天泽被贝果问得一愣，她的想象力也是够丰富的，他就是跟音乐厅的保洁恋爱也绝对不会跟 Sophie 那个巫婆在一起的。

“不要转移话题，我们现在聊的是你，不是我的感情生活。”叶天泽说。

贝果的小心思被发现，窘迫地低下头，给自己夹了一个生煎。

“呵呵，这生煎要赶快吃，凉了就不好吃了！”

每次面对不知道怎么处理的场面的时候，贝果都会低头吃东西，假装自己不存在。

但叶天泽怎么可能就这样放过她？

一只修长的手滑过贝果的脸颊，捏住了她的下巴……

贝果的手抖了抖，惊慌失措地抬起头，忘记了咀嚼。

这个男人非要她心跳过快死掉才甘心吗？

叶天泽伸出食指抹掉了贝果嘴角沾上的芝麻，然后把手指伸到了她的嘴唇边。

这是要做什么？贝果瞪圆了眼睛。

叶天泽挑了挑眉，手指又往贝果的唇边伸了伸，似乎在暗示她张嘴。

贝果简直就像是中了蛊，被贝多芬诱惑着下意识地轻启双唇，舔掉了那一粒芝麻。

是这样吗？

贝多芬满意地笑起来，那笑容不倾国也能倾城。

贝果觉得脸上充血，恨不得要爆炸。

迟早她都会因为脸红过多脑出血死掉的……

“很好，能通过动作理解指挥者的意图，你会成为一个很好的首席小提琴家的。”贝多芬说。

又被套路了！

贝果现在相信了，这个贝多芬不去吃软饭简直就是暴殄天物！他这手段，可以让无数富婆为了他倾家荡产，人生尽毁！

贝果气得想推开贝多芬，可是他却没撒手。

“小贝果，不要对我撒谎。”叶天泽把贝果的下巴捏得更紧了，“你是小提琴手吗？”

叶天泽的眼神诱惑，大手轻轻地滑到贝果的后背，把她按向自己的方向，两个人的距离近得几乎要吻上。

灼热的手心几乎要把贝果的皮肤烫伤，她似乎能感受到荷尔蒙在两人的呼吸之间激荡……

“如果你是小提琴手，我们就可以发生任何你想要的关系……”叶天泽重复道，“你听懂了吗？我们可以发生任何你想要的关系，任何……”

从小就被教育要做一个淑女的贝果，这一回也忍不住在心里飙脏话了。

Shit！

美男计啊！

Chapter 03
新搬来的邻居先生

“我不是拉小提琴的，我就是一个普通人。”贝果斩钉截铁地说。

父母、朋友、爱人们，嘴上说着希望你健康快乐就好，但如果你真的只是健康和快乐，他们又不满足。要你成功，要你成为他们的骄傲，要你在世俗里闪耀。

可贝果不想背负这些期待，她不想做什么天才少女，她只想做贝果，做一个吃很多的、快乐的、自由的贝果。

如果代价是不被任何人爱，那她也愿意承受这个代价。

叶天泽脸上那暧昧的笑容隐去，他仿佛变了一个人，目光冰冷深邃，似乎要把贝果看穿。

“你确定吗？”他问。

贝果感受到贝多芬传来的巨大的压迫感，这个男人笑起来太轻佻，可严肃的时候又太恐怖。简直就是生来就要成为暴君的人物。

“我确定。”贝果硬气地说，“我就是那种不会音乐的，让你提不起兴趣的普通女人。”

贝果毫不畏惧地看着叶天泽，坚定坦然。

她到底是一个怎样的人？为何平时温驯无害如同一只小羊羔，却又能这样坚定无畏。她在坚持着什么，反抗着什么？

叶天泽第一次对一个女人的灵魂产生了好奇心，而不是她的身体和技巧。

《德沃夏克大提琴协奏曲》，第一乐章，快板。

大提琴的宣叙坚定有力，管弦乐饱满沉着，英雄一般激昂，仿佛能战胜这世上一切的哀伤和沮丧。

是叶天泽的手机响了。

“你不接电话吗？”贝果问。

叶天泽终于又笑起来，举重若轻地说：“我见你似乎挺喜欢这首曲子的，所以让你多听一会儿。”

贝果心里咯噔一下。

她觉得刚才自己的表情很克制啊，虽然她的确是很喜欢这首协奏曲就是了，但是应该没表现出来才对啊！

是贝多芬的眼睛太毒辣，还是他在诈她？

贝果赶紧低头吃生煎。

叶天泽见贝果不接茬，也不纠缠，拿起电话走到一边接听，说了两句很快就挂断，然后就匆匆往店外走。

“哎，你去哪里！生煎你不吃了吗？”贝果叫住叶天泽。

叶天泽停下脚步道：“我记得我跟你说过，如果你不是小提琴手，我对你便没有兴趣了。 ”

贝果目瞪口呆，这个男人真不是一般地绝情。

“那我们还能再见吗？”

叶天泽扬起嘴角，笑得意味深长：“那就要看我们有没有这个缘分了。”

贝多芬头也不回地离开了生煎店，等他走远贝果才想起来自己又忘记问他的名字了……

贝果不仅失去了他的梦中情人，还失去了她的胃口。

一整天贝果都郁郁寡欢，连今天下午的直播都取消了。

贝果觉得前所未有地寂寞，也前所未有地思念她的小提琴。

只有她的小提琴不会在乎她是不是一个无用的、对任何人都没有好处的人。她是天才少女也好，她是大胃王贝果也好，她是小吃街里的 nobody 也好，它总是用同样的声音回应着她。

贝果想要去对面的楼顶取回自己的小提琴，可是白天去了几次都没有人。

思念成疾，贝果退而求其次，决定去吃卤肉饭。

这家卤肉饭的店名就叫作“卤肉饭”，开在全市最文艺的一条街区里，店面很小，只有四张木桌，装修也相当简单，但是味道正宗，是贝果吃过的最棒的一家卤肉饭。

店主是个台湾大叔，三十多岁的样子，留着胡子，一口低音炮，长得也挺酷的，也幸亏脾气特别不好，每天都在骂客人，所以店里的生意才总是不好不坏。要不然贝果觉得以他们家卤肉饭的水准，早就该成网红食品了，那样她不排个几个小时的队伍哪里吃得到？

晚上七点，天已经黑了。这天一黑，那些文艺青年们不方便拍照，所以一到夜里，这小街就没什么人来往。

“卤肉饭”很不起眼，贝果钻进小店里，只有她一个顾客。

老板见到贝果来，懒洋洋地起身，熟络地说：“还剩十五份，你都吃了吧。”

肥瘦相间的五花肉小火慢炒，加上红葱头和酱油，熬煮到肉汁完全融化到卤水里，浓郁黏稠的卤汁浇在晶莹的白米饭上，堆得肉颠颠、颤危危的，似乎随时都要落下来。

拿木勺搅一搅，米饭吸满了浓郁的卤汁，粒粒分明，看一眼就恨不得叫人馋掉了下巴。

五花肉配酱油，再加上大白米饭，这不是天堂是哪里？

贝果吞了口唾沫，喜滋滋地对着镜头说：“Hello 大家好，我是大胃王贝果，今天我要吃的是十五份卤肉饭！”

贝果来不及多说话，赶紧往嘴里塞了一口，吧唧吧唧吞了下去。

“超好吃！”贝果超级满足地说。

叶天泽看着手机里贝果愉悦的笑容，心里相当地不舒服。看来他对贝果真的是没什么影响力，至少对她的胃口是毫无影响力的。

不过，很快更让他不舒服的事情又发生了。

贝果拉着一个男人坐到她身边，握着男人的胳膊，笑眯眯地说：“必须给大家介绍一下这家店的老板，台湾人，别看他看起来很酷的样子，脾气也是相当不好呢。哈哈哈哈。”

叶天泽盯着贝果放在卤肉店主胳膊内侧的手，眉毛挑了挑。男人的上臂内侧，如果不是关系非常亲密的人，是不会随便碰的。

他们是什么关系？

“店主好帅！”

“贝果介绍过那么多店主，这个最酷了！”

“你们发现没有，贝果好像专去帅哥的店吃饭哟……”

“好跩的店主，一脸不情愿。”

老板虽然不耐烦，但还是在贝果的要求下跟大家挥了挥手，然后有些嫌弃地问：“好了没啦？”

“好了好了！”

贝果终于放老板走了。

“虽然老板脸很臭，但是他做的卤肉饭真的是绝了，大家都要来吃哟！”贝果不遗余力地给老朋友打广告，“你们想想看，服务态度这么不好，如果不是做得超好吃，早就关门了！”

哼……

有多好吃？

叶天泽记下贝果报的地址，起身出了门。

结束直播，老板给贝果做了一壶奶茶，然后坐到贝果的旁边抽着烟。

他长了一双忧郁的眼睛，如果不是大胡子太过粗犷，完全就是一副小生的长相，跟他火暴的性格截然相反。

“今天生意怎么样？”贝果问。

“还可以啦。”老板一口的台湾腔，吐了口烟圈道，“不过，今天有两个白目得要死的女孩子来我这里吃饭，竟然嫌肉太肥。怎样啦？卤肉饭当然要五花肉做啊，不肥还叫卤肉饭吗？机车……”

“可能是怕胖吧……”

“怕胖就不要吃卤肉饭啊……”老板又狠狠地抽了一口烟，问贝果，“你呢，今天过得怎样？”

贝果苦笑着摇了摇头，道：“被梦中情人拒绝了……”

老板的眼神亮了亮，但又很快变得无精打采的样子，讪讪地说：“真的假的？那你的梦中情人超瞎的，竟然拒绝你这么好的女孩子。”

“哈哈哈，真不像老板你会说的话。”

老板熄灭了烟，冲着贝果扬了扬下巴道：“是怎样，我们今天来不来一发？”

“来呀！今天正欠呢！”贝果搓着手，学着老板的台湾腔道，“吃饱了超级想来的啦！”

叶天泽正准备进店，刚好听到两个人的这句对话，他往后退了一步，站在幽暗的门廊后，看向明亮的室内。

屋内的两个人微笑对视，一副跃跃欲试的样子。

看不出来这个小贝果还挺开放，饱暖思淫欲啊！

叶天泽没来由地生闷气，这丫头看起来挺乖的，竟然偷偷摸摸在外面做坏事，还不害臊地说自己正欠着呢。

叶天泽的手都已经抓住门把手了，可转念一想，又完全不能理解自己心里的这把无名火。一个只见过几面的陌生人而已，她的私人生活跟他有什么关系？他应该只关心她会不会拉小提琴。

屋子里的灯光暖洋洋的，年轻男女微笑着凝视着彼此，仿佛全世界只剩下他们两人。

她对谁都这样笑吗？

叶天泽看得扎眼，收回手，冷着一张脸转身离开。

老板走到门口挂上“打烊了”的牌子，转过身时贝果已经跃跃欲试地在擦口琴了。

他温柔地笑了笑，走到角落里的架子鼓前坐下，拿起鼓槌行云流水地一阵弹击，然后对贝果扬了扬下巴。

“Let’s have something blue！”

叶天泽走出去几百米，可心情非但没有变好，反而变得更加暴躁。

他冷笑起来，真是奇怪，他是专程过来吃卤肉饭的，又不是为了贝果来的，凭什么要走？

对，叶天泽想通了，立刻又转身大步往那家卤肉饭店走去。

走到巷口，叶天泽听见小巷深处传来一阵花哨的击鼓声，鼓手的技巧还不错，但也算不上顶级。优点是律动感了得，能够掌握节奏，打得不错。谈不上多么专业，但也绝对不是普通音乐爱好者的水平，应该受过正统的训练。

看来这条假文艺的街道还真藏着几个三流艺术家。

叶天泽稍稍放慢了些脚步，仔细聆听着鼓声，职业病一般思索着这个鼓手哪些地方是能够提升的。比如说他的腿部肌肉太紧张，以至于双踩踏得不够稳；比如说鼓声的音色缺乏颗粒感，是手腕的控制力和爆发力不够，需要通过康佳鼓和手鼓的训练来加强……

鼓手一段炫耀般的华彩结束，有片刻的停顿。

叶天泽冷笑，鼓打得不怎么样，态度倒是很骄傲，这种人放在他的乐团里，不出三天就会哭着逃走。

叶天泽瞬间丧失了兴趣，可是短暂的停顿之后，鼓声又响起，伴随着鼓声而来的，还有悠扬的口琴声。

叶天泽猛地停住脚步。

Blues。

口琴是最容易入门的一种乐器，几乎不需要太多乐理基础就能学习，甚至都不需要识谱。但是任何乐器，无论入门难易与否，要做到顶尖都需要万里挑一的天分。

那是需要被艺术的上帝钦点的天分。

这个吹口琴的人，便是那个万里挑一的人，即便他吹口琴的技巧满是漏洞，但是依旧能够感受到他的与众不同，尤其是与打鼓者在一起，高下立判，简直就是一场碾压式的表演。

叶天泽是古典乐专业的，但是对所有的音乐形式都有涉猎。

听音色，这是全音阶的十孔口琴，演奏难度在所有口琴里是最大的，技巧较为复杂。演奏者大概是刚刚入门，有许多生涩的地方，但是他的乐感极好，只是第一个小节而已，便已经听得人心颤。

Blues，蓝调，忧郁。

起源于黑人奴隶的灵魂乐。

正因为被禁锢所以更加渴望自由，正因为身体不属于自己，所以才歌颂灵魂。生活本身就是一场注定的悲剧，可 Blues 却要用这种无拘束的态度对抗生命里的悲剧主义。

蓝调音乐最重要的便是自由自在的精神，这个演奏者便极其地自由，在音乐里游刃有余，甚至对那些技巧上的不足都有种无所谓的洒脱，反倒显得可爱迷人。

哀而不伤，精神至上。

叶天泽觉得自己似乎能够感受到这个演奏者的精神世界，宽广悲悯，快乐自由。

就像是一只落基山羊，栖息在陡崖的岩石区，在峭壁断崖之间奔跑，就算随时可能会摔死，也不停止跳跃。

只有这样的人能够完美地驾驭蓝调音乐。

都说Blues音乐是Blue devils，而叶天泽觉得这个演奏者是有潜质成为蓝调魔鬼的男人。他很难得有要跟人交朋友的念头，但是这一刻，叶天泽发觉自己真的很想认识这位演奏者，跟他成为朋友，坐下来喝一杯，聊聊音乐。

叶天泽加快了脚步，顺着口琴声一路走过去，直到走到那家卤肉饭店门外。

温暖的黄色灯光下，络腮胡的男人敲击着爵士鼓，神情陶醉。一个头发齐肩的女孩子，穿着白色的蓬蓬裙，肚子鼓鼓的，悠然轻松地吹着口琴。

原来，“他”不是他，而是她。

“Blue devils”也不是devil，而是angel。

叶天泽看到了他的蓝调天使……

虽然现在是Monday evening，但是这首《Sunday morning》两人却演奏得相当地尽兴。

“不错哟！”臭脸的台湾腔老板难得夸奖人，对贝果比了个大拇指道，“比上次更游刃有余了，超厉害的。”

贝果有些不好意思地说：“平时练得少，好多地方都是糊弄过去的。”

“没关系的啦，反正就是我们自己玩儿，也没有别人听。”老板放下鼓槌，又道，“对了，我的朋友准备在附近开一个爵士音乐酒吧，我和另外几个乐手打算组个乐队，你要不要跟我一起？有你加入一定超棒的，我们平时还可以一起练习。”

虽然卤肉饭老板的语气听起来很随意，但是敏锐的叶天泽还是察觉到他声音里深藏的渴望。

可是贝果毫不犹疑地就拒绝了。

“不了。我不想登台表演，你还是另找别人吧。我就吹着玩玩，不想花太多时间练习。”

虽然贝果的语气平平淡淡的，脸上的笑容也很柔和，但是话里拒绝的意思却非常坚定。

台湾腔老板满脸的失望，但还是故作无所谓地耸耸肩道："算了啦，我都习惯被你拒绝了。"

"抱歉哟……"

贝果低着头，坐在凳子上不好意思地擦着自己的口琴。

她低头的样子有一种温柔，就算是暴脾气的老板也对她生不起气来，叹息一声，靠在她旁边的桌子上，点了一根烟，忧郁的双眼温柔地凝视着她。

"贝果，你可以拒绝当我乐队的乐手，但我接下来问你的事情希望你不要拒绝我。"

贝果抬起头笑眯眯地说道："除了让我当乐手，别的事情能帮忙的我都愿意的。"

老板被贝果的笑容煞到，脑门都出汗了，他把头巾取下来，挠了挠脑袋道："哎哟，挺不好意思开口的……"

"嗯？"贝果疑惑地问，"是要借钱吗？我最近手头有余钱的，你要多少？"

贝果觉得这么支支吾吾，肯定是要借钱！最近土豪粉丝给她砸了不少钱，她难得有盈余。

"不是不是！你误会到哪里去啦！"老板有些着急地说，"我指的是我们之间的事情，你懂吗？"

老板都三十好几的人了，也不是第一次表白，但是面对贝果竟然还纯情得像是个高中生，他暗自庆幸自己有胡子挡着，要不然被贝果发现自己这么紧张，真的是超丢人的。

"到底是什么事情？"贝果迟钝地问。

不管啦！就是喜欢她呀！

老板终于鼓起勇气，伸出手就要去拉贝果的手，打算用行动表达自己的感情。可就在这千钧一发之际，店门"轰"的一声被打开了。

靠！谁啊！

叶天泽粗暴地踹开木门，黑着脸打断了店主的表白。

"老板，来碗卤肉饭。"

贝果一个激灵。

这客人的声音真耳熟，耳熟到她觉得浑身发麻。

没有这么巧的事情吧，这也能碰上？！这是怎样的孽缘……

贝果胆战心惊地抬起头来，果不其然，见到了那个让她心情复杂的男人。

“打烊的牌子没看到吗？不识字啊！”卤肉饭店的老板没好脸色地说。

叶天泽轻耸双肩，手肘向外摊开，恬不知耻地说：“哦，是这样吗？我刚从国外回来，不认识中文。Scusa！”

贝果忍不住疑惑地皱了皱眉，上次他不是还跟人说德语的吗，怎么这次又说意大利语，他到底是从哪个外国回来的……

叶天泽看向贝果，眼神炙热而暧昧。

“Ciao，我的贝果小姐。”

贝果又是一个激灵，胳膊上的鸡皮疙瘩都立起来了。不知道为什么，被贝多芬这样看，她非但没有那种被心上人注意到的欣喜，反而有一种毛骨悚然的不祥预感……

叶天泽的目光移到贝果手上的口琴上，挑了挑眉毛，然后意味深长地看向贝果。

贝果吓得飞快地把口琴塞给了卤肉饭店的老板，卤肉饭店老板都蒙了，把琴塞给他做什么？

贝果就猛地站起来，心虚地冲着贝多芬打招呼道：“好巧啊，你也来吃卤肉饭吗？”

叶天泽微笑地看着贝果：“来卤肉饭店当然是吃卤肉饭的，不然呢？当然，也许是为了遇见你也说不定。”

贝果的脸“噌”地一下就红了，为什么忽然又要撩她！

“你们认识？”老板疑惑地看着贝果，心里相当不安。

贝果害羞地瞥了一眼叶天泽，嘟囔着：“算是认识吧……”毕竟她连他的名字都不知道。

老板觉得这两人之间似乎有点儿什么，看两人这暧昧的样子可不像是“算是认识吧”的关系！

可贝果不是一直都是单身吗？

“卤肉饭卖完了，赶快走。”

男人的直觉让卤肉饭店的老板觉得这个男人很可能是自己的情敌。

“对不起啊，剩下最后十五份刚刚都被我吃完了。”贝果不好意思地说。

“光说对不起就够了吗？”叶天泽问。

“啥？”贝果微微睁大了眼睛问，“那还要怎样？”

叶天泽大步走到贝果跟前，一把抓住了贝果的胳膊，微笑着说：“既然你把我想吃的东西都吃光了，那么你就请我吃你想吃的东西吧。”

不待贝果和老板反应，叶天泽就已经不容贝果拒绝地把她拉出了小店。

“卤肉饭”的老板呆呆地看着两人离去的背影，半天才回过神来。

“这两个人是怎样啦……”他看了一眼手里的口琴，嘟囔道，“莫名其妙，超没劲的……”

贝果被叶天泽塞进了出租车里。

“我们去哪里吃啊？”贝果坐立不安地问。

她也不知道自己为什么又无缘无故地要请贝多芬吃饭，那顿艾克蕾真的不是白吃的……

“是你请我吃饭，当然你定去哪里。”

这个人也是一点儿都不客气，贝果在心里暗搓搓地腹诽着，不愧是吃软饭的，要人请客也要得如此理直气壮。

“那要不就回小吃街吃吧……”

贝果跟叶天泽一起站在街边等锅盔，也不知道是不是她的错觉，好像跟叶天泽站在一起回头率特别高。

她偷偷打量着叶天泽，他的站姿放松却优雅，一看便是在家教良好的家庭长大的，手指上的小动作迷人又性感，她在心里无声地叹息，这个男人简直就在发着光，她哪里配得上他呢？

小吃街杂乱的霓虹灯，似乎也在叶天泽完美气质的普照之下，升华成了城市画报般的背景，她想把自己的目光从叶天泽的脸上移开，却发现自己根本就做不到。

“锅盔和烧饼有什么区别？”叶天泽有些好奇地问。

贝果正看着叶天泽完美的侧颜发呆，被他忽然的回头吓了一跳，猛地回过神来，一时没听清叶天泽问的什么。

“哈？”

叶天泽已经习惯了贝果偶尔的神游太空，无奈地轻笑一声，又问:“我问你锅盔和烧饼到底有什么区别。”

贝果恍然大悟，立刻兴致勃勃地解释道：“我也不是很清楚，但是我觉得锅盔比烧饼更薄更脆，烧饼吃了容易腮帮子疼，锅盔就不会啊！而且锅盔的馅料有很多，白糖的、豆沙的、鲜肉的、牛肉的、梅菜扣肉的，怪味的……我最喜欢怪味的！可以一口气吃十个！”

想到这里，贝果觉得自己锅盔要少了，对老板伸出手指道：“再来五个怪味的！”

“好嘞！”

叶天泽也没有想过自己有一天会做这种边走边吃的事情，而且吃的还是锅盔。

“你怎么不吃啊！”

贝果一只手里举着五个怪味锅盔，另外一只手还分别拎着一个豆沙的、一个白糖的、一个鲜肉的、一个牛肉的、一个梅菜扣肉的，都是豪华双料。

“看起来不怎么好吃的样子。”叶天泽皱皱眉道，“干巴巴的。”

“你知道为什么它看起来不怎么好吃吗？”贝果表情夸张地说，“因为它好吃到根本就不用长得好看啊！”

叶天泽也是被贝果的理由折服了，终于战胜了自己不边走边吃的习惯，咬了一口锅盔。的确像贝果说的那样，又薄又脆，麻辣甜咸，挺好吃的。

“好吃吗？！”贝果瞪大了眼睛，一脸期待地看着叶天泽，就像是一只渴望被主人表扬的小狗似的，“我最喜欢的就是这个怪味的了！”

其实绝大多数的食物在叶天泽看来都差不多，没有好吃到惊为天人，或者像贝果常常说的那样“超好吃”的感觉。

但是仿佛是被贝果的热情和希望感染了，叶天泽竟然觉得这其貌不扬的锅盔让他有一种满足感。

他眼里有柔和的光，微笑着说：“好吃，谢谢你的推荐。”

“我就知道你会喜欢的！”贝果也咬了一口自己手里的怪味锅盔，笑得眼睛都眯成了一条缝，发自内心地感叹道，“真的是超好吃！”

贝果吃完了一个，叶天泽还一半都没有吃完。

“吃慢点儿。”叶天泽叮嘱道，“吃快了对胃不好。”

“我已经吃得很慢了呀！”在大胃王里贝果真的算是细嚼慢咽的了，她又举起手里的袋子道，“这里还有白糖、豆沙、鲜肉、牛肉、梅菜扣肉的，都是给你买的，你每样都尝一尝。”

叶天泽不可置信地说：“你以为我是你吗？我哪里吃得完这么多。”

“怕什么，还有我呢，怎么会有吃不完的东西！”

叶天泽无奈地摇摇头，侧过脸轻笑了一声，连他自己都没有发觉他笑得有多温柔。

吃完了锅盔，叶天泽送贝果到了楼下。

贝果有些依依不舍，难得今天跟贝多芬之间的气氛这么好，她必须得趁热打铁，得寸进尺，借着杆子就往上爬才可以！

“你一直都没有告诉我你的名字呢……”贝果不愿意这么快上楼，低着头，双手背在身后，一只脚在地上画着圈，“我们都一起吃了两顿饭了。”

“我们一起吃第三顿饭的时候，我就告诉你我的名字。”

贝果一听这话，简直就是喜上眉梢。

有戏啊！

“那我们什么时候一起吃第三顿饭？！”

约我约我约我约我！

叶天泽扬起嘴角，笑得坏坏的。

“你承认你是小提琴手的时候。”

贝果僵住，叶天泽满意地揉乱了她柔软的头发，转身离去。

晚上贝果躺在床上辗转反侧，她真的想不明白贝多芬为什么那么执着地要她承认自己是小提琴手。

他到底怎么看出来的？他有什么目的？

想着想着贝果就焦躁地睡不着觉，她爬起来在阳台上吹风，惊讶地发现对面楼顶的灯是亮的。

邻居在外面浪了一天，终于回家了！

机不可失，真不知道下次什么时候才能堵到他在家的时候，贝果没多想，披了件外衣就下了楼。

贝果到了对面楼的天台门口，想着要怎么措辞，别人才不会觉得她有毛病。

“你好，我的小提琴一直藏在你家废弃的旧水箱里，我今天过来拿。”

就这样说吧，简单直接。

看这住户，也不是那种会贪人便宜不还她小提琴的人。

贝果敲了敲门，很快就听到脚步声靠近。

她清了清嗓子，整了一下自己的衣服，脸上露出礼貌的微笑。

“小王子”，这两天你一直待在水箱里一定很寂寞吧，妈妈来接你了！

天台的门打开，贝果笑眯眯地正想开口，却仿佛被雷劈了一般僵在那里。

贝多芬为什么会住在这里！

在对面那栋楼的天台外，在贝多芬的家门口，贝果又做了一件这些年来她一直在做的事情：逃跑。

她的邻居怎么可以是贝多芬呢？贝果简直就是落荒而逃。

贝果祈祷着。天色那么暗，她又站在楼道里，说不定贝多芬没有认出她呢？请千万不要认出她来啊！

“贝果！”叶天泽站在门口气急败坏地喊道。

果然老天爷不是站在她这一边的！

“你跑什么？”

贝果也不知道自己为什么要逃跑啊，下意识地就这样做了。

心中焦虑，又往下冲得太急，贝果一个没注意踏空了一节楼梯，脚一崴便从楼梯上摔了下去，疼得她大叫了一声。

“贝果？你怎么了？”

一阵急匆匆的脚步声传来，叶天泽飞快地往下寻来。

“没事儿，摔了一跤而已。”贝果冲着楼上喊道。

贝多芬从楼梯上匆匆往下跑，神态焦急。

还有什么比自己喜欢的人急切地跑向自己更让人心动呢？贝果心里一暖，连脚上的伤都没有那么疼了。

叶天泽匆匆赶到楼下，见到贝果正捂着腿，一身狼狈地坐在楼梯间里，目测应该是崴了脚。不过叶天泽估计贝果应该没什么大碍，因为伤势严重的人，是不会露出这种奇怪的微笑的……

“还好吗？”叶天泽问。

“没事！”

贝果想自己站起来，可是才一用力就觉得脚上一阵钻心的痛，又往前一栽，摔了个狗吃屎。果然是晚上吃多了，重心不稳……

好糟糕，贝果不敢想象自己现在在贝多芬眼中是什么样子。她勉强地撑起身子，想要站起来，可就在这时候，她觉得身子一轻……

叶天泽抓住贝果的手搭在自己的肩上，一把就把贝果给抱了起来。

“还可以，比我想象的轻。”叶天泽说。

这大概就是传说中的因祸得福吧……

贝多芬的头发湿湿的，大概是刚刚洗完澡，浑身散发着一种沐浴后的清香，这个男人就像是海王星，让贝果有一种迷幻般的依恋，简直就是中了邪一般，梦幻、沉迷……

“好闻吗？”叶天泽微笑道，“你可以再靠近一点儿，没关系。”

贝果这才发现自己竟然在嗅叶天泽的味道……意识到自己的失态，贝果吓得忙摇头，又发觉摇头似乎不大对，便又点头，又摇头，又点头……

“你到底是想怎么样？摔着了腿又不是摔了嘴巴，话都不会说了？”

贝果低下头，害羞地说：“好闻……”

叶天泽露出一个好看的笑容来，笑得贝果心醉神迷，低下头轻轻地靠着他的胸口。

这种跟心上人亲密接触的机会可必须好好把握。

“你为什么会过来找我？”叶天泽问。

被问到这个问题，贝果心里一惊，旖旎的念头刹那间烟消云散，低声嘟囔道：“看到新邻居搬来，过来打个招呼，没想到是你……”

“晚上十一点，你打的是什么招呼？”叶天泽挑挑眉问。

贝果尴尬地咽了一口唾沫，硬着头皮说：“就是忽然想到这一点所以才跑啊。”

叶天泽嗤笑一声，摇摇头，女人的思维都这么没有逻辑的吗？

他把贝果放在沙发上，一边查看着她的伤势，一边悠闲地说：“你现在知道什么叫作跑得了和尚跑不了庙，躲得过初一躲不过十五了吗？”

贝果在心里嘟囔着，这人不是从国外回来的吗？怎么歇后语用得这么溜……

“嗷！”叶天泽碰到贝果受伤的地方，疼得她嗷嗷直叫。

“以后还跑不跑了？”叶天泽眼神锐利地问。

贝果可怜兮兮地摇了摇头，迅速地就服了软：“不跑了……”

叶天泽这才满意地低下头，继续查看贝果的脚踝。

“还好，没有骨折。骨头挺结实，看来平时没白吃那么多饭。”

也不知道是不是自己太敏感，贝果怎么觉得贝多芬特别爱讽刺人呢？

“你等我一下。”

叶天泽留贝果一个人在玻璃棚里的沙发上，自己走到屋内不知做什么去了。

贝果一个人坐在天台上，眼神立刻锁定住那个废弃的旧水箱。

她还没有忘记自己大半夜来这里的使命，她是来拿她的小提琴的！贝果扶着茶几勉强站起来，探头看了看，贝多芬似乎还没有要出来的意思。

机会难得，就是现在！

贝果忍着疼痛一瘸一拐地走到水箱下面，想要往上爬，可她还是太高估自己对疼痛的忍受能力了，脚疼没踩住，又一次摔了下来。

疼疼疼！

叶天泽听到声音从屋子里走出来，见到贝果坐在地上，把冰桶放到一边，匆匆走过去，无奈地说：“你怎么又摔跤了？”

贝果疼得龇牙咧嘴地说不了话。

叶天泽无可奈何，这个小贝果简直就跟一只不听话的猫一样。

他黑着脸检查了一下这只不听话的猫的伤势，然后又将贝果一把抱了起来。

“你想要我抱你可以直说的。不用一直摔跤，这样太麻烦了。”

贝果被叶天泽说得害羞得要命，忙摆手道：“不是的，我……我是看你半天没出来，想自己先回去，不好打扰你休息。”

叶天泽抬头看了看周围，皱着眉道：“门在那边，方向搞错了吧，怎么着，你是想直接从这里跳过去吗？”

贝果尴尬地笑了笑，硬着头皮道：“对……对啊……挺近的。”

“我看你是想跳楼吧。”叶天泽把贝果扔在沙发上，冷笑一声，讥讽道，“我得给你检查一下，看看是不是摔着脑子了。”

贝果无言以对，只能硬生生先受了这个脑子不好的评价。

叶天泽蹲下来，给贝果脱鞋。

贝果挣扎了一下，但是他抓她的脚抓得紧，她没能挣脱。

“再乱动打屁股了。”

贝果脸一红，不敢乱动了。

她连他的名字都不知道，他就说这种暧昧的话，真轻浮。可是贝果悲哀地发现，这么轻浮的贝多芬，她也是超级喜欢的。

叶天泽用冰块给贝果冰敷脚踝。

“难道不应该热敷吗？”

“二十四小时以内要冰敷，可以让破裂的毛细血管凝固。二十四小时之后，受伤的地方需要化瘀才是热敷。”

“你真的是从国外回来的吗？”贝果问出自己心中的疑问，“你一个国外回来的人怎么知道那么多歇后语，还有这止血化瘀的一套。”

“我祖父母的生活方式很传统，我和他们一起长大的，没办法，天天听他们念叨，不知道也知道了。”

小时候叶天泽的父母时常要带着乐团巡演，所以他有很多时间是和祖父母一起生活的。那两个老头老太太怕他忘本，从小就对他进行爱国教育。

可这边一听到贝多芬说和祖父母一起长大，贝果心里就是一抽，难道……

“你父母为什么不在你身边，他们怎么了……”

叶天泽看贝果的眼神就知道她想多了，但他也不解释，只是默默地给贝果敷脚。

这让贝果更确定了，叶天泽是个可怜的孤儿。

“你这是什么眼神？”叶天泽哭笑不得地问，“同情我吗？”

他这辈子还没被谁可怜过，这个经验倒是蛮特别的。

“不不不，不是的！”贝果忙摆手，这个男人的自尊心真的超脆弱的，一个小白脸都让他记恨了那么久，不能再让他觉得自己对他有怜悯之心！

“我是觉得你一个人挺不容易的，很坚强！”

竟然有人觉得他不容易？叶天泽忍不住笑起来，他的人生最大的烦恼可能就是做什么都太容易了，所以才要不停地追寻挑战。

“那你祖父母现在在哪里？”贝果又问。

叶天泽想了想，那两个老头老太太现在大概在环球旅行的航班上吧……

他抬头看了看星空道："应该在天上飞着呢……"

死了？！贝果的心都要碎了，她没想到贝多芬这样命途多舛，一下子就原谅了他吃软饭这一点点的道德瑕疵……

一切都有了解释，难怪他吃软饭，因为他缺爱啊！而且从小父母都不在，大概家里的经济条件也不好，所以才只能这样啊。

贝果柔肠百结，正想说几句话来安慰一下贝多芬的时候，贝多芬却一开口就把天给聊死了。

"不说我了。我们来聊聊你。你的口琴挺不错的，跟谁学的，嗯？音乐家。"

"我就随便吹吹，哪里是什么音乐家……"

"随便吹吹就这么好，认真吹还得了？你知道你这话会让多少学音乐的人绝望吗？你与生俱来的，却是他们终其一生追求却得不到的。"

贝果尴尬地笑了笑，觉得又有种聊不下去了的心情。

"你不想找个机会专业地学音乐吗？"叶天泽又问。

贝果清了清嗓子，眼神游移，但是回答却干脆果断。

"完全不想……"

"可我觉得你很有天赋。"叶天泽的手拿着冰袋轻轻在贝果的脚踝移动，似乎漫不经心地说，"你如果学小提琴，是有资质做首席的。原先我觉得你年纪太大，从头学起太难，现在觉得以你的天赋，说不定也不迟呢？"

"哈哈哈哈，我都这么大年纪了！我这人吃不了那个苦的……"贝果故作无所谓地笑道，"你干吗对我学小提琴的事情那么执着？就因为我的手吗？那你的手也大，手指也灵活，为什么不去弹钢琴？"

"我原来就是钢琴专业的。不过后来手受伤就没有继续弹了……好了，你试试脚还疼不疼？"

叶天泽把冰袋放在一边，松开了贝果的脚，可是抬起头一看，发现贝果竟然正眼泪汪汪地看着自己，似乎要哭出来。

"你怎么了？还那么疼吗？"

贝果摇摇头，忍住哽咽道："我就是觉得，你那么喜欢音乐，却因为伤了手不能弹钢琴，有些为你感到难过……”

难怪他对音乐家那么执着，因为那是他永远无法实现的梦想啊，所以找另一半的时候才希望找学音乐的……

也因为他伤了手，不得不放弃学习多年的专业，才会沦落到需要吃软饭的地步。

叶天泽知道贝果又误会了，她以为他是电视剧里的苦情男主角吗？

其实叶天泽手上的伤也不算严重到摧毁职业生涯，但他是个完美主义者，觉得凡事做不到第一就没有任何意义，才放弃了钢琴改学了指挥。

后来他自己指挥莫扎特钢协的时候也试过自弹，指挥歌剧的时候给歌手当过钢琴伴奏，但是事实证明，他更适合也更喜欢当指挥，因为本质上他就是个控制狂。

叶天泽依旧不解释，微笑着说：“所以如果你能珍惜你的天赋，如果你愿意学小提琴，或者说如果你愿意承认你会拉小提琴，我会非常高兴的。”

话题又转到贝果的身上，心疼贝多芬归心疼贝多芬，但是事情到了自己身上便又不一样了。

贝果低下头不搭腔，默默地把鞋子穿上，扶着茶几站起来道：“谢谢你帮我冰敷，我的脚好多了，这时间也不早了，我就不打搅你休息，先回去了。”

贝果对这个话题如此抗拒，这越发让他确定贝果不可能没有学过音乐，一个完全没有接触过音乐的人是不会对音乐反感至此的。就像是你跟一个女孩子聊起一个男人，她若是表现出强烈回避和抗拒，绝不是因为她不在乎他，正相反，她不是曾经爱过这个男人，就是曾经恨过这个男人……

“你的脚受了伤，我送你回去。”叶天泽说。

“不用不用！”贝果一瘸一拐地走了两步道，“你看，我可以的，一会儿跳着跳着就下去了。”

“那你等会儿还要跳着上六楼。”这边又没有电梯。

“晚上吃得多，我要消化一下，对身体好！”

叶天泽知道，贝果这是在逃避他，逃避音乐的话题。

“好，那我就不送你了。”

来日方长，叶天泽也不急于现在就让贝果承认身份。

“要是明天疼得更严重了，记得去看医生。”叶天泽说。

“我知道的，谢谢……”

贝果一瘸一拐地往外走，昏暗的灯光下，贝果一瘸一拐的样子显得单薄而孤独，叶天泽心里没来由地生出一股温柔来。

她就像是一个自己解不开的谜题。

“贝果。”

“嗯？”贝果转过身。

叶天泽追到门口，对贝果说：“叶天泽。”

贝果愣住了，惊讶地合不拢嘴。

“我的名字叫作叶天泽。”他又重复一遍道。

只见贝果低下头，忽然非常温柔地笑起来，无奈地问：“因为我会吹口琴，所以现在你愿意告诉我你的名字了是吗？”

叶天泽轻笑一声道：“你也可以这样理解。”

“你知道吗？”贝果撇撇嘴，无可奈何地嘟囔道，“你真的是个非常奇怪的人……”

叶天泽笑容轻狂，似乎完全不在意别人说他奇怪，反而有些得意。

“与众不同可不是坏事。”尤其是在艺术的领域里。

贝果笑了起来，他真的是超级自负的一个人。

她低下头，轻轻地念了一遍他的名字。

“叶天泽……”

“嗯？”

贝果摇摇头，微笑着不说话。

叶天泽，她的贝多芬叫作叶天泽。

贝果继续往外走，走到楼梯口，却又忽然停下了脚步，她转过头看向叶天泽，一副欲言又止的模样。

“怎么了？”

“为什么非音乐家不可？你为什么对音乐那么执着？普通人就不可以吗？”

“不可以。”叶天泽毫不犹豫地说，“我要找的那个人，是我来这个地方唯一的目的，她是一切的原因，她是一个可以帮我寻找到艺术的上帝的人。所以我永远不会放弃寻找她。”

贝果听得莫名其妙，总觉得叶天泽意有所指。

“我不是很懂你到底在追求什么……”

叶天泽扬起嘴角，温柔地笑起来，他靠在门栏上，看着天上的月亮问：“你谈过恋爱吗？”

贝果被问得一愣，相当尴尬。

她单身了二十多年，加上暗恋也就喜欢过叶天泽一个人而已……

“有过吧……”

如果她暗恋贝多芬这件事情算是恋爱的话。

“有一种生命的热情，就像是爱情一样让人身不由己。没有为什么，因为你必须这样做，没有别的选择，就像是被扔进海里的溺水者，你必须要拼命游才可以。音乐对于我来说就是这种强烈得超过爱情的情感，我必须去追寻它，这是我生来的使命，不是我选择这样去做，而是它一点儿自由也不给我。”

身不由己，梦想和爱情从来不给人选择的余地。

贝果听得着迷。

贝多芬看着月亮，银色的月光洒在他大理石雕塑一般的侧颜上，这一切美得不真实。

在这个刹那，贝果觉得她与贝多芬是性命相知的。

她想起自己第一次拉小提琴，听到第一个音符的时候，她便仿佛一个心甘情愿被奴役的人。

那种身不由己的狂热俘获了她，她感受到体内有一股狂热的激情，如果她不去拉小提琴，那激情就要她永远都无法得到宁静。

所以歌唱家要歌唱，画家要绘画，作家要写作。

因为那股生命的激情叫我们必须这样去做，它不给我们任何的自由，如果不去这样做，我们的灵魂就要一直在火焰上炙烤，永远都要备受煎熬。

“你懂这种感觉吗？”叶天泽问。

贝果点点头。

叶天泽的眼睛亮起来，温柔地问：“什么时候？”

“吃的时候！”

看到叶天泽脸上那嫌弃无比的眼神，贝果知道自己又把天聊死了。

Chapter 04
我的上帝，我的女神，我的小公主

贝果非常后悔，就应该让叶天泽送自己上楼的，单腿跳六层楼，绝对要把另外一条腿也跳残废！

一面往上跳，贝果一面深刻思考：明天直播要吃什么呢？

这个星期已经吃了甜甜圈、卤肉饭，甜的咸的都有了，贝果决定明天吃个辣的，把粉丝送的那一箱火鸡面给吃了。

想到明天醒来就又能吃东西了，贝果的心情好起来，休息了一下，又继续快乐地往上蹦跶。

等她断断续续地上了六层楼回到家已经半个小时过去了，贝果累得直接就瘫在了外面的餐椅上。

“喂，腿没有跳断吧？”

贝果猛地坐起来，见到叶天泽双手搭在天台的栏杆上，正看着她。

夜风吹乱叶天泽的头发，也吹乱了贝果的一颗少女心。

叶天泽看了看手表道：“你要是再过五分钟还不出现，我都准备冲过去找你了。”

贝果脸一红，爬起来一瘸一拐地走到栏杆边，问：“你一直在等我到家吗？”

“要不然呢？我喜欢大半夜在外面吹风吗？”

贝果脸更红了，低着头害羞地说：“今天谢谢你了，还帮我敷腿，我改天请你吃饭。”

叶天泽无奈地问：“你感谢人的方式就只有请吃饭吗？”

“对啊。要不然呢？你想我怎么感谢你？”

“我想到了再告诉你，时间不早了，赶快进去休息吧。”

“哦……”贝果有些舍不得，但还是一步三回头地进了房间。

洗完澡，躺在床上，贝果又开始思考人生。

她已经有好几天没有摸过她的琴了，心里痒痒的。可是贝多芬住在那里，她要怎么不被他发现地把琴拿回来？

不过她感觉贝多芬今天对她似乎特别温柔，好像在渐渐向她打开心房。是因为他听到自己吹口琴所以对她改变态度了吗？

那么要是她承认自己会拉小提琴，他该对自己多温柔啊。

爱情和自我，二者不可两全，为何要她做这样艰难的选择？

唉，贝果重重地叹息。

见到对面的灯暗下来，叶天泽才起身准备回房间休息，经过贝果刚才摔倒的地方时他停住了脚步。

他可不信贝果是想跳过去，两栋楼之间的距离有三米，她的腿没摔伤都可能跳不过去，更别说还有一只是跛的。

叶天泽抬起头，看向那两个高高的水箱。

这边的街区做旧城改造的时候扩大了水箱的容量，但是旧的那个也没有人拆走，一直空置在那里，叶天泽一开始想把那个旧的处理掉，但是搬来得比较着急，一直没来得及弄。

叶天泽看了一眼贝果住的天台，又看了一眼这个水箱，心中生出一股疑惑来。

他爬到高台上，打开了水箱，拿着手机往里照了照——锈迹斑斓的铁罐子里有一个用透明防水布裹得严严实实的木盒。

这种木盒叶天泽见过无数次，可这一刻，他竟然感觉有些心跳加快。

意大利现在是下午六点，霍成珏正坐在罗马街头的餐厅，喝着红酒，吃着 Pasta，瞟着美女，却忽然接到了叶天泽的视频邀请。

“Ciao！”霍成珏举起酒杯对叶天泽敬了敬道，“你不是在中国寻找灵感吗？怎么想到找我视频了？”

“别废话，给你看样东西。”

“你那边是半夜吧？什么东西这么着急给我看。”

“一把小提琴。”

霍成珏是一个小提琴发烧狂，别的公子哥迷车子和美女，他却迷恋古董小提琴，所以放弃继承家族事业，跑到意大利来当学徒，专门学做小提琴。对小提琴的研究，叶天泽自认为是比不上他的。

“中国能有什么好琴值得我看？”霍成珏不屑地说，“如果有我就不用专门来意大利学做琴了。”

“帮我个忙。”

“好吧，帮你看一眼。”

叶天泽把镜头对准了桌上的小提琴。

霍成珏放下酒杯，不情不愿地看向手机，这一看就把他吓到了。

“Shit！你在哪里找到的宝贝！”

霍成珏的眼睛都在放光，叫道：“你再近一点儿，多给我看看细节！音色试过没有，如何？”

“超一流。”

霍成珏立刻埋单，把钱压在桌上，匆忙地穿上外套。

“你等我一下，我马上回工作室，你现在把这把小提琴的细节照片拍给我，包括木材的纹理，都得拍清清楚楚！”

霍成珏匆匆赶回工作室，开始和助理们一起研究这把琴，叶天泽也按照他们的要求拍照，给他们听小提琴的音色、称量重量等等。

差不多快到天亮，大家才兴致勃勃地停下来。

“我们现在可以肯定的是这是十七世纪小提琴工匠大师Stradivari的作品，他做的琴，流传下来有据可考的有几百把，大多都在收藏家手上，全都是天价啊！这一把我从来没有见过，应该是没有记录的。具体的等我回国摸到了琴再说。”

叶天泽看着手里的小提琴，心中对贝果这个人更加好奇起来，他虽然能感受到它的特别，但是却没有想到，这把琴的来头这么大。

“对了，这把琴你从哪里搞来的？”霍成珏激动地问，“你要不要卖给我？”

“不是我的。”

“那是谁的？”

“我的女神的。”说完这句话叶天泽就挂断了视频。

霍成珏傻了。

女神？

叶天泽那种人说自己有女神？

这个消息简直比看到传世名琴还要让霍成珏惊讶！

第二天贝果起了个大早，第一次她起床的第一件事情不是吃东西，而是给自己化了妆。

她紧接着又拖着一瘸一拐的腿，接连换了十套衣服才选了一条鹅黄色的连衣裙，贝果知道，一大早上就这样打扮看起来非常刻意，但是对面住着的可是她的男神！

虽然不清楚贝多芬的作息，但是贝果感觉叶天泽应该是那种早睡早起并且严格自律的类型。即便他撩妹的时候相当轻浮，但从他各种细节上，都能看出来这是一个凡事都很讲究的男人。

最重要的是，昨天贝果受伤的时候，她趁着叶天泽对她公主抱的机会，稍微感受了一下他的胸肌。

真的是相当不错，平时绝对是有在做身材管理的。

贝果把早餐放在外面的餐桌上，调整好位置，一边慢慢地吃，一边观察着对面的动向，时刻准备着叶天泽忽然出现在天台上目击她，就连做直播的时候贝果都没有这么在意过自己的角度好不好看！

眼看贝果吃完了一份核桃乳酪软欧，一份亚麻籽蔓越莓面包，一份半熟乳酪，三个鸡蛋，一盆水果，一杯牛奶，可叶天泽依旧没从房间里出来的迹象……

吃完早饭，贝果又拖着一双残废的腿，把躺椅拉到栏杆边，随手拿起一本书，摆好姿势，一面看一面继续往对面瞅。

可半本书都看完了，叶天泽还是没有出现！

眼看时间到了中午，贝果已经是心如死灰，她一瘸一拐地冲到房间里翻出了望远镜往对面的窗子里看！

窗帘打开着，房间里没有人，叶天泽早就出去了……

搞了半天，她白白晃荡了一上午！

没成为邻居的时候她一天恨不得可以偶遇贝多芬两三次，现在成了邻居，反倒想遇见还遇不上了。

世事往往如此，处心积虑总是不及天意弄人。

闹钟响起，中午十二点，又快要到贝果给粉丝下饭的时间了。

贝果低头看了一眼裙子，这衣服还是不适合直播，要不一会儿可能得崩坏，便进屋换了一身宽松的卡通裙，完全看不到腰身的那一种……

贝果一边往桌上摆着火鸡面一边打开了直播间。

“Hello，大家好，我是大胃王贝果，今天我们要吃的是火鸡面！”

锅里咕噜咕噜地煮着面，贝果趁着这个空当跟大家闲聊着。

“我超级爱吃面的，你们最喜欢哪一种面食？”

“其实基本上所有的面我都爱吃，硬要我选的话，中国的就是牛肉面，外国的就是意大利面！尤其是意大利面，变幻无穷！”

才说起意大利面，弹幕里就出现了意大利。

“我也爱吃意大利面的制琴师”送出火箭乘以5……

贝果一惊，这又是哪里来的土豪？！

“谢谢我也爱吃意大利面的制琴师送出的火箭！”贝果双手合十，无比感恩地说。

贝果话音刚落，底下就又有动静了。

“你是小提琴手吗”送出火箭乘以10……

贝果又是一惊，现在土豪都是成双结对出现的吗？

“我也爱吃意大利面的制琴师”送出火箭乘以15……

“你是小提琴手吗”送出火箭乘以20……

“我也爱吃意大利面的制琴师”送出火箭乘以25……

“你是小提琴手吗”送出火箭乘以30……

贝果有些惊慌，她的直觉告诉她，在她不知道的地方，有什么不得了的事情正在发生。

这小提琴跟制琴师两个人是杠上了吗？

而且好奇怪，为何最近的土豪不仅成双结对地出现，还都喜欢名字里带琴……

“我也爱吃意大利面的制琴师，你是小提琴手吗，谢谢二位的火箭，感谢感谢！哈哈哈，你们的名字好像，是好朋友吗？”

奇怪的是，贝果一问这个问题，两个人就停止了扔火箭的比拼。

看来两个人不是好朋友……

正好这时候面也煮好了。

“好了，我们趁着面刚刚出锅，赶紧来拌面吧！”

“你们看这个红色，感觉会超级辣的，我们现在开始吃火鸡面吧！”

“只吃猪肉的工厂长”：真诚地建议你，五分钟不能吃完，你就完了。

“xiaoxiao 是女博士”：对对对，这个火鸡面后劲特别大！

“哈哈哈，大家不要担心，我也是能吃辣的人！”

可是当贝果吃到一半，她才知道自己真的是太天真了，她真的应该听粉丝们的忠告！

贝果非常后悔没有听大家的吃快一点儿。

“你们等等我，我去拿几盒冰激凌吃吃解辣。”

贝果去冰箱里翻箱倒柜，然而冰激凌早就被她吃光了，找了半天就只找到两个冰激凌粽子，她无可奈何地回到手机前，可怜兮兮地说：“冰激凌没有了，只能先吃两个冰激凌粽子解辣了，心疼我自己……”

贝果吃掉了两个冰激凌粽子，低头看手机弹幕，准备看一下粉丝的反应，再看要不要继续直播再吃点儿什么，或者直接结束今天的直播。

然而奇怪的是，评论里竟然是一派的哈哈哈。

怎么了？她说了什么很好笑的话吗？

“欧式双眼皮”：喂，110 吗，这里有人偷了腊味店里的香肠。

“你喜欢吃很多的我吗”：贝果，你跟我们说话的时候为什么要叼两个香肠？

“爱笑的甜甜圈”：贝贝，把香肠放下来，我们好好说话好吗？

贝果一惊，凑到镜头前一看，果不其然，她的嘴巴肿成了两根香肠。

“你们太坏了！”

话一出口，贝果才发现，自己竟然辣得有些大舌头了！

这时候响起了一阵敲门声，贝果没有什么来往的朋友，所以平时只有快递会上门找她。

“我去拿个快递，希望是我网购的零食到了，你们这群坏人稍微等我一下。”

贝果起身一瘸一拐地去拿快递，想着是快递小哥，也没有介意自己现在的形象狼狈不狼狈。然而当她打开门一看，却见到了一张此刻她最不想见到的脸。

贝多芬！

“你怎么来了？”

话一出口贝果立刻捂住了嘴巴，不能让他看到自己的香肠嘴！

为什么？！为什么她美美地穿着漂亮的小裙子的时候碰不见叶天泽，现在嘴巴肿成了香肠说话还大舌头的时候他却出现了？！

叶天泽举起手里的两个袋子道：“给你拿了点儿冰激凌。”

你们见过天使长什么样吗？

此刻叶天泽在贝果心里就是天使，还是大天使长，有六个翅膀的那种，加百列那个级别的，简直就是自带圣光！

“你怎么知道我要冰激凌的？”贝果激动地说，两只眼睛都在放光。

叶天泽清了清嗓子，有些心虚地说：“哦，我朋友的甜品店开张，我去照顾生意，多拿了点儿，这些现做的不好放，想着你应该吃得完我就拿过来了。”

其实叶天泽是在外面看贝果直播，一听到她说想吃冰激凌又不知道冰箱里还有没有的时候，就立刻去买了，然后马不停蹄地打车赶回来。

但他是不会让贝果知道自己一直在看她的直播的。

“你应该吃得完吧？”叶天泽又问。

“当然吃得完！”贝果欢天喜地地接过冰激凌，又不好意思地捂着嘴巴说，“我在直播，不方便招待你，就……”

贝果话还没说完，叶天泽就径直走了进来，还顺手关上了门。

“没事儿，我在旁边坐着就好，不影响你。”

叶天泽不等着主人邀请就走进贝果家里，瞧了一眼架起来摄像的手机，非常小心地绕过镜头的摄像范围，坐到了餐桌对面，动作一气呵成，简直就像是下班回家一般从容自然。

直播还在继续，贝果也不好让粉丝久等，无可奈何，只能硬着头皮回到镜头前坐下。

“隔壁邻居刚才给我送了点儿冰激凌过来，简直就是雪中送炭！”

“小贪心”：我怎么遇不到这么好的邻居？

“贝果的小棉袄”：不会是男朋友吧？

贝果倒是想，只可惜她是想得美。

贝果抬起头看向叶天泽，他正在低头专心地玩手机，对她的直播毫无兴趣，从头到尾头都没有抬一下。

果然如果她不做与音乐有关的事情，贝多芬就一点儿都不关心，他真的只是在意音乐这件事而已，毫不在意她啊……

贝果瞬间就对自己的香肠嘴释怀了，是不是叼着香肠又如何，就算她打扮得花枝招展、艳压群芳，贝多芬也不会因此多看她一眼的。

贝果强打起精神来，笑眯眯地说："好了，让我来看看都有什么味道的！赶紧开始吃，拯救我的香肠嘴！"

贝果把袋子里的冰激凌一样样拿出来，有五盒不同口味的冰激凌，但是个头都不大，平时贝果都是吃最大包装的，这个一个也就一百克吧，加起来才一斤，完全不够吃呀……

看来贝多芬还是不够了解她的胃口。

"有朗姆酒味、抹茶味、蔓越莓味、巧克力味的、原味的！"贝果继续往外拿，惊喜地说，"哇，还有五个焦糖布丁，最喜欢吃焦糖布丁了，滑溜溜的又细腻！"

另一个袋子里不是冰激凌，而是一袋子的甜品，贝果摸了摸全部都是温热的。

"哇！还有惊喜！"贝果激动地说，"椰子西米露、红豆沙、绿豆沙、美龄粥、木瓜炖雪蛤、芋圆、豆花！"

贝果馋得咽了咽唾沫，一边把甜品往外拿，一边看大家的评论。

"你是小提琴手吗"进入直播间。

"你是小提琴手吗"送出游艇乘以 5。

"你是小提琴手吗"：以后火鸡面这么辣的东西就不要逼自己吃完，身体重要。 "你是小提琴手吗"：冰激凌也不要吃多了，女孩子冰的吃多了不好，要吃点儿热的，木瓜炖雪蛤就很好。

贝果惊讶万分，如果她没有记错的话，这还是"你是小提琴手吗"第一次开口说话！平时这位土豪都是默默地砸钱就走，贝果还以为他就喜欢这种简简单单的金钱关系呢！

没想到他今天不仅说话了，谈吐之间还弥漫着一股浓浓的老干部味道……

"谢谢'你是小提琴手吗'送的游艇，不过还是要先吃冰激凌的，要不然一会儿化了怎么办！”贝果敲了敲冰激凌的盒子，笑眯眯地说，“趁现在硬邦邦的，赶紧吃！”

贝果第一个就拿起了朗姆酒口味的，正准备打开包装的时候，坐在对面的叶天泽终于抬起了头来。

“先吃热的。”他忽然开口说道。

……

贝果拆冰激凌的动作僵住，一脸的震惊，他不是说好了不打扰她直播的吗？！怎么可以忽然开口说话呢？知不知道每次都有好几万人在看她的直播呀？现在这种忽然开口说话的已经不是打扰了，而是直接改变了她这位网红吃播播主的人物设定啊！

直播里出现一个男人可不是小事儿，一会儿她的微博肯定又要炸！

“多肉植物”：我以为今天最大的亮点是贝果嘴上的那两根香肠，看来我还是太天真了……

“蓝色满天星”：小哥的声音挺好听的呀，贝贝这是开始携带家属了吗？

“一包无糖纯牛奶”：男朋友？刚刚一直都在吗？给我们介绍一下是谁呀！

贝果赶紧从震惊中缓过神来，尴尬地笑了笑道：“呵呵，刚刚说话的是给我送甜品的邻居，好奇来看看我怎么样直播的，不用管他，我们继续来吃甜品吧！”

叶天泽眉头微蹙。

不用管他……

贝果继续撕冰激凌的包装，这个牌子的冰激凌贝果之前是知道的，挺贵的，之前一直没舍得买，今天刚好尝尝鲜。

就在她准备动勺子的时候，忽然伸出一只手夺过了她手里的冰激凌，放在了一边。

“不是不让你吃，是要你把冰激凌放到略微融化的时候再吃，现在太凉了。”叶天泽神情严厉，语气不容反驳，道，“听我的，先吃温热的。”

不知道是不是叶天泽现在的神情太可怕，还是贝果已经被他突如其来的一连串举动搞蒙了，所以下意识地点点头，一句话都不敢反驳。

叶天泽的神色这才稍微好看一点儿，替她把木瓜炖雪蛤的盒子打开，递到她面前，用命令的口吻说：“先吃这个。”

贝果有些迷茫地看着叶天泽手里的甜品，一时间不大确定现在到底发生了什么，茫然地接过甜品端在手里，心情复杂。

她下意识地低下头去，看向粉丝们的评论。

评论区都要炸了……

“不爱吃香蕉”：手手手手手手手！手超好看！可以去当模特了啊！

“维生素 ABC”：邻居的男友力爆棚啊，霸气侧漏。

“寥落星辰”：什么邻居啊，明明就是男朋友吧！

“沉迷的小星星”：说，你们是不是有一腿？

“贝果万万岁”：以后邻居还会出现在直播里吗？想看贝贝跟邻居的互动。

“不爱吃香蕉”送出火箭。

“不爱吃香蕉”：我的火箭是送给邻居的，替我表白邻居！

贝果正想着怎么解释的时候，这场直播事故的始作俑者就又开口了……

“愣着做什么？”叶天泽的语气毫无波澜地说，“怎么，是要我喂你吃吗？”

贝果这一回真的是觉得大事不好了……

贝果的脸涨红，拿勺的手都在颤抖。

“蓝色满天星”：这波恩爱秀得我给满分。

“Pinkkiller”：冷冷的狗粮在我脸上胡乱地拍。

“业余段子手”：你们见过小龙虾吃香肠的吗？今天我见到了。

贝果看着大家的评论，不敢抬头看叶天泽。

“我……自己吃就好了！”贝果垂着眼，结结巴巴地说。

“那快吃吧。”

叶天泽又低下头来看手机，不管贝果了，贝果松了一口气，赶紧吃她的木瓜炖雪蛤。

“吃吃吃吃货 1 九十九 3”：怎么不喂啊，失望。

“鸡胸肉大魔王”：邻居𡒄了吗，说好的喂饭呢？！

“你是小提琴手吗”送出火箭乘以 10。

大家叫嚷着要邻居给贝果喂饭，贝果羞得恨不得要把脸钻进碗里，她也不讲究什么细嚼慢咽了，只花了十五分钟就吃完了所有东西，然后干脆果断地结束了直播，都没脸看下面的评论。

直播结束，叶天泽才终于抬头。

“吃那么快做什么？又没有人跟你抢。”

“不是你要我快吃的吗？”贝果一脸无辜地说。

那快吃吧，叶天泽是这样说的啊！

叶天泽一愣，笑起来，抽出纸巾给贝果擦了擦嘴道：“什么时候变得这么听话了？”

贝多芬什么时候变得这么温柔了！

贝果四肢僵硬，一动不敢动地让叶天泽给她擦着嘴巴。

叶天泽扔掉纸巾道：“嘴巴还是肿着的，以后别吃那么辣了。”

贝果意识到自己还是香肠嘴呢，她不想被叶天泽看到自己这个样子，猛地站起来道：“我先去洗碗了，你自己坐一会儿！”

贝果一瘸一拐地就往厨房走，正想开门，身后却伸出一只手把门抵住了。

“咚！”

叶天泽在贝果耳边轻笑一声道：“碗没拿。”

贝果窘得想撞门：“呵呵，忘记了，我现在去拿。”

她转过身想走，可叶天泽完全没有要让开的意思，手依旧撑在门上，低着头微笑地看着她，看得她又发麻又发毛。

“你能让一让吗？”贝果可怜兮兮地说，“你拦着我路了。”

叶天泽微微低头，直视着贝果的眼睛道：“你现在这么可爱的样子，是在诱惑我吗？”

贝果呆住了，他怎么又撩她，再撩下去心跳就要爆炸了！

叶天泽一点点地向贝果靠近，一只手撑着贝果身后的门，一只手捧在她的脸颊上轻轻地摩挲着。

气氛暧昧又热烈，空气里满是澎湃的荷尔蒙，时间仿佛变成了跳动的粉红色。

叶天泽要亲贝果了。

贝果觉得自己发烫难耐，随时都会晕倒，如果不是背后有一扇门，她现在可能已经化掉了，等了二十多年的初吻，终于要奉献出去了吗？

可就在这一刻，贝果的脑海里忽然闪现出粉丝的那一句评论来：小龙虾吃香肠……

小龙虾吃香肠！

不行啊，她的初吻怎么可以在嘴巴肿得跟香肠一样的时候献出去呢，不可以的！

贝果猛地推开叶天泽，激动地说：“我还要洗碗，麻烦你先回去吧！”

贝果连推带赶地把叶天泽送了出去，关上门就冲进了房间，一头栽在了床上。

今天实在是太糟糕了！

叶天泽惊讶地站在贝果门口，好半天才回过神来，不敢相信自己竟然被人拒绝了……

今天的直播结束之后，贝果的微博上又是一片血雨腥风。

就在贝果思索着要不要跟粉丝解释一下的时候，就接到了直播平台那边的电话。

负责她的编辑激动地说：“贝果，你今天这一招太棒了！”

“啥？哪一招？”

“邻居呀！你最后几分钟的礼物超级多，就是在你的邻居说要喂你之后。”

贝果还真的没有注意，因为她没敢抬头。

“你太懂粉丝的心态了，不直接说是男朋友，而是说是邻居，但是两个人的互动这么暧昧这么有爱！大家就会猜你们到底是什么关系，就更加好奇了！我跟你说，现在最流行暧昧了！”

“呵呵，他真的就是邻居。”

“对！你就咬死了是邻居，不松口！很棒！接着去经营这个形象就好了！然后慢慢地有进展，这样大家就会一直追着你们的互动，猜测并且期待你们的发展！太棒了！我跟你说啊，现在直播那么多，不懂给自己炒话题的都完了！你原来不懂，现在终于懂了，我太欣慰了，要知道，按照你的资质，早就应该大红大紫了！”

“没有以后了……他今天出现就是个意外。”

“那可不行！你下次直播一定要把你的邻居叫上一起呀，我们都已经决定这周再给你一次推荐了，你可不能不给力啊。”

“真的不行，别人有自己的生活的。”贝果拒绝道，“我怎么可以因为自己的利益让别人陪我演戏呢？”

手机那边的编辑情绪明显不对了。

“你这个样子，推荐我们可就不能给你了。”

“没关系的，那就不要了吧，还是谢谢你们。”贝果毫不犹豫地说。

“嗬……”编辑气炸了，冷嘲热讽道，“现在新人上位快得很，最近蹿得很快的那个大胃王肉蛮多可是相当配合我们的工作，人家长得也不比你差的。”

“抱歉啊，这次是真的不行。”

“那好吧，不愿意就算了。挂了。”

平台的编辑连再见都不肯跟贝果说就把手机挂断了。

贝果绝望地躺倒在床上，这个贝多芬简直就是她的孽缘。

到了晚上，贝果的嘴巴终于消肿了，她又重新给自己化了个妆，换上了早晨的那件连衣裙去敲贝多芬的门。

这一回师出有名，感谢他给自己送的冰激凌。

贝果手里还拎着啤酒和烤串，准备跟他在天台上一起撸串。

敲了半天叶天泽才开门，贝果笑眯眯地看向贝多芬，却被他冰山一般的脸给冷到了。

怎么觉得贝多芬今天的心情超级不好的呀？

“有什么事情吗？”叶天泽冷着脸道。

贝果的笑容变得有些僵硬，怎么办，气氛好奇怪。

“我买了点儿烧烤和啤酒找你一起吃……谢谢你今天给我买了冰激凌。”

叶天泽的目光移到贝果手里的袋子上，神色依旧冷淡。

“进来。”叶天泽说。

说完也不看贝果一眼，就转身自己先往里走。

超冷漠的！

贝果有一种一夜回到解放前的感觉，怎么回事，变得比刚见面的时候还要冷淡，白天不还是好好的吗？

来都来了，贝果也只能硬着头皮走进去。

也不知道对着叶天泽那张扑克脸会不会消化不良……

贝果把串串放在茶几上问：“有盘子吗？”

“在房间里。”

回答完贝果叶天泽也不起身去拿，而是自己开了罐啤酒，便默默地拿起茶几上的古典音乐杂志《Gramophone》，专心致志地看杂志，完全没有要招呼一下客人的意思。

“那我自己去拿了？”

“嗯。”

贝果只得拖着一双残疾的腿，去房间里拿盘子，然后回来把烧烤拿出来，一面一串串地往盘子里放，一面小心翼翼地打量着贝多芬，问：“你今天是不是心情不大好？”

叶天泽不说话。

贝果无可奈何，起身道：“要不我还是先回去吧，串串就给你留这里了。对不起啊，打扰你看杂志了。”

贝果还是很识趣的，人家心情不好，就不要在这里碍眼了，改天她再过来找他就是了。

可是她才走出去两步，就被叶天泽一把抓住了手腕。

贝果惊讶地看过去，叶天泽并不抬头，看着杂志，面无表情地说：“坐。”

贝果被叶天泽反反复复的态度搞蒙了。

“吃吧。”叶天泽又说。

男人心，海底针。贝果搞不清楚叶天泽到底在想些什么，但是她心大，搞不清楚的事情她一般就不去想了，反正想了也是白想。

贝果高高兴兴地自己撸串，叶天泽依旧看着他的杂志，默默地喝了一口啤酒。

“啤酒跟撸串是绝配的，光喝酒多没意思啊。”

叶天泽不理她。

贝果毫不气馁，一边吃一边挑了一串她最喜欢的牛舌，递给贝多芬道：“你尝尝这个，超好吃的，特别弹！”

叶天泽还是不接，贝果举着串串在他面前晃了半天他都没抬眼。

算了，贝果放弃了，她自己吃！

正想收回手往自己嘴里送的时候，叶天泽终于开口了。

“你喂我。”他说。

嗯？！

“你……你……你说啥？”

叶天泽合上杂志，眼神冷冽地看着贝果，慢悠悠地说："我要你喂我。"

啥？！

贝果怀疑自己是不是耳朵聋了。

"快点儿。"贝多芬催促道。

"哦……"

贝果也是蒙了，拿起牛舌就伸到贝多芬的面前，差点儿没戳到他脸上。

"你是想喂我还是想戳死我？"叶天泽一脸嫌弃地说，"不会用筷子吗？"

"哦！"

贝果又把烤串上的牛舌一个个放在盘子里，拿筷子去夹。可是因为太紧张，贝果的手一直在抖，抖得还没有靠近贝多芬就夹不住把牛舌掉在了地上。

"对不起！"

贝果又去夹，但是却更加紧张了，这一回好，刚离开盘子就掉在桌上了……

"你到底是喂我还是喂地板和桌子？"

贝果委屈地要哭了。

叶天泽叹息一声，白天被贝果一把推开的气也消了不少，无奈地合上手里的杂志，接过贝果手里的筷子道："我自己来吧，你坐好。"

贝果松了一口气，垂头丧气地坐回去，低着头默默地撸串，心里充满了对自己的嫌弃。

喂饭，多么好的增进感情的机会啊！又被她生生给错过了。

白天被编辑说了一顿，晚上又被贝多芬冷漠对待，方才喂饭又表现得那么差劲，贝果对自己的嫌弃到达了极点，越想就越难过，眼泪随时都要掉下来。

见到贝果可怜兮兮的模样，叶天泽怀疑自己是不是做得稍微过了一点儿，可是他发现自己竟然也不知道应该怎么办。

在乐团里叶天泽就是暴君，在感情生活里他虽然是老手，懂得怎么撩动她们的情绪，但是他从来不哄女人，如果女人要他付出那么多精力去哄的话，他一般就直接甩了。

叶天泽准备继续自己不哄女人的习惯，伸出筷子准备吃贝果买的牛舌的时候，却见到一滴眼泪滴在了牛舌上。

他抬起头来，见到贝果一边吃烤串一边掉眼泪。

“你怎么哭了？”叶天泽惊讶地问。

贝果摇摇头，吸了吸鼻子，哽咽着说道：“我……我没事儿……”

嘴上说着没事儿，眼泪还在往下掉。她手里还握着一串脆骨，想往嘴里送，却发现自己哭得连吃都做不到了……

叶天泽一向心硬，自诩是不会被女人的眼泪打动的，但是不知道为什么到了贝果这里，就完全拿她没办法，立刻放下筷子，走到贝果面前蹲下哄着她。

“别哭了，我以后不要你喂饭还不行吗？”

贝果紧紧捏着她的脆骨，抽泣地说：“不……不是的……我不是……不是这个意思……”

不哄还好，怎么这一哄反而哭得更带劲了？

叶天泽被贝果哭蒙了，手忙脚乱地给她擦着眼泪，手忙脚乱，这四个字叶天泽这辈子都没想到过会用在自己身上。

在乐团面前叶天泽镇定从容，犹如指挥千军万马的将军。在感情里叶天泽游刃有余，像是个绝世刺客，总是一击必中。

但是在贝果面前，叶天泽不仅手忙脚乱，还丧失原则。

叶天泽觉得贝果大概是真的克他。

他回想着霍成珏都是怎么哄女人的，无奈地坐到贝果旁边，把她一把抱进了怀里，英勇就义一般地说：“别哭了，都是我不好。”

叶天泽这辈子什么时候认过错？

不是他不认错，是他根本就没有犯过错，他是零失误的指挥家，没有缺点的男人。

但是霍成珏说的，感情里的事情没有道理可言，女朋友生气了，先把锅自己背起来再说。

“我错了，不该惹你哭。”

也不知道是不是这句话起了效果，贝果的哭声慢慢小了。

叶天泽松一口气，抱着贝果轻抚着她的后背，像是哄一个小孩子。

贝果并不是被叶天泽的认错给哄到了，她其实没听清楚叶天泽到底在说什么，她完全是被叶天泽这一抱给抱蒙了。

贝果又惶恐又暗喜，刚才的委屈太汹涌，也不是说刹住就能刹住的，一时间百感交集，再加上被贝多芬这么一抱，人又紧张，僵硬得一动不敢动。

叶天泽感觉到怀里的人僵硬的身体，无可奈何得像是哄孩子一样拍着她的背。

贝果僵硬的身体，渐渐放松下来，靠着叶天泽，哭声慢慢地变小。

叶天泽终于松了一口气，正想低头好言好语跟她说几句，却发现怀里的人传来了均匀的呼吸声。

贝果睡着了……

这丫头真的是可以的。

贝果今天起得太早了，又忙着化妆，又忙直播，又忙着在微博上看大家撕自己，又忙着被编辑骂，又忙着讨好贝多芬，心力交瘁，再加上晚餐吃得有点儿饱，这又哭了一场，真的是困得不行，被叶天泽这么一拍背，就睡着了。

叶天泽一松手，贝果就倒在了软软的沙发上，翻了个身，换了个舒服的姿势继续睡。

“贝果……”叶天泽轻轻地晃了晃她，“你睡着了吗？”

贝果完全睡着了，因为刚才哭过，还有轻轻的鼾声。

不过感人至深的是，即便是睡着了，她的手依旧紧紧握着那串脆骨没撒手。

叶天泽哭笑不得地看着沉沉睡去的贝果，非常确定自己真的是遇到这辈子的克星了。

沉睡中的贝果有一种安宁纯净得像是婴儿一般的神情，纯洁得叶天泽一点儿旖旎的想法都没有，只想在她的额头吻一吻。

事实上，叶天泽也是这么做的。

他吻了吻贝果的额头，又吻了吻她的头发，然后坐到一边继续看杂志，等着贝果醒过来。可是他却怎么都无法专心，看两行就要看看贝果。

沙发上的贝果睡得香甜，毫不设防得像是一个孩子。

叶天泽蹲在她的身边，自言自语一般地对贝果说：“你对我太放心了，我可不是什么好人。以后再做这么危险的事情，我就当你是在诱惑我，可不会这么容易放过你。”

贝果依旧呼吸均匀，丝毫没有要醒来的意思。

叶天泽扬起嘴角，露出一个温柔的笑容来。

“睡吧，我的小公主。”他说。

叶天泽让她枕着自己的大腿，喝了一口啤酒，又拿起了杂志。

晚风吹得浪荡，吹乱了叶天泽的头发，可这一回他终于可以好好看书了。

Chapter 05
再见，小王子

早晨七点，贝果被一阵香甜的味道叫醒。

嗯……

好像是鸡蛋、牛奶、面粉融合在一起的香气 ，这三者通过烘焙的结合，总是能组合出各种让人心醉神迷的味道……

好饿哟！

贝果迷迷糊糊地睁开眼，见到了一个充满金属感的工艺吊灯，她伸了个懒腰，摸了摸自己身上的被子，比她的被子舒服多了！

无数细节都证明这不是她的家。

贝果回想着自己为什么会在一张陌生的床上醒来，隐约回忆起来，她昨天来找贝多芬撸串，不知道为什么就莫名其妙地哭了，哭着哭着就累得睡着了……

所以这是叶天泽的房间吗？

贝果瞌睡还没有完全醒，她坐起来，迷茫地打量四周。

这是一个冷色调的房间，充斥着一股性冷淡的风格，可是贝果却觉得这种气质跟那个轻佻的男人其实挺搭的，因为叶天泽总给贝果一种精致严谨的感觉，偶尔又严肃得压迫力十足。

这间屋子的大小跟她的房间差不多，中间有一个书架做隔断，把就寝的区域和别的区域分割开来。

那甜美温热的香气就是从外面传来的。

贝果掀开被子走下床，顺着香气走过去。

屋子中间是一个开放式的厨房，大理石的台面上放着煎好的松饼，正在袅袅地散发着香气。而旁边的炉灶边，一个头发还有些湿的男人，脖子上搭着一条毛巾，穿着白色的背心，结实有力的胳膊轻松地握着平底锅，正专心地煎松饼。

这绝对是在做梦！

这么美好梦幻的画面只在贝果的白日梦里出现过！

“起来了？”叶天泽问。

贝果点点头，紧张得话都不会说了，她怕一说话这梦幻的场景就会破灭！

“去洗漱吧，洗手间里放了一套新的毛巾和牙刷。”

贝果又点点头。

“你想在屋子里吃早餐，还是想去外面吃？”叶天泽又问。

“外……外面？”

“嗯，快好了，你快去洗漱。”

对话简单自然得好像他们做过无数次这样的事情一般，贝果如在大梦之中那般飘飘然地走到洗手间里去洗漱了。

贝果从洗手间里出来，叶天泽已经不在厨房了，门开着，她小心翼翼地走出去，见到他正在外面摆餐盘。

好讲究……

清晨的太阳还很温柔，一桌子美食沐浴在阳光下，色泽饱满又诱人。

贝果的肚子叫了。

“过来啊。”见到贝果愣在门口，叶天泽说。

贝果走过去坐下，叶天泽给她倒了一杯牛奶，又倒了一杯果汁，然后干脆把牛奶壶放在了她旁边……

桌子上有一大盘松饼，估摸着有十多个，还有一盆水果，五个煎蛋，一盘干酪，一盘欧式面包，一盘煎培根。

“这么多啊！”贝果惊讶地问，“都是给我做的吗？”

“要不然呢？你觉得我吃得下吗？”

真开心！

贝果举着刀叉，正准备开动的时候，却见到叶天泽脱掉了身上的白背心。

他在做什么？！为什么一言不合就脱衣服！

贝果捂住眼睛，却留了两条缝偷看。

叶天泽的腹肌跟巧克力似的，轮廓深刻，一看就是平时有在健身的人。贝果咽了口唾沫，也不知道是被食物的香气馋的，还是被叶天泽的肉体诱惑的。

她的目光追随着叶天泽进了房间里，等叶天泽再出来的时候身上已经套上了白色的衬衣。

叶天泽走到贝果跟前，把她那掩耳盗铃的手拿开，略带嘲讽地说："这么紧张做什么，没见过男人的身体吗？"

"见过倒是见过……"贝果一脸的害臊，用只有自己能听见的声音小声嘟囔道，"就是没见过这么好看的……"

叶天泽的耳力极好，他还是听到了。

他嘴角露出微不可见的笑意，清了清嗓子，又严肃起来，伸出手把袖口伸到贝果的面前道："帮我。"

贝果立刻放下刀叉，帮叶天泽系上袖子上的扣子。

叶天泽终于穿戴整齐，这才坐到餐桌边，理了理餐巾，准备开始吃早饭。

贝果也是第一次见到在家里都这么讲究的人，这个人活着累不累啊……

"现在可以开动了吗？"贝果举着刀叉兴奋地问，眼睛都已经馋得发光了。

"当然可以。"说着叶天泽就在贝果的盘子里放了一串脆骨，打趣着说，"这个可是特意给你热的。"

贝果一脸迷茫地看着叶天泽，为什么要给她脆骨？

"昨天你睡着了，却还是紧紧握着这个脆骨不放，我抠了半天才抠下来，我猜你一定超级想吃它吧？"

叶天泽特地加重了超级这两个字，他平时是不爱用这么过度的形容词的，但是贝果动不动就超级，他故意这样说讥讽她。

贝果的脸越来越红，天啊，她怎么这么丢人啊！

为什么她在男神面前的形象总是这么地不美好！

贝果心里虚，撇撇嘴，老老实实地举起叉子，准备吃脆骨，却又被叶天泽打断了。

叶天泽把盘子抽走，无奈地说："逗你的，怎么什么都当真……这个是昨天的，别吃了。"

说着叶天泽往热腾腾的松饼上放了一小块黄油，然后撒上了糖粉，浇上蜂糖，又拿了果酱和奶油放在旁边，递给贝果道："吃这个吧。"

贝多芬今天超级温柔的！

"嗯！"

贝果决定不多话，免得她一开口又破坏这美好的气氛，低着头老老实实地吃完了一整盘松饼，吃得喜笑颜开，一脸的幸福。

没想到贝多芬这么有做饭的才华！

"超级好吃！"贝果激动地说，"这是我这辈子吃过最好吃的松饼了！"

又是超级……

叶天泽忍不住笑起来，无奈地说："你真是没见过世面，这就最好吃了？有机会我带你去日本的大阪，那里有一家日式松饼被称作甜品界的梦幻单品，你吃了肯定会喜欢的。"

贝果有些崇拜地看着叶天泽，问："你吃过那么多好吃的啊！真好……我还以为你对吃的东西兴趣不大呢……你看你早餐都没吃多少，一个松饼都没有吃呢……"

叶天泽似笑非笑地看着贝果道："我对食物是没什么热切兴趣，但是我有一种叫作品位的东西，分得出好坏。"

贝果怎么觉得叶天泽在讽刺她呢？

"懂得吃不代表吃得多，吃得多的那是猪。"

贝果确定了，叶天泽就是在讽刺她！

她虽然吃得多，但她也不是什么都吃啊，她也很有品位啊，她也分得出好坏啊，她吃的东西虽然不贵但是真的都很好吃啊！

贝果气鼓鼓的，可叶天泽却笑了，捏了捏贝果的脸道："不过我们的小贝果也很懂得吃，不仅仅是吃得多而已，还很有品位。"

贝果僵住，他叫她什么？

我们的小贝果？

为什么叫得这么亲热？

他是不是还捏她的脸了？

为什么这么亲密？

今天他还给自己做早餐了，超级用心的！

他是不是喜欢她啊？

怎么办……

贝果已经控制不住地开始做白日梦了。

也许就是现在了！

昨天香肠嘴没能把初吻献出去，而现在不就是一个大好的机会吗？

清晨的天台，阳光温柔，空气里迷茫着甜蜜的松饼香气，叶天泽穿着精致的白衬衫，她穿着漂亮的小裙子。

有阳光，有美食，有爱。

还有比这更好的初吻的场景吗？

贝果下定决心，不管了，她要主动亲贝多芬！

“好饿好饿好饿，我真的好饿，明明今天上午吃了五碗面，可是非常奇怪现在就饿了……”

贝果的手机闹铃响了……

她冲到沙发前的茶几上关掉这毁坏气氛的闹铃，回过头去的时候，叶天泽已经又正襟危坐地吃着他的早餐了。

好气哟，好不容易有这么好的气氛……

贝果沮丧地关掉手机闹钟，这才发现手机快没电了。

“你有充电器吗？”她问。

“有，你给我，我帮你拿去充。”

叶天泽拿着贝果的手机去充电，刚好这时候一条微信发了过来，手机锁屏上显示着一条这样的消息：“贝贝，你上热搜了，大家都在八卦你的男朋友是谁！快去看！”

叶天泽一面插着手机电源，一面问贝果：“什么是热搜？”

贝果一愣，竟然还有人不知道热搜。

“就是微博的热门搜索，你玩微博吗？”

“不玩。”叶天泽看着那条信息，露出一个意味不明的笑来，道，“不过可以玩玩看，改天我去注册一个账号。”

贝果积极响应道：“好的！你想玩的时候跟我说，我帮你注册！你要第一个关注我哟！我也要当你的第一个粉丝！”

叶天泽把手机插好电源，又坐回桌前，拿起叉子优雅地切着他的omelet，漫不经心地问："你的男朋友是谁啊？"

贝果觉得叶天泽的话题转移得很奇怪，但是她的注意力现在完全被叶天泽盘子里的omelet吸引了。

哇，看起来好好吃哟……

"我没有男朋友啊……"贝果想也不想就回答道，又问，"你的那个蛋包是什么啊，看起来好好吃哟……"

"这个叫作omelet，就是一种欧式的煎蛋卷。"叶天泽切了一半放到贝果的盘子里，继续刚刚的话题道，"你没有男朋友，那为什么大家都在八卦你的男朋友是谁？"

贝果高高兴兴地吃着叶天泽分给她的omelet，笑眯眯地说："我不明白你在说什么唉！好吃！"

"是吗？"叶天泽冷笑一声道，"可是你朋友刚微信你，说你上热搜了，大家都在八卦你男朋友是谁。"

贝果差点儿没噎死。

"啥？！"

贝果立刻起身冲过去拿起手机翻微博。

热搜第八位：大胃王贝果。

热搜第十位：贝果，邻居。

热搜第十八位：贝果，男朋友。

果不其然，贝果上热搜了，而且看这个热搜的位置真的非常微妙，她非常怀疑这是直播平台搞的鬼，背着她炒的话题，花钱给她买了热搜。

不是已经明确拒绝他们了吗？这是非要把她架在火上烤才罢休啊。

贝果唉声叹气。

叶天泽见到贝果叹息，蹙着眉问："叹什么气呢？你男朋友到底是谁？"

贝果想都没有多想就说："应该是你吧……"

这一回终于轮到叶天泽愣住了，他手上的动作停顿，微微惊讶地看着贝果。

贝果这才意识到自己口不择言，忙解释道："不不不，你不要误会，我不是说你是我男朋友，是说大家误会你是我男朋友！"

叶天泽心情比之前好多了，原来他是多心，贝果并没有隐瞒自己的恋爱状况。

“哦？原来是这样啊……那到底是怎么一回事？”叶天泽慢悠悠地问，心情不错。

“昨天直播你不是出声了吗？好多人都很好奇，所以有点儿热度。再加上直播平台的推波助澜，所以才上了热搜……你千万不要放在心上啊，你放心没有人会知道是你的，一定不会影响你的生活的。”

本来叶天泽脸上还有淡淡的笑意，可现在贝果这么一解释，叶天泽的脸色反而变得难看了。

“我没有放在心上。”他冷着脸道。

撒谎，明明就是很放在心上的样子啊！

贝果放好手机，看着叶天泽那张扑克脸，又看了一眼桌上还没吃完的早餐，经过了一番激烈的思想斗争，觉得还是先吃了早饭再说，免得现在哄男神不好，一会儿连饭也吃不好了。

吃完再哄！

贝果小心翼翼地挪着步子准备回到餐桌前继续吃早饭，却忽然发现了不对劲。

刚刚贝果一直背对着后面坐，所以没察觉，现在过来看手机，才察觉到这天台的陈设似乎有什么巨大的变化。

哪里变了呢？

Shit！贝果心里已经在骂脏话了。

两个水箱现在只剩下一个，那个旧水箱不见了……

“那个旧水箱呢！”贝果惊慌地冲着贝多芬叫道，“去哪里了？！”

“哦……”叶天泽切着盘子里的鸡蛋卷，神情淡定地说，“那个旧水箱跟我的装修风格不符，我让收废品的人搬走了。”

“什么时候的事情啊！明明昨天晚上还在的！”

“你睡着的时候啊。”叶天泽故意刺激贝果道，“我早上起来帮着收废品的人把水箱搬下去，弄得一身灰还回来洗了个澡，你都没有醒。你看，起得晚的人真的会错过很多东西的。”

贝果都要急哭了，哪里有心情跟贝多芬说什么俏皮话，气急败坏地质问他道：“你怎么就这样让收废品的把水箱直接搬走了呢？你怎么没检查一下，看看里面有什么吗？”

“哦？”叶天泽终于放下叉子，用餐巾擦了擦嘴，意味深长地看着贝果，慢悠悠地问，“那你告诉我，旧水箱里有什么宝贝是不能让人搬走的？”

“是……”贝果噎住，要气死了，一跺脚，吼道，“什么都没有！”

“那不就得了，你那么着急做什么，来，继续吃早餐。”

贝果哪有心情吃早餐？她现在恨不得吃了叶天泽，撕咬的那一种！

“是哪个收废品的你知道吗？”

说不定现在人家也还没有发现，还找得回来呢？

叶天泽耸耸肩，无所谓地说道：“不清楚，刚好看见他路过就叫他上来顺便拖走了。”

“哎呀！这么重要的事情！长什么样你记得吗？”

“是个老头子。”叶天泽见到贝果这么着急，一副热心肠的样子，思考了一下说，“大概六七十岁吧，拖着一个板车。”

“我知道是谁了，我先走了！”

贝果急得顾不上礼貌，转身就冲出了叶天泽的家，连手机都忘记了拿。

叶天泽正想拿她的手机追过去，可这时候贝果的手机又响了一声。

发信息的是平台的编辑：贝贝，看到热搜了吧？下次直播很重要，趁着热度，一定要把你那邻居叫上一起，炒话题啊！回复我！不要无视我！

叶天泽放下手机，靠着栏杆往下看，没一会儿就见到贝果冲下了楼，用百米冲刺的速度往路的另一边跑去。

这么着急啊……

现在叶天泽已经有九分确认贝果就是小提琴手了，但他是个做事要百分之百准确的人，所以剩下的任务便是让贝果心甘情愿地承认，并且心甘情愿地在他面前拉一次小提琴。

此时此刻，他忽然觉得心情说不出的好，好得宛如莫扎特的sonata……

幸亏贝果在这条街上住的时间长，所以很快就找到了那个收废品的老头。

老头住在两栋楼之间的一间小平房里，屋里屋外都堆满了东西，感觉随时都要坍塌。

而此刻，马上就要坍塌的是那个旧水箱。

只见老头手里抡着一个大铁锤，正准备砸向那旧水箱。

“住手！”

在这千钧一发的时刻，贝果终于赶到了，她冲到那水箱跟前，拦住老头的动作，吓得老头差点儿闪了腰。

“姑娘，你干啥呢！差点儿砸到你！”

砸到她没关系，可是砸到了她的小提琴那可就无法挽回了！

贝果也不解释，立刻转过身打开旧水箱的盖子，想要赶紧拯救她的小提琴。

“里面的东西呢？”贝果惊讶地问。

旧水箱里空空荡荡，什么都没有，哪里有小提琴的影子？

“里面的东西呢？”贝果问收废品的老头，“您收到哪里去了？”

“里面什么都没有啊……”老头迷茫地回答道，“我每次都检查的，什么都没有的……”

“不可能，透明的防水布包着的，这么大！里面是个木头盒子！就在里面啊！不可能没有！”

老头是个老实人，生怕惹麻烦，道：“姑娘，你可别讹我老头子啊，我没钱啊，我一个月就几百块钱的生活费，没钱赔给你！我收的时候里面就是空的！我是个老实人，不会偷藏你东西的！我老头虽然穷，但也是有骨气的！”

老头说着要哭了，贝果这一下被弄得手足无措的。

“您、您、您别这样说，我没有怪您的意思啊！我就是一时间太着急了，我知道您不是这种人……”

最终贝果还是没有找到她的小提琴，不仅如此，还被老头拉着诉了半个小时的苦，说得无比凄凉，叫人心生不安，所以走的时候，贝果把身上剩下的几百块钱都掏出来给了他。

小提琴没找到，还不知道为什么把身上的钱也掏空了……

贝果越想越不对劲，又跑回去敲叶天泽的门。

“东西找到了吗？”叶天泽打开门，微笑着问她。

贝果有些尴尬，但还是硬着头皮问：“你真的什么都没有在水箱里找到吗？”

“真的没有。”叶天泽一脸真诚地说。

叶天泽严肃起来的时候，真的是一个非常有说服力的人。

然而贝果还是对他半信半疑，因为实在是上当太多次了……

叶天泽看出来贝果的怀疑，道：“要不你在我房间里搜一搜，有没有你想找的东西。”

贝果叹息一声，终于是信了。

“好吧，我信你。”贝果一脸的绝望，懊丧万分地说，“完了……肯定早就被人拿走了……找不回来了……都怪我……太不小心了……”

“是什么东西不见了，我可以帮你找找，嗯？”

贝果摇摇头，没有回答，此刻她脸上满是黯淡。

她的小提琴不见了，陪伴她长大的小提琴不见了。

什么都不重要了，没有小提琴的世界，什么都没有意义。

贝果八岁那一年，她的父母正在经历婚姻里最难熬的一段。

贝果惊慌失措，她不知道为什么一直很恩爱的父母，忽然之间就跟仇人一样。

闹得最凶的时候，爸爸妈妈把贝果送到了爷爷那里。

贝果也不知道爷爷具体的年纪，但是对于一个八岁的孩子来说，爷爷已经很老了。

爷爷贝霖逸不是那种喜欢家庭生活的老头，一个人住，性格孤僻，跟自己的儿子儿媳感情也不和睦，对贝果这个小孙女谈不上多喜欢，感情总是淡淡的。

多数时间，爷爷都是待在书房里，大大的别墅里，只有贝果一个人跑上跑下，三餐有保姆管，因为爷爷喜欢安静，所以别的时间没有人打扰。

有一次贝果在家里探索，意外地找到了爷爷的储藏室，里面有很多古玩字画，贝果年纪小，欣赏不来这些东西，直到她看见了一个葫芦状的木头盒子。

只有这个木盒子跟别的盒子不一样。

那木盒子随意地放在桌上，不像别的东西都陈列在展示柜上。她好奇地打开看，见到了一把小提琴……

像是有魔力，贝果好奇地把小提琴拿出来，她没有学过音乐，但是见过电视上的人拉小提琴，小孩子哪里懂那么多，按照想象的样子，有模有样地把琴架在脖子上，举起弓轻轻一拉。

明明是毫无章法的一声，可就是那一声，贝果开始着迷。

“你想要学小提琴吗？”

一个苍老的声音响起，吓了贝果一跳。

是爷爷。

贝果猛地点头。

贝霖逸一直是个严肃冷淡的人，年纪越大越孤僻，那还是第一次贝果见到爷爷的笑容。

“来，我教你。”爷爷说。

一晃眼已经十多年过去，爷爷早就过世了，父母也熬过了婚姻最难的时候，没有离婚，倒是因为贝果的音乐天赋又有了共同的目标，重新变成了恩爱的夫妻，期间贝果换了很多老师，不乏爷爷重金请来的名师，再后来贝果又离家出走……

这么多年物是人非，只有那把小提琴一直陪伴着贝果。

“小王子。”爷爷说，“这把琴的名字叫作小王子。”

“为什么叫这个名字？”

“因为是一个叫玫瑰的人送给我的。”

现在贝果把小提琴搞丢了。

放在平时，贝果觉得心情起伏不定的时候，总是会拉琴，架上小提琴的那一刻她总是能够得到平静。

可是现在小提琴丢了，她拉什么？

有人在敲门，贝果拿枕头捂着耳朵不想搭理，她现在谁都不想见。

可是敲门的人相当执着，贝果忍无可忍，没有办法只能扔掉枕头起来开门。

是叶天泽。

贝果的头发乱糟糟的，衣服也皱巴巴的，双眼无神。

“有什么事情吗？”贝果一脸麻木地问。

叶天泽知道自己这一次可能稍微过分了一点儿，但是不激一激贝果，她肯定会继续逃避下去，天知道她什么时候才肯拉小提琴。

思来想去，叶天泽还是决定狠下心来。

在乐团里他一向是铁腕手段，曾经逼得一个小提琴首席扬言要杀了他，还真的在一次演出前拿了刀来，所以他觉得自己对贝果还算温柔的。

“你把手机忘在我家里了。”叶天泽借着归还手机的名义过来看贝果。

贝果接过手机，也不请叶天泽进来，自顾自走进屋子里，把手机随意地甩在桌上，又一头栽到了床上。

“你在床上躺了一天吗？”叶天泽一边打量着贝果的小房间一边问。

贝果下意识地点点头，双眼无神。

叶天泽觉得现在贝果就只剩下一个躯壳了。

“那个旧水箱里到底有什么东西，让你这样失魂落魄？”

“比我的命都重要的东西。”贝果说。

“既然这么重要为什么不带在身边，非要放在对面的天台上？”

“这里治安不好啊，对面之前住的流浪汉大叔没人偷啊……”

叶天泽打量着贝果的屋子，的确，她的住处除了餐具和衣服鞋子也没什么好偷的，如果有个小提琴放家里，肯定要被人惦记。

至于他住的天台之前的状况，翻垃圾桶都比翻那个流浪汉的家有收获……

倒是不笨。

叶天泽坐到贝果的床边，拍了拍她道：“具体是什么东西不见了，你告诉我，我说不定能帮你找找？”

“哪里找？”贝果心如死灰地说，“找不到的……”

“你怎么知道找不到，既然是贵重的东西，总有个去处，不是吗？”

一言惊醒梦中人，贝果猛地坐起来。

对啊！

这是小提琴，又不是废铁，废铁可以砸了卖，小提琴砸了就不值钱了，如果是这附近的人拿走了，大概也是不识货的，顶多去乐器行寄卖一下，说不定去乐器行碰碰运气就能找到呢？！

想到这里贝果就一下子从床上弹了起来，顶着一头乱蓬蓬的头发，穿上鞋子就往外冲。

冲了一半她又折回来拿了手机，也不管叶天泽还在家里，又冲了出去。

贝果来到了音乐学院附近，这里有很多乐器行，她一家家地进去问，老板都说没有见过这把琴，但是都答应如果有人来寄卖会第一个通知她。

时间越来越晚，还剩一家专门卖小提琴的乐器行，叫作百年木。

这家百年木比较有名，老板是个小提琴发烧友，在业内有些名气，只不过贝果不接触圈子不知道罢了。

贝果走进店里，跟店员说了一下自己的情况，店员人也挺好，留了贝果的联系方式，把照片收了起来。

一直站在收银台后看着账目的男人抬起头来，这个男人是这家店的老板——许未明。

许未明刚才一直在偷听贝果说话，因为对于乐手来说小提琴有多重要不言而喻，竟然会搞丢，这小姑娘也太粗心大意了。

他打量了一眼贝果，的确是一副会弄丢东西的模样。许未明不再有兴趣，继续低头看账本。

时间很晚了，店家也差不多要打烊了，贝果也把每一间店铺都联系到了，她在这家小提琴店里转着，看着这些小提琴，心里痒痒的。

“我可以试试吗？”

“当然可以！”店员热情地说。

今天生意不好，这小姑娘的琴刚丢了，正需要买一把，店员心里窃喜，说不定今天打烊前还能做成一笔生意呢！

店员热情地给贝果推荐着，她估摸着贝果是音乐学院的大学生，所以推荐的也都是适合学生用的。

但是贝果几乎看一眼就否决了。

没想到这姑娘还很挑剔，于是店员只得拿出店里比较贵的几只小提琴，贝果这才有兴趣试一试，拿在手里拉了一下。

只是几个音符而已，许未明就是一惊，抬起了头来，吃惊地看向贝果。

这小丫头拉得相当不错啊。

“不好。”贝果一脸嫌弃地说。

店员又是一惊，要知道他们家是专门卖小提琴的，小提琴的质量可是这附近乐器行里最好的啊！

要么是故意找麻烦，要么这就是个大买家！

店员看一眼老板，老板点点头，于是店员笑眯眯地说：“那我再拿一把，你等一下。”

于是店员拿着钥匙，打开锁住的陈列柜，从里面拿出了一把小提琴来。

这一把是全店最贵的，手工打造，是现在正在意大利进修的制琴师霍成珏最新的作品，因为霍成珏在国内圈子里的名声挺大，所以他做的琴价格也很高。

贝果摸了摸这把琴，点点头道：“这把还勉强吧。”

哎哟，这小丫头口气还挺狂！

许未明真的是对她有了些兴趣，彻底放下手里的账目，站在柜台后饶有兴趣地看向贝果。

“可以试试吗？”

“可以。”不待店员询问，许未明就先开口了。

贝果简单地拉了一小节，许未明已经有些吃惊了，水平相当高啊！

简单的一小节并不能听出多少技术含量，但很明显这个小姑娘是有自己音色的乐手。

年纪小小就能有自己的音色，许未明觉得这丫头挺有潜力的，他估计贝果是刚入学的学生。如果她是圈子里的乐手，许未明是不可能不知道的。

“相当不错啊。”许未明夸奖着贝果道。

贝果以为许未明在说这把小提琴。

她撇撇嘴道：“这把琴缺少点儿灵魂……”

说完把小提琴还给许未明，叹息一声，很失望的样子。

许未明还是第一次听到有人这么嫌弃霍成珏的作品，这姑娘到底是不识货，还是真的是什么挑剔的大家？

“你知道这是谁的作品吗？”许未明惊讶地问。

“谁？”

“霍成珏！”

“哦……”

许未明觉得这小丫头大概知道厉害了。

结果贝果又一脸茫然地问：“霍成珏是谁？”

连霍成珏都不知道，许未明现在非常怀疑她到底是不是音乐学院的学生了，甚至怀疑他刚刚是不是判断出现了失误，也许她拉的那两声没有那么好？

“霍成珏是中国第一位在国际上得到认可的小提琴大师，可以说是中国人的骄傲！”

“这个霍成珏那么厉害啊……”贝果看着手里的这把琴，心中不解，疑惑地问，“那这把琴该不会是假的吧？”

这把琴是还挺不错的，但跟大师的作品还是有一定差距的……

这种事情并不少见，许多名不见经传的制琴师会冒充大师的名字卖琴。

“怎么可能！”

许未明相当确定，因为帮他搞琴那朋友可是国内知名的小提琴手，人家一个乐团里的首席小提琴会搞这种乌龙？

可是不知道为什么，被贝果这么一问，许未明竟然还是觉得有点儿心虚……

许未明对贝果的身份好奇起来，问：“我之前怎么没见过你？你是旁边音乐学院的学生吗？大几？”

“不是。”贝果并不想跟许未明多聊。

“你难道是老师？”许未明更加疑惑地问，这年纪也有点儿太小了吧？补充道，“还是指导员什么的？”

“都不是。”

贝果心情沮丧，没心情闲聊。她想拉一拉小提琴，结果连一把像样的琴都找不到，她重重地叹了一口气，转身就走。

许未明又是一愣，不是他自恋，而是他真的很少受到女性的冷遇。

然而贝果竟然连话都不想跟他多说的样子……

“美女！”许未明叫住贝果道，“你等一下，我这里还有一把小提琴！”

贝果这才停住脚步，转过身来，却依旧是意兴阑珊的样子。

“相信我，一定会给你惊喜的。”许未明微笑着扶了扶眼镜，道，“要不要看看？”

早就到打烊的时间了，许未明放店员先下班，自己领着贝果跟他去了楼上的办公室。

打开灯，许未明让贝果随便坐，自己走到办公桌后，找着钥匙准备开柜门……

贝果打量着这间办公室，看得出来这个店主真的是一个小提琴发烧友，墙上的海报都是知名的小提琴乐手，陈列柜里也有很多经典的CD和黑胶唱片，桌上有一张店主和音乐家张延宇的合照……

张延宇算是中国的首席小提琴家了吧，六十多岁了宝刀未老。贝果虽然多年没有接触古典音乐圈，但是张延宇大师她还是认识的。

因为这个人教过她……

张老师！

见到老师的照片，贝果没来由地觉得一阵心虚，偷偷地移开了目光。无论多少年过去，她最怕的人还是张老师啊！

这时候许未明已经把小提琴拿出来了，只看盒子贝果就知道这把琴不会差。她站起身来，眼睛里稍微有了些神采，走到桌边看着许未明小心翼翼地打开了琴盒。

看木材的纹理和手工打造的技巧，贝果终于相信了店主的话，这把琴应该不会让她失望，虽然比不上小王子，但也绝对是一流的小提琴。

见到贝果脸上有了些微笑，许未明竟然有一种被肯定的得意感。

这年头，小丫头都越来越不好伺候了。

许未明介绍道："这把琴的主人是个音乐发烧友，也是我的忘年交，前不久他去世了，他的子孙里没有搞音乐的，就将他的几把小提琴拿到我这里寄卖，他的家人也不急，说是慢慢卖，要找个各方面都合适的买家。"

许未明想，今天说不定这把琴就遇到它的新主人了呢？

贝果把琴握在手里，感受着木料的质感，道："这才是百年木呀！"

许未明一愣，百年木是他的店名。

他无奈地笑道："我这店里也只有这把琴配得上我的店名了……"

毕竟不是在国外，中国不是古典音乐的发源地，也没有这个文化气氛，所以也不可能有那么多的好琴。

"我可以试试吗？"贝果问。

这么贵重的琴，轻易是不会给客人试的，连看都不会随便拿出来给人看，更别说眼前的这个小姑娘蓬头垢面、精神涣散的模样，怎么看都不会是什么靠谱的买家。

但是许未明的直觉却告诉他，让她试一试也未尝不可。他在这个圈子里混了多年，最清楚人不可貌相这个道理。

“请便。”

可是贝果刚拉了两声就被许未明叫停了。

“怎么了？”贝果怀疑是不是店主心疼这把琴，怕给拉坏了，无奈地说，“这么好的琴哪里那么容易拉坏……”

“我不是这个意思，我想，既然你要试试，不如拉一首完整的给我听听看吧。”

许未明故意这样要求，因为他想听这小姑娘拉一首完整的曲子，好判断一下她的实力到底如何，有没有资格那么狂，连霍成珏做的琴都要嫌弃。

“可以啊……”贝果并不拒绝，还有些跃跃欲试，她已经有好几天没有拉琴了，有点儿手痒。

她也不怕店主听到自己拉小提琴，反正应该也是不怎么会再打交道的关系。再说了，对于甩掉那些追逐自己的小提琴爱好者，她是有丰富的斗争经验的。

“你准备拉哪一首？”许未明又问。

贝果想了想道：“拉一首快一点儿的吧……”

因为她丢了小提琴的懊丧和焦虑需要快节奏来宣泄。

“快节奏啊……”许未明想了想道，“不如就拉帕格尼尼的无穷动吧，你会吗？”

“会啊。”贝果神色平静地说。

许未明点这一首《无穷动》是有原因的，这首曲子是著名的“快字”小提琴曲，演奏难度之大，只能用变态来形容，它几乎是乐手进入乐团的敲门砖曲目。

创作者帕格尼尼被称为小提琴魔王，以变态著称，甚至他的变态还影响了很多后来的音乐家，让他们在听了帕格尼尼之后受到刺激创作出了更多的变态的作品，并且折磨着此后一代又一代的古典音乐专业的学生。

这首无穷动采用奏鸣曲式，一共有三千零五个音符，乐手的手指平均每秒要起起落落十多次，整首曲子都用急速的跳弓演奏，对于手指缺乏弹性和耐力的小提琴演奏者来说，这首无穷动就是噩梦，可以把一般的音乐学院学生拉疯，就算拉不疯，拉到手抽筋也是可以的……

所以用来考验贝果再合适不过。

“你确定你可以拉这一首吗？”许未明没想到贝果那么容易就答应了，没安好心地说，“开始拉了可就不能后悔了……”

“确定啊。”

许未明看着这姑娘年纪不大，倒是挺自信。

“我给你找谱子。”许未明说。

“不用了，我记得的。”

许未明又是一愣，这么难的曲子，连谱子都不要吗？

太狂了，许未明觉得她十有八九是要出丑的……

唉，现在的年轻人……

不知天高地厚！

Chapter 06
包养贝多芬

许未明拿出手机，准备给贝果计时。

其实许未明主要是想给贝果记数，看她这一首到底能错多少次。

这首《无穷动》世界上拉得最快的就是它的作者，小提琴魔王帕格尼尼。

只有帕格尼尼能把《无穷动》拉到三分钟以内，在他之后，即便是这世上最伟大的小提琴家也只能非常勉强地把这首无穷动拉到三分十秒以内。

许未明当然不指望贝果能拉得多快，一个名不见经传的年轻乐手而已，还过度自信，连谱子都不要。

他只是想估计一下这小丫头的小提琴水平在哪个层次或者只是一个爱吹牛的学生而已。

“可以开始了吗？”许未明准备好计时间。

“来吧！”贝果道。

眼前的女孩子把琴架在脖子上，深吸一口气，眼神一变，终于拉动琴弦……

许未明惊呆了，第一个音符从琴弦间迸发出来的那一刹那，眼前的这个女孩子就像是拥有了一个全新的灵魂……

那个头发乱糟糟、眼神茫然的女孩子不见了，眼前这个女孩子充满了魅力，仿佛是一只黑天鹅……

帕格尼尼，无穷动。

快到难以置信！

许未明作为一个资深的小提琴爱好者，听过无数版本的无穷动，但是他发誓，这个女孩子的无穷动是他听过最快的，超越所有前人。

简直就是快到变态啊！

不仅仅是快而已，这个女孩仿佛被魔鬼俯身，这首原本欢快的乐曲，被她演奏出了一种疯魔的气质，就像是撒旦的狂欢，仿佛是天使在堕落之前歇斯底里的放纵。

流畅奔放的旋律从琴弦之间奔涌而出，敲击着许未明的听觉，他像是处在海上风暴的中心，惊涛骇浪要把他淹没，壮烈得让人恨不得从容赴死！

许未明目不转睛地看着贝果飞速变化的双手，他先前都未曾注意，现在才觉得这双手简直就是天生用来拉小提琴的！

不，没有人能天生就拥有这样的手，即便是上帝也不会给人类这样一双手。恨不得只有出卖灵魂卖给撒旦才能换来这双魔手。

这一首无穷动就像是宇宙初生时大爆炸的那一个炙热的点，无穷的高温，无穷的速度，无穷无尽地蔓延……

每一个音符都坚定不移，贝果的眼神也一样，毫不犹疑，激烈、沉迷、疯狂，像是与魔鬼有约的浮士德……

乐声停止，许未明猛地惊醒，惊慌失措地按下了计时器的暂停键。

三分钟，只多了几微秒而已，如果算上许未明迟疑的那片刻，说不定她其实已经拉到了三分钟以内……

这个小姑娘竟然把这首《无穷动》拉到了三分钟……

她是帕格尼尼重生了吗？不可思议！

许未明只后悔没有把刚才那一段音乐录下来，因为这种高超的能力，就算他说出去估计都没有人会相信他，只会觉得他在吹牛。

虽然人工的记录或许有不准确的地方，但是前后差别不会多于一秒钟，所以无论如何，这个女孩子的技巧已经超过了当今所有的小提琴家。

绝对是小提琴天才啊，不，是小提琴女神！

贝果放下小提琴，有些不好意思地揉揉脑袋道：“最近还是练得少了……”

她还要怎样！

不可思议，这小姑娘是什么来头？！

好多天没有碰小提琴，就像是瘾君子终于碰到了毒品一样，贝果有一种解脱的感觉，所有的情绪都在乐声里抒发。只不过原本欢快的乐曲，被她歇斯底里的情绪变成了一首疯狂的乐曲，但是也挺有意思的。

果然只有小提琴能治愈她啊。

贝果笑眯眯的，方才拉小提琴时的疯狂不见了，刚来店里那股迷茫和涣散的神情也不见了，她终于又变成了平时的贝果，快乐，温顺，平静。

果然，小提琴就是她的生命啊！

“你到底是什么人？”

国内的小提琴家他都熟悉，所以难道是哪个小提琴家隐姓埋名回国了？不可能啊，古典音乐圈华裔本来就少，如果有大家不可能不知道的。

难道是刚刚出现的新秀？

贝果以为老板问自己名字呢，笑眯眯地说：“哦，我叫贝果！”

贝果……没听说过啊……

许未明又说：“你肯定是哪个乐团的小提琴手是不是？一定是国外的乐团吧？柏林？维也纳？纽约？”

又是这个问题……

贝果有些害羞的样子，笑嘻嘻地说：“哎呀，瞧你说的，我哪里那么厉害啊！我就随便拉拉，就是一个民间爱好者，不是什么乐团的成员，也对那些事情没兴趣。”

“你真的不是专业乐手？”

“我真的不是……”

许未明简直觉得不可思议，虽说国内古典音乐的大环境不算好，但是他没有想到会差成这样，这种遗珠之漏竟然也有！

“你等着，我帮你打几个电话，我要把你介绍给中国最大的乐团，你放心，他们团长是我的老朋友！不仅如此，我还要帮你办音乐会，我要带你到全世界巡演！你知道吗？你可以震惊世界！你会是中国历史上最伟大的小提琴音乐家！”

这种话贝果不说听了上万遍，也听了上百遍了。

为什么人人都要逼着她成功？为什么震惊世界，成为伟大的人这件事情那么重要？

她就想做个平凡的人。

贝果的神色还是很平静，忙阻止住老板要打电话的动作道："老板，不急不急，我们先聊聊这把小提琴吧……"

"嗷嗷，好的好的……"

也是，女神是来买小提琴的。

贝果发现许未明的态度忽然变得非常殷勤，又是请她坐，又是给她端茶倒水的，简直就像是一个小弟……

"不用这么客气的……"贝果无奈地说。

"不！从今天开始你就是我的偶像！"

贝果干笑两声道："这把年纪就不要追星了吧……"

许未明一愣，有些尴尬，但是又哈哈大笑了起来，女神就是幽默！

贝果也是习惯了，无奈地问："我想要这把琴，多少钱？"

贝果已经决定把这把琴买下来了。因为她也不知道什么时候才能找回她的"小王子"，说不定真的就再也找不回来了。所以在找回自己的小提琴之前，她想找一把差不多的先拉着。

虽然小提琴不见了她很伤心，但是总不能因为这个这辈子都不拉小提琴了吧？那岂不是因噎废食……

"好的好的！没问题！是女神你的话，我就不给你抬价了，就把卖主最低的心理价位报给你，如何？"

"真的吗？"贝果喜上眉梢道，"那太谢谢了！"

许未明觉得没有比贝果更适合这把琴的新主人了，他相信他的老朋友在天之灵知道自己的小提琴有这么好的主人，也会很高兴的。

他拿出计算器，按了一个数字递到贝果面前，道："这是最低价了，你看看合适不合适？"

老板人真好！

贝果笑眯眯地看过去，脸瞬间就僵了……

好贵！

贝果目瞪口呆地看着计算器，一个又一个地数着零，数得她心如死灰。

"我好像……暂时买不起……"贝果尴尬地说，"我最近手头没有那么多钱……"

贝果忽然有些后悔自己平时吃那么多，留着买小提琴多好啊！

“没关系，我给你留着，反正卖家也不急。”

贝果依依不舍地摸着小提琴，只恨自己是个大胃王。

好难过啊……

贝果算了算，这个月的打赏特别多，土豪粉丝集中发力，但是这个月的钱下个月才能拿。不过她接下来的时间多发发力，微博接一下广告，再加上自己的存款，再找人借一点儿，说不定勉强能凑到这个数……

“我下个月可以买，不过怎么也要到月中或者月尾才可以……”贝果犹豫了一下，尴尬地问，“你能给我先留着吗？”

这种寄卖的小提琴一般是不能这样卖的，贝果心里也知道，但是不试试又不甘心。

没想到许未明想都没有想就答应了。

“没问题！”

大好人！

“你真的是太好了！”贝果激动地说，“我都不知道应该怎么感谢你！”

“应该我感谢你，能认识你这样的乐手，简直是三生有幸！”许未明递给贝果一个名片道，“最近我比较清闲，一直都在店里，你随时都可以来找我，或者你想过来拉琴也完全没有问题。”

许未明也是心机很深的，女神现在手上没有琴，平时肯定是需要找小提琴拉的。

他其实借一把小提琴给贝果也不是不行，就算是送给女神一把他也完全是心甘情愿，恨不得跪在地上双手奉上的。

但是只有这样说女神才能常常来他的店里，这样他才有机会多听女神拉小提琴。

“真的吗？”贝果没想那么多，只觉得许未明人真好。

“真的！”

“太感谢了！”

“那我要怎么联系你呢？”许未明又说，“我想把你介绍给张延宇老师，他会很欣赏你的，我很有信心你可以做他们乐团的首席小提琴手！”

贝果尴尬地笑了笑，怎么又说到这个话题了。

“你简直就是不知道自己的价值！”见到贝果的表情这么平静，许未明忍不住激动地说，“你会给音乐界带来一阵地震！”

贝果并不想地震，她就想在平原地区安安稳稳地活着。

贝果收好许未明的名片，这小提琴要买，但是买了小提琴之后，还是得跟这店主断了联系才行，要不然肯定又跟从前一样，天天被逼着去征服世界……

许未明想到就做，立刻就给张延宇老师打电话。

“喂，张老师！我啊，许未明。我要给您介绍一个人，您不是这周要来音乐学院演讲吗？到时候我要介绍一个音乐天才给您认识！对！是的！绝对，您信我！神乎其神！是！人就在我这儿呢……”

许未明兴奋地回过头，却发现沙发上空空如也，贝果早就不见人影了……

“哎……贝果呢？这就走了吗？”

“贝果？”张延宇老师在电话那头皱了皱眉。

“您认识？”许未明激动地问。

“不认识。不过我从前倒是有一个学生也姓贝，是个小提琴天才，绝对是百年难得一遇的天才少女啊，不过后来出了事故，唉，手废了，现在想想真的挺可惜的……唉……”

能让张延宇老师连叹两声气的人可不多。

“那是挺可惜的……”许未明无比自信地说，“不过我这个绝对是千年难得一遇的天才！”

贝果趁着许未明正激动地讲电话的时候，趁机溜走了。不赶快闪人，还等着跟老师拜年啊？

回到小吃街，贝果的心情已经比离开的时候好多了。

她向来都不是那种容易沉溺在悲伤里的人，虽然小提琴丢了宛如割掉了她的一块肉，但是总不能因为这个连命都不要了吧……

而且命可以不要，饭却是不可以不吃的。

贝果午饭晚饭都没有吃，靠着叶天泽早上做的那一盘松饼撑了一天，白天伤心着什么都不想吃，到现在可真的是觉得饿了。

“好饿好饿好饿，我真的好饿……”电话铃声响起，犹如贝果此刻的心声。

“贝果，你今天怎么没直播，你忘记了吗？”直播平台的编辑劈头盖脸地问。

贝果这才想起来，今天晚上是要直播的，结果小提琴不见了弄得她心烦意乱，连这么大的事情都忘记了。

“对不起，对不起！我出了点儿事情，忘记直播了，我马上就去微博上跟粉丝解释。”

“不用了。”编辑阻止贝果道，“反正我们今天原本也不想你直播，现在你在微博热搜上，大家正讨论你讨论得热闹呢，所以你下一次直播非常重要，既不能太早也不能太晚，把热度提高起来，我们得一起定个时间，平台上也给你宣传起来啊！”

“嗯！”

贝果现在挣钱的愿望非常强烈，有平台的帮助，她离小提琴又近了一步呀！

“就是有一件事……”编辑支支吾吾地说。

贝果已经猜到了。

“你那个邻居还是要出镜的呀……要不然你这些热搜的热度都没有意义的……”

……

就知道会是这样！

其实贝果是真的不愿意麻烦叶天泽，但是今非昔比，她现在也对这件事动了心思。贝多芬出现的那么一会儿，她的礼物恨不得翻了一倍，有他陪着自己，可能真的能早点儿赚到买小提琴的钱。

“那我得问问他才可以，我怕他不答应……”

听到贝果终于松了口，平台的人可是松了一口气。

“那你早点儿确定，今晚就告诉我结果可以吗？我好安排接下来的事情……”

“行吧，我一会儿问了答复你。”

“可一定要行啊，我们的话题都已经炒起来了，你自己也要加把劲儿！我相信，配合我们的宣传，你跟你的邻居打败大胃王苏二宝绝对不是问题，迟早的事儿！”

苏二宝就是现在吃播界的一姐，但她是另外一个平台的主播，她的男朋友也是个网红，搞健身的，身材好得让人合不拢腿的那一种。两个人双剑合璧，在直播平台和微博上的人气都相当地高。

贝果所在的平台一直希望能够捧出一个超越苏二宝的主播来，但是他们平台的一姐似乎遇到了瓶颈，就是上不去，倒是贝果这个不上不下的，最近有爆发的趋势。

“就这样，先挂了，你赶紧去跟你那打引号的邻居好好沟通！”

编辑挂了电话，贝果一脸的无奈，什么叫作打引号的邻居，就连编辑都不相信叶天泽仅仅是她的邻居而已吗？

回到家里，贝果坐在阳台上，犹豫看着对面。

那边的灯都是黑的，叶天泽应该已经睡了……

要不发个短信？

“终于回来了？”

贝果低着头准备编辑信息的时候，忽然头顶飘来一个声音，抬起头一看，竟然是叶天泽！

“你怎么在这里？”贝果惊讶地问。

“我一直都没走。”叶天泽站在贝果小屋的门口，斜靠着门栏，无奈地问，“你刚刚跑哪里去了？跟疯了似的冲出去……”

贝果不对许未明隐瞒自己会拉小提琴的事情，是因为做好了随时跑路的准备，但是叶天泽……她不是很舍得随时跑路，她恨不得每天围着他转圈圈。

“我……跟直播平台的人联系了一下。”贝果心虚地低下头，又安慰自己这也不算是撒谎。

“嗯，你没事就好。”

见到贝果现在的状态又变得正常了，叶天泽暂时放下心来。刚刚她失魂落魄的时候没能让她说实话，现在就更不会说实话了，叶天泽知道想要攻破贝果的心理防线，还需要再用点儿手段。

“我先回去休息了。”叶天泽说。

“等一下！”贝果抓住机会，拦住叶天泽道，“我有件事情想要请你帮忙！”

“嗯？”

“那个……我的直播平台希望……”贝果支支吾吾了半天，终于还是鼓起勇气道，“下次直播你能陪着我一起吗？”

叶天泽似乎还不大明白。

“什么意思？”

“就是……”贝果有些尴尬地说，“就是我直播的时候，你坐对面，跟我聊聊天，说说话，暂时不用出镜的！”

贝果窘得脸上都在发烧。

“为什么？”叶天泽虽然看过直播，但是只看过贝果一个人的直播，并不明白这些炒作的手段。

贝果老老实实地跟叶天泽解释。

“现在直播竞争挺激烈的，你那天出现了一会儿，大家……”贝果组织着合适的语言，婉转地说，“大家对这种两个人一起的直播很感兴趣，热情比较高，所以平台希望我继续保持这个模式……像是人气第一的大胃王苏二宝，她就是跟她的健身网红男朋友一起直播的，人气特别高……”

“这样啊……”

虽然贝果没有直说，但是叶天泽怎么会听不懂，他笑起来，目光灼灼地看着贝果，看得贝果心里非常不安……

自己是不是太直接了？

“是只有这一次，还是以后每次都要我陪你一起？”

只一次是不大可能的，平台这是很希望她能组个吸引人眼球的CP呀。

贝果只得硬着头皮问：“最好是每一次，你……方便吗？不方便的话，只明天一次可以吗？”

贝果知道自己这个要求真的是相当过分，其实她并不指望叶天泽答应，但她现在已经是被架在这儿，没得选择了……

“可以倒是可以……”

贝果没想到叶天泽竟然答应了！

“但是……”

果然还有转折，贝果的一颗心又提起来。

“我凭什么陪你直播？”

贝果一愣，对哟，她提出来按比例分成的提议。

“收入还是很可观的，我们可以先试一次，你看看粉丝们的礼物再决定？”贝果期盼地看着叶天泽说道。

叶天泽一愣，贝果误解了他的意思，这是要跟他搞合作了。

“不必了。”叶天泽毫不犹豫地拒绝。

贝果心里咯噔一下，万分失落。

“我有个别的提议。”叶天泽说。

“什么提议？”

“你不是知道我的本行吗？”叶天泽微笑着说。

贝果一愣，贝多芬的本行？

小白脸吗？

“这不，我现在暂时也没有收入，你要不要考虑一下？”

果然是小白脸！

叶天泽继续循循善诱道：“我是你养的小白脸了，当然你要我做什么我就做什么，毕竟吃人嘴软，你说是不是？”

啥？！

贝果震惊了，贝多芬这是要她包养他吗？

她从没想过叶天泽会提出这种要求来！他这个软饭会不会吃得太理直气壮了一点儿！

贝果依旧觉得贝多芬是不是在跟她开玩笑。

贝果迷茫地问：“你不是只跟音乐家在一起吗？”

“你不是会口琴吗？”

“口琴也算吗？”

“再小的乐器那也是乐器。”

“可我口琴吹得不好啊，不是口琴音乐家啊！”

“没关系，如果是你的话，我可以适当地降低一点儿要求，吹得差不多就行了，你有你自己的风格，我听得出来……”

两人你来我往一人一句，贝果发现自己竟然有一种陷入了无法拒绝叶天泽请求的境地。

“可是我养不起你啊！”贝果想到了一个关键的问题。

“你只需要管我的吃穿住行就可以了，不用单独再给钱。”

这么好吗？

“可是……”贝果恨不得要哭了，纠结地说，“我下个月要买个很重要的东西，手上没钱，恨不得自己吃饭都不花钱……”

叶天泽也是没有想到自己堂堂一个指挥家，现在折价卖，人家竟然还要砍价。

他非常无奈地说：“你若是手头紧，我们可以一个月之后再开始，这个月……你先赊着……”

这种事情还能赊着？

“你考虑一下，明天答复我。”

叶天泽揉了揉还在发愣的贝果的脑袋，转身准备离去。

可能这一天给她的刺激太多，现在都傻了，还是给她点空间自己消化一下比较好。眼看叶天泽就要离开，他的背后却忽然传来了一个英勇就义一般的声音。

“我愿意养你！”贝果猛地站起来喊道。

话一出口，贝果才感觉到这句话是多么诡异，顿时尴尬地站在那里。

可是叶天泽却很平静，神色自然无比，相当地无所谓，反倒是贝果这个包养人手足无措的。

“可以。”叶天泽说。

贝果回过神，点了点头，也不知道说什么，就呆愣地站在那里。

之后她应该怎么做？连恋爱都没有谈过，一上来就是包养小白脸这么高端的事情，贝果发现自己真的是 hold 不住……

忽然，贝果感觉有人捧住了她的脸颊。

她惊讶地抬起头，就在这时候，叶天泽在她的额头印了一个吻。

“先让你适应一下。”叶天泽微笑着说。

这会儿贝果彻底魂飞天外了……

等到叶天泽走了，贝果还是恍恍惚惚的……

“好饿好饿好饿，我真的好饿……”

平台的人又打电话来了。

“喂，贝果，搞定了吗？邻居来不来？”平台的人激动地说，“我们刚刚想了个新的应对策略，实在不行，我们可以雇一个人给你演戏嘛！不过要找个声音和手型相似一点儿的可能要花点儿时间，你知道的，现在的粉丝一个个好刁钻的……”

编辑还在喋喋不休，贝果已经打断了她。

“好像……已经没问题了……”

“真的？！”

“嗯……虽然我也不知道发生了什么，但是他答应了。”

“很好！那就明天直播吧！”

凌晨两点，贝果躺在床上，难以入睡。

她现在依旧有些恍惚，不敢相信自己如今也是有小白脸的女人了。

贝果拿着手机，搜索着关键词，想要从前辈们的人生经历里汲取一些宝贵的知识经验，以便于她在这条路上走得更加坚定有力。

然而，贝果搜索出来的词条都是耸人听闻的标题，贝果忽然觉得自己的前途非常渺茫……

她觉得自己仿佛置身于迷雾森林，看不清前路，唯一值得庆幸的是，这迷雾是用棉花糖做的……

贝多芬就是她的棉花糖。

贝果忐忑不安地入睡了，睡着之前，她的最后一个念头依旧是明天到底要吃什么才好呢？

好想吃贝多芬做的松饼啊……

贝果昨天折腾了一整天，今天就睡过了头，等到她被手机铃声吵醒，拿起手机一看，发现竟然有十个未接来电。

电话几乎都是编辑打来的，只有一通来自叶天泽，而且叶天泽那一通电话七点半就打来了，如果贝果没记错的话，昨天他离开的时候就快十二点了，这个贝多芬还真的是老年人的作息，睡得晚起得早……

女人一过了二十五岁，虽然还是会偶尔犯花痴，但是最能打动她们的东西已经不是男人，而是钱！所以贝果选择先给编辑回电。

编辑还是说今天直播的事情，说是APP首页已经做推广了，时间是晚上七点，要贝果做好准备，不要又忘记直播。

“不会忘的！我今天打算自己在家里做烤肉！”

因为五花肉比较便宜，再配一点儿生菜，尽量把今天的伙食费控制在两百块钱以内。

“别，烤肉烟雾缭绕得一点儿都没有美感，吃虾吧！”

“小龙虾有什么美感可言？”还贵……

“小龙虾是没有美感，但是你那打引号的邻居的手有美感啊，要他给你剥！”说完编辑就立刻挂断了电话，根本不给贝果拒绝的机会。

挂了编辑的电话，贝果立刻起床洗漱换衣服，可衣服穿到一半她就听到一阵急促的敲门声，贝果踉踉跄跄地去开门，门口站着叶天泽。

“都九点了……”叶天泽看看手表，皱皱眉道，“我发现你很爱睡懒觉。”

现在刚九点，她不到九点就起来了，这算睡懒觉吗？！她这种宅在家里工作的人，早上八点多起来已经很早了呀。

叶天泽自顾自地走了进来，贝果老老实实地跟在他的身后，心里不免嘟囔：作为一个没有工作专业吃软饭的男人，这个叶天泽未免也太勤劳了一点儿，在贝果的想象里，那些吃软饭的应该都是自由散漫、胸无大志的类型。

还是他年纪大了所以睡不着？

“明天开始我们要早点儿起来。”叶天泽说。

贝果是很喜欢睡懒觉的，可她也是一个㞞货……

“好的呀，那你觉得我应该几点钟起来比较好？”

“六点半，我以后每天早上会叫你起床。”

“那么早？！”贝果被这个时间给震惊了，都来不及注意叶天泽说每天叫她起床这是一件多么亲密的事情，她瞪圆了眼睛，惊讶地问，“六点半起来做什么啊？我们又不上班又不上学的！”

活得放松一点儿好吗？！

“自然是有很重要的事情要做，你明天起来就知道了。”

贝果不好再问，但她还是想不到有什么重要的事情非要早上六点半就起来做的。

“你来找我是有什么事情吗？”贝果又问叶天泽。

“当然是来报到的。”叶天泽一本正经地说，“既然我已经是你的小白脸了，怎么也要有一点职业精神吧？”

贝果目瞪口呆，没想到叶天泽对于吃软饭这件事情不仅坦然还充满了热爱，要不然怎么会工作这么积极呢？

叶天泽走到贝果的面前，微微弯下腰，凝视着她的眼睛，语气暧昧地说：“我现在整个人都属于你了，你想要我做些什么呢？”

要命啊！

贝果觉得自己差一点儿因为心跳过快而猝死！

果然他的经验很丰富啊，说这种话都脸不红气不喘的。贝果不敢看叶天泽的脸，低着头，红着脸，支支吾吾地说：“我……我也不知道应该做什么啊……我没有这方面的经验啊……”

“这有什么难的？”叶天泽忍不住笑起来，道，“没有养过小白脸，那谈恋爱的经验总有吧？”

贝果的脑袋垂得更低了。

叶天泽愣了一下，疑惑地问："你不会没谈过恋爱吧？"

看到贝果这个反应，叶天泽就懂了。

叶天泽也不逗贝果了，直起身来，往后退了一步，拍了拍她的脑袋道："行了，准备一下，我们一起出门。"

"出门？去哪儿？"

叶天泽一本正经地说："你现在不是要养我吗？既然我是吃软饭的，那总得吃饭才行吧？"

好有道理。

"你等一下啊，我进屋拿个钱包。"

"不用了。"叶天泽拦住贝果道，"既然你这个月没有钱，就暂时先由我请你，你先欠着吧，我们走。"

贝果有些蒙了，小白脸还能这样养？

吃完早餐，贝果便去菜市场买小龙虾。

除了小吃街的老板们喜欢贝果，菜市场的老板也一样喜欢贝果，只要见到贝果来，便知道今天要有大买卖了！

沿路都有小商贩跟贝果吆喝，叶天泽忍俊不禁地说："你倒是人见人爱。"

"对呀！因为我吃得多所以买得也多呀！"吃饱了的贝果心情超级好，冲着叶天泽眨了眨眼睛，张开双臂，开着玩笑问，"你喜欢吃得很多的我吗？"

贝果笑得眼睛眯成了一条小月牙，元气满满的模样像是能击败这世上所有的坏心情。

"喜欢啊。"叶天泽毫不犹豫地说。

此言一出，两个人都是一愣，尤其是叶天泽，着实为自己脱口而出的话吃了一惊……

有一瞬间，空气仿佛凝结了，两个人面面相觑，尴尬得都不知道该怎么接话。

还是贝果先反应过来，叶天泽不愧是专业的小白脸，真会哄金主开心啊，差一点就以为他真的是在表白呢……

"我们……去买小龙虾吧。"贝果立即转移了话题。

"嗯……"

叶天泽心情有些闷闷地应了一声，转身走了。

贝果亦步亦趋地跟在叶天泽的身后，奇怪，怎么觉得贝多芬又不高兴了？

贝果几乎把水产店里的小龙虾买空了。

叶天泽付了钱，回头见到贝果正吃力地拖着几个袋子，无奈地走过去站到了她的面前。

只见叶天泽脱掉了西装外套，递给了贝果。

贝果一脸疑惑地看着叶天泽，但还是先放下了袋子，接过他的外套。

叶天泽解开袖口，慢慢地卷起衬衣袖子，贝果盯着他手上的动作，忍不住又有些出神。

怎么他做什么都那么好看，解个扣子都那么好看呢？

叶天泽提起地上的小龙虾就走，走了几步见到贝果还愣在原地，痴痴地看着自己。

"走啊。"叶天泽无可奈何地说。

"好的呀！"

贝果紧紧抱着叶天泽的外套，一路小跑地就跟了过来。

"这还是第一次买菜有人帮我拎菜呢。"

叶天泽冷笑一声，自嘲地说："相信我，这也是我第一次拎菜。"

享誉国际的叶指挥的那双价值千金的手，不在音乐厅里指挥顶级乐团，却在国内的一个脏乱差的小菜市场拎小龙虾，说出去都没有人会相信……

回了家，很快就要到午饭的时间了，贝果留叶天泽在家里吃饭，然后晚上一起直播。

"我还有事情，要处理一下，会在七点以前回来的。"叶天泽说。

"哦……什么事情啊？"

"见一个国外回来的朋友，一个制琴师。"

一听到跟音乐有关，贝果心里就咯噔一下，会不会是叶天泽以前的情人？

叶天泽见到贝果那副失落的、欲言又止的模样，就知道她在想什么，笑了笑，揉揉她的脑袋道："放心，是个男人。我会按时回来的，等我。"

叶天泽走了，贝果看着地上的小龙虾愣了半天。

他们之间真的是包养的关系吗？怎么看都是叶天泽在养她呀？怎么想这都不像是那种游走在道德边缘的关系，而像是……

贝果虽然没有谈过恋爱，但是她总有一种自己恋爱了的感觉。

好幸福呀！

霍成珏坐了一整夜的飞机，终于赶回了中国，也来不及休息，就马上跟叶天泽见了面。

两人在霍成珏酒店房间的客厅里见面，第一件事就是打开那把小提琴。

"真的是宝贝啊！"霍成珏两眼放光道，"这一趟我没有白飞！"

霍成珏来来回回看了好多遍，兴奋地说："真的，卖给我吧！"

"不可能……"叶天泽想也不想就拒绝，把琴放回琴盒里，又问，"确定是真品吗？"

"很确定，见到实物我更加确定了。"

"很好，这种有收藏价值的琴一定能够寻找到它的痕迹，你帮我找找，这把琴曾经属于过谁。"叶天泽说。

"你不是说是你女神的吗？那个大胃王贝果……"

霍成珏还专门去贝果的直播间送礼物，就是想混个脸熟，说不定以后有机会见面，人家一高兴就愿意把琴卖给他呢？

"的确是她的，但是……"叶天泽神秘地笑了笑道，"我想搞清楚，我的女神到底是什么人。"

霍成珏立马就懂了。

是啊，能够拥有这样一把琴，还拥有让叶天泽都惊叹的小提琴技艺的人，怎么可能仅仅是一个普通的网红呢？

她一定藏着什么秘密。

"放心吧！别的我不了解，琴的事情我一定能搞清楚！你女神的来历就包在我身上了！"说着霍成珏就伸手要去拿那把琴，笑眯眯地说，"把琴放在我这儿，方便我找它的根源！"

叶天泽毫不犹豫地就把琴从桌上拿走，起身道："你就拿照片和视频去找吧，这把琴你不能拿去。"

“为什么？！”

“这可是她的命，我怎么可以把她的命交给别的男人？”说完叶天泽便转身离开了房间。

霍成珏看着叶天泽离去的背影，撇撇嘴。

叶大指挥什么时候在乎过别人的命啊？霍成珏一直怀疑，叶天泽连自己的命都不在乎！

怎么这个贝果就这么特别？

Chapter 07
帕格尼尼的钟声

晚上七点半，正是贝果直播的时间。

霍成珏准时打开手机APP，进入直播平台，登录自己的账号。

ID：我也爱吃意大利面的制琴师。

小天台被布置得温馨可爱，夜色迷人，小彩灯一闪一闪，大大的桌子上摆着四盆小龙虾，每个盆子恨不得都有脚盆大，里面分别是四种口味的小龙虾！

“Hello，大家好，我是大胃王贝果，今天我们要吃的是小龙虾！”

贝果今天梳了个双马尾，本来她的长相就偏甜美，现在更是让人觉得像是个十几岁的小姑娘，霍成珏暗暗地在心里嘟囔，这叶天泽的喜好也是变化蛮大的，从前不都是喜欢御姐款的吗？什么时候口味变得这么Q弹了。

手机屏幕里，贝果双手合十，笑眯眯的样子，让人看着就心情好，她无比激动地说：“大家有没有看到这四大盆小龙虾？！都是我自己做的哟！一大早就去菜市场买的新鲜小龙虾呢！”

“不早吧……你九点才起来。”一个低沉优雅的男性的声音忽然飘进了镜头里。

霍成珏的耳朵竖起来，怎么觉得这个声音听起来很耳熟，很像叶天泽呢？

就是叶天泽啊！

贝果的笑容变得相当尴尬，她无奈地看了一眼镜头后的人，撇撇嘴，有些娇嗔的样子。

“你干吗要戳穿我……”见那边不回话，贝果又笑眯眯地对直播间说，“嘿嘿，跟大家介绍一下，刚刚说话的是我的邻居。感谢我的好邻居！今天的小龙虾都是他付的钱哟，破费啦！”

“莫氏树蛙跳得远”：邻居土豪啊，包养贝贝的节奏啊！

“黄色的玻璃杯”：目测这么多小龙虾得要几千块！

“哈哈哈哈，我的邻居才不是土豪呢！”贝果没心没肺地说。

霍成珏本来想吐槽的，但是转念想了想，叶天泽的确不是土豪，他只豪不土啊！

“邻居先生，要不要跟大家打个招呼呢？”贝果笑眯眯地问。

然而贝果的话就像是对空气说的，一片静寂……

邻居一言不发，并没有要说话的意思。

“夏天就是要吃绿豆沙”：噗……

“我是一个好蛋哟~”：这就很尴尬了……

“我选择卤肉饭”：哈哈哈哈哈，好冷漠的邻居哈哈哈！

“路过酱油的醋”：是傲娇好吧，真的冷漠怎么会给贝贝买小龙虾？！

“鸡仔 DJ”：邻居先生的人设意外地萌呀！

贝果又干笑了两声，但是她完全不因为叶天泽的冷漠而失落，斜着眼睛瞥了他一眼，哼唧了一声道：“高冷 boy 并不想理我，好了，我们不理他，来吃小龙虾吧！我来给大家介绍一下我今天做的几种口味的小龙虾……这个是清蒸的，这个是蒜蓉的，这个是油焖的，这个是咖喱的！我自己本身就喜欢吃清蒸和蒜蓉的，你们呢？”

霍成珏都没有吃过，看起来挺好吃的样子，手艺不错啊！

霍成珏发现贝果真的是超级下饭，他忽然有些理解叶天泽为什么这么喜欢这个小丫头了，不是说征服一个男人的心，先要征服一个男人的胃吗？这种看着就下饭的姑娘，是多么难能可贵。

手机屏幕里，贝果吃着凉面，而霍成珏也吃着意大利面。

贝果吃得相当快，吃完凉面，又继续吃虾，剥了几个之后冲着叶天泽嘿嘿地笑了几声，道："我这样吃得好慢，你可不可以帮我剥呀？"

贝果竟然要求叶天泽给她剥虾？霍成珏忍俊不禁地笑起来，叶天泽那个人怎么会给人剥虾？他只有被伺候的分，从来不伺候人，要知道，在乐团这个人完全是把自己当皇帝……

不，他在哪里都完全把自己当皇帝啊！

就在这时，一双手出现在了镜头里，一个略微有些无奈的声音响起："我不会啊……要怎么剥？你教一下我……"

噗！霍成珏一口面喷出来，这还是他认识的叶天泽吗？！

霍成珏差点儿噎死，马上截图，拍照，保存！然后立刻把照片发给他跟叶天泽共同的朋友们。

"你们知道叶大指挥现在在做什么吗？他在视频直播里给人剥虾！"

因为古典音乐圈里华人少，所以他们几个华裔私交不错，大家有一个微信群，但是音乐家们都比较有个性，平时大家都不怎么说话，现在却都被炸出来了。

"哪里，看看！"

……

贝果去给自己拌了一碗凉面，回来的时候叶天泽一盆虾都已经快剥完了，他的手速超级快，神情专注。贝果发现这个人做事相当投入，就连剥虾也目不转睛。

不是说认真的男人最有魅力吗？

说这话的人一定是没有见过剥虾的男人！认真剥虾的男人才是最有魅力的！

贝果沉浸在幸福里无法自拔，喜滋滋地看向手机屏幕，想看看她去拌面的工夫大家说了些什么，可就在这时候弹幕里似乎发生了什么不得了的事情……

"在维也纳弹钢琴的李大师"送出游艇乘以 5。

"指挥家你也有今天哟"送出游艇乘以 5。

"你不是对我说你的手只拿指挥棒吗"送出游艇乘以 5。

"乐团要翻天了快回来"送出游艇乘以 5。

“带你的乐团给我的演唱会伴奏好吗”送出游艇乘以10。

这些粉丝的名字都好奇怪哟，贝果在心里纳闷，但是很快她又想开了，更离奇的网名她也听过呀……

贝果不知道的是，就在刚刚，享誉世界的几位华人音乐家，同时都给她送了礼物。

这个阵容无论是放在任何音乐厅都是要引发地震的，想要全部请到这些人，全世界除了贝果，估计只有春节联欢晚会办得到……

“在维也纳弹钢琴的李大师”就是著名中国钢琴家李思源。

“指挥家你也有今天哟”是同样著名的美籍华裔音乐家吕亦澜。

“你不是对我说你的手只拿指挥棒吗”是唱片销量第一，享誉全球，来自我国宝岛台湾的大提琴家马沧湖。

“乐团要翻天了快回来”是柏林乐团的小提琴首席夏莉。

最后那个叫作“带你的乐团给我的演唱会伴奏好吗”的虽然不是来自古典音乐圈的，但是名气比上面所有人都大，他是一整代人的时代回忆，狂热的古典乐爱好者，金曲歌王、天王巨星江超凡……

贝果不知道刚刚发生了多么轰动的事情，她只知道自己被土豪粉丝团刷屏了。

“哇，好多游艇，谢谢你们！”贝果双手合十，无比感恩地说，“谢谢‘在维也纳弹钢琴的李大师’，谢谢‘指挥家你也有今天哟’，谢谢‘你不是对我说你的手只拿指挥棒吗’，谢谢‘乐团要翻天了快回来’，谢谢‘带你的乐团给我的演唱会伴奏好吗’，谢谢你们，太感谢了！”

听到贝果念这些ID叶天泽剥虾的动作明显停滞了一下，脸上难得地露出了略微窘迫的神情。然而他什么都没有说，看了一眼开开心心往嘴里塞虾，满足得眼睛都眯成了一条缝的贝果，低下头，继续飞快地剥第二盆虾……

直播一结束，叶天泽的手机就开始响个不停，一直有新信息过来，叶天泽低头看着手机，脸色有越来越难看的趋势。

见到叶天泽情绪不佳的模样，贝果小心翼翼地问：“你怎么了，一直看手机，是不是出了什么事情？”

“没什么……”叶天泽神色如常地对贝果微微一笑，道，“不用担心，我的一群朋友闲得无聊而已，我回复一下，你稍等。”

叶天泽飞快地回复几个损友的信息。

李思源：老朋友，你来中国怎么也不跟我说一声啊，我请你吃小龙虾啊！

叶天泽：不好意思打搅你，看你最近退步得那么明显，我想你应该不怎么想出门吧？你上个月跟那个横空出世的钢琴天才斗琴的视频我看了，呵呵，场面难堪得我都要替你这个老人家羞愧。

李思源：……

吕亦澜：哈哈哈，老李，被叶指挥怼了吧，快来美国找我，我给你补习一下钢琴技术！

叶天泽：吕亦澜，你还有空关心别人，你欧洲巡演的票卖完了吗？感觉卖不动呢。

马沧湖：哈哈哈哈。

叶天泽：马沧湖，你再不减肥就要够不着大提琴了。

马沧湖：我就哈哈也不行吗……

叶天泽：夏莉，我最近发现了一个小提琴天才，你要不看看欧洲还有哪个乐团缺首席的，我觉得你差不多可以开始找新工作了。

夏莉：老板，我什么都没说啊！为什么要这样对我！

江超凡：叶大神，别理他们，你什么时候过来北京啊？我新专辑开始筹备了。

叶天泽：不去，你在国内找个三流交响乐团吧，我的乐团不给你录新唱片了。

……

群里有一会儿一片寂静，谁都没有说话。

靠！叶天泽有一段时间没出现，以至于他们都有些忘记这个人多刻薄了！

江超凡第一个跳出来，情绪激动。

江超凡：叶神，别呀！我新闻都发出去了，说是柏林的乐团要参加我的新唱片的！

大家叽叽喳喳地回复着，叶天泽不再看，干脆把手机开了静音，放在一边随他们吵。他又抬起头看向贝果，发现贝果也正在专心致志地玩着手机，脸上挂着兴奋的微笑。

看到贝果这么高兴，叶天泽的心情也稍稍好了些，问：“怎么笑得这么开心？”

“我的粉丝马上就要破一百万关注了！就差一个关注啦！”贝果激动地说，她举起手机伸到叶天泽面前，显摆道，“你看你看！不是很厉害！你不是说也要玩微博吗？你快下载一个关注我！”

“嗯，我马上下载。”

叶天泽想了想直播间里的那些 ID，抬起头看了一眼专心致志盯着他手机屏幕的贝果，微微一笑，然后低下头，飞快地输入。

昵称：喜欢 bagel 的叶天泽。

看到这个昵称，贝果的脸瞬间涨得通红。

“你……你……你怎么叫这个名字呀……”贝果的声音像蚊子似的，都不敢看叶天泽。

“因为我想叫这个名字。”

叶天泽毫不犹豫地点击确认，注册成功。

叶天泽关注了贝果，就在这一刻，贝果的被关注数刚刚好到了一百万。

“我是你的第一百万个粉丝，有奖励吗？”叶天泽问贝果。

两个人挨得很近，贝果红着脸一动不敢动，她感觉叶天泽的目光落在她的侧脸上，正凝视着她，让她不敢回头，她怕与叶天泽对视，会害羞得连话都说不利索了。

“那我回粉你好了……”贝果低声道。

叶天泽轻笑一声，声音低沉地在贝果的耳边道：“嗯，可以，那你搜索我的名字，喜欢 bagel 的叶天泽。”

贝果觉得她马上就要晕倒了，心脏突突突地要从胸口冲出来，一向打字很快的贝果，这一回却半天打不利索那个昵称……

“你抖什么？该不会是误会什么了吧？”见到贝果一副随时都要晕倒的样子，叶天泽坏心眼地说，“我很喜欢吃 bagel 这种面包所以才取这名字，你以为呢？”

贝果一呆，脸比刚才更红了，只是刚才是因为少女的娇羞，而现在是因为无地自容的羞愧！

搞半天是她在自作多情啊！人家说的不是她，而是面包！

人生的三大错觉：手机在振动，有人在敲门，他喜欢我……

就在贝果羞愧得恨不得从天台跳下去的时候，叶天泽忽然揉了揉她的脑袋，温柔地说："不过眼前的这个贝果我更喜欢。"

贝果一僵，脸红得已经要冒烟了。她觉得自己很可能是世界上第一个死于被撩的人……

贝果关注了叶天泽，猛地站起来，准备逃离这片粉红的区域。

"我关注你了，我……先去收拾一下碗筷！"

贝果迅速地把桌上的盆盆碗碗收好，一沓抱起来，冲到了厨房里。

她一边洗碗一边平复着心情，果然要离贝多芬远一点儿，大脑才能够好好思考。

"你没有洗碗机吗？"身后忽然响起一个声音。

贝果吓了一跳，回头一看，叶天泽正斜靠着厨房的门框上，双手交叉放在胸口，皱着眉一副很不满意的模样。

"没有洗碗机……"贝果也不知道为什么叶天泽又不高兴了，嘟囔道，"手洗也可以洗得很干净呀，你看！"

"这个不是重点。"

"那重点是什么？"

"你应该好好保护你的双手。"叶天泽语气严厉地说，"你的手很宝贵，剥虾、洗碗这种事情，以后都少做。"

贝果洗碗的动作明显停滞了一下，她怀疑叶天泽是不是故意在暗示什么，难道他还没有对她是小提琴手的事情死心吗？

"我又不做手模，哈哈哈，没必要那么小心吧。"贝果故意不接茬。

"你明知道我不是指的这个。"

贝多芬竟然不跟她绕弯，贝果不知道怎么回答，低下头继续默默地洗碗。这时，叶天泽却走了过去，抓住贝果的手腕，把她拉到了一边。

"你做什么？"见到叶天泽卷袖子，贝果一脸的警惕。

"帮你洗碗。"叶天泽无奈地说。

又是剥虾又是洗碗的，叶天泽只庆幸这一段不会被放进直播里，要不然传出去，他在乐团可能真的要没有权威了。

厨房的位置很小，贝果退到后面，看着叶天泽洗碗的背影，心情矛盾。

想了很久，她终于开口道："我不是小提琴手，你知道的。"

叶天泽沉默了一下，回答道："我知道，你说过的。"

"所以你还是要帮我洗碗吗？"

"嗯……"

贝果心念一动，觉得心里的倔强，似乎要有缓缓融化的痕迹。

"叶天泽，我想问你一个问题。"

"嗯。"

贝果低着头，两只手缠在身前，声音低低地说："假设，只是打个比方……如果你有一天真的发现了一个默默无闻的音乐天才，你会怎么做呢？"

"我会让她站上这世上最好的舞台。"叶天泽毫不犹豫地说，"我会锻造她的技巧，让她的才华得到最好的发挥，让她成为不朽的音乐家，让她的名字不被历史遗忘。"

"如果她不想呢？"

"不想什么？"

"不想站在这世界最好的舞台上，不想不朽，也不想成为音乐家，不想不被历史遗忘……如果她希望全世界都不要发现她呢？"

叶天泽没有回答，而是反问道："她为什么不想？"

"因为她不想要别人的认可，不想要成功，她觉得这些都不重要啊，她不在意这些啊！"

"如果她真的一点儿不在意这些，真的觉得这些不重要，那么登不登上舞台，又有什么关系？真的是要也可以，不要也可以，为什么就偏偏不要呢？"

贝果觉得有些被叶天泽绕进去了，疑惑地问："你能说明白一点儿吗？"

叶天泽放下手里的碗，看了看周围，见到柜子上有一罐饼干，拿下来问贝果道："你现在想吃它吗？"

怎么忽然就转移话题了？贝果摸了摸自己的肚子道："我刚刚已经吃饱了，不过我也吃得下就是了……"

"所以你可以吃，也可以不吃，对吗？"

"对呀……"

叶天泽打开罐子，递给贝果一块。

贝果接过来吃了一口，正准备吃第二口，叶天泽却忽然说："别吃了。"

“哦……”贝果老实地放下了饼干。

“再吃一口。”

贝果正准备再张嘴，可到了嘴边，叶天泽又说：“不准吃。”

就这样来来回回了几次，贝果觉得叶天泽在逗她，气得把饼干放在一边道：“不吃了不吃了！”

“再吃一口。”

“坚决不吃！”

“你懂了吗？”叶天泽问。

“我懂什么了？”贝果莫名其妙。

“你对一块饼干不在意，那么你不吃的确可以，但是吃了又有什么关系？所以我叫你吃的时候，你也愿意去吃。但是现在，因为我的反反复复，你对这块饼干的情绪改变了，你强烈地排斥不愿意吃它，所以你现在对它的感情不再是无所谓，而是在意得不得了。”

贝果一愣，终于明白了叶天泽的意有所指。

“这么说你明白了吗？你越是排斥一样东西，只能说明你在乎它。你反感舞台，反感成功，不是你无所谓，而是因为你在意得要命。你需要搞清楚的是，你为什么如此惧怕舞台，如此惧怕成功，而不是假装你一点儿都不在意它。”

贝果沉默下来，这么多年过去，她一直把心灵的某一部分尘封起来，而现在，她却有一种要被撕开封条，推开门的感觉。

她看着叶天泽，发现叶天泽的神情少有地郑重和认真，没有丝毫的轻佻和暧昧。

“贝果，为什么你那么不希望被人发现你的音乐才华？你到底在怕什么？”叶天泽问。

九月的意大利热那亚市，风和日丽。

这是意大利一年气候最宜人的时节，是最适合旅行的季节。街上有许多戴着遮阳帽的欧洲游客，然而大家来到热那亚市，很多都是为了探访小提琴家帕格尼尼的故乡。

九月到十月，正是帕格尼尼国际小提琴比赛的日子，比赛两年举办一次，是世纪最顶尖的小提琴比赛之一，历史悠久，要求严格，之前的两届比赛冠军都是空缺。

今年，张延宇老师有两位学生都通过了国内的选拔赛，一位是他的大弟子冯知洋，一位是他最小的学生，跟他学习不过三年，却天赋异禀的贝婧姝。如果不是因为有贝婧姝，张延宇是很看好自己这位钟爱的大徒弟冯知洋在这次比赛中取得冠军的。

冯知洋的天赋不是最高的，但是他极其勤奋，对待自己严苛到他这个老师都觉得有些过分，在同一个阶层里，大家的天赋差距并不是特别大，能专业从事这一个行业的，没有毫无才华的人，所以最后决定高下的，往往与个人的勤勉以及人格气质有着巨大的关系。

然而，他的小徒弟贝婧姝却跟其他人不一样，她的天赋跟所有人都不在一个层面上。

花园里有帕格尼尼的雕塑，这位传奇的小提琴家生前有无数的传说。

有人说他把情人的灵魂藏在了小提琴里，有人说他杀死了敌人并且用敌人的肠子制成了琴弦，有人说他跟魔鬼做了交易，换取了来自地狱的高超琴技。

有这些传言是因为帕格尼尼的天赋技巧已经与其他人不在一个层面上了。就像此刻，坐在花园的长凳上，一边开心地晃着腿一边大口吃着比萨的贝婧姝。

这个十三岁的小女孩拥有让每一个专业的小提琴手绝望的天赋。即便是张延宇，他早就是中国第一号的小提琴手，成名多年，在国际上也享有盛誉，也依旧会在这个小女孩的琴声里感到自己的渺小。

收这个徒弟张延宇也是犹豫过的，因为她太好了，所以张延宇有些担心她会给自己其他的学生造成压力，说不定还会影响他们对职业生涯的信心。然而一个天才就在自己面前，任何一个小提琴家都无法放弃这个把自己的名字跟她联系起来的诱惑。

不过幸好贝婧姝没有天才的乖僻，性格热情可爱，因为年纪小，深得别的师兄师姐们的喜爱，尤其是他的大弟子冯知洋，对贝婧姝非常好，刚刚贝婧姝说肚子饿，他马上就去给她买比萨。对于这一点，张延宇是很欣慰的。

在这个秋天，在帕格尼尼国际小提琴比赛的准备区域，十三岁的贝婧姝抱着她的小提琴等待着她的初赛。

冯知洋拿着比萨走过去，递给贝婧姝道："紧张吗？要不要吃点儿东西！"

"要！"贝婧姝毫不犹豫地答道，开心得眼睛眯成了两道月牙。

贝果把小提琴放到一边，两只手在连衣裙上抹了抹，伸手就去拿比萨，大大的一口咬下去，满足得一脸幸福的笑容。

只有在这种时候，冯知洋才觉得贝婧姝是个小孩子。

而在别的时候，冯知洋觉得她简直就是魔鬼，一个摧毁他所有信念的魔鬼。

"超级好吃呀！师兄你不吃一个吗？"

"不吃……"冯知洋微笑道，"给你买的，你都吃了吧。"

"好的呀！"

贝婧姝又伸手去拿了一大块，吃得嘴角都是番茄酱。

冯知洋看着开开心心吃着比萨的十三岁的小女孩，有那么一刹那为自己的想法感到羞耻。他嫉妒一个十三岁的天真无邪的小女孩，嫉妒到变成了一个卑鄙的人。

可他只是想给自己一点儿机会而已，至少这次比赛，她不要出现就好。

"贝贝，怎么没看到你爸爸妈妈？"冯知洋假装不经意地问。

贝婧姝吃完了比萨，满嘴的油，她这才发现陪她来参加比赛的爸爸妈妈不知道去哪里了。

"不知道啊，说不定又到哪里去吵架了吧……应该一会儿就会过来了。"

虽然父母现在和好了，但是两人依旧时不时地争吵。

两人开始全心全意地培养贝婧姝，这一次帕格尼尼国际小提琴赛，是他们全家的机会。

然而就在方才，这对夫妻接到国内打来的电话，贝婧姝的祖父，他们的父亲，贝霖逸在医院里心跳骤停过世了。

贝家夫妇因为这件事大吵了起来。

贝婧姝的父亲觉得他们应该马上回国参加父亲的葬礼，而贝婧姝的母亲觉得人死不能复生，现在最重要的是贝婧姝的比赛，不能因为这件事情影响贝婧姝的前途。

一个唾骂另一个冷血无情，一个指责对方幼稚且目光短浅。

两个人吵得天翻地覆，最终，还是贝婧殊的父亲妥协了，两人决定由贝婧殊的父亲乘最早的一班飞机回国先筹办贝霖逸的丧事，而贝婧殊的母亲则在这里陪着贝婧殊参加比赛，等到比赛结束两人再回国。

比赛一共有三轮，初赛选出十二位进入半决赛，半决赛选出六位进入决赛，最终选出一位作为冠军，而颁奖则要等到十月十二日，热那亚的哥伦布日那一天举办。

这期间的半个多月的时间，贝婧殊可以赶回去参加祖父的丧礼再回来。

冯知洋听到了两人的争吵，察觉到了自己的机会。

“贝婧殊，我刚刚听到你父母吵架了……”

贝婧殊吃完了比萨，找不到纸巾，只得用手抹了抹嘴，然后把手在裙子上擦了擦。

“他们老是吵架……你习惯了就好了。”贝婧殊无所谓地说。

“好像是关于你爷爷的。”

“嗯？”贝婧殊疑惑地看着大师兄。

“贝婧殊……你爷爷过世了，他们不准备让你回去参加丧礼。”

敌人的斗争经验实在是太丰富了，贝果发现她差一点儿就被叶天泽给绕进去了！幸好这么多年以来，贝果跟人斗智斗勇的经验也是相当地多，没有被叶天泽牵着鼻子走。

“哈哈哈，你这么正经做什么呀！我不是说我就是打个比方吗？怎么又扯到我头上来了，哈哈哈哈……”

贝果干笑着，但是她发现叶天泽的表情依旧严肃，于是她只能尴尬地收了笑。

“干吗这么苦大仇深的，你看我像是有什么痛苦经历的人吗？”贝果笑眯眯地说，“我真的就是打个比方。”

“嗯，我知道了……”

叶天泽叹息一声，继续洗碗。

他知道这一回贝果是又不打算跟他说实话了。这个女孩子看起来笨笨的，然而却是软硬都不吃，真的是让他都觉得有些没办法。

只能下重手了。

“碗洗好了。”叶天泽看了看手表道，“时间不早了，我先回去，我们明天早上见。”

“六点半吗？”

“对。”

贝果撇撇嘴，嘟囔道:“你真不打算告诉我，我们明天要做什么吗？”

“学习。”

“学习？！”贝果惊讶地问，“一大早起来学习？”

“对。”

贝果发现她还真的是完全无法掌握贝多芬的行为趋势……

“好吧……”贝果无奈地想，学习就学习吧，“那我明天自己上闹钟起来就好了。”

“不用，说了我叫你的。”

“你准备怎么叫我起来？”贝果又好奇地问。

叶天泽挑挑眉，笑了起来，笑得贝果心里发毛。

“等到明天你就知道了。”

……

贝果送叶天泽到门口，目送着叶天泽下了楼，然后又在天台上等他回家。

见到贝果还没进去休息，叶天泽也走到栏杆边，两个人隔着天台对望着。

“怎么还不进去洗漱休息？”叶天泽问她，语气有些严格地说，“要早睡早起。”

“我知道，我就是有句话忘了跟你说。”

“嗯？”

“谢谢你今天给我买小龙虾，还陪我直播，替我洗碗……我知道的，你不是真的在吃软饭，哪有这样吃软饭还倒贴钱的呀……”贝果不好意思地挠了挠头，清了清嗓子，有些羞涩地说，“我知道你是在帮我，谢谢你。”

叶天泽轻笑一声，神情忽然变得温柔。

“看来我们贝果虽然有时候有些呆，反应也有些迟钝，但是也不傻啊。”

她哪里迟钝了！她可灵巧了！

贝果正想反驳，可抬起头来，却见到叶天泽正在看着自己笑。

明明两个人隔得有些距离，明明夜色之中看不清他的眼神，可是贝果却感受到了一种前所未有的温柔。

她愣住了，一下子就忘记了自己想要说的话。

“好了别发呆了，晚上外面凉，我们明天见。”

叶天泽走进了房间，贝果见到对面灯熄灭，才依依不舍地也回到了房间里。

贝果在甜蜜的心情里入睡了。

夜里，贝果不知怎么地梦到了从前的事情。

那一年帕格尼尼国际小提琴比赛的初赛，她拉了一首帕格尼尼的《钟》。

得知祖父去世的噩耗，贝果只想赶紧回国，但是老师和母亲说服她把初赛完成。

“马上就是你出场了，现在就算去机场也没有班机。拉完这一场吧，也不算是白来一场。”

“对啊，宝贝，爷爷一定也希望你能拉完这一场的，他那么喜欢小提琴。”

帕格尼尼第二号小提琴协奏曲，第三乐章。

La campanella。

原曲的难度实在是太大，只有帕格尼尼可以演奏，所以后世演奏的都是由维尔赫密改编降低了难度的版本。

贝果这一次，拉的是帕格尼尼的原曲。

冷冽又紧迫的开场，如钟声庄严，那是丧礼的丧钟……

缓慢延伸而出的紧张高音，仿佛是一个生命的尾声。时光飞速流逝，指针旋转，人在时间面前生来渺小。绝望的离开，无法挽留的死亡，钟声敲响，谁都无能为力。

新的旋律忽然地振奋！铿锵的起伏里，藏着一丝丝悲哀的柔情。

有爱才有痛啊，任生命残酷，却还是不能舍弃那温柔。

终于，小提琴的主题归来。匆匆的结尾，然而高超的技巧没有让音乐在匆忙之中变得暴躁，相反，音乐变得那么丰富和有层次。

钟声敲响，时间到了。

那是我们第一次懂得悲哀，第一次学会分离，第一次被迫要告别。

小提琴的声音传来，贝果模模糊糊地睁开眼睛，下意识地看了一下手机，早上六点半……

叶天泽果然六点半就把她叫醒了……

贝果正想翻个身再眯个几分钟，却忽然一个激灵坐了起来，浑身的汗毛都竖了起来！

这一首是帕格尼尼的《钟》，是谁在拉？

本来意识模糊的贝果瞬间就清醒了，她跌跌撞撞地从床上爬下来，差一点摔跤，连鞋子都来不及穿就冲到了天台上。

微弱的晨光之中，对面的天台上有一个男人正拉着小提琴。

那是她的贝多芬，而贝多芬手里的那把小提琴是她的小王子……

十三岁的贝果，以第一名的成绩进入了帕格尼尼国际小提琴大赛的复赛。

初赛结束之后，那一天在场的人，无论是观众、选手还是评委，每个人都在讨论贝婧殊这个名字，她就像音乐圈的一个巨大的发现，爆炸一般地忽然出现在众人的视线里。

来自东方的天才少女，冉冉升起的小提琴新星，帕格尼尼之后最有天赋的小提琴家……

似乎比赛才刚刚开始，就已经因为贝果的出现提前结束了。

人们赞美着贝果，毫不吝啬地用各种美好的词汇形容她高超的技艺和复杂的表现手法，可即便如此大家却还嫌对她的赞美不够。

一离开舞台，贝果和她的父母就一瞬间就被包围，他们收到各种各样的邀请，趾高气扬的欧洲人心甘情愿地在贝果面前低头。

贝果的父母一生都没有触及过的成功和认可，一瞬间都纷至沓来。他们的女儿是所有人心中的珍宝和明珠，他们为自己的女儿感到骄傲，那膨胀的自豪感，甚至让他们觉得贝果的成功便是属于他们的成功。

就像是别人赞美他们那般，因为他们是贝果的父母，所以是他们创造了贝果的天才，他们是伟大的父母，给这个世界带来了奇迹……

组委会得知他们的天才少女打算放弃后面的比赛，第一时间就找到贝果的父母，极力劝说贝果留在意大利。音乐圈对于天才总是有着十足的诚意，比赛的赞助者甚至替贝果一家换了酒店，直接用加长的豪车将他们接到了组委会所在的五星级酒店的豪华套房里。

这样的手笔让一直坚持让女儿回国的贝长青都有些动摇起来。

贝果的爷爷贝霖逸一直都是一个孤僻严厉的男人，当年和贝果的祖母在特殊的时代背景之下结合，可以说毫无感情。无论是贝果的祖母，还是贝果的父亲，从来都没有真正理解过贝霖逸这个男人。因而贝霖逸在家庭中一直都表现得很游离，即便是跟这个唯一的儿子关系也不亲密。

所以，此刻父亲去世，贝长青虽然伤心，却也不至于痛彻心扉，无法理智思考。

是啊，他们说得对，一个九十岁的老人去世，有必要那么悲伤吗？这在中国还算得上是喜丧呢。而且，让贝果练小提琴一直都是老人家的意思，他也一定希望贝果继续比赛啊。为了一个已经死去的人，放弃活人的前程，值得吗？

于是比赛结束的那一天晚上，贝果的父亲并没有立刻订回国的机票，对于这一点贝果的母亲也假装没有察觉。

除了贝果之外，每一个人都沉浸在她成功的喜悦里。

从初赛结束的第二天开始，酒店里便有各界人士来访，包括音乐圈的记者和评论人，组委会的音乐家，甚至某些评委都不顾身份希望能跟这个小提琴天才聊一聊。

其中有些音乐界中的大咖，金字塔尖上的人，即便是贝果的导师张延宇从前也不能结识。

对于眼下发生的这一切，张延宇老师早就有预料，从他选择让十三岁的贝果参加比赛的时候，他就确定无疑，自己的这个学生将会震惊整个音乐圈。当贝果出现在世界舞台的那一刹那开始，没有人可以忽略她的存在。

十三岁的贝果发现她的世界忽然变得热闹无比，周围的人都喜气洋洋，脸上是亢奋的神色，好像发生了什么不得了的事情。

这让她不知所措，她到底做了什么，让一切都变得不一样了？

在那一曲之前，她只是一个普通的小女孩儿，刚刚读初中，除了上课就是练琴，并不比别人特别许多。可在那一曲之后，她仿佛一瞬间成了世界的中心。

酒店的套房里总是有客人来访，有的是张老师的朋友，有的是想要见一见小提琴天才的专业人士。他们的会客室里总是有客人，咖啡和苏打水便没有断过。

贝果坐在一群大人中间，看着这些陌生的金发碧眼的外国人，紧紧地抱着她的小提琴，彷徨不知所措。

她想做的，只是早点儿回国而已。

爷爷不是去世了吗？为什么只有她一个人感到悲伤？

她不知道得奖意味着什么，听不懂那些外国人说了些什么，也不明白为什么还要继续参加一个她并不理解的比赛，而不是回国给爷爷奔丧。

那个给她小提琴启蒙的老人，现在还一个人躺在医院冰冷的太平间里，他死的时候，亲人都不在身边。她最爱的爷爷，已经永远地离开了她。

可这世上，没有一个人在意她的悲伤。

他们提到的，看到的，都是她的小提琴。

她的喜怒哀乐呢？

谁都看不到……

夜深沉，客人都走了。

贝果的父母作为她的监护人全权负责着她的各种事务。两个人和张延宇老师协商之后，终于决定还是以贝果的前途为重，先留下来参加完所有的比赛。

等到连张老师也回房间了，贝家的这对夫妻才开始讨论贝果祖父丧礼的事情。

“我跟医院联系一下，说一下我这边的情况，那边应该可以理解，毕竟我们人在国外，哪里有那么快能够赶回去的。”

“那亲戚那边怎么交代？怕是会觉得我们不孝……”

“等贝果得了冠军，上了新闻，他们就不会这样想了。”

贝果迷茫地坐在一边，抱着她的小提琴，不明白到底有什么牵扯着他们，不让他们回家。

“我们什么时候回国看爷爷？”贝果终于鼓起勇气对父母说。

可是贝果的声音太小了，讨论得正激烈的父母根本就没有听到她说的话。

“我想回去看爷爷。”贝果又说。

贝果的母亲稍微注意到了贝果，她拍拍她的脑袋，也并不把女儿的话放在心上，只是说："婧殊，你稍微等一下，妈妈跟爸爸还有话要说，桌上有蛋糕，你先去吃一点儿。"

十三岁的小孩子能喜欢什么呢？不就是糖果和甜品吗？似乎所有人，包括贝果的父母都觉得，给她一点儿甜食就能安抚住她的心情，让她快乐。

一方面人们希望贝果能够在成人的世界里功成名就，可一方面他们又把她当作一个只懂得吃糖的小孩子。

多矛盾。

希望她是天才，又假装她没有灵魂。

贝果拿起叉子，一口接一口地吃着桌上的甜品。真的很好吃，谁说她不是孩子呢？甜蜜的食物至少比爸爸妈妈懂得安慰她。

如果她无法得到一个拥抱，不能被温柔地抚慰，没有机会流泪，那么吃点儿蛋糕安慰她也是能够接受的。

贝果吃掉一个又一个蛋糕，直到桌上的盒子空了一大半，她才忽然察觉到父母激烈的讨论消失了，不知道什么时候，房间里安静无比。

贝果的父母惊讶地看着自己的女儿，一时没回过神来。

"宝贝，你怎么吃这么多？会吃坏肚子的！"贝果的母亲忙把她手里的叉子收走，抱怨道，"真是个小孩子，吃东西都没有限制，这样对身体很不好的！"

"我要回去看爷爷，我明天就要走。"

"嗯？"

这一刻，爸爸妈妈似乎才终于听进去贝果的话来。

贝果抬起头，看着自己的父母，黑色的瞳仁亮亮的，沉静又坚定，一点儿都不像平时那个乖顺的小女孩儿。

"我要回去看爷爷。如果你们不让我回国，我这辈子都不会再拉小提琴。"

……

一曲《钟》结束，纷乱的回忆也戛然而止，对面的天台上，叶天泽缓缓放下了小提琴，晨光之中，他的身影真像是童话里的王子。

可是他用来唤醒睡美人的不是他的吻，而是小提琴。

天已经完全亮了。

两个人一人一边，就这样沉默地凝视着对方，有片刻谁都没有说话，只能听到远处的江上传来的汽笛声和路上早起的行人偶尔传来的说话声。

叶天泽不会先开口说话的，因为对于贝果他势在必得。

他是乐团的指挥，知道乐器对于乐手来说是多么重要的东西。贝果并没有夸张，小提琴虽然说不上比命重要，但是也绝对会让小提琴手拼命去捍卫。

贝果生气也没关系，叶天泽已经做好了承受她愤怒的心理准备。

在乐团里，当叶天泽要培养训练一个看中的乐手时，从来都是不择手段的。你想要一个完美的乐手，就要放弃照顾她情绪的念头。因为一个顶尖的乐手，需要的不是同情和安慰，需要的是优秀的指导，不停歇的努力，需要你一直 push！ push！ push！

只有这种压力才能成就伟大。其中有一个刚刚好的程度，作为指挥和导师的人必须把握好。你需要不断地给你的乐手施加压力，可是如果压力小了，她根本就无法突破自己的极限，然而如果压力大了，你又会毁灭她……

叶天泽必须给贝果刚刚好的压力。

所以他沉默地凝视着贝果，等待她给自己一些反应，好决定下一步，他要怎么对待她。

沉默之中，暗流汹涌。

“早啊！”贝果笑眯眯地对叶天泽说，“今天天气不错啊！”

叶天泽一愣，他没有想到贝果竟然会跟他聊天气……

叶天泽决定不跟贝果绕弯子，直入主题道：“这把小提琴是我在水箱里找到的。”

贝果的声音轻松无比，她微微睁大了眼睛，语带笑意地说：“那你运气很好呀，找到这么个宝贝，恭喜你了！”

叶天泽头一次有一种一拳打在了棉花上的感觉。

“如果这是你的琴，我立即还给你。”

只要点头说一声是，她就能够拿回自己的小提琴了。

“嗯……好困哟……”贝果伸了个懒腰，对叶天泽道，“我想你应该也没有别的什么事情要找我了，我回去睡个回笼觉哈！”

贝果转过身，往房间里走。

“贝果，都到这个份上了，你还是不肯承认你会拉小提琴是吗？”

贝果停下脚步，在原地站了一会儿，然后她回过头，冲着叶天泽甜甜一笑。

“对呀！”

我就是不承认，我就是不要，你能把我怎样？

直到这一刻，叶天泽才觉得自己从前大概从未真正了解过贝果。

Chapter 08
魔鬼的狂想曲

“她躲着我。”叶天泽跟老友谈心。

霍成珏呆了三秒，然后爆发出一阵狂笑，引得服务生过来提醒他小声一点儿他才收了笑。

“哎哟，你也有今天哟！怎么，你这个少女杀手也有被反杀的一天啊！哈哈哈哈，看来你是没有表现好，哈哈哈哈！”

霍成珏又问：“跟哥说说看，你到底怎么把人得罪了？我看视频里的表现，贝果挺喜欢你的，你肯定做什么天打雷劈的事情了。”

叶天泽把小提琴的事情跟霍成珏说了。

霍成珏沉默了一下，然后向后一仰，摊开手道：“你之前对乐团里那些乐手的态度还有招数怎么可以用在贝果身上？完全不会有用的！”

“为什么？”

“你没发现，你根本控制不住贝果吗？”

几百人的乐团叶天泽都可以管理得井井有条，人人都敬畏他，从未出过任何问题，但是面对贝果，他却吃了这辈子最大的一颗软钉子。

“是，我控制不住她。”

“之前你不知道，现在你看了这些还不知道吗？”霍成珏敲了敲桌上的那一沓资料，意味深长地说，“贝果和我们不一样，我们还在孜孜不倦地寻找着艺术和人生的边界，而她早就已经越狱了。”

“越狱？”

听到这两个字叶天泽本来有些惊讶，可是当他不断回味着这个词语，回想着霍成珏找来的那些资料中的细节，忽然就明白了过来。

叶天泽无奈地摇摇头，温柔地笑了起来。

“是啊，她是个越狱者。”

……

“Hello，大家好，我是大胃王贝果，今天我们要吃的是红油抄手！”

这几天的直播都没有邻居出现，已经有人在下面喊着想邻居了。编辑也给贝果打了几次电话，但是都被贝果或软或硬地回绝了。

编辑跟贝果交道打得久，知道贝果虽然看起来软绵绵的，但是她不想做的事情，没有人可以逼她。如果她真的稍微愿意妥协那么一点儿，以她的条件，大胃王一姐的位置绝对是她的！

以至于编辑一直怀疑，贝果是不是其实不想红？

但是哪有不想红的网红？不想红何必当网红？

“黄少天的女朋友”：感觉贝贝这几天的话都特别少，是不是有什么心事啊？

“迢迢”：是啊，吃得咬牙切齿的。

“洛洛”：贝贝最近瘦了，多吃点儿呀，喜欢你胖一点儿，胖一点儿可爱。

贝果看着大家的评论，继续一口接着一口地吃红油抄手，她的确是吃得咬牙切齿，每一口都带着对叶天泽的愤怒。

贝果躲了叶天泽一周，故意不跟他碰面，但是两人就住在彼此对面，叶天泽真要找她不可能找不到。叶天泽就是等着她去找他，去要小提琴，但是贝果偏不，她就是不要按照他算计的步骤去行动。

她的确非常想要回她的小提琴，但是她绝对不会对叶天泽服软的。

很明显，叶天泽现在已经知道她会拉小提琴了，就是要用手段逼她承认。但贝果就是不要亲口承认，她就是不说她不想说的话，不做她不想做的事情。

这世上的确有比命还要重要的东西，比如说她的小提琴。

但是有一样东西，比一切都重要，超过生命和梦想，那就是自由。是贝果好不容易才争取来的自由，是她放弃了从前的自己，在命运的眼皮子底下偷来的自由。

她绝对不会放弃！

吃完了一百个抄手，可贝果却完全没有饱足感，贝果便又叫了三碗面。

就在这时候，她听到轻轻的一声响，贝果以为是送面的来了，抬起头一看，却见到桌上放了一把小提琴，位置刚刚好隐藏在摄像的范围之外。

再往上一看，见到了一张英俊得让她咬牙切齿的脸。

叶天泽站在贝果的对面，低着头看着她，表情严肃，眼神冷冽。

贝果也神情坚毅地看向叶天泽。

“你来做什么？”贝果看了一眼小提琴，气鼓鼓地说，“我在直播呢，有什么事情等我吃完再说。”

“褪色的鱼儿”：这是怎么了？贝果看到谁了？

“我要努力变强”：哇，这是要吵架吗？好刺激的感觉呀！

“王三斤”：不会是邻居先生吧？

叶天泽没有走，而是在贝果的对面坐了下来。

“你怎么坐下来了？！”贝果毫不留情地说，“这是我的位置，你要吃饭去旁边的桌子！”

叶天泽还是神色凛然地看着贝果。

贝果终究不是个好斗的人，被叶天泽这么看着有些心虚，他的表情这么严肃，到底是想做什么？

“我错了。”

……

“啥？”贝果怀疑自己的耳朵是不是聋了，目瞪口呆地说，“你……你……你再说一遍，我没听清……”

贝果不是故意为难叶天泽，她是真的不敢相信自己的耳朵。

噗！

一直在看直播的霍成珏一口咖啡喷了一手机屏幕。

“我错了。”叶天泽又说，语气坚定，毫不犹豫。

这一次霍成珏是真的感觉到了心灵的震撼！

这个贝果，厉害呀！

人生真是处处都充满了惊喜……

贝果完全想不到贝多芬竟然会来向她认错！“我错了”真的是一句

瞬间就让人没有脾气的话。

“你哪里错了？”贝果问。

贝果真不是故意要为难叶天泽，她只是真的很想知道他为什么会跑来说自己错了而已，叶天泽的确伤害了她的感情，但小提琴是她不经过别人同意就放别人家里的，这也是为什么这个星期，贝果除了生闷气，什么都不能做的原因。

所以贝果一脸迷茫地看着叶天泽问：“你……错在哪里？你为什么要认错？”

但是除了贝果之外，其他人都不是这么想的。

看热闹的不嫌事儿大，看个直播竟然还赠送“贝果调教男友”的好戏，简直不要太划算。

“我承认自己错了还不够吗？你还想我怎样？”

这个问题，叶天泽也是问得很认真的，认真的程度不亚于贝果那句“你哪儿错了”，因为对于他来说，他能承认错误，就已经是他服软的最大极限了，往下要怎么做，他真不知道。

毕竟他没哄过女人，女人到了他手上都会变得很听话，这种他先低头的情况实属人生第一次的体验……

“Sunday”：他完了，竟然敢说“你还想我怎样”这种话，他是要上天啊！

“三十狸笙”：可怕的直男，这句话就是要吵架啊！贝贝收拾他！

“坐等发狗粮的路人夏”：我男朋友要是敢这样说，我绝对要爆炸！不，我绝对要让他原地爆炸！

“仙贝晴”：贝贝，赶紧吃抄手呀！抄手凉了！

就在人人都以为场面要激化的时候，贝果却点了点头道：“也是哟……够了够了。”

人家也不逼她做什么就把小提琴还回来了，不就够了吗？管他为什么来道歉，把小提琴拿回来就好！她也的确不要他再怎样了呀。

贝果低下头继续吃抄手，方才那咬牙切齿的坏心情一下子就消失了，她塞了满满的一大口，激动地说：“超好吃！又香又麻！”

围观群众一脸迷茫，这就完了？刚才那么好的爆炸点，怎么就没有吵起来呢？这种话贝果也能忍？！

“这就完了？”叶天泽似乎也不敢相信，贝果就这样原谅他了，“你不生气了？”

“对啊……”贝果一脸的迷茫，疑惑地问，“你还想我怎样？”

你还想我怎样，又是这句话。

大家松了一口气，原来如此，贝果在这里等着邻居先生呢！这就叫作以彼之道还彼之身！果然还是要吵起来的呀！

“我不想你怎样，你高兴就好。”叶天泽说。

你高兴就好……

“阿洁”：哇！好精彩啊，这两个人说话，一个比一个气人！

“好吗？好的”：你高兴就好这种话都说出来了！好紧张好紧张！

“深夜的宅女”：贝贝，怼他！

“我高兴呀！”贝果笑眯眯地说。小提琴还回来了，怎么会不高兴呢！

“那就好。”

贝果笑眯眯地继续低头吃抄手，大家默默等待着，这一定是爆发之前的沉默，是暴风雨前的宁静，贝果在酝酿大招呢。

然后大家一直等到贝果把所有的抄手吃完了，她都还是没有爆发。

“你嘴上有油……”叶天泽无奈地说，“怎么吃东西跟个小孩子似的……”

贝果伸手正想抹嘴的时候，却被叶天泽抢先一步用纸巾替她把嘴巴擦干净了。

贝果冲着叶天泽笑眯眯地说了声：“谢谢。”然后对着镜头说，“今天的抄手我吃完了，直播到这里就结束啦，我们明天再见吧，拜拜了！”

“有媳妇儿的三角铁不是铁三角”：这不对啊……怎么就擦嘴了呢？说好的情侣对撕呢？

“褪色的鱼儿”：这就完了？！白期待了那么半天！根本就没有爆发点啊！

“盼盼小熊猫”：这件事告诉我们一个深刻的道理，所有不以分手为目的的吵架最终结果都是秀恩爱。

……

贝果开开心心地抱着小提琴走在路上，一路哼着歌，时不时还要蹦蹦跳跳几步，开心得就像是一个得到了心爱玩具的小孩子。

两个人等着红绿灯，叶天泽看着贝果开心的侧脸，忽然很后悔，早知道她会这么开心，早就把小提琴还给她了。

“我知道你不是小提琴手。”叶天泽忽然说，“我也不会逼你重新登上舞台，除非那是你想要的。”

贝果愣住了，不可置信地看着叶天泽，问：“你怎么了？你为什么忽然变得这么好？”

叶天泽哭笑不得地问：“我原来不好吗？”

贝果想了想，摇摇头道：“原来也挺好的……”

叶天泽沉默了一下，然后继续说：“我……查了一下你的来历，我知道你在变成贝果之前的事情。”

贝果身子一僵，紧张地移开了目光。

她咬着嘴唇不说话，紧紧抱住了小提琴，她觉得她应该立刻离开，恨不得随便跳上一辆出租车开到机场，然后逃到一个陌生的城市去。

贝果悄悄地往后退了退，随时都准备转身逃跑。

“我见过很多陨落的天才，但是绝大多数都是在膨胀中迷失了自我，纸醉金迷，鲜花和掌声，香槟和美人，这个俗世用各种各样的方法明里暗里摧毁着艺术、高尚和美，大多数人都无法幸免于难……”

这也是叶天泽自己当初选择回国的原因，大隐隐于世，他需要在被吞噬之前，找到自己的出路。

叶天泽继续说道：“也许有人不理解你的选择，抛弃自己的过去，隐姓埋名，似乎并没有那个必要。但是我知道，他人即是地狱，不是因为你无法说不，而是因为别人不给你说不的权利。人们只要知道你是谁，就会对你有期待，期待你成功，或者期待你毁灭。只有穿上伪装，把真实的自我藏起来，混迹在人群之中，悄悄地消失，才能保全自我。”

贝果低着头，听着叶天泽的话，那条都已经伸出去的腿，又默默地收了回来。

“贝果，你选择了截然不同的路。你知道吗？你是一个越狱者，你比所有人都提前意识到这一点，你避免了被囚禁，没有被摧毁，也没有被恶魔迷惑，所以你比我们都更早地接近了艺术的上帝。”

贝果抬起头来，她看向叶天泽，忽然觉得这个男人身后有光。从前她总是被他的外表迷惑，现在她却有一种摸到了他灵魂的感觉。

这一刻，在这个傍晚，天色昏暗，街灯还未亮起，贝果却觉得前路有光。

“你想听我拉小提琴吗？”贝果忽然问。

叶天泽一呆，一时没有反应过来。

“现在吗？”

“对啊！”贝果笑眯眯地说。

她看了看周围，这是一条繁华的街道，这周围有许多写字楼，现在正是下班的时间，路上都是行人。

贝果打开琴盒放在面前的马路上，把小提琴拿出来，然后在里面扔了十块钱。

叶天泽很快回过神来，掏出钱包，往里面扔了一百块，道：“我可以点名吗？”

“可以哟！”贝果得意扬扬地说，“我就是中华曲库！”

“帕格尼尼，24 首随想曲最后一首，A 小调随想曲。”叶天泽说。

贝果架小提琴的动作一僵，这个贝多芬，竟然挑一首这么变态难的曲子，绝对是故意的！

“可以吗？”

贝果冲着叶天泽眨眨眼，笑眯眯地说：“来了哟！”

帕格尼尼《24 首随想曲》第 24 首，A 小调，变奏曲，急板。

这是帕格尼尼小提琴曲中最为著名，也是最为精彩的一首，全曲由一个主题和十一个变奏组成，12 个小节，旋律虽然优美简单，但是每一段的变奏都形象鲜明，对比强烈，技巧变化多端，指法复杂高级，所以一直以来都是小提琴家们的试金石。

然而，这首小提琴曲的关键不仅仅只是为了挑战演奏者的技术精湛度和发音技术而已，真正难的，是在摆脱了复杂艰难的技术桎梏之后，演奏者能否发觉潜藏在小提琴高超技术展示后的音乐情感。

有人说帕格尼尼只是没有灵魂的干枯炫技，那是因为这些演奏者，从未驾驭过帕格尼尼的技巧，于是只能在它给的牢笼里疲于奔命。

只有最优秀的音乐家，才能在完成所有技巧的同时，给予小提琴曲艺术的欣赏性。

贝果架上小提琴，深吸一口气，眼神一变。

这是准备开始的征兆，叶天泽竟然难得地觉得有些紧张，他握紧了拳头，即便是他人生第一次登上指挥台也不如今天这么紧张。

每一个音乐家都拥有两个声音，一个是我们说话的声音，那是肉体的声音，是我们与物质世界交流的声音，而另一个声音则是音乐的声音，那是他们灵魂的声音，来自更高的维度。

高等智慧生物之间的理解，不需要语言。

手指翻飞，像是小蝴蝶在琴弦上跳动……

第一变奏，活泼而精怪，用八音符断奏的下行琶音，仿佛有小精灵在琴弦上跳舞。

十六音符的圆滑连弓引入第二变奏，流畅的练弓，换弦的角度虽然小但是清晰细腻。

第三变奏，浑厚而深情，像是在歌唱……

渐入佳境，贝果站在人潮汹涌之中，身后是摩天高楼和拥挤车流，她却像是一个魔法师，在尘世里开辟出一个新天地。

高楼、车流、人潮都在飞速地退后，像是坐上了时光机。

那是世界还没有如此喧嚣的年代，明月松间照，清泉石上流……

最好的琴声，总是如流水。

终于等到了那一段华丽的“左手拨奏”，此刻，贝果的右手已经失去了传统的意义，左手忽上忽下，飞快地在琴弦上拨按，手法华丽精致得让人忘记了呼吸。

她……真的是天才，叶天泽想。

贝果的天赋有一瞬间竟然让叶天泽觉得恐惧，因为他知道，她有让每一个人爱上她的能力。像是蜘蛛的网，猎物一踏入领地，就逃不掉，只能认命地坠入这张网，双手奉上自己的生命……

叶天泽的世界越来越安静，到最后，就连明月和泉水也消失了。

在无边无际的宇宙里，在时间的夹缝里，只剩下他和贝果，所有的语言都丧失了。

音乐存在于语言和文字之外，来自万物并存的第五位空间。

在这个世界里，贝果聆听着自我，她感觉到自己不再存在于这个世界里，甚至能清晰地看到自己的身体变得透明，最后变成金色的光线，绕成身体的形状，飞快地穿梭。

她知道，那是她的意识。

意识的金色光线飞快地流动，她终于可以停止与这个世界的交流，变成一个观察者。

大脑停止了思考，一切都是那么自然而然地倾泻而出，音乐从心上流出，手指飞舞，按照它自己的节奏……

贝果忘记了她自己，灵魂进入了这个世界的最深处，像是与地球的精神融为一体，变得那样敏感和清晰。

她听到人群匆促的脚步声，听到呼啸而过的摩托车，听到马路的喧嚣，听到不耐烦的喇叭声。听到餐厅深处炒菜的声音，听到婴儿啼哭，听到包里的小猫喵喵叫，听到电话里老板交代的工作，听到飞快地在手机上打字……

一刹那，世界全都一同幻化成了意识，每个人都是一道缠绕的光，在自己的形态里飞速地流动着。

佛说，世界万物，所有有为法，皆如梦幻泡影，如梦，亦如电，见诸相非相，则见如来。

乐曲结束，放下小提琴，贝果有些晃神，直到传来了掌声才把她从这种迷茫里叫醒。

路上的行人依旧脚步匆匆，没有人停下脚步，也没有人知道自己刚刚错过了一场世界级的演奏。

贝果抬起头来，周围依旧只有叶天泽一个人而已。

叶天泽为贝果鼓掌，眼神像是被点燃，凝视着贝果，眼中似乎有万千星光。

“Bravo！”

贝果害羞地低下头，明明被很多人夸奖过，这还是第一次觉得有些不好意思。

“其实还是有两个地方拉错了。”

“我知道。”叶天泽走到贝果面前，低着头温柔地看着她道，“我见过很多一个音都不错的小提琴家，但是我对他们都没有兴趣。”

贝果脸一红，抬起头看向叶天泽，他们凝视着对方的眼睛，似乎可以一直就这样看到天荒地老……

“还要继续吗？”贝果不好意思地说，“不过，好像也没有别的人听。”

“有我不就够了吗？”

贝果从前一直觉得一个人拉琴比较快乐，不需要理会别人的评价，不需要穿着大大的礼服，在舞台中央面对一群陌生人，不需要一个国家又一个国家地辗转。可现在她忽然觉得有个听众似乎也挺不错的。

贝果又把小提琴架在了脖子上，道："那我们继续？"

叶天泽往小提琴里扔了一百块，道："当然。"

贝果拉了半个小时，连一个停下脚步的人都没有。不过贝果今天也算是尽了兴，时间差不多，两人准备回家时却见到有一个年轻的女孩子走过来，往贝果的琴盒里扔了十块钱，然后小心翼翼地问：

"那个……请问可以点歌吗？"

叶天泽和贝果都是一愣，见到一个女孩子手里拿着一百块钱。

"可以！"贝果和叶天泽有些激动地同时说道。

这两个人都曾经或者依旧是音乐圈子里顶端的人物，一票难求，而如今竟然都同时为了这十块钱激动不已。

两人相视一笑，贝果又问女孩儿道："你想听什么曲子？我可是中华曲库哟！"

女孩儿神色低落地说："我失恋了，很难过……你能拉一首可以安慰我的吗？"

贝果想了想，拉了《圣母颂》，可拉到一半被女孩子叫停了。

"那个……这首是什么啊？我听不懂啊……那个……我想听《爱上一个不回家的人》，你可以给我拉吗？"

场面有些尴尬。

"嗯，我不会这一首呀……"贝果不好意思地说。

"哦，没关系……那《梦醒时分》呢？"

贝果尴尬地问："好像听过，怎么唱？"

"早知道伤心总是难免的，你又何苦一往情深……"女孩子唱了几句，问，"难道这一首也没听过吗？"

"没有……"

"《女人花》呢？女人花摇曳在红尘中……"

"呵呵……"

贝果尴尬地挠挠头发，无奈地想，听这个歌名歌词，感觉这女孩子还挺有故事。

女孩子嘟囔道："什么都不会，怎么还好意思说自己是中华曲库……"

叶天泽已经在一旁憋不住笑了，贝果白了他一眼，然后哭笑不得地对女孩子说：“对不起哟，我流行音乐听得不多……”

女孩子丧气地说：“那《爱的代价》总会吧？不要告诉我你也没有听过……”

“这首会！”

于是，贝果在路边拉起了《爱的代价》，女孩子站在她面前，一边听一边哭，一边哭一边说：“太好听了，怎么这么好听……”

围观的人渐渐多了起来，也不知道是看贝果，还是在看哭泣的女孩子。

“走吧……走吧……人总要学着自己长大！”

没想到这个女孩子竟然大声地在街头跟着音乐唱了起来，贝果被吓到，差一点儿拉飞了，幸好及时稳住。

拉错那一下的时候，叶天泽职业病一般地瞪了贝果一眼，又把贝果吓了一跳。她看了看周围，又看了看叶天泽，发现除了叶天泽之外也没有人发现她失误了。

好厉害，贝果忍不住在心里感叹，这么小的失误也听得出来，这耳朵可以去当指挥了……

女孩子哭得撕心裂肺，唱得更是声嘶力竭，场面又悲惨又好笑。

这一回行色匆匆的行人终于都停下脚步来围观，把这三个人里三层外三层地围了起来。

“走吧！走吧！为自己的心找一个家！”

……

“也曾伤心流泪！也曾黯然心碎！这是爱的代价！”

终于在女孩的哀号之中拉完了，贝果只觉得松了一口气，简直就是劫后余生。

叶天泽见到有人开始在拍视频了，立刻走到贝果身边，替她收起小提琴，拉着她的手道：“我们走吧，人越来越多了。”

女孩子还坐在地上哭，大家拍着她哭得撕心裂肺的样子，并没有几个人注意贝果，直到有两个女孩子看到了叶天泽。

“你看你看，帅哥！哇，那个拉小提琴的男朋友吗？好幸福啊，这么帅，还陪着她在街上拉琴，好羡慕啊……”

“哎……”另一个女孩儿说，“我怎么觉得那个女孩子长得好像贝果啊……”

“贝果？！”另一个女孩也看过去，疑惑地问，“什么贝果？”

“一个做吃播的大胃王网红，我超级喜欢看她的视频，每天都就着她的视频下饭的！”

“我怎么不知道……”

“我一会儿发链接给你看，超级可爱！”

“好吧，那你要不要上去合影？”

“应该不是吧，她是大胃王，又不是拉小提琴的，可能就是长得像吧……”

旁边的女孩子拿起手机道：“没事儿，我先拍一张。”

等叶天泽和贝果走了，两个人还在讨论手上的照片。

“真的长得好像贝果啊，太像了……”

“哎呀，这个男的真的超级帅啊！受不了，好帅好帅好帅！”

“我觉得我应该拿照片去网上问问……就是拍得有点儿糊……你拍照技术怎么那么差！”

贝果抱着小提琴跟叶天泽一路往小吃街走，两个人边走边聊，几乎就忘了时间。贝果已经不记得自己有多久没有跟人聊过小提琴，聊过古典乐了。

不聊什么揉弦的技术，不聊怎么拉弓，只是单纯地聊音乐的感受，贝果喜欢帕格尼尼的小提琴曲中那种青春的肆无忌惮，叶天泽喜欢巴赫严谨又苛刻。

从前爸爸妈妈只希望她成功，他们并不懂音乐，即便是爸爸曾经有过音乐梦，但是也从没有摸到过艺术的门把手。张老师虽然懂，但是对她的教导更偏向于怎么提高技巧，钻研手法，很少问她对音乐的感受。

只有小时候，她还在爷爷身边学小提琴的时候，爷爷会问她：“你喜欢这首曲子吗？”

“你为什么不喜欢这首曲子？”叶天泽不解地问，“怎么会有音乐家不喜欢贝多芬？”

“我没有不喜欢贝多芬，我只是不喜欢贝多芬的这一首小提琴协奏曲而已！”

“这首是贝多芬唯一的一首小提琴协奏曲……”

贝果神色有些尴尬，嘟囔道：“好吧，我就是不喜欢嘛！”

“总有个原因……”

贝果犹豫了一下，叹了口气道：“我原来跟乐团合作过一次贝多芬的D大调小提琴协奏曲，结果超级糟糕……我不喜欢跟乐团协奏，我喜欢独奏，乐团加入总是会把音乐的形象改变，然后我就不知所措了，因为我其实记性不大好，没有办法每一次都拉得一模一样，结果弄得乐团都很慌张，很多怨言……”

叶天泽懂了。

“你那个不叫作记性不好，是你本来就是创作型的乐手，这是好事。你那时候是和哪个乐团合作？”

“国家乐团啊，那时候我的小提琴老师是乐团的首席。”

“是吗……指挥是谁？”

“江质！”贝果眼神亮起来道，“他超级厉害的，是我们国家最好的指挥！”

叶天泽脸上露出轻微的不屑神情，冷哼一声道：“多厉害？我怎么没听说过。”

“你不是古典音乐圈的不知道也很正常。”贝果没有察觉到叶天泽脸上的不爽，继续说道，“大家都叫江质音乐王子的，他指挥的动作超级帅气。”

“只有动作帅气是没有用的，长得帅并不能控制乐团。”叶天泽冷着脸道：“至少他控制不住你，否则就不会出现乐团的音乐形象跟你无法相互融合的情况了。”

“嗯？”贝果疑惑地问，“你是说不是我的问题吗？”

“当然不是，那个指挥家失去了对你的控制，你是天才，他跟不上你，他的乐团也跟不上你，反倒要你慢下来将就他们，你当然会觉得不舒服，反倒觉得不知道该怎么演奏了。”

“这样吗……”贝果嘟囔道，“可是江质真的挺厉害的呀……”

“你觉得他挺厉害，是因为你小时候没见过世面。”叶天泽的神情傲慢，似乎对那个江质极为不屑，轻嗤了一声道，“因为你没有遇上一个好的指挥。”

……

“真正的好指挥是什么样的？”

“等你遇上一个真正的好指挥，乐团不再桎梏着你，他们就像是你的千军万马，陪着你冲杀，去到你一个人从前无法到达的疆界。等你遇到一个真正的指挥家，你会喜欢上协奏曲，你会爱上跟乐团合作的滋味，相信我。”

叶天泽的眼神深邃而坚定，黑色的瞳仁里似乎藏着一股狂放的热烈，那股热烈也感染着贝果，让她一刹那也沉浸在那种幻想里。

遇上一个真正的指挥家，让乐团的每一种声音都成为她的音符，去到新的疆界。

贝果惊讶地发现，叶天泽只是用寥寥几句话，便又让她重新向往起舞台。贝果被这种想法吓到，忙又往前走。

不可以不可以！

两个人就这样继续一路聊着，不知不觉就走到了贝果的家门口。叶天泽送贝果上楼，两个人站在楼道里道别。

贝果依依不舍，她觉得自己对贝多芬简直就是有说不完的话。

“你要不进来坐坐？”贝果鼓起勇气，放下矜持邀请叶天泽进屋，“我给你煮奶茶喝！”

“不用了。”

没想到竟然被叶天泽毫不犹豫地拒绝了！

一个女孩子主动邀请一个男人进屋，还是在晚上，竟然被拒绝了，虽然贝果没想怎么样，但是真的有点儿伤自尊心呢。

看到贝果这么失望的样子，叶天泽忍不住笑起来，解释道：“我们一路走回来的，现在都快十点了，你早点儿洗漱休息，不要睡太晚了。”

“好的呀！”贝果又高兴起来，笑眯眯地点点头。

原来贝多芬是关心她的身体。

叶天泽拍了一下她的脑袋，转身准备下楼。

“叶天泽！”贝果叫住他，红着脸，鼓起勇气说，“我很开心能有个人跟我一起讨论音乐，我好久没有这种感觉了。”

叶天泽笑了笑，只是温柔地对她道了声晚安，便离开了。

贝果关上门，进屋放好小提琴，然后立刻又冲到天台上，等了五分钟，叶天泽就出现在了对面的天台上。

叶天泽无可奈何地看着贝果，道：“不是让你去睡觉的吗？”

“嘻嘻……我想看你安全到家啊！”

叶天泽失笑，又道：“去睡吧，我明天早上六点半叫你起床。”

“又是六点半？”

不是都已经把小提琴还给她了吗？

贝果惊讶地问：“六点半要做什么？”

“明天早上你就知道了……”

第二天早上，贝果是被一阵食物的香气叫醒的，嗯，是松饼，还有煎香了的培根……

好饿……

贝果迷迷糊糊地爬起来，揉了揉眼睛，顺着那股香气走出房间，往对面一看，那边的天台上已经摆满了食物。

叶天泽的手轻轻地搭在围栏边，他看了看手表，微笑道：“早安。”

贝果有一刹那的失神，被晨光之中叶天泽的微笑夺取了魂魄……

长得好看，还那么会做饭，这个世界上怎么会有这么好的男人！

“发什么呆，还不快过来，带着你的小提琴。”

“好的呀！”

贝果洗漱完立刻抱着小提琴跑到对面去，叶天泽已经摆好了餐具，替贝果把餐巾放在腿上，给她倒了一杯牛奶。

“你怎么这么好？竟然一大早起来给我做早餐。”贝果星星眼地看着叶天泽，觉得他简直就在发光，简直就是她的小天使！

叶天泽悠悠然落座，拿起刀叉，一边给贝果夹培根一边轻松地说：“你忘了吗？你是我的金主，讨好你难道不是应该的吗？”

贝果还真的忘了……

对哟，她是答应了要养贝多芬的，所以贝多芬现在还在吃自己的软饭呢！

贝果立刻笑眯眯地说：“你放心，我之前是想攒钱买小提琴，现在不用了，我有钱！从今天开始，你就跟着我吃饭吧，你放心，有我一口就不会少了你的。”

叶天泽忍俊不禁，不知道自己是该哭还是该笑，就算是真的吃软饭，他也不至于吃这种凄惨的软饭吧。

等到两人吃完了早饭，贝果表示要帮叶天泽洗碗。

“不用，我有洗碗机。”叶天泽把贝果按住，道，“我们现在来想点儿别的事情。”

“好的呀！”贝果想了想，兴奋地问，“我们中午去吃什么呀？”

叶天泽无可奈何地说：“我们不是刚刚才吃完早饭吗？”

“对呀！”

贝果并不觉得这两者有什么矛盾的，对于贝果来说，喜欢一个人就是带他吃很多好吃的，爱一个人就是跟他一起吃很多很多顿饭。

“你中午想吃什么？中餐还是西餐？清淡的还是重口味的？”贝果又问。

叶天泽忍俊不禁，无奈地笑起来道：“我们暂时先不着急想吃饭的事情，我们现在要做别的事情。”

“什么事？”

叶天泽拿起贝果的小提琴，递给她道：“练琴。”

贝果迷茫地接过小提琴，叶天泽又把琴谱架在她的面前，道：“今天我们练习这一首。”

“哦……”

小提琴这种事情贝果没有在怕的。

她低头一看曲谱……贝多芬D大调小提琴协奏曲。

哼！贝多芬绝对是故意的！

叶天泽就是魔鬼！

果然天下没有免费的早餐，要知道吃了他的松饼就要被这样折磨，贝果就不吃了！随便下去买个煎饼果子，吃完了回去躺着该有多好！哪里像现在，拉得一身大汗，手都要断了，不仅如此，还要忍受叶天泽的言语羞辱。

“我看过你之前的视频，嗯……你也是挺厉害的，这么多年过去，还能保持水准，完全没有进步，完美地在原地踏步，能做到一点儿进步都没有也是相当不容易。”

……

“喜欢的曲目就拉得好，不喜欢的曲子简直拉得惨不忍睹，有的干脆就放弃理解了，胡拉一气。你如果还是十三岁，我倒是可以原谅你。但是贝果小姐，你已经二十五岁，过了任性的年纪了吧？”

……

“我看你说什么小提琴比你的命还重要只是随便说说而已吧，听到你的小提琴在哭吗？这么好的琴竟然发出这么难听的声音，它应该很气吧。”

……

“为什么拉得这么赶，知道你技术好，不用这样炫耀，这里应该慢一点儿，重来。”

……

“你以为我不知道你想快点儿拉完早点儿结束吗？你拉这么快，结果只是再多拉一遍而已。”

……

“别以为我听不出来你偷懒。”

……

“别以为我听不出来你故意拉错来气我，我不气，反正再拉一遍的是你。”

……

“你又开始自由发挥了，创造是建立在对曲子的理解之上的，否则就叫错误。你现在根本就没有理解它，注意看我给你写在谱子上的标注。”

……

“你听到了吗？是贝多芬掀棺材板的声音，他都要被你气得死而复生了。”

贝果终于忍无可忍，放下小提琴，气鼓鼓地说：“我不拉了！我就想自由自在地拉小提琴不可以吗？为什么要逼着我做我不喜欢的事情！”

叶天泽叹息一声，放下手里的谱子，看着正在奓毛的贝果，对她招了招手道：“过来，坐这里先休息一下，一会儿再拉吧。”

贝果更生气了，道：“我一会儿也不拉了！”

叶天泽“啪”的一声把乐谱放在桌上，吓得贝果往后一缩。

“我……我就是不喜欢这一首曲子嘛……”贝果相当地㞞，已经有些底气不足了。

叶天泽站起来向贝果走过来，贝果紧紧地捏着小提琴，缩着脑袋，眼睛不安地四处乱瞟贝多芬不会要敲她的脑袋吧？

可是叶天泽却直接从贝果的身边经过，径直去了房间。

哎？！

屋子里半天没有动静，也不见叶天泽走出来。贝果不安地站在外面，忽然有点儿后悔。

其实是她自己拉得一团糟，虽然叶天泽的话说得不好听，但人家也是说的实话啊，她不该发脾气的。

贝果探头探脑地往里看，心虚得要命，正思索着要不要认个错的时候，叶天泽又从屋里走出来了，手里还拿着一个冰激凌。

“过来。”

贝果老老实实地走过去坐下，等着被批评。

可是叶天泽只是把冰激凌推到她的面前，温柔地说：“吃吧。”

贝果低头一看，是一盒抹茶口味的冰激凌，上面还摆了几个猫咪的棉花糖，这种棉花糖贝果认识，这是最近好火的网红棉花糖，做成了猫头的形状，萌萌的样子，里面包着的是白芸豆做的白豆沙，据说很好吃，她一直很想试试，但是嫌太贵了没有买。

“哇！好可爱！”贝果瞪圆了眼睛看着冰激凌，激动地说，“你看，就像是小猫在冰激凌里游泳一样！我一直都超级想吃这个棉花糖的！”

“嗯，我知道，看到你微博转发了。”

“是特意给我买的吗？”

“当然……”叶天泽无奈地说，“总不能是我自己喜欢小猫的棉花糖吧……”

“你真好！”

贝果高高兴兴地舀了一大勺，冰激凌包裹着棉花糖，一起送进嘴里，冰凉清爽的抹茶味道，软软的棉花糖，甜而不腻的白豆沙，超满足！

“开心了？”叶天泽问。

贝果一口接着一口地往嘴里塞，笑眯眯地点点头。

“嗯！超级开心！”

叶天泽看着贝果吃冰激凌，道:“不是我不让你自由自在地拉小提琴，而是真正的自由并不是随心所欲，没有自律的自由只是放任欲望，被懒惰控制而已，那不叫自由，只是放纵。”

贝果吃冰激凌的动作顿了一下，缓缓地放下了勺子。

“英文里，自由有两个词，一个是Freedom，一个是Liberty，我希望你拥有的是第一种自由，那是一种权利，可以自己选择去做什么，不做什么的权利。不是随心所欲，而是自我主宰。”

贝果被叶天泽讲得羞愧，嘟囔道：“你怎么那么多大道理……我知道了，是我不对……”

叶天泽轻笑一声，伸出手揉了揉贝果的脑袋道：“不是你不对，是因为你从前没有遇到一个好的导师，从前那些人都在压榨你音乐之外的价值，所以才让你想逃避。不过没关系，我们现在只关注音乐本身，那些没有人告诉你的事情，我现在会一点点重新教给你，音乐不应该是让你烦恼的事情。”

贝果点点头。

“你喜欢小提琴吗？”叶天泽问贝果。

“喜欢！”

“那就表现出你喜欢它的样子。”

“好的！”

贝果迅速地把冰激凌吃完，又架起小提琴，元气满满地说：“我们继续！这一次一定可以拉好的！”

……

时间很快就到了中午，贝果发现叶天泽真的是超级厉害的老师，对她的点拨字字都说到最关键的地方。

又拉了几遍，贝果渐渐觉得其实她也挺喜欢贝多芬的这首小提琴协奏曲的。

“今天就到这里吧。”

“我还不累呀！”贝果兴致勃勃地说，“再来几遍没关系的！”

叶天泽看了看时间道：“可以了，适可而止也是一种自律。我们先去吃午饭吧，今天带你去吃牛排，我看到你微博里说想吃惠灵顿牛排的？”

不说还好，一说贝果的肚子就猛地叫起来，真的是饿了。

“对的呀！想吃！”

“Hello大家好，我是大胃王贝果，今天我们要吃的是牛排！这家店的装修是不是超级棒的？是我的邻居介绍的，他说这家的牛排算是做得非常地道的，好了，我们来点餐吧！”

“华木”：这家店我知道，在国贸大厦那边，挺贵的。

“彻羽 _ 北约”：感觉邻居很有钱啊，介绍的店子这么好……

“青 mei 酱”：你们难道不觉得贝果最近吃的东西越来越贵了吗？

“两只玉米坨跑得快”：怀念那个只吃得起煎饼果子的贝贝，现在贝贝吃的东西我都吃不起了，嘤嘤嘤……

贝果高高兴兴地翻开菜单，可是一看到价格就高兴不起来了。

“好贵！”贝果惊呼，然后猛地合上了菜单，一副被吓到的模样。

“蟹老板宇宙无敌可爱”：哈哈哈哈，好可爱。

“泽”：果然还是那个贝贝，哈哈哈，送你个火箭，请你吃。

最初的惊吓之后，贝果稳住心神，又重新打开了菜单，她深吸一口气，瞄了一圈，然后小心翼翼地对一脸微笑的服务员说：“给我一个惠灵顿牛排吧……”

“好的。”服务员又看向坐在贝果对面的叶天泽，问，“先生，您要点些什么呢？”

叶天泽翻着菜单，然后说：“我也要一份惠灵顿。”

“好的。”

服务员准备收起菜单，却听到叶天泽又说：“等一下。”

“您还要点些什么吗？”

“我不用，她还要点。”叶天泽又看向贝果道，“你一份哪里吃得饱，今天上午又那么辛苦，多吃点儿。”

贝果也想多吃点儿，可是吃不起啊！

“不了，不了，够了，够了……”

叶天泽怎么会不知道贝果在想什么，打开菜单，对服务员说：“再拿一份西冷，五分熟；一份菲力牛排，五分熟；一份肋眼牛排，筋肉煎焦一点儿；一份 T 骨，用烧烤的方式做，不要酱汁……”

“这个……”服务员尴尬地笑了笑道，“点太多了，吃不完挺浪费的。”

“是吗？可是我还没有点完呢。”

“薄”：哈哈哈哈，这是世上没有贝贝吃不完的东西啊。

“懒得想名字了就酱紫吧”：邻居好苏哟，喜欢这种直截了当的类型！

“我是一个好蛋哟”：感觉邻居好会点餐，吃东西的品位很好呀，完全 get 每种肉的处理方式，该不会是厨师？

“荷包瘪瘪的小荷”：哇，邻居做什么工作的，好好奇？贝贝快告诉我们！

叶天泽翻着菜单，继续问：“你们这里有安格斯牛排吗？”

服务员已经专业地收起惊讶，微笑道：“当然，我们这里的安格斯质量非常好，从美国进口的。”

“嗯，要一份安格斯。”

“好的， 还需要什么？”

“这三种意面都要一份，还有所有种类的甜品都来一份，再拿一瓶红酒。”叶天泽终于抬起头，看向贝果，问，“你喝酒吗？”

贝果已经傻了，脑子里算着钱，心如死灰，麻木地摇摇头。

“那再拿两份奶昔，拿五个焦糖布丁。”

“好的，还需要什么吗？”

“暂时先这些吧，不够再点。”

“够了够了！”贝果立刻把菜单还给服务员，激动地说，“赶紧下单！”

再点下去她就要破产了！

“彻彻今天也在沉迷二宫和也”：哈哈哈哈，抠门的贝果，感觉到了贝果的肉疼！

“星呱的呱”：所以这餐还是贝果付钱吗？

“吃土少女 Nao”：为什么邻居天天都出现？大白天不上班，来陪贝贝直播，他们到底是什么关系呀？

“坐等地老天荒”：哪有天天在一起的邻居，肯定是男朋友吧！贝贝快回答！你们什么关系！

直播间里，大家开始刷屏问贝果跟叶天泽的关系。

一般情况下，在等待上菜的时间里，贝果都会跟大家闲聊的，可是今天这个问题，贝贝真的回答不了。

她能怎么说，说叶天泽是自己养的小白脸吗？那不是很伤叶天泽的自尊心，不能说啊！

叶天泽看着直播间里大家的讨论，故意对贝果说：“大家问你问题呢，怎么不回答？”

“哈哈哈，大家怎么这么关心我的邻居，他的隐私大家就不要问了嘛……”贝果说。

“没关系，我不介意。”叶天泽慢悠悠地喝了一口水，看向贝果，眼神锐利，问，“怎么，你不愿意让人家知道我们的关系吗？”

贝果惊讶地看着叶天泽，难道他真的一点儿都不介意被人知道他当小白脸的事情吗？果然是专业的啊……

“那个……我们……”

叶天泽凝视着贝果，不让她逃避。贝果的性格慢悠悠的，有些迟钝，想要关系进展，就得逼一逼她。

“邻居其实不止是我的邻居而已。”贝果鼓起勇气，终于说出了口，道，“我现在养着他呢……”

贝果觉得自己已经说得很婉转了！

她想说叶天泽是自己的男朋友，但是他不是啊，只是因为她养着他，他才在自己身边的，她如果说两个人是男女朋友，岂不是撒谎？

但她又不想说叶天泽是小白脸，所以思来想去，只有这样说既没有撒谎，也不是太难听。

叶天泽差一点儿被水呛着，他愣了一下，瞪大了眼睛看着贝果，终于还是没有忍住，侧过脸闷笑了起来。

他万万没想到贝果会这样说，他倒是不介意别人怎么看他，毕竟他藏在摄像机后，没人知道他的身份。可贝果不同，任何一个要点儿面子的女孩子都不会承认自己的男朋友要自己养，总是多多少少要顾忌别人的看法的，更不要说贝果这种即便什么都不做却依旧总是被议论的女主播了。

见到叶天泽笑起来，贝果松了一口气，还好他不介意。

于是她又低头看粉丝们的评论……弹幕多得一时看不过来，评论区似乎要炸了呢……

Chapter 09
幻想情敌

今天的直播一结束，贝果就接到了编辑的电话，编辑劈头盖脸地就是一顿骂。

“贝果，你知道现在网上怎么说你的吗？我们的确是要热度，但是我们要的是正面的热度啊！你怎么可以乱说话呢？”

其实贝果今天一低头看到大家的弹幕的时候就后悔了，她一定是脑子短路了才会这么说，是还嫌自己的热度不够高，黑子不够多吗？

“我后来说我是开玩笑的了，粉丝们也都哈哈哈了呀，大家没有很在意啊……”贝果委屈地嘟囔道。

这种话本来听起来就很像是玩笑啊。

不这样说还好，一这样说编辑的火气更大了！

“谁管你后来说什么啊？你的粉丝当然你说什么都护着你啊！当然永远觉得贝贝是最可爱的啊！但是你的黑子不是这样想的啊！你又不是不知道你有很多黑粉！你没错人家都要鸡蛋里挑骨头编派一顿，更何况你说这种给人抓小辫子的话！”

贝果也知道自己胡乱说话了，沮丧地说：“对不起啊……”

“对不起有什么用！”编辑气急败坏地说，“现在网上到处都是截图，还有人上证据，说得有理有据的！贝果，我跟你说，竞争对手这一次绝对会抓住这个机会死命黑你的！”

编辑骂得贝果无力还口，只能可怜兮兮地站在那里。

叶天泽在一旁，越听脸越黑，多大事情，这个编辑用得着这么激动吗？

他看着贝果老老实实地被骂，越看越不舒服。这个贝果在他这里倒是挺横，怎么在别人面前这么㞞?

“我们是把你当一姐培养的，你这个样子也太不靠谱了！”编辑还在喋喋不休地说，“你看看人家苏二宝是怎么经营他男朋友的形象的！”

贝果正想说话，电话却被叶天泽抢了过去。

叶天泽冷冷地对编辑说：“你再大声对贝果说一句话，她就离开你们公司。”

贝果瞪圆了眼睛，编辑也在那边呆住了。

不可以啊，违约金给不起啊！

贝果忙激动地冲着叶天泽摆手，可是叶天泽却拍了拍她的脑袋，给了她一个稍安毋躁的眼神，贝果没有办法，只能让叶天泽处理。

“你谁啊！你……关你什么事儿啊……”

编辑语气激动，但是很明显没有刚才那么中气十足了。

其实贝果是平台的红人，这种红人大家都是要哄着的，就像是娱乐公司都会哄着自己的明星一样。但是贝果出了名的脾气好，编辑才敢这样对她大呼小叫的，可要是人家真的一气之下走人了，公司还不把她给开除了？毕竟还是很多平台想要贝果的！

“我没有开玩笑。”叶天泽语气严肃，压迫感十足，“违约金的问题，明天我会派律师去跟你们谈，不过你应该没有资格跟我谈，还是我跟你们老板直接交流吧。”

“那个……别啊……大哥……我……哎哟，别这样，和气生财嘛，我也是太喜欢贝果了，太希望她好了，所以才会情绪这么激动。”

叶天泽不说话，但是源源不断的压力还是通过电话传达到编辑那边。

“您放心，我绝对不会再大声对贝果说话了。”编辑还是想当时识时务的，道，“我马上跟贝果道歉！”

“嗯。”

叶天泽把电话还给了贝果，编辑在那边和和气气地说道：“贝贝啊，这几天你先不要直播了，让这个话题沉淀一下，其实也没多大个事儿，黑子嘛，你不犯错也是要黑你的，爱你的人都相信你的人品的。所以没关系，你不要把这件事放在心上……”

编辑忽然变得这么温柔，贝果都有些不习惯。

“哦，好的呀，我知道了，不会放在心上的。”

“嗯嗯，那就好，我去开会了，我要跟公关那边讨论一下，怎么降低这件事情的影响。”

“哦……好的。”

“嗯嗯，那我挂了哟，再见！”

挂了电话，贝果小心翼翼地看着叶天泽，不好意思地说：“刚刚谢谢你哟……”

“不用谢。”叶天泽无奈地敲了一下贝果的脑袋道，“以后说话过过脑子，那种情况下，谁都不会像你那样说的，也不怪你编辑生气。”

贝果闷闷地嘟囔道：“不是你要我回答大家的吗？要不然我就假装没看到大家的提问直接忽略了……”

如果不是叶天泽灼灼的目光逼视着她，让她慌了心神，她才不会说呢！

“我又没让你说你养我。”叶天泽忍俊不禁地看着贝果，无奈地问，“你就不会换个好听点儿的说法吗？”

“那应该怎么说？这已经是最好听的说法了呀……”贝果撇撇嘴，小声道，“要我众目睽睽之下撒谎，总觉得很别扭……”

“你可以说我是你的男朋友，这样可不算撒谎。”叶天泽说。

“可是……”

贝果正想反驳，却忽然愣住。

哎？！

“啥？”

男朋友吗？！

贝果整个人都蒙了，沉浸在那句“你可以说我是你的男朋友”之中无法自拔……

叶天泽这话什么意思！

是认真的还是随口说一说的？他是开玩笑吗？还是在试探她的态度？他是真的想当她的男朋友，还是只是让她换一个好听一点儿的说法而已？

难道贝多芬真的爱上自己了？

他们的婚礼应该在哪里办？他们的小孩子应该叫什么名字？

“喂，你怎么了？”叶天泽的声音打断了贝果的神游。

“啊？”

贝果发愣的时候，发觉叶天泽已经站起身来。

他看着贝果，无奈地问：“怎么还舍不得走，还没吃饱吗？”

“吃饱了……”

叶天泽表现得那么平静，好像刚刚什么都没有发生似的。

贝果有些失落，果然他刚刚只是随口一说没有走心啊……

也是，毕竟叶天泽那样常常在花丛之中游历，有许多情人，还专业做小白脸的男人，这种撩女孩子的手法肯定是很多的。

人家随口一撩，她却在心里跟人过完了一生，真的是太蠢了，果然她又自作多情了。

贝果沮丧地站起身道：“你等一下，我结个账……”

“你刚刚接编辑电话的时候我已经结账了，我们走吧。”

贝果又是一愣，问道：“怎么你又结账了，不是说好了以后都是我给钱的吗？我得养你的啊……”

叶天泽微笑着看着贝果，循循善诱道：“你看，我们明明说好了你养我，可是菜也是我买，饭也是我做，钱也是我付，你觉得这样还算是你养我吗？”

……

贝果尴尬地摇摇头。

“当然不算……”

金主当到她这份上也是没谁了……

叶天泽往前探了探身，靠近贝果，他扬起嘴角，笑得贝果心里发慌。

“既然如此，你还是觉得我们现在还是你养着我的关系吗？”叶天泽问。

贝果似乎被迷惑了，下意识地摇摇头。

“那你觉得，我们到底是什么关系？”

对啊，贝果迷茫地想，他们是什么关系？

“好饿好饿好饿，我真的好饿……”

电话忽然响起来，又是贝果的编辑，贝果忙道：“你等一下，我接个电话！”

贝果匆忙走到一边接起电话，叶天泽就这样被晾在了原地……

叶天泽脸一黑，也是没有被女人这样忽略过，还是在这么关键的时刻。

只是他向来拿贝果没有办法，也不能把贝果怎么样，只能气闷地站在一旁等着她接电话。

过了一会儿，贝果挂了电话走过来，一脸的纠结。

“怎么了？她又骂你？”

“没有，编辑的语气很好的……”贝果愧疚地看着叶天泽道，“只不过……唉……网上有你的照片了……”

叶天泽皱皱眉道：“哪里，给我看。”

贝果翻出帖子来给叶天泽看，是那天贝果跟叶天泽在街边拉小提琴的照片。

照片一共有五张，但是因为夜色昏暗，不是太清楚，但还是能看出来是叶天泽，尤其是那一张正面的照片。

“对不起……”贝果可怜兮兮地说，“我答应了不让你露面的，没想到会被人偷怕。”

“没关系。”叶天泽把手机还给贝果道，“拍得也不是特别清楚，我也不是什么名人，没人认得出我来。”

本来古典音乐在国内就是冷门，他又常年在国外，应该不会有人认出来是他才对。

贝果翻着帖子，第一页都是夸叶天泽长得帅的，还好，没什么负面评价。

第二页才是今天的评论，大概是因为这件事情帖子又被黑子给翻出来了。

好多人酸溜溜的……

“果然长得帅的男人都没有用，还是一姐苏二宝的男朋友好啊，身材又好，还是健身网红，事业有成。”

“果然贝果学什么都四不像，学人家炒 CP，好歹也找个好一点儿的啊，长得帅又如何，还不是吃软饭要靠贝果养。”

“就是看上贝果的钱才和她在一起的吧！”

接下来一页就是贝果的粉丝到达现场，开始跟楼上的吵架，场面超级激烈。

贝果看着头疼，正准备翻第二页的时候，叶天泽却打断了她。

“回去再看吧。”叶天泽看了看时间，皱着眉道，“我们先回去。”

叶天泽情绪不佳地转身走了，贝果立刻一路小跑跟在了他身后。

“你跟在我后面做什么？”叶天泽停下脚步，相当无奈地说，“你又不是我的尾巴，站我旁边来……”

“哦……”贝果又老老实实地站到了叶天泽旁边，嘟囔道，“你走太快了，我有点儿跟不上。”

叶天泽无可奈何地慢下了脚步，又看了看时间道：“我怕一会儿堵车时间会来不及，我们还要先回去换身衣服。”

贝果疑惑地问：“什么时间来不及了？我们要去哪里？为什么还要换衣服？”

“去听音乐会。”

“哪里的音乐会？为什么要听音乐会。”贝果惊讶地问。

叶天泽冷哼一声，一脸不屑地说：“你不是很迷恋那个什么超级厉害的音乐王子江质吗？”

江质？

贝果回想着，她昨天的确是提过这个人，也说过他超级厉害，但是她什么时候说过她迷恋江质了？

她只是夸了江质两句而已，她迷恋的是贝多芬啊……

叶天泽拿出两张音乐会的票递给贝果道：“我买了两张他的乐团的票，今晚七点，我倒是要听听他有多厉害。”

贝果一脸的无奈，看来这个叶天泽是准备去找碴儿的……

贝果又看了一眼自己的手机，决定回去再继续翻，就关上了帖子，赶紧跟上了叶天泽的脚步……

与此同时，那张帖子很快就讨论到了几百楼，其中一个楼层不大引人注意，只有两个人在那个楼层里互相回复评论。

“吃土也要看书的阿嘉嘉”：你们不觉得这个人长得有点儿像叶天泽吗？

“噜噜小宝贝”：谁是叶天泽？

“吃土也要看书的阿嘉嘉”：神一样的男人啊啊啊，我的梦中情人！

“噜噜小宝贝”：没听说过啊……

“吃土也要看书的阿嘉嘉”：指挥家，柏林乐团的首席，乐团总监，超级厉害的啊啊啊，古典音乐圈没有人不知道他的呀！华人之光好不好！而且还超级帅！我的人生梦想就是看一场他的指挥啊啊啊。你们不知道他有多厉害，好希望全世界都知道他的厉害嗷嗷嗷！

“噜噜小宝贝”：好吧……不认识。

“吃土也要看书的阿嘉嘉”：不过肯定不是他，但是真的长得好像哟……

叶天泽和贝果回家去换适合参加音乐会的衣服，两人约好半个小时之后在楼下见。

心理斗争了一番之后，贝果还是拿了一个口罩戴上了，想了想又戴了一个平光的眼镜。她又站在镜子前……

超级奇怪的啊！仙女裙跟大黑框和熊本的口罩，真的是一点儿都不配！感觉像是某种可疑的人物……

叶天泽已经发信息来催了，贝果没有办法，只能顶着这副奇怪的打扮匆匆地下了楼，她都准备好被叶天泽嘲笑了。

楼下停着一辆黑色的轿车，叶天泽穿着西装礼服，正靠在车边不耐烦地等待着，时不时地要看一下手表。

怎么还租了个车呀？看来贝多芬真的很介意江质这个人。

贝果从来不关心车子，豪车里除了奔驰和宝马，别的品牌她就都不认识了，这辆车的标志是两个R，没见过……

贝果一路小跑到叶天泽的面前，不好意思地说：“对不起呀，稍微晚了一点儿。”

“没事儿，还来得及。”

叶天泽抬起头看向贝果，两人对视的那一刹都呆住了。

“你怎么打扮成这样？！”两人同时说道。

跟贝果一样，叶天泽也戴了一个黑框眼镜和一个黑色的口罩，配着他那一身精致讲究的西装晚礼服，别提多违和了。

“我怕遇见熟人认出我来啊！”贝果疑惑地问，“你也怕人认出你来吗？”

“嗯……”叶天泽支支吾吾。

“为什么？”贝果问，但是很快她就醒悟过来，恍然大悟道，“你是不是怕遇上之前跟你有感情纠葛的音乐家？！”

叶天泽的表情僵了僵，无奈地说：“你也可以这么理解。”

贝果笑起来，指了指叶天泽，又指了指自己道：“别人一定会觉得我们两个是神经病吧？”

“别担心，说不定别人只以为我们是两个很关注肺部健康的人而已。”叶天泽替贝果打开车门道，“上车吧。”

车子停在了音乐厅外。

今天是这个音乐季的第一天，所以场面很大，停车场里满是高级轿车。但是当叶天泽和贝果一起出现的时候，还是引起了大家的瞩目。

贝果觉得应该是他们两人和谐的黑框眼镜和黑色口罩造成的……

“大家都在看我们呢……”贝果小声嘟囔道。

“不用怕。”叶天泽向贝果伸出胳膊，微笑道，“挽着我。”

贝果害羞地挽住叶天泽的胳膊，跟着他一起往会场里走，此刻她真庆幸自己戴着口罩，要不然肯定又是脸红得没法见人。

观众都纷纷落座，贝果往四周看了一圈，还好，没有什么熟悉的面孔。果然她还是太敏感了，中国这么大，人口这么多，哪里那么容易遇上。

“张老师，我们在这一排。”

贝果一个激灵，看向正在往她的方向走的两个人，整个人都僵硬了。

小提琴店的店主许未明和贝果的老师张延宇一前一后地走进了她的这一排座位。

怎么这么倒霉！

千万不要坐她旁边，千万不要坐她旁边，千万不要坐她旁边！

贝果在心里祈祷着。

坐到她旁边了！

贝果浑身的汗毛都奓起来了，叶天泽察觉到她的不安，小声问她：“怎么回事？碰见从前认识的人了吗？”

贝果点点头，紧张地在叶天泽的耳边道：“遇见我原来的小提琴老师了。”

一旁的许未明正在对张延宇说：“江质好像是您的侄子吧？不愧是音乐世家出来的，年纪轻轻就已经是首席了。”

“哈哈，是啊，江质很优秀，当年也是天才少年呢，指挥第一场音乐会的时候还只是一个大二的学生。”聊到从前张延宇就有些唏嘘，叹息一声道，“那一次音乐会，还有我的另外一个学生参加，一个天才少年，一个天才少女，当时那一场音乐会可是在圈内引起了不小的轰动。”

“就是您说的那个手受伤之后消失了的天才小提琴家吗？

“对啊……”张延宇长叹一口气道，“如今江质已经是乐团的首席指挥家，前途无量，而她却不知道在这世上的哪个角落，命运真的是太残酷了。”

贝果越听越紧张，她不在世界的哪个角落，她就在老师您的旁边啊……

“对了，你上次说的那个能把无穷动拉到三分钟以内的女孩子呢？”张延宇问许未明。

“唉，失踪了，她给店员留了个电话，但是我打了许多次都是关机，估计是个假电话。”

并不是假电话，而是贝果把许未明的电话给拉黑了啊！

一旁的叶天泽转过脸，眼神锐利地看着贝果，低声问：“你不仅在别人面前拉琴，还给人留电话了？”

现在是计较这个的时候吗？贝果紧张得整个背都汗湿了！

“拉黑了拉黑了！”贝果小声说道。

叶天泽这才稍稍满意一点儿，又低下头看手里的节目单。

“哼……”叶天泽冷哼一声。

“你哼什么？”贝果小声问道。

“你的音乐王子今天要指挥的是《贝多芬D小调第九交响曲》。”

“怎么了吗？”

这一首交响曲算是叶天泽的成名之作，他录制的这张CD被评为了百大唱片和新世纪最伟大的录音系列之一，对于音乐爱好者来说，简直就是必须收录的一张专辑，而对于指挥系的学生来说，这是一场绝对的教科书一般的演绎。

叶天泽也因为这套贝多芬的交响曲，和历史上所有伟大的指挥家一起被大家铭记。

“没怎么……”叶天泽傲慢地说，“你好好听，先听听平庸的版本，以后听到最好的，才有对比，震撼会比较大。”

贝果无言以对，她觉得叶天泽好像特别不喜欢江质。

“你都还没听呢，怎么就知道江质的版本很平庸？”贝果嘟囔道。

“看来你还挺护着他，都听不得我说他平庸。”

……

这又是哪儿跟哪儿啊！

贝果正想辩解，一旁的张延宇却听到了两人刚才的对话，笑眯眯地对贝果说：“哈哈，小姑娘，看来你的男朋友是很不高兴你这么喜欢江质啊。”

她什么时候喜欢江质了！

为什么小时候大家误会她喜欢江质，现在长大了，来看个音乐会，她一句话没说，大家还是误会她喜欢江质！

贝果想反驳，但是她不敢回头，只能对叶天泽挤眉弄眼，让他帮自己解围。

叶天泽无视贝果的求救，冷笑一声道：“是啊，你为什么这么喜欢江质？”

“我不喜欢江质！”贝果大声吼道。

这一声吼引得周围的人纷纷看过来，窘得贝果只能捂着脸侧过了头去。

张延宇哈哈了两声，只当是贝果在害羞所以才背过头不好意思看他，于是又和蔼可亲地对叶天泽说：“小姑娘有个偶像很正常，你也不要太小心眼了。”

“她可以有偶像，比如说托斯卡尼尼、斯托科夫斯基、富尔特温格勒、卡拉扬、阿巴多……”叶天泽冷冷地说，“江质这一种就还是不要崇拜了。”

“为什么？”贝果替张延宇问出了心中的疑惑。

虽然江质挺优秀的，但是也没有到能跟这些最伟大的指挥家相提并论的地步吧。

叶天泽语气平静地回答道：“因为江质还活着，而托斯卡尼尼、斯托科夫斯基、富尔特温格勒、卡拉扬、阿巴多都已经死了。”

……

一时间，周围听到两人对话的人都在心中默然，这个男朋友的醋劲儿还真的不是一般地大。

“哈哈哈。”张延宇也是被这对小年轻给逗乐了，又问，“所以只要是活着的人她都不可以崇拜吗？”

“有一个可以。”

“谁？”

“叶天泽。”

……

虽然贝果非常喜欢叶天泽，但她还是有理智的。她忍不住在心里腹诽着叶天泽，这个男人真的不是一般地傲慢自负，把自己这个名不见经传的名字跟那些伟大的指挥家放在一起，他也不害羞哟……

贝果觉得人家肯定又要笑话他们，可是偷偷一看，张老师却什么都没有说，只是微笑着点了点头。

嗯，张老师还是那么有礼貌……

忽然，观众席的灯光暗下来，大家的注意力被吸引到舞台上。

一个穿着燕尾服的男人，手持指挥棒走到了舞台中间，不少女孩子已经兴奋地叫了起来。

是那个年轻的首席指挥家——江质。

十三岁的贝果一夜成名，之后她大部分时间都在欧洲各国巡回演出，就这样过了两年，直到天才少女的热度消散，她也渐渐开始门庭冷落，周遭开始有批评的声音。

有人说她的声音里缺少情感，只是毫无灵魂的炫技，还有人说她止步不前，被荣誉吞噬，但到后来，就连这些评价也渐渐少了……

不知道是有意还是无意，贝果越来越平庸的表现，渐渐让欧洲对她失去了兴趣。

十五岁这一年贝果终于如愿以偿地回国，她重新回到了校园，然而她早就跟不上学校的进度，也无法融入集体的生活。

虽然张老师又破格安排她进入了乐团，但是贝果一直跟乐团的节奏格格不入，也无法真的和那些大自己十几岁，甚至几十岁的人成为朋友。

大概所有人里就只有大自己五岁的江质能够跟贝果说上几句话吧。

只是江质是个极其严肃认真的青年人，他那张面无表情的脸总是让贝果很紧张，以至于乐团里的大人总是说贝果暗恋江质才总是脸红害羞。大家越是这样说，贝果就越紧张，越紧张就越要脸红，结果谣言就更甚，就连张老师有时候都开这种玩笑。

就这样，贝果喜欢江质的传闻一直传了三年，直到贝果十八岁那一天，她终于万事俱备可以离家出走。

还记得那一天乐团的曲目里就有那首贝多芬的小提琴协奏曲，那是贝果和江质第一次公开合作演出。

因为想着自己的逃离计划，贝果那天晚上发挥得不是太好，回到后台之后，江质一脸严肃地走到贝果的面前，要她一会儿去音乐厅后面的停车场等她，他有话要对她说。

贝果不用想也知道，肯定是要批评她。

“哦……”

贝果答应了，但是她知道，她肯定是无法赴约的。

这就成了贝果对江质说的最后一句话：哦……

贝果没有去停车场，她只拿上了她的小提琴，和一个不大的书包，搭上了离开音乐厅的末班车。

用飞机还是火车离开都会有痕迹，不过没关系，这座城市太大了，这里有三千万人居住，只要你不想遇见一个人，真的可以一辈子都不用相见。

所以贝果选择继续生活在这座城市里，躲在某个角落里，深居简出，反正不拉小提琴的她一点儿也不引人瞩目。

从那一夜开始，贝婧姝这个人便消失了，乐团的人又去她家中找过，但贝家的父母只是说贝婧姝的手出了事故再也不能拉琴，她心情实在是太过沮丧不愿意见人。

不久之后贝家人便离开了这个城市，没有人再见过他们，也没有人再见过贝婧姝。

贝果今年二十五岁，七年已经过去，这七年贝果从来没有靠近过音乐厅，以至于她都差一点儿忘记现场音乐有多震撼，多动人心魄了。

大家起立鼓掌，江质在舞台上谢幕。

虽然不知道这七年音乐圈有什么变化，但是她感到江质真的跟从前不一样了，褪去了少年的青涩，已经变成了一个可以掌控住乐团的优秀指挥家了。

“好棒呀！”贝果由衷地说。

说完她就有点儿后悔，担心自己这样表扬江质会惹得叶天泽不高兴，可等了半天也没有等到叶天泽那标志性的冷哼。

“倒是比我想象的好。”叶天泽说。

贝果一愣，惊讶地看向叶天泽，他这是在表扬江质吗？

“我就事论事。”叶天泽难得有这么认真的神情，道，“不过一个好的将军，没有强壮的士兵也是打不好仗的……他应该去欧洲。”

这话传到了张延宇的耳朵里。

“哦？你也是这么认为的吗？”张延宇点点头道，“江质的确是有着一流的水准，不过欧洲的音乐圈子是讲究血统的，我们这些华人过去并不是那么如鱼得水啊。所以我觉得他先留在国内的顶级乐团里做几年首席更好……”

叶天泽冷哼了一声，不屑地说道：“也是，在国内做个顶级的确是比去国外做个二流舒服，如果他的抱负不过如此，那他也就这样了。”

张延宇瞪大了眼睛看向这个说话狂妄的年轻人，他怎么这么狂，竟然敢说江质是二流。

贝果已经很慌了，这观众席的灯都全亮了，被认出来怎么办，这个叶天泽竟然还跟张老师怼上了……

贝果埋着头一直在扯叶天泽的袖子，小声嘟囔道：“快走！快走！”

叶天泽无奈地看了贝果一眼，又把肚子里的话憋了回去。

“好了，我们走吧。”

走出音乐厅，外面的大厅里人满为患，不远处围起来一个圈，是江质和乐团的其他成员一会儿要在那儿给观众签名。

围观的主要是女孩子，看来江质还是那么多迷妹。

叶天泽瞟了探头探脑的贝果一眼，冷冷地问：“怎么，你还想去要个签名吗？”

“不不不！”贝果忙摆手，无奈地说，“我真的不喜欢江质，你不要误会……我们赶紧回去吧，趁现在人少，一会儿人多都堵在一起了。”

叶天泽看着旁边卖 CD 的，冷着脸道：“你不想要，我倒是想要一个他的签名。”

“为什么啊！”贝果惊讶地问。

可是叶天泽已经走到一旁买了 CD 了，并且强硬地站在了等待签名的队伍里。

“你不是听了这场音乐会崇拜上江质了吧？”贝果有些不可思议地问，“你现在不讨厌他了吗？”

“不要说那么恶心的话，我怎么可能会崇拜江质这种二流指挥家，我当然讨厌他。”

此言一出，旁边的迷妹们都纷纷看向这个出言不逊的男人，恶狠狠地瞪着他。

贝果觉得再这样下去，叶天泽会被打的。

“你刚刚不是说他还不错的吗？”

“不错跟完美之间还差了一百个优秀。”叶天泽毫不留情地说，“所以我要当面指出他的错误，点拨一下他的指挥技术，让他知道自己跟一流指挥家之间的差距在哪里。”

这完全是要砸场子啊！

贝果觉得如果叶天泽再大点儿声，他们俩就被周围的人轰出去了。不知道叶天泽有没有感觉，但贝果是非常真切地感觉到了大家的白眼……

她往周围看了看，见到张老师和那家小提琴店的店主许未明也走了出来，两人正往他们这边走来呢。

贝果立刻转过身，藏到叶天泽前面，抓着他的两只胳膊探头探脑地偷看。

“完了，完了，我老师走过来了！肯定是要找你说话！”

“是吗？”叶天泽对这个张延宇的印象不是很好，身为老师却不给贝果正确的指导，让她荒废了这么多年，实在是可恶，他冷眼看过去，语气阴沉地说，“正好，我也有话没跟他说完呢。”

贝果觉得叶天泽今天简直就是吃了炸药，她无可奈何地说：“那你在这儿等着签名吧，我先去停车场等你可以吗？”

见到贝果这么害怕的样子，叶天泽也无可奈何。

“可以，我一会儿就去找你。”

贝果如蒙大赦，一溜烟就跑了。

停车场里车子很多，贝果不记得他们的车是停在哪里了，只能一辆一辆地顺着找，还好车标比较少见，要不然真的找到了贝果也不知道是哪一辆。

两个 R……

“对不起！”

“哎呀！”

贝果忽然撞上一个人，那人也是相当强壮，直接把贝果撞得摔到了地上。

“你没事儿吧？”

那人马上冲过来扶贝果，贝果一看，是个穿着礼服的男人，这个男人他见过，是乐团的首席小提琴。

乐团首席是第一小提琴组的第一小提琴手，相当于副指挥的地位，这么重要的人，难道不应该在大厅里签名吗？

贝果心里生出一股不好的预感，她往首席小提琴的身后看去，那里站着一个穿着燕尾服的男人，正皱着眉看向她。

江质……

也许这就叫作躲得过和尚躲不过庙，躲得过老师躲不过江质。

贝果浑身的汗毛都立起来了，她飞快地起身，一边说着没事没事，一边转身就跑。

跑了好远，贝果才气喘吁吁地停下脚步，没有人追过来。

她松了一口气，也是，自己戴着口罩和眼镜，他们又有七年没见，天色又这么昏暗，江质要是认出她来，那才是见鬼了呢。

贝果的心跳慢慢平复，她继续找车，这一回运气很好，没一会儿就找到了。

贝果站在车边等叶天泽，忽然听到身后传来一阵急促的脚步声，她以为是叶天泽回来了，正笑眯眯地准备转过身，却听到了三个恍如隔世的字。

“贝婧殊。”

你感受过绝望吗？

贝果的笑容僵硬在脸上，她想拔腿就跑，却已经被人抓住了胳膊。

“小贝，是你吗？”

江质的声音颤抖，简直就不敢相信这是真的。

贝果也在发抖，她最害怕的事情还是发生了。

江质抓住贝果的肩膀，猛地把她翻转过来面对自己。

“小贝，真的是你！”江质激动地说，“我就知道我不可能认错你！”

已经被认出来了，贝果知道自己再反驳也没什么意义，只能认命地对江质笑了笑，尴尬地说：“是啊，好久不见……你今天的表演不错，那个……我还有事儿，先走了啊……”

贝果想走，却忽然被江质给紧紧抱住了。

什么情况？！

贝果整个人都僵住，虽然久别重逢，老友相见，但是这未免也太激动了吧？

“喂……”

一个冰冷的声音传来。

“能把我的女朋友放开吗？”

贝果猛地推开江质，回头一看，叶天泽正黑着脸站在两人后面，即便隔着黑框眼镜，也能感受到他那要杀人的凛冽目光。

为什么她会有一种被人捉奸在床的感觉……

江质这么多年身边一直都没有什么正经的对象，也谈过几个女朋友，但是都无疾而终，大家问起他来，他总说感觉不对。

“感觉？”乐团的人简直不敢相信，这么严肃理智的江指挥，谈恋爱竟然要的是感觉，“那什么样的感觉才对？”

那一天乐团聚会，大家都喝得有点儿多，江质也难得地有些微醺，打开了话匣子。

“就是你一看到她，就忍不住想要微笑，我想要这样的感觉。”江质说。

“哎哟，看兄弟你这表现，是心里有道白月光啊，哪个姑娘那么可爱，让你这个扑克脸也能一看就微笑。”

“贝婧姝。”江质毫不犹豫地说出了那个名字，他捏紧了手里的酒杯道，“她就是那个一见就让我感到快乐的女孩，只有她……”

贝婧姝，江质心中的白月光，从此之后，整个乐团都知道了这么一个名字。

江质二十岁的时候，刚刚念大二，是音乐学院指挥系的学生，因为舅舅是著名的小提琴家张延宇，所以破格进入了乐团，跟着那些经验老道的乐手们一起学习。

那时候，跟他一起进入乐团的，还有一个叫作贝婧殊的十五岁的小提琴天才少女。

一开始江质并没有太在意这个总是不爱说话的女孩子，虽然她的小提琴拉得非常好，所以贝婧殊对于江质来说，跟其他的天才一样，只是一个遥远的符号，即便她生活在自己身边。

直到有一次，江质撞见贝婧殊一个人在音乐厅的角落里吃盒饭。

十份盒饭，江质本来以为她是替别的朋友拿的，所以没有过去打扰，自己坐在另一边默默地吃自己的饭。

让江质意外的是，他一份盒饭还没有吃完，贝婧殊已经吃掉了八份。

在她准备吃第九份的时候，接了一个电话，贝婧殊小心翼翼地叫了一声妈妈。

也不知道电话里说了些什么，挂了电话，贝婧殊就哭了，她一边哭一边吃，直到最后一份吃完了还在抹眼泪。

一直以来江质都是很害怕女孩子哭泣的场面的，那一天也不知道怎么搞的，鬼使神差地走了过去。

“你……别哭了！”

江质本来想安慰她的，可不知道为什么这句话一说出口反倒是像在凶人家，小姑娘被吓得眼眶更红了，但是又不敢哭，委屈的模样看得人心都要碎了。

“你哭什么？是不是没吃饱？”江质把自己的盒饭递给贝婧殊道，“要不你把我的也吃了？”

完全不懂得怎么哄女孩子的江质，只能笨拙地把盒饭塞给了贝婧殊。

“谢谢……”

小姑娘怯生生地道了谢，也不敢看他，捏着筷子不动。江质这才意识到，盒饭是自己吃过的，这样给人家似乎有些不好，正想把盒饭收回来，却见到贝婧殊动了筷子。

“好吃！”她终于不流泪了，抬起头惊讶地问道，“为什么你的菜跟我的不一样？”

“我妈做的，不是团里订的盒饭。”

“难怪！超级好吃！”

江质忍俊不禁，一笑又觉得自己不严肃，立刻收了笑，可是看见她那么开心满足的样子，江质便又忍不住露出微笑来。

唉，真好哄。

之后，江质时常照顾她。贝婧殊也从一个小提琴天才的符号变成了他口中的小贝。

后来乐团里人人都说小贝喜欢他，江质也才渐渐意识到，自己对小贝的感情似乎并不是那么简单。

江质知道他身为男人，应该主动一些，小贝是一个害羞的女孩子，自然不敢跟他表白。但是小贝的年纪还小，生活里除了小提琴什么都没有。她总像是一个不安的小孩子，所以真要让江质对她做什么，他总有种罪恶感，觉得自己是对小孩子出手的变态……

直到贝婧殊十八岁那一天，江质终于等到了可以理直气壮地跟她在一起的时候。

那时两个人一起在音乐厅里合作，江质决定，就在这一天跟小贝表白。

他并不因为首演而紧张，他一直是个淡定的年轻人，可是那一天他却失误了，因为那个跟她合奏的女孩子叫他心神不宁。

就是今天了，他们终于可以在一起了。

可是那一天，江质一直在停车场等到天亮也没有等到小贝，这样明显的拒绝，他心里已经很清楚。他心灰意冷地回到家，几天都没有去乐团，就是怕面对小贝，等他再鼓起勇气回去，却得知小贝出了事故，伤了手……

对于一个除了小提琴什么都不会，整个童年、青春、人生都只有小提琴的女孩子来说，失去了小提琴，就等于失去了一切。

小贝心灰意冷，不愿意见任何人，之后就跟家人一起离开了这座城市，彻底消失，谁都找不到她。

于是两个人的感情就永远凝结在了小贝十八岁的那一年，成了江质心中永远的遗憾……

江质紧紧地抱着贝果，失去了他平时的冷静克制，他抱着贝果，就像是抱着一个失而复得的宝贝，害怕一松手她就又消失了。

然而贝果却觉得相当莫名其妙，江质怎么情绪这么激动啊？虽然他们的确是很多年没有见，但是江质也表现得过于热情了一点儿吧？

他们的感情有这么深吗？记得小时候，两人虽然常常待在一起，但是都没有怎么聊天，大多数时间不是吃饭，就是说与音乐有关的事情。

贝果都被江质抱得有些疼了，见他还没有放开自己的意思，贝果想伸手推开他，却在这时候听到身后传来了一个冷冰冰的声音。

是叶天泽。

“能把我的女朋友放开吗？”

贝果这才猛地推开江质，她看着叶天泽，支支吾吾地想解释，叶天泽却瞪她一眼，严肃地说：“还不过来？”

贝果只能老老实实地跑到叶天泽的旁边站好，像是个委屈的小媳妇儿。

叶天泽直接把贝果拉到自己身后，挡住她。

“你怎么来了？”贝果小声地嘟囔道，“你不是去等签名了吗？”

“人太多，保安不够就取消了。”叶天泽冷眼看着贝果，冷哼一声道，“怎么，我不在你就可以跟别的男人搂搂抱抱了吗？”

“我没有……”贝果可怜兮兮地说，“是他抱我的……”

江质听到两人的交谈，就像是被人在胸口揍了一拳似的。

“小贝，这是你的男朋友吗？”

男朋友？贝果一愣，这才忽然想起来，刚刚叶天泽对江质说的是：“能放开我的女朋友吗？”

她什么时候变成他的女朋友了？！

“我什么时候……”

“我就是她的男朋友。”贝果还来不及回答，叶天泽就先开口道，“还不够显而易见吗？怎么，江指挥需要我们表现得更明显一些是吗？”

“不用了。”江质黑着脸，果断地说。

他可不想当面看到贝果和别的男人卿卿我我。江质看了一眼躲在叶天泽身后小心翼翼的贝果，心里就生出一股无名火来。

从前贝果在她的父母面前，也总是这样小心翼翼，让人心疼。

“我是她的老朋友，多年没见。”江质对叶天泽说，“所以方才情绪有些激动，抱歉。”

“嗯，那现在见也见到了，我们走吧。”

叶天泽拉着贝果就走。

“等一下。”江质叫住两人，他看向贝果，一脸恳切地说，“小贝，我们能单独聊几句吗？”

“不能。”叶天泽斩钉截铁地拒绝。

“我在问小贝。”

“她不想跟你单独聊。”叶天泽低头问贝果，“对吗？”

贝果猛地点头，她跑还来不及呢！

可这在江质看来，却是小贝完全被她的男朋友控制，不能自主。

“留个联系方式可以吗？”江质好不容易又遇见小贝，怎么可能就这样放任她离去，“小贝，我真的有很多话要对你说，很重要。”

“那留在这里吧。”叶天泽把手里的CD递给江质道，“她如果想联系你，会主动找你的。”

虽然这种事情，叶天泽根本就不会让它发生。

江质无可奈何，看了一眼躲在男朋友身后的小贝，也不希望自己的行为给她带来太多的麻烦。只能在那张音乐会的CD上写上了自己的电话号码。

“我这个月都会在这个音乐厅演出，你随时都能找到我。”江质又说。

叶天泽的眉毛都在抽搐，这个人也真的是不依不饶，当着他的面就敢勾搭贝果。正想开口叫他老实点儿的时候，贝果却从叶天泽身后探出了脑袋。

“那个……你不是想要他的签名吗？”贝果好心地对叶天泽说，“不如现在让他签了呀。”

……

场面一度非常地尴尬，贝果却依旧毫无知觉。

“嘿嘿，你要不帮他签个名？”贝果又笑眯眯地对江质说。

“哦……可以啊……”江质抬起头看向叶天泽，问，“你叫什么名字？”

“不用了，直接签吧。”

“他叫叶天泽。”贝果笑眯眯地说。

江质的手一僵，他抬起头看向眼前的这个人，整个人都呆住了。

虽然停车场昏暗无光，这个男人又戴着眼镜和口罩，但是江质对他的熟悉不亚于小贝，因为这么多年，他看了这个人无数遍的现场视频，还专程飞去欧洲就是为了看他的现场。

方才因为遇见小贝太过于激动，现在才仔细看这个人的脸。

没错，就是那个叶天泽。

“好了吧。”

不待江质说话，叶天泽就抽回自己的CD，把贝果塞进了车里，迅速离去。

等乐团首席气喘吁吁地跑过来的时候，江质还一动不动地站在原地。

“哥们儿，怎么傻了？你梦中情人呢？”

“走了……”

“走了！卧槽，你怎么这么不给力！”

“她跟叶天泽走的。”

“啥？”

乐团首席整个人都蒙了。

“我怎么听不懂你说什么，又跟叶天泽有什么关系？你在说什么天方奇谭？叶天泽不是你偶像吗？你做梦吧你！”

“就是那个叶天泽。”

Chapter 10
大魔王和小羚羊

车子飞快地驶离音乐厅，贝果这才取下口罩，然后靠在车窗上一直懊丧地砸脑袋，长吁短叹，把叶天泽都叹烦了。

“怎么？我打断了你跟江指挥卿卿我我，不高兴了？”叶天泽一把扯下口罩扔到一边，一脸不爽地说，“他有那么好吗，我怎么没看出来？”

“才不是！”贝果气急败坏地解释道，“我真的不喜欢他！”

叶天泽冷哼一声道：“就算现在不喜欢，原来也一定喜欢过。要不然他为什么一见面就抱你？你们原来在一个乐团，关系很不一般吧？”

“原来也不喜欢！我跟他没有别的关系！就是一个团的成员而已！”

见到贝果这么着急地否认，叶天泽的心情终于好了。

“嗯，那看来是他单相思了。”叶天泽冷笑一声，略带嘲讽地说，“指挥得就那样，品位倒是还可以。”

贝多芬这是在夸自己吗？她应该高兴吗？

“说说你们原来的事情。”叶天泽又追问。

“我们原来真没什么事情……”贝果长叹一声道，“只是那时候我们年纪比较小，所以跟乐团里的大人聊不上天，他才总是找我一起吃饭一起练习，后来不知道怎么回事，大家就都传我暗恋他……”

对于这一点，贝果也相当迷茫，她做什么了大家都觉得自己暗恋江质？

“你做什么了？”叶天泽问。

贝果思索了一下，回想着传闻是什么时候开始的，嘟囔道：“大概因为我总是吃他剩下的盒饭吧……”

……

叶天泽斜了贝果一眼，无奈地说：“你就这么饿吗？”

贝果想了想，然后点了点头道：“对啊。”

要不然呢？

叶天泽无奈地笑起来，这个解释他倒是可以接受，他终于心情大好，脑袋上的那朵乌云也飘走了，他伸出一只手摸摸贝果的脑袋，温柔地说：“以后不要做这种事情了，有我。”

可是贝果还是不怎么开心的样子。

“既然你不是为江质不高兴，那你到底为什么不高兴？”

“我就是很担心江质认出我来会不会跟张老师说……张老师要是跟我父母联系，知道我还在本市，他们回来找到我，那我不是完蛋了……”

叶天泽叹了口气，把车子停在路边。

“为什么把车停在这里？”

贝果探头往外看，这路边也不是餐馆呀……

叶天泽转过身，把贝果一扯，让她面对着他。

“看着我。”

“你又怎么了？”

贝果疑惑地看着叶天泽，他又哪里不高兴了。

叶天泽凝视着贝果的眼睛道：“你现在不是贝婧姝，你现在是贝果。”

“啥？”贝果迷茫地说，“贝果是假名啊，我身份证上还是贝婧姝的……”

叶天泽眼神凌厉地瞪了贝果一眼，吓得贝果往后一缩。

他语气严厉地说：“贝果，你现在不是那个十三岁的小女孩，你已经二十五岁，你已经长大成人，你现在没有监护人，你的人生你自己可以负责。”

贝果一愣，被叶天泽这么劈头盖脸地一说，才明白他的意有所指。

她低着头，撇着嘴，闷声闷气地说：“我知道啊，可是他们是我的爸爸妈妈，我……”

“那又如何？他们还能抓你回去关在家里吗？就算他们真的那样做了，我就再去你家里把你抓回来！”

叶天泽的神情依旧严肃，充满了压迫感。

“你不需要再躲藏，逃避是小孩子才会做的事情，成年人都选择面对。贝果，你已经二十五岁了，请你表现得像一个成年人。”

贝果被叶天泽说得一阵羞愧，她低下头，双手缠在一起，无言以对。

她何尝不知道自己的懦弱？

可是她真的怕啊，心里就像永远都有一团黑色的云。

每次坐公交车，经过音乐厅那一站的时候，她总是下意识地背过头去，因为看到就会心颤。每次看到与音乐有关的新闻她都第一时间闭上眼睛，因为怕自己会发抖。

直到现在她还会做那些噩梦，梦见在异国他乡，所有人都说着她听不懂的语言，爸爸妈妈逼着她上台表演，她怎么哭都没有用。

这是贝果最深重的噩梦。除了贝果，没人能知道她有多害怕。

人们只会说，爸爸妈妈是为你好啊，你有这样的才华多么幸运，你被命运之神眷顾难道不应该感恩吗，你得到的是许多人一生都追求不到的，别矫情了，你这么幸福。

可是她真的不幸福，她只觉得自己像是一个拉小提琴的机器，她只是一个工具而已，而真实的她，她的喜怒哀乐，没有人在意。

贝果簌簌地掉着眼泪，叶天泽什么也没说，不表露出任何情绪来，只是平静地看着她哭。

他知道自己太严厉，他也知道贝果被扭曲的童年，让她没有机会正常地成长，所以她的性格里有一部分如同一个儿童，根本没有机会生长，也无人引导。

所以他只能狠下心，逼着她长大。

“我知道你有很深的阴影，别人几句轻飘飘的鼓励根本不能减少你的恐惧，也不能弥补你被扭曲的童年。但是没有别的办法，贝果，如果你不想被摧毁，除了面对，就没有别的办法。”

贝果迷茫地看着叶天泽，抽泣地说：“我知道，可是我真的很怕他们……即便我知道他们不能把我怎么样了，可是一看到江质，一看到张老师，一想到我的爸爸妈妈，我就还是很害怕……我真的怕……”

“我知道你很害怕，但是从现在开始，你不能再逃避你的恐惧了，你需要面对它，无论你是要把它们放进盒子里，还是要把它们杀死都可以，但至少你不能再被它们追着跑……”

贝果回想着自己的过去，她的人生就是一直在逃避。

不敢跟父母正面起冲突，不敢说自己不想练琴想去参加同学的生日会，不敢跟老师说自己不想加入乐团。

所以只能逃跑，把自己当成一个不存在的人，不敢跟任何认识的人联系，不敢交朋友。

如果不是真的穷得吃不起饭，恨不得要卖小提琴了，她也不会跑去当网络主播。

“你可以做到吗？”叶天泽处理过很多有问题的乐手，他知道，现在不逼贝果一把，以后再遇到这样的机会只会更难，“去面对，到时候就算怕了，想逃跑了也没关系，到时候再说，至少你得尝试着去处理这些问题。”

贝果点了点头。

“好……”

叶天泽松了一口气，贝果真是个好孩子，听人教。

他的眼神柔和了一些，抓着贝果的肩膀，低着头直视着她的眼睛，坚定地说：“贝果，你记住，你不是马戏团的狮子，他们不能逼你跳火圈，你明白吗？”

贝果点点头，吸了吸鼻子，跟着叶天泽重复道：“我不是马戏团的狮子，它们不能再逼我跳火圈。”

“对。”叶天泽揉了揉贝果的脑袋，语气终于温柔起来，微笑着说，“你是一只羚羊，你可以自由地奔跑，谁敢再逼你做你不想做的事情，你就用你的羊角顶他们。”

贝果点点头。

“你一定要记住，你谁都不用害怕，因为有我做你的草原。”

叶天泽的眼神坚决，神情自信，语气笃定。他总有一种好像全世界都不放在眼里的自信，有时候甚至自信得让人觉得傲慢又狂妄。

他的这种自信总是让贝果也情不自禁地被感染，不再惴惴不安，也想要像他那样去把握自己的命运。

贝果伸出手，抹了一把眼泪，终于坚定地点点头，大声说道："嗯！好的呀！"

叶天泽笑了起来，见到贝果终于不再掉眼泪了，着实松了一口气。

幸好不哭了，再哭下去，真的是要心疼死了。

叶天泽从车后翻出一盒巧克力，递给贝果道："这个巧克力也是你转发过说想吃的，吃吧。"

"哇！"

贝果瞪大了眼睛，一下子就忘记了刚才伤心的事情了。

她立刻剥了一个塞进嘴里，柔软的巧克力在嘴里融化，甜度刚刚好，她立马露出一个大大的笑容。

"超级好吃！"

叶天泽无奈地笑起来。

"吃吧吃吧……"叶天泽无奈地说，"我买了五十盒，车上有十盒，家里还有四十盒，够你吃了……"

叶天泽重新发动车子，其实这里已经离家不远了，不过几分钟车程，可等到开回家，贝果已经把十盒巧克力都吃光了。

虽然叶天泽赚得也不少，家底也厚实，但是有时候见到贝果吃东西的劲儿，依旧觉得自己可能还是得努力工作比较好……

"吃完了开心没？"

"嗯！"

贝果看了看，已经到家了，正准备解开安全带下车，叶天泽却拉住了她。

"急什么，吃完了就跑啊……我还有话对你说。"

"还有什么要嘱咐我的吗？"

贝果立刻正襟危坐，目光炯炯地看着叶天泽，等着他的教导。

见贝果一副好学生的样子，叶天泽无奈地说："改天再教育你，今天先说点儿闲话。"

"好！"

贝果依旧坐得直直的。

叶天泽的手随意地搭在方向盘上，侧过脸看向贝果，露出一个轻佻又暧昧的笑容来，问："我刚刚对江质说你是我的女朋友，对于这件事你没有意见吗？"

贝果脸一红，马上弯了腰，垂着脑袋嘟囔道："你放心，我知道，你是为了帮我摆脱江质，不会误会的。"

叶天泽也不知道贝果是装傻还是真傻，无奈地说："帮你摆脱他我说什么都可以，为什么非要说是你的男朋友？"

贝果蒙了，一时无言以对。

是啊！

"我今天问过你，虽然我们说的是你养着我，但是饭是我做，菜是我买，钱是我付，你觉得我们还算包养关系吗？"

贝果摇摇头。

"当然不算……"

"既然不是包养关系，那你觉得我们每天在一起，一起起床，一起睡觉，一起吃饭，一起买菜，一起练琴，算是什么关系？"

贝果更加迷茫了，心脏突突地跳，有一种不得了的事情即将发生的感觉。

"算……算……算算算是什么关系？"

贝果都紧张得结巴了。

叶天泽的手轻轻地敲着方向盘，用不大却很清晰的声音说："如果我说是男女朋友关系，你有没有意见？"

世界仿佛一瞬间安静了，紧接着又一瞬间炸裂。

贝果简直不敢相信自己的耳朵，脑子里嗡嗡的，有无数个声音在爆炸。

贝多芬这是在对她表白吗？！

"我不会逼你现在就回答我，女孩子嘛，应该享受一下被追逐的乐趣，更何况你是我的小羚羊呢？"叶天泽抓住贝果的手，放在唇边吻了吻，抬起眼目光灼灼地看向贝果，道，"这段时间，你可以好好享受一下被我追求的感觉，可以慢慢地考虑，考虑好了再回答我，可以吗？"

贝果只觉得自己被叶天泽那大胆又迷人的眼神给勾住了魂魄，下意识地点点头。

叶天泽又笑起来，他的笑容邪恶又自大。

他无比自信地说道："虽然我们都知道你的答案会是什么……"

贝果晕晕乎乎地回到家，魂游天外一般地洗完澡，换上睡衣，直到吹完头发才渐渐回过神，意识到刚才到底发生了多么不得了的事情。

难道她的母胎 solo 终于要结束，变成二重奏了吗？

贝果一头栽进被子里，宛如一具尸体，半天都没带动的……

男女朋友关系？！

小羚羊？！

“啊啊啊！”

贝果叫了两声，忽然就扑腾起来，抱着枕头开始在床上来来回回地打滚。

受不了！受不了！受不了！

贝果猛地坐起来，神情涣散，宛如一个花痴。

叶天泽说要追她，说要做她的男朋友到底是什么意思啊，他是不是真的喜欢她啊！

贝果披头散发地爬到床头拿起手机，抱着她的枕头，惴惴不安地点开了叶天泽的对话框。

贝果：你喜欢我吗？

贝果飞快地打出这一排字，闭上眼按发送，然后猛地把手机扔在了床上，一个翻身又栽进了被子里。

心脏突突地跳，贝果甚至没有勇气往手机的方向看。

不管了，勇敢一点儿，想知道什么就去问，要面对！

手机立即响起来，秒回！

贝果又扑过去拿起手机，是叶天泽的回复来了，贝果屏住呼吸，紧张地点开了他的回复。

叶天泽：喜欢。

啊啊啊！他说喜欢！

贝果又开始在床上打滚，滚了好几圈心情才稍微平复一点儿。她瞪圆了眼睛看着屏幕，又认真地给叶天泽回复信息。

贝果：那你到底喜欢我什么呀？

又是秒回。

叶天泽：喜欢你吃得多。

贝果：那要是我有一天吃不了那么多东西呢？

叶天泽：那我应该会高兴得哭出来，养家的压力瞬间就小了。

贝果：那岂不是我吃得多不多你都高兴吗？

叶天泽：是。

贝果：那你到底是喜欢我吃得多，还是喜欢我吃得少？我可以改的。

电话那头沉默了一会儿，没有回复，明明刚刚都是秒回的呀……

贝果这回真的是懂得了什么叫作心情起起伏伏，难道是嫌弃她问得太多，叶天泽不想理她了吗？

手机忽然响起来，贝果猛地低头一看。

叶天泽：喜欢你。

……

贝果觉得自己的心脏要爆炸了，整个房间仿佛都在冒粉红色的泡泡，呼吸里都是甜腻的味道，如果贝果脑袋上能种花，那朵花现在一定已经炸裂开了！

叶天泽喜欢她！

贝果又开始抱着枕头在床上打滚，滚还没有打完，叶天泽就又发信息过来了。

叶天泽：你是不是没有理解到我刚刚那句话的重点？

贝果一脸迷茫，难道理解错了，喜欢不是重点吗？

贝果：哪句话？

叶天泽："养家的压力瞬间就小了"这一句。

贝果一愣，又看向这句话，养家……

养家！

"嗷嗷嗷！"

贝果又激动地倒在床上，开心得直蹬腿，兴奋地大叫起来，所以叶天泽不是想跟她玩玩而已的，他是想要跟她成家吗？

所以婚礼要在哪里办？孩子要取什么名字？生一个还是生两个？

"嗷嗷嗷！"

叶天泽又发过来信息，贝果满脸春光地点开对话框，兴冲冲地看过去。

叶天泽：我听到你在叫，大半夜的会吵到邻居。

……

贝果猛地捂住嘴，羞得又把脑袋埋在了枕头里。

丢死人了！

贝果：你耳朵怎么这么好！

叶天泽：职业病。

贝果：为什么会有这个职业病？

叶天泽：以后你就知道了。

贝果：又卖关子！

叶天泽：早点儿睡，明天还要早起。

贝果：好的呀！

关了手机，贝果喜滋滋地关上了灯，闭上眼睛睡觉。睡了一会儿，她又猛地睁开眼，翻了个身，冲着叶天泽那边的方向躺下，这才安心地闭上了眼。

见到贝果那边关了灯，叶天泽才收回目光，他靠在天台边，继续发信息。

叶天泽：你到了吗？

夏莉：到了，霍成珏接到我了。

叶天泽：嗯，早点儿休息，明天来报到。

夏莉：为什么我一回国就要听你指挥，我要吃火锅！

叶天泽：明天来报到。

夏莉：明白……

关上手机，叶天泽把手里的啤酒一饮而尽，罐子捏瘪，稳稳地扔进了垃圾桶里，清风徐来，五月的夜晚非常凉爽，许久他都不曾有这样的好心情。

而这一夜，有一个人的心情却不大好。

江质并没有把碰见小贝的事情告诉张老师，他已经不是当年的小年轻，不懂人情世故，现阶段，凡事还是暗中进行比较好。

乐团的人都在包间里庆祝，只有江质一个人坐在门口的角落里，握着手机。

小贝没有联系他。

也是，她的身边有一个叶天泽，又何必再联系江质呢？

江质的心情纷乱如麻，小贝的手不是受伤了吗，既然如此为什么会跟叶天泽在一起？可是如果她的手没有受伤，为何这么多年音乐圈里都没有她的踪影，以至于曾经的小提琴天才早就被所有人遗忘。

像是他乐团里的这些年轻人，只怕都没有知道她的，艺术的圈子很残酷，淘汰是很快的。

所以，小贝消失的这七年到底发生了什么？

江质看着手机里小贝的照片，心情越来越低沉。

“江指挥，来喝一杯嘛！”乐团里一个年轻男孩子走过来，他拍了拍江质，趁着酒意热情地说，“今天首演这么成功，怎么还是一副不开心的样子。”

江质这才回过神来，平时可能要批评他对待上级不严肃了，可今天却有些魂不守舍，只是说：“不用管我，你们自己喝。”

江质又看向自己的手机，心里还期待着小贝是不是能给他打个电话。

“哎，江指挥，怎么你也有这么三俗的爱好啊，你平时也看直播啊？”

江质的身后冒出一个脑袋来，指着他的手机屏幕说道。

江质莫名其妙，疑惑地问：“什么直播？我不懂你在说什么……”

“网络直播啊！哈哈哈哈，你不是正盯着人网红的照片看吗？装什么装！哎哟，没想到江指挥你还挺时髦，哈哈哈哈！”

年轻人也是喝多了才敢这样跟江指挥说话。

可是江质这一回一点儿都不生气，他激动地问：“你认识这个女孩子？”

“认识啊，大胃王贝果嘛……”年轻的乐手挠挠脑袋道，“哈哈，其实我也不是很关注这些的，是我女朋友，她平时就爱看韩剧、看直播什么的，她就特别喜欢这个播主！她是她的脑残粉，我也就认识了。”

“大胃王贝果……”江质重复着，他记得原来小贝常常吃贝果面包的，难道她真的没拉小提琴，跑去搞什么网络直播了？

“你还知道她什么？”

“啥？”男青年被问得一蒙，回想了一下女朋友平时的念叨，回答道，“她最近好像挺红的，也就做了一年的直播，最近半年人气慢慢蹿起来的，尤其是最近，红得好快！”

“我不是问这个，她原来是做什么的？”

“这我哪儿知道啊！”

江质叹了口气，拍拍年轻乐手的肩膀道：“你回去喝酒吧，我一会儿过去找你们。”

“好咧！”

乐手踉踉跄跄地走回包房，一打开门，里面吵闹的人声就传出来。

江质打开手机浏览器搜索：大胃王贝果。

……

第二天早上，贝果又是被熟悉的香味叫醒的，开开心心地起床，然后背着小提琴到对面去敲叶天泽的门。

贝果坐在饭桌前，喜滋滋地举着刀叉等着叶天泽上菜。

叶天泽把鸡蛋炒好，放在贝果的盘子里，贝果正准备开动，叶天泽却说：“等一下再吃。”

“哦……”

贝果吞了口唾沫，眼睛盯着盘子依依不舍。

叶天泽轻笑一声，走到贝果的身后，双手绕过了她的腰……

贝果身子一僵，紧张得呼吸都变快了。

他要做什么？！

“怎么？以为我要抱你？”叶天泽在贝果的耳边小声说道，然后动作流畅地在她的腿上放了一个餐巾，又说，“吃完早饭再说。”

又自作多情，丢死人了！

“才……才没有这样想！”贝果嘴硬。

叶天泽笑了笑没有继续逗贝果，怕再逗下去，她就要熟了，非冒烟不可。他又抖了抖餐巾，在贝果的脖子上又系了一个。

贝果低头一看，嘟囔道：“你干吗把我罩这么严实，小孩子才戴围嘴呢……”

“可你就是我的小女孩。”

这个男人怎么这么多甜言蜜语！

贝果脸更红，埋头吃鸡蛋，内心非常后悔。自己干吗要反驳叶天泽，搞得吃个饭都心神不宁，心跳这么快也不知道会不会影响消化……

吃完早餐，也不过才早上八点，感觉一天还有好多的时间，平素这个时候，贝果还在做梦呢……

“哇，竟然才八点，感觉一天好长。”

“所以才要早起，不要浪费时间。”叶天泽表情严肃地说。

贝果歪着脑袋看着收拾碗筷的叶天泽，看得出神。

“口水要流出来了。”

贝果慌忙地擦了擦嘴巴，难道看美男子看得太入神都流口水了吗？

哎，没有啊……

叶天泽笑起来，挑挑眉问：“我有那么好看吗？”

贝果下意识地点点头。

“有。”

叶天泽无奈地笑起来，故意说：“好啊，看来你喜欢的是我的脸，不是真的喜欢我？”

“我都喜欢！虽然我喜欢你的脸，但是我也喜欢你这个人！”贝果生怕叶天泽不能理解自己有多喜欢他，一脸真挚地看着他，急切地解释道，“你的脸我喜欢，你的手我喜欢，你说话的方式，你自大的时候，轻佻的时候，严肃的时候，甚至生气的时候，我都好喜欢的！我活了二十五年，第一次喜欢一个人就是喜欢你！真的！”

贝果目光灼灼。

叶天泽不知道被表白过多少次，以至于他早就对别人的表白毫无感觉，甚至连谢谢都懒得说了。

可这一次，他竟然觉得有些不好意思。

兴许是贝果太过于赤诚，一副恨不得掏出心来给他看的样子，让他这个情场老手有些羞愧起来。

他微微侧过脸，不好意思地轻咳了一声。

从小到大叶天泽就没有纯情过，怎么一把年纪反倒忽然纯情得像个中学生似的。

他清了清嗓子，用命令的语气说道：“我把餐具放到洗碗机里，你看看曲谱，准备一下今天上午的练习。”

叶天泽一脸严肃地转身就走。

贝果有些迷茫地坐在椅子上，她怎么觉得叶天泽的表情怪怪的？难不成自己的热情吓到他了？算了……贝果也没有多想，老老实实地拿出小提琴来练习。

大概练了两个多小时，贝果已经一身的汗，手都要抽筋了，叶天泽却还没有让她停止的意思。

贝果发现只要一开始练琴，叶天泽就变了一个人格，完全就是一个严苛的大魔王。

有的问题在别人那里都不算问题，在叶天泽这里却是不可忽视的大问题。有的细节，贝果从小到大都没有意识到是问题，叶天泽却觉得这么不细腻简直不配当小提琴家。

贝果觉得自己从一个天才瞬间变成了一个刚刚开始学小提琴的小学生。可是每次她想抱怨的时候，叶天泽就会拿出吃的来，把她喂饱了继续练。

明明是非常明显的手段，贝果却相当吃这一套，没办法啊，吃饱了心情真的就好了……

又吃了一碗意大利面，贝果站起来准备继续拉琴。

“先休息一下吧。”

“这么好？！”贝果笑眯眯地问，“那我们现在做什么？”

“有人要来。”

叶天泽话音刚落，就响起来敲门声。

叶天泽看了看时间，冷哼一声道：“终于来了……”

“谁来了，你有约吗？”贝果不安地问，“需要我先回避吗？”

“一个朋友，你待在这里就好。”

叶天泽走过去开门，不一会儿一个女孩子就跟着他一起走了进来。

女孩看到桌上的蒜蓉烤面包，立刻拿起一个，一边往嘴里塞一边大大咧咧地说：“饿死我了，一起来就被你催过来，我坐了那么久飞机也不让我多睡一会儿！”

这个女孩子一头帅气的短发，五官精致，英气十足，散发着一股自信又豪迈的气质，身后还背着一把小提琴。

小提琴！

贝果心里咯噔一下。

她是音乐家吗？

难道这个女孩子是叶天泽的旧情人？！

“介绍一下，这个是夏莉，这个是贝果。”

“Hello！总是听着老叶和老霍提起你，今天终于见到真人了！”夏莉爽朗地向贝果举起手做了个击掌的姿势。

贝果害羞地举起手跟夏莉击了个掌。

夏莉咬一口面包，抱怨道：“好干啊，有没有别的吃的啊？你就用面包招待我啊……”

“没有。”叶天泽干脆果断地回答，不耐烦地说，“不是叫你来吃东西的。”

“可是我饿了啊，早饭都没吃就被你催来了……真的是没良心……”

“对不起啊……”听到两人熟稔的聊天，贝果不好意思地插嘴说，“意大利面刚刚都被我吃完了。”

夏莉似乎对贝果比对叶天泽有耐心一些，微笑起来，满不在乎地说：“没事儿，就面包吧，干就干一点儿，能填饱肚子就成。”

“你等一下。”

贝果拿起剩下的面包立刻进了屋。

“不是吧……”夏莉可怜兮兮地说，然后冲着屋里喊道，“贝果，不用这么护食吧，我就吃了一个而已！”

叶天泽重重敲了一下夏莉的脑袋，夏莉捂着头道：“你干吗！”

“谁让你对她大呼小叫了？”

“谁大呼小叫了啊！”夏莉有苦难言，无奈地说，“我平时说话就这么大声好不好……”

过了一会儿，贝果又端着面包回来了，烤过的面包散发着浓浓的蒜香，贝果把盘子放在夏莉面前，笑眯眯地说：“这样就不干了，而且涂了花生酱之后超级好吃的！”

原来贝果是把面包洒了点水，重新烤了一遍。

“哇，贝果你可真贴心，比老叶善良多了！”夏莉喜滋滋地拿起面包吃了一口，好吃得眼睛都眯上了，大声道，“哇，好吃！你简直就让面包焕发了新生命！”

贝果不好意思地笑了笑道：“也没有那么好吃吧……”

夏莉捏了捏贝果的脸道：“就是有那么好吃，贝果好棒哟！”

贝果开心地冲着夏莉笑起来，两个人似乎一下子就没有了陌生感。

叶天泽在旁边已经看得很不爽了，敲敲桌子，语气不善地对夏莉说：“快吃，别啰里啰唆的，吃完就开始吧。”

“开始什么？”贝果疑惑地问。

夏莉把剩下的面包一口塞进嘴里，擦了擦手，冲着贝果眨了眨眼道：“当然开始打击你的自信心啊！”

贝果莫名其妙地看着夏莉，她打开了小提琴盒，架上小提琴，做好了准备姿势。

“小贝果，准备好了没有？”

夏莉把贝果今天练习过的小提琴曲一首接着一首全部拉了一遍。

贝果终于明白那句打击自信心是怎么一回事了。

明明是同一首曲子，明明都是按照乐谱拉的，为什么夏莉跟她拉的却像是两首曲子？贝果对于自己无法理解的乐曲，只是不带感情地用技巧拉完，可听到夏莉演奏，似乎能隔着几个世纪，了解到作曲家当时的心情。

尽善尽美，听到夏莉的小提琴，贝果想到的便是这四个字。

夏莉能够把作品的层次完美地展现出来，丝毫不差地让纸上的乐谱活了起来，充满感情和艺术感，又有自己的个人风格。

也许贝果是一个小提琴天才，但是夏莉才是一个成熟完美的小提琴演奏家。

贝果意识到她与夏莉的差距，不是技巧，而是音乐的深度，艺术的表现力，她终于明白自己这么多年到底荒废了什么，难怪叶天泽说她毫无进步，她的年龄在成长，可认识却依旧停留在十多岁的年纪。

她可以随心所欲地生活，但是在艺术上的随心所欲，是拉不好小提琴的。

贝果忽然燃起了熊熊的斗志，她想把小提琴拉得更棒，不是因为要拉给谁听，而是因为她喜欢小提琴，她可以，她能把这件事情做好。

夏莉拉完了，贝果由衷地为她鼓掌。

“你真厉害！”

“厉害吧！”她好歹也是世界上数一数二的小提琴家，夏莉得意扬扬地说，“是不是被打击到了？有没有对你的小提琴生涯产生动摇，哈哈哈，是不是觉得一辈子都追赶不上我了？哈哈哈。”

叶天泽黑着脸瞪夏莉一眼，夏莉才闭了嘴。

叶天泽见到贝果放着光的眼神，便知道夏莉的敲打还是有些用，他又对贝果说：“贝果，你也拉几首给夏莉听听，让她指点一下。”

“好啊！”夏莉坐到叶天泽旁边，得意地说，“来来来，拉两手，我来指点一下你。”

“哦……”

贝果老老实实地起身，架起小提琴，准备拉夏莉刚刚拉的那个曲子。

“等一下。”

叶天泽合上贝果的乐谱，微笑着说：“这几首你拉了一上午了，换一首吧。”

“哦……哪一首？”

“巴赫的《恰空》吧。”

这一首贝果最喜欢了，闭着眼睛都会拉。

“好的呀！”

贝果拉完《恰空》后夏莉的脸都僵了。

“再拉一首帕格尼尼的《钟》吧。”

等贝果拉完，夏莉的脸已经绿了。

“累不累，不累就再拉一首《无穷动》。夏莉，要不要记个时间？”

等贝果把《无穷动》拉完，握着计时器的夏莉已经面如土色，心如死灰。

“你真的是要我来打击她，不是要她来打击我的吗？”夏莉说。

叶天泽终于满意地笑了起来，拍拍夏莉的肩膀道:“做人不要太狂妄，还不一定是谁指点谁呢！”

虽然也听说了贝果是天才，但是这么天才还是让夏莉压力很大啊。

夏莉走过去拍拍贝果的肩膀，赞叹道：“小丫头，相当可以啊，姐姐服了，不过咱们说好了，你可不准抢我的工作啊！你换个乐团，我帮你指点一下，有个乐手我超级讨厌，你去他们乐团抢小提琴首席吧！”

“我……我不会参加乐团的……”贝果低着头嘟囔道。

“啊，你想自己搞独奏啊？那也很好啊，就是收入比较不稳定，不过也没事儿，老叶赚得多……”

“你废话怎么那么多？”叶天泽不耐烦地打断夏莉的话。

夏莉都被叶天泽嫌弃惯了，也不在乎，拍拍肚子道：“我就吃了两片面包，这都快中午了，有没有午饭吃啊？”

“你饿了关我什么事儿？”叶天泽语气冷淡。

“你把我叫来的不管饭啊？！”

“不管。”

咕噜……

一声尴尬的声音打断了两人的交谈，他们看向贝果，贝果不好意思地摸了摸肚子道：“对不起啊，肚子叫得太大声了。”

“饿了？”叶天泽问。

贝果点点头。

“你等一下，我去做点儿吃的。”

夏莉翻了个白眼，嘟囔道：“重色轻友……”

叶天泽在屋里做饭，贝果跟夏莉一起坐在外面抱着小提琴晒太阳，顺便交流一下拉琴的心得。聊了几句，贝果感觉到夏莉的爽朗，便鼓起勇气问出了心中的疑问。

“我能问你一个隐私的问题吗？”

“哈哈哈，我没有隐私，问吧！”

贝果脸一红，忙摇头道：“我……我就是想知道，你以前是不是叶天泽的情人？”

……

夏莉愣了一下，然后哈哈哈大笑起来。

“小贝果，比起叶天泽，你还比较是我的菜！哈哈哈！”

贝果愣了愣才醒悟过来。

“哦！你是……”

“对！”

贝果笑起来，开心了。

虽然知道已经是过去的事情，但夏莉如果真的是叶天泽以前的情人，贝果还是会有些吃醋。

道理她都懂，但是醋也还是要吃的。

“贝果，你是不是特别喜欢叶天泽啊？”

贝果毫不犹豫地点点头。

夏莉推了推她，一脸好奇地问：“那你们进展到哪一步了，有没有让你欲仙欲死？”

“没有没有！”

贝果忙摆手，紧张得都要冒烟了，这个夏莉也太生猛了吧！

“卧槽，他水平不行啊！”

“都不是！”贝果慌乱地说，“我们什么都没做呢……”

夏莉的下巴都要掉下来了，惊讶地说：“老叶怎么那么磨叽啊！”

贝果低下头不说话。

“那他的吻技怎么样？”

贝果还是低下头不说话。

“不是吧……舌吻都没有吗？”

贝果的声音小得跟蚊子一样，摇摇头道：“没有呢……”

……

“叶天泽这是转性了啊！一把年纪搞起纯情这一套来了，安了什么坏心思啊！”夏莉不可思议。她想了想，语重心长地说，“小贝果，姐姐提醒你，你可小心点儿啊，我看你一副小兔子的样子，所以好心警告你，叶天泽可不是好人！”

听到别人说叶天泽不好，贝果心里还是有些不舒服，她护短的。

“他很好，也很关心我，绝对不是坏人！”贝果真诚地说道，“他是第一个这么在乎我喜怒哀乐的人，帮我战胜我的心理阴影，鼓励我不要逃避，他和别人不一样……”

夏莉的眉毛抽了抽，强忍住了翻白眼的冲动，她认识的叶天泽可不是什么帮助别人战胜心里隐情的人，他不给人造成心理阴影就不错了！

“他还搞心灵鸡汤这套啊，他怎么鼓励你了？”夏莉一脸不屑地问。

“我从前总是逃避我的过去和那些不开心的事情，活得很懦弱……他告诉我说逃避是小孩子才做的事情，成年人都选择面对。所以我决定面对……”

贝果话还没有说完，夏莉就翻了个白眼。

“小贝果，姐姐跟你讲个故事吧……”

贝果点点头。

“我妈妈呢生前也是小提琴手，因为得了关节炎不能拉小提琴就绝望地自杀了，这件事对我打击非常大……”

贝果听得心里一抽，眼眶都红了。

“别难过别难过，我都不难过！”

听夏莉这么说，贝果才点点头，整理好心情，不想因为自己的敏感情绪，又招惹夏莉伤心起来……

夏莉继续说：“那时候我每天沉浸在悲哀之中，严重影响了我的工作，完全不能拉琴。你知道叶天泽是怎么帮助我，让我重新开始工作的吗？”

“教你面对你的悲伤，战胜它！”贝果坚定地说。

“不不不，我就是沉浸在悲伤里，战胜不了痛苦才那么惨的。所以那时候叶天泽就跟我说，夏莉，你就假装这件事情不存在，不要去想，不要面对。最好的办法就是沉浸在工作里，用工作麻痹你自己，把音乐厅当作隔绝现实的屏障，除了小提琴什么都不要想，等到你内心麻木了也就不痛苦了。”

“那不是逃避吗？”贝果迷茫地问。

“对啊！我也是这样问的，然后叶天泽说，心理学家研究过，逃避是动物最基本的本能，战斗反而不是。动物从来只有在无路可走、逼不得已的时候才战斗。所以逃避才是我们应该做的事情，能逃避就先逃避，有地方躲着何必让自己那么辛苦去面对呢？没关系的……”

……

贝果呆住了，怎么跟对她说的不一样呢！

夏莉拍怕贝果的肩膀，语重心长地说："所以叫你不要相信老叶的话，他就是个大忽悠！不仅是个大忽悠，还是个大恶魔。我看你挺单纯可爱的，跟你一见如故才提醒你。让他教教你小提琴，利用一下他的专业素质，倒是真的可以给你很大的帮助。别的事情，你可千万不要被他忽悠了……”

夏莉话还没有说完，就感觉脖子一紧。

叶天泽抓着她的领子把她拎了起来。

“你该走了。”

……

叶天泽直接把夏莉给扔了出去。

夏莉拍着门，气急败坏地说：“哎哎，你把我从国外弄回来，就给你女朋友做示范啊！好歹留我吃个午饭吧！”

Chapter 11
消灭舒芙蕾

贝果与叶天泽面对面坐在餐桌前，桌上是刚煎好的牛排，还滋滋地冒着油，然而气氛严肃，贝果只能吞了一口唾沫，恋恋不舍地收回目光，把手放在膝盖上，正襟危坐，一动不动地看着叶天泽。

叶天泽眉头紧锁，表情庄重严厉。

“夏莉这个人你以后就不要再接触了……”叶天泽说。

不是他自己把人家找来的吗？又不是她要主动接触的……贝果看了一眼一脸不爽的叶天泽，觉得这个时候还是不说话老实听着比较好。

“她说的话你也不要全信。”

贝果疑惑地问：“那哪些可以信，哪些不能信？她说你的话，我应该信吗？”

叶天泽揉了揉眉心，叹了口气道：“夏莉都说我什么了……”

贝果小声嘟囔道：“她说你是大野狼，不是好人……”

“这句绝对不能信。”叶天泽斩钉截铁地说。

“她说你是大忽悠。”

“这句也不能信。”

“她还说你是大魔王。”

“不能信。”

“她叫我不要被你骗了……”

叶天泽眉毛抽了抽，黑着脸说道：“我收回刚刚的话，夏莉的话不是不能全信，是全部都不能信。”

“哦……”

一阵沉默之后，贝果瞟了一眼桌上的菜，眼巴巴地问：“那我们现在可以吃饭了吗？”

叶天泽重重地叹息，无奈地说：“吃吧吃吧。”

两人对坐着开始用餐，贝果低着头切牛排，切完了却迟迟不放进嘴里。

“怎么不吃？”叶天泽怀疑是不是自己刚才的表情太严肃吓着贝果了，语气柔和下来道，“我没有生你的气，吃吧……”

贝果忽然放下刀叉，目光炯炯地看着叶天泽。

“为什么同样的曲子，我跟夏莉拉起来的差别那么大？”

叶天泽一愣，然后微笑起来，一副早知道贝果会问这个问题的模样，他放下手里的刀叉，双手交握放在胸前，问：“你见过动物园里的黑猩猩吗？”

又跟黑猩猩有什么关系？

贝果摇摇头，有些沮丧地说道：“我没去过动物园，一次都没有……”

本来还没有太在意，被叶天泽这么一问，贝果一回想，发现自己小时候竟然从来没有去过动物园、游乐场、马戏团这种地方。

似乎周围的人潜意识里就没有把她当作过小孩子，即便她真实的年纪不过十来岁而已，可在大家的认识里，她这样的天才似乎就应该是早熟的，不需要玩乐的。

“动物园有意思吗？”

见到贝果有些沮丧又有些向往的神色，叶天泽的神情忽然温柔了下来。

“还不错，我很喜欢，不如吃完了饭我就带你去？”

“好的呀！”贝果兴奋地说。

见到贝果又高兴起来，叶天泽拍拍她的脑袋，道：“我们说回小提琴。你知道吗，动物园里的黑猩猩，年纪越大便越来越迟钝和空洞，而原野里的黑猩猩，年纪越大反而表现得越活跃，对事物越感兴趣，越来越充满人性。”

“这跟小提琴有什么关系？”贝果被叶天泽说得一脸迷茫。

“人们总误以为，吃得饱饱的，无事可做，随心所欲，一切生理需求得到满足，便可以让人活得健康快乐，心满意足。而实际上，这种无所事事的生存方式反而剥夺了生活本该有的刺激，就像是被圈养的黑猩猩，因为无法积极地展开生理和心理的功能，所以对生活变得更加迟钝。艺术家也是一样的，随心所欲的嬉皮士生活，不会让人变成更好的艺术家，反倒是会让人变得厌倦、冷漠、迟钝。艺术史上这样的例子还少吗？多少天才就是这样陨落的？多少大艺术家前半生辉煌，后半生却走向毁灭？不需要我给你一个个举例子，恐怕你就能想到不少吧？”

想到这些，贝果心有余悸，又觉得有些羞愧，点了点头。

“这世上最好的艺术家，常常不是最有天赋的那一个。搞音乐这一行的，没有毫无天赋的人，至少都是在某个水平线之上的，在这个范畴里，大家即便有天赋的高低，也没有到彼此无法逾越的地步，所以最终决定艺术高低的，不是天赋。”

“你的天赋的确很高，甚至高出大家一大截，然而相较于夏莉，你缺少的是对音乐的理解，对乐谱的钻研，缺少的是人性……”

“就像是黑猩猩，你想要与音乐相处，就要到原野上去。积年累月的人生，才会让你的音乐更具有人性。你音乐里神性的那一部分，是上帝给你的，这是你比别人幸运的地方。但是你音乐里人性的那一部分，只有靠你自己去追逐。”

“然而，我们是人，能打动人的，终究是人性。最好的艺术家，往往最具有人性。”

贝果听得呆了，叶天泽真的是一个说话非常有感染力的人。

“你可以教我吗？”贝果捏紧了手里的刀叉，坚定地对叶天泽说，“我不想当动物园里的黑猩猩！我想到原野上去，我想拉好小提琴！”

“我当然可以教你。”叶天泽拍拍贝果的头，非常满意地说，“你这么听话，一定会是个好学生。好了，快吃吧。吃完了我们先去动物园看黑猩猩。”

“好的呀！”

贝果觉得，叶天泽带她来动物园可能最主要的原因并不是给她看新鲜，也不是让她理解艺术，而是叶天泽自己很喜欢动物园。

叶天泽好像真的是一个很热爱野生动物的男人！

难怪，他总是拿动物打比方，这并不是巧合，而是他就是一个野生动物爱好者啊……

贝果没想到他还有这么可爱的爱好！

叶天泽说起野生动物来简直就是没完没了，简直比解说器还要专业。

“这个是北极海鹦，长得很像企鹅，但是嘴巴又跟鹦鹉一样……莫氏树蛙，这种青蛙是可以飞的……大耳猬，它跑得很快，所以遇到捕食者，它不是蜷成球，而是倾向于逃跑。”

说起逃跑，贝果又想起来夏莉说的话。

“对了，夏莉跟我说了她妈妈过世之后的事情……为什么遇到困难，你要夏莉逃避，却要我不要逃避？你是不是在忽悠我们？”

叶天泽微微皱眉，神色有些尴尬，他轻咳一声，但是他很快就又理直气壮地说：“当然不是，我不是说了，不要信夏莉的话吗？”

“哦……”贝果又问，“那夏莉撒谎了吗？”

“具体的事情要具体分析，就像是大耳猬一样，对抗捕食者它有两种方法，逃跑或者蜷成球。我只是让她逃跑，让你用刺而已，这两种方法都能够对抗捕食者。所以我怎么会是在忽悠你们呢？”

贝果若有所思地点点头，但是又觉得叶天泽的话似乎总有哪里不大对劲，他真的不是在忽悠她吗？

“重复一遍我的话。”叶天泽凝视着贝果，循循善诱道，“信我。”

“信你……”

“嗯，很好。”叶天泽终于满意地拍了拍贝果的头，然后抓着贝果的手道，“我们继续逛，黑猩猩就在前面。”

贝果脸一红，虽然之前叶天泽也抓着她走过路，但这是第一次抓她的手！贝果心情有些激动，一个踉跄，差点儿摔跤。

“小心！”

叶天泽趁机把五指伸进贝果的指缝里，用力地握住她的手，把她往自己怀里一拉，低着头，语气暧昧地说:“走不稳就把我抓紧一点儿啊……”

贝果都要冒烟了，垂着脑袋点点头。

“知……知道了……”

叶天泽笑起来，牵着贝果的手往黑猩猩的园子里走。

贝果脚步轻快地跟上叶天泽的脚步，想，也许这就是恋爱的感觉吧。

开心！

“这家动物园竟然还有雪豹。”叶天泽难掩兴奋的语气，但是察觉到贝果正看着自己，便又清了清嗓子，故作严肃地解释道，“这是我最喜欢的动物。”

“为什么？”

“它们感官敏锐，性情机警，行动敏捷，善攀爬跳跃。是一种美丽而濒危，神秘又优雅的生物……我一直觉得，一个音乐家就应该有着雪豹一样的秉性。”

见到叶天泽这么喜欢雪豹，贝果拿出手机问道：“要不我给你和雪豹拍张照？”

“不用了……”叶天泽神色尴尬地说。

实在是有些丢人。

“拍吧拍吧！”贝果祈求道，“求你了……”

她的手机里还没有一张叶天泽的照片呢，贝果私心想要趁这个机会存一张叶天泽的照片。

看到贝果这么期待的样子，叶天泽毫无办法，只能答应了。

“那就拍一张，不准给别人看。”

“好的呀！你快站这里，站好。”

叶天泽无可奈何地摇摇头，如果被其他的朋友知道他做这种观光客的事情，应该会被嘲笑到死吧。

贝果举着手机正准备给叶天泽拍照。

“等一下。”

“你后悔了吗？”

“不是……”叶天泽拿过手机，走到一个年轻女孩面前，询问道，“你好，可以麻烦你帮我和我女朋友一起照张相吗？”

女朋友？！

贝果小脸一红。

“可以啊。”女孩儿大方地答应。

叶天泽牵着贝果站在雪豹园里，拍了他们人生的第一张合照。

照片里，两个人并排站着，叶天泽一反常态，既不严肃也不轻佻，神情温柔又快乐。贝果的脸红扑扑的，满脸笑意，眼睛眯成了一道弯弯的月牙。

这一刻的快乐，两个人永远都无法忘记……

园区很大，还没有逛完，动物园就要关门了，叶天泽似乎对这家野生动物园非常满意，打算过两天再带着贝果来一趟。

回去的路上，还继续一脸严肃地跟贝果科普着今天看到过的野生动物。

贝果目光灼灼地听着叶天泽说话，忽然就生出了一种奢望来，奢望这条回家的路永远走不完，她能这样一直看着叶天泽。

“Sebastian……”

叶天泽忽然停住脚步，那副快乐又放松的样子一瞬间消失，又变回了平素严肃高冷的模样。他微微皱眉，转过脸去。

贝果也才顺着那一声“Sebastian”看过去，只见楼下停着一辆车，车边站着一个穿着红色职业装的大美人。

这个大美人，贝果见过好几次。

Sophie……

只见 Sophie 恭敬地打开车门，扶着一个打扮优雅的老太太走下了车。

老太太看了一眼贝果，又看向叶天泽，语气严厉地说：“ Sophie说你不愿意回德国，我来看看，到底是什么让你这样恋恋不舍，连乐团都不要了。”

老太太看了一眼贝果，对她点点头，然后又看向叶天泽，似乎等着叶天泽介绍。

可是叶天泽似乎并没有要把贝果介绍给老太太的意思，他对贝果说：“你先回家，我晚一点儿再找你。”

贝果虽然有些失落，但是也不多说什么，对老太太笑了笑，转身上了楼。

贝果认出来那个漂亮的外国姐姐是叶天泽之前的情人，而那个阿姨……听语气，看表情，感觉跟叶天泽关系匪浅。

难道是叶天泽的妈妈？

看那个架势，完全是一副贵妇的模样。难不成叶天泽是什么大富豪、大总裁，或者来自某个神秘家族，而外国美人其实是他的未婚妻，现在未婚妻带着未来婆婆抓老公回去？

所以老太太是来棒打鸳鸯的吗？

贝果的思绪乱飞……

接下来会怎样？

叶天泽不愿意娶外国美人，要娶她，但是叶天泽的家人不同意，各种对她打压陷害，并且使手段在她与叶天泽之间制造误会。

然后叶天泽就以为她是朝三暮四的女子，或者误以为她心机深沉，伤害 Sophie！于是愤怒之中把她赶走，她心灰意冷远走他乡，一离开就发现自己怀孕了！于是她艰辛地带着他们的孩子独自生活……

五年之后，两人久别重逢，叶天泽看到她和自己的孩子，终于幡然醒悟，然而她已经对他绝情绝爱，于是叶天泽苦苦追求，又想要她和孩子回到自己的身边……

贝果已经在心里脑补出了四十集的八点档电视剧，正要脑补第四十一集的时候，叶天泽就敲门进来了。

“你怎么了？”叶天泽察觉到贝果眼睛红红的，皱着眉道，“又在胡思乱想什么？”

贝果立即摇摇头道：“打了个哈欠而已！”

总不能说她在脑补自己跟叶天泽之间霸道总裁爱上我的故事，还被自己的想象虐得要哭了吧……

“刚刚那个老太太是什么人？”贝果笑眯眯地问。

“我师母。”叶天泽也不打算隐瞒老太太的身份。

“哦……你钢琴老师的妻子吗？”

“嗯。”

贝果虽然是个爱做白日梦的女孩子，但是也并不爱多想，见叶天泽又回来，心里便安心了，拿起外卖单道：“我们晚上吃外卖吧？你想吃什么，我来点。”

“师母是来劝我回德国的，Sophie 那边有事情必须我去处理。”叶天泽忽然说。

贝果心里咯噔一下，拨电话的手顿了一下。

叶天泽回想着师母说的话：“我看刚才那个女孩子挺好的，眼神很纯净，感觉是个单纯的好孩子……你啊，我了解得很，有的事情，你要想清楚，可不要害人家。”

……

“你跟你的老师一样，你们呀最终终究是会选择音乐的，我知道你的，对于你们来说，为了音乐牺牲生活里别的方面是一种骄傲，所以我们都不是最重要的……”

……

叶天泽目光一沉，下定决心。

“我要回德国了。”叶天泽说。

你看，现实果然跟想象中不一样。现实里没有什么不离不弃，感情被人轻轻一推就散了。昨天还说要追求自己的人，今天就决定要跑。

贝果强忍住心酸，笑了笑问：“那你什么时候回来？我可以等你回来呀！”

“我不知道……”

“什么叫作不知道呀……”贝果尴尬地笑着，问，“总要回来的呀，三个月还是三年，总不能永远都不回中国了吧？”

“贝果……我的家在德国，我来中国叫作去，到德国才叫作回。”叶天泽无奈地说。

贝果明白了叶天泽的意思，问：“那你一时半会儿可能不会回来了，是吗？”

“那边事情比较复杂，需要我处理。”

其实乐团的事情虽然麻烦，但是也不至于叫叶天泽脱不开身，可是难道安抚住大家，跟董事会协商之后，他就又来中国待几个月吗？这样做很显然并不合适。

虽然叶天泽跟贝果在一起的时候，简直就像是十几岁的男孩，但是他毕竟是一个成熟的男人，虽然依旧会为了谁着迷，但却从来不会为了谁难以自拔。

当爱情影响了艺术，不，当任何事影响了艺术的追求，就应该迅速地斩断抛弃，就算过程鲜血淋漓，让自己痛苦不堪，也应当毫不犹豫。

方才在楼下，师母的那句话已经让叶天泽明白过来。

他现在是正在高烧之中，他了解他自己，迟早他都是要冷却下来的，不如早一点儿跟贝果说清楚，也算是他对这个女孩子最后一点儿善良了。

“贝果，你不用等我回来。”叶天泽说。

贝果双手紧紧捏在一起，一双水汪汪的大眼睛看着叶天泽，祈求地问：“你就不能不走吗，就不能留下来吗？”

“不能。”叶天泽的回答没有半点儿犹豫。

贝果的眼睛红红的，叶天泽不敢去看她那张委屈得让人心痛的脸，只能微微侧过头，看向一边，然后推给了她一张名片：“这是我在德国的联系方式，以后如果你有什么需要我帮助的地方，一定联系我。”

贝果接过来，看着手里的名片，和他们第一次见面时叶天泽给他的那张很相似，都只有一个电话而已。

“拿这个就一定能找到你吗？”

“嗯。”

两个人之间的气氛沉重，叶天泽有些坐不下去了，起身准备走。

“你等一下！”

贝果忽然冲进房间，不一会儿又冲了出来，手里还抱着一个包。

她把钱和银行卡统统都倒出来。

“这是我全部的钱，我吃得多，所以存款不多，但是这个月我的打赏特别多！下个月取出来我全部都给你！”

叶天泽不解地看着贝果，似乎不大懂她的意思。

“真的，我一定好好经营我的事业，我一定好好地养你，你要是想住七星级酒店，我就赚钱让你去住！我会好好赚钱的，所以，你能不要跟 Sophie 一起走吗？”

叶天泽沉默下来，看着桌上的那堆卡和钱，无奈地说：“贝果，有的事情那么明显，你应该知道的。”

是啊，贝果垂着脑袋，忽然觉得自己是个傻瓜。

叶天泽跟她在一起，怎么会是图钱呢？就算真的图钱，谁又图这点儿钱呢？

贝果就像是一只斗败了的公鸡，一点儿办法都没有，沮丧地一屁股跌坐在椅子上，捏着自己空荡荡的钱包，终于还是放弃了。

看到贝果这个样子，叶天泽才终于有些后悔起来。

他向来游戏人间，感情的事情，对于叶天泽来说，只是高强度的工作之余放松身心的消遣。这次回国他是想给灵魂一段假期，抱着轻松的心情展开了一段假日里的罗曼史，压根就没想过什么永恒。

他想起师母的话，贝果真的是一个单纯简单的女孩子，这样的女孩子哪里懂什么感情游戏？他与她的这份感情不对等。因为他这种人，最终依旧会选择事业，选择他的乐团，选择回德国去，这一天迟早都会到来。

贝果终于抬起头来，叶天泽以为她会生气，至少要骂他几句，可是贝果只是说："你什么时候走？在这之前，我要赶紧带你去把好吃的都吃了！"

贝果似乎对他没有任何的怨恨，事到如今，却还想着要带他吃好吃的。

叶天泽却高兴不起来。

"订的明天的飞机。"

"这么快！"贝果惊讶地问，"为什么这么匆忙，我一点儿准备都没有。"

"我也是刚刚决定的。"

"可是我明天不能去送你啊，明天定了跟商家的宣传，要去一家brunch店做直播，你就不能晚一天再走吗？一天都不可以啊。"

"不行。"因为叶天泽要在董事会做决议之前赶紧回去，真的是一天都不能耽搁了。

"我还想着去送你呢。"贝果低着头，露出可怜兮兮的模样。

"不用了，明天有人来接我。"叶天泽捏紧了拳头，终于还是狠下心来说，"我们就在这里告别吧。"

贝果点点头，没有再说话。

"那再见。"贝果说。

叶天泽欲言又止，最终也只是说："再见……"

叶天泽往外走，走到门口回头看去，贝果还是一动不动地坐在那里。

叶天泽思索着，要不要告诉贝果他是指挥家，拥有一个世界最一流的乐团，并且邀请她跟自己一起回德国。

不可以。

叶天泽大概知道贝果会有怎样的反应和误会，如果她有这种误会，误以为自己要逼她重新进入音乐圈，只怕反应会比自己抛下她回德国要激烈得多。那他之前做的就白费了。

叶天泽还是惜才的，还是希望贝果的艺术生命可以重新开始。

可是师母说得对，一个绝世的小提琴天才也并不能对他的音乐生涯有什么帮助，他欣赏她，想要帮助她，但是艺术之路是一条只能孤独行走的路，他只能自己探索。

两个相似的艺术生命是无法在一起的，因为天才最自私，艺术里最完美的时刻，便是你不做人的那一刻，那一刻你没有父母、子女、爱人，所有人类的感情都抛弃了，才最接近上帝。

不是成魔就是成神，天才有自己要走的路。而天才身边的人都是痛苦的，因为天才活在人间，必然需要世俗，所以才更加需要周围的人牺牲自我来成全天才的伟大。

他和贝果都是天才。可偏偏，他是这个世界上最想要伟大的那一个，不仅仅渴望自己的伟大，也希望贝果可以摆脱平庸，有一天变得伟大。

叶天泽打开门往外走，终于一点儿犹豫都没有，此刻他残忍得像是一个刽子手。

手机里，贝果又开始今天的直播了。

叶天泽和霍成珏并排坐在车里，一人手里一个手机，两边同时发出声音道："Hello大家好，我是大胃王贝果，今天我又来吃这家brunch了！"

镜头里的贝果笑意盈盈，似乎跟平常没什么差别，只是一双眼睛有些肿肿的。

"你肯定把人家搞哭了吧？"霍成珏在一旁没好气地说，"我说你这人怎么这么残忍呢？心疼我们家小贝果……"

"我没有把她搞哭……"

镜头里的贝果虽然眼睛有些肿，但是整个人的精神状态看起来还不错。叶天泽稍微放心了一些，大概她也不是那种沉溺在悲伤里，一直自怨自艾的性格。

"你干吗不把人家带到德国去？"霍成珏问。

"她身上还有很多问题需要解决，一时半会儿我没有时间照料她。贝果就像是一个成长中的孩子，需要人照料她的成长，才能继续发展她的艺术生涯，这样太费神了。而我现在的假期已经结束，必须把注意力都放在自己身上，我也有还没有完成的事情需要去做。"

"我还以为你挺喜欢她的呢。"

"我当然喜欢她，正因为我发现自己如此喜欢她，所以才没有办法把她带在身边。也不能跟她约定一个时间，不能让她成为我在这里的一个忘不掉的牵挂。"

霍成珏懂了，叶天泽是担心自己为爱丧失理智，所以干脆就不要爱情了。

不愧是被誉为教科书一般百分百没有错误的指挥家，连生活中都一点儿错误都不肯犯。

“你这样有意思吗？”

“没意思，但是值得。”

“你这个人啊，真的不是一般地残酷，对别人残酷我倒是可以理解，人都自私。但是你对自己也这么残酷……”霍成珏冲着叶天泽比了个大拇指道，“不愧是年纪轻轻就成为伟大指挥家的男人，果然艺术家就是要对人对己心狠手辣，我受教了！”

“你这是在讽刺我吗？”

“也不算，我是懂你的，只不过有点儿可怜这个小贝果。唉，你这种人活该一辈子孤家寡人，就跟你的指挥棒过一辈子吧！”

从前叶天泽倒是觉得跟指挥棒过一辈子也没什么，可如今看到直播里，笑得灿烂的贝果，想到她今后的人生跟自己关系不大，还是难免失落。

“感谢‘我也爱吃意大利面的制琴师’！谢谢你的游艇！”贝果笑眯眯的样子，似乎又高兴了起来，她用力嗅了嗅桌上的菜，双手合十，无比感恩地说，“好香呀！口水都要流出来了！哇，菜都上齐了，我们开始吃吧！”

贝果拿起一块厚厚的比萨塞进嘴里，满足地眯起了眼。

“超好吃！”

还吃得这么高兴，应该情况乐观，叶天泽关上手机，准备闭目养神，可是一旁霍成珏的手机里，贝果的声音还是一直在传来。

“奶酪的味道很浓郁，这种厚厚的比萨我本来是不喜欢的，但是这一家的超级香软，又很有嚼劲，我最喜欢这种蓬松又有嚼劲的碳水化合物了！”

怎么觉得贝果的声音听起来有些不对劲?

“这个冰激凌要化掉了，我们先吃它吧，生活里需要一点儿甜哟……”

“嗯！好甜……这家的巧……巧克力……真的……嗯……好甜……”

“我就说吧！”霍成珏把手机屏幕凑到叶天泽面前，幸灾乐祸地说，

“我就说你把人家搞哭了吧！”

镜头里，贝果一面吃着冰激凌，一面哭得脸都皱在了一起……

“Green 桑”：贝贝怎么哭了？心疼！

“涂山白痴”：为什么哭？是不是因为今天邻居没有来？

“猴子刨土”：果然跟网上传说的一样，是个吃软饭的，所以现在软饭王是抛弃了贝贝吗？

“英可”：好心疼贝贝，贝贝不哭，送你火箭，把吃软饭的送上天！

直播间里疯狂地刷着弹幕，贝果抽泣得不能自己，一边跟大家道歉，一边抹着眼泪，还一边身残志坚地要往嘴里塞冰激凌。

brunch 餐厅的老板 Neo 恨不得跟着贝果一起哭。

别人见到贝果哭成这样，还指不定以为他家的东西有多难吃呢！

毫无办法，Neo 只能走过去给贝果递纸巾，用蹩脚的中文安慰她，温柔地拍着她的背，希望她能赶紧收拾心情。

贝果抽泣地擦着眼泪，Neo 温柔地问她：“怎么了，是不是失恋了？”

可千万不要让大家以为贝果哭是因为他们家的东西不好吃啊！

贝果点点头，终于平静下来，擦了擦眼泪道：“对不起，我今天心情有些不好，你们家的东西很好吃的……”

“没事儿，心情不好很正常，relax，你想吃什么我要店员再给你拿，吃完了再打包带走。”

“我想吃那个舒芙蕾。”贝果指了指菜单道。

Neo 一愣，一瞬间有些怀疑，这个女孩子是真的在伤心吗？怎么感觉她盯着那个舒芙蕾好久了呢？

“OK，快快！”Neo 立刻对店员说，“马上去后厨，说烤十个，不，二十个舒芙蕾！”

贝果继续抽泣地吃冰激凌。Neo 见她哭得没有刚才那么凶了，稍稍松了一口气，但是也不敢走，怕他走了贝果的情绪又激动起来。

于是 Neo 只能陪着贝果一起直播，顺便跟大家解释，真的不是他家的东西不好吃。

“Lemon”：这个老板未免也太帅了一点儿吧！

“南窗夏”：贝果这是什么奇特的体质啊，周围就没有长得不好看的男人是吗？

“偷葡萄的小贼小可”：贝果可能是不跟长得丑的异性做朋友吧！

“密语”：睫毛好长好长！羡慕！是不是混血啊？

Neo也看到了大家的评论，他生性就阳光爽朗，丝毫没有不好意思，大大方方地说“哈哈，我的确是混血，我父亲是意大利人，母亲是中国人。”

“青丝绾hr”：贝贝！咱们不要邻居了，老板就很棒啊！

“暄妍”：对呀，总比找个吃软饭的强！

“温诉”：哈哈哈哈，贝果可能会把老板的店吃垮。

“大家放心，我们店的东西很好吃，生意也很好，贝果吃不垮我的。”Neo又趁机宣传他的店，道，“大家要是真的担心我养不起贝果，就多多关照我的生意啊，对吧？”

贝果也见到大家的弹幕，只是她此刻没有心情开玩笑，克制住自己的悲伤她已经要用尽全力了。听到Neo的话，也没有走心，只是呆呆地点了点头，继续切牛排。

没有办法，难过的时候，只有食物能够温暖她，只有不断地吃东西，才能让贝果感觉到自己不是一片虚无，还是存在着的。

“不要摸那里”：贝贝，帅哥这是在暗示你，他养得起你呀！

“夏天123”：好大方的老板，哈哈哈要养贝果苏苏苏！

“两只玉米坨跑得快”：只有我觉得还是邻居好吗？邻居对贝果很细心啊，感觉老板只是想宣传他的店……

“Mr.sunny”：只有你这样觉得……

“六爷”：我能不能歪个楼，求问老板的双眼皮是哪里割的！超级羡慕这种大双眼皮和长睫毛啊！

“Lynn吖”：贝贝跟老板生的小孩一定很可爱，嗷嗷哟，想想就觉得这一家三口的场面好萌的！

“残尘”：老板，你微博是什么，我去关注你啊！

“生活就要吃”：嗯嗯嗯，我明天就要来吃老板家的舒芙蕾！

Neo倒是没想到大家对他的反应这么热烈，看来这种暧昧还蛮讨顾客欢心的。Neo看着正在大口大口吃东西的贝果，忽然动了心思。

第一次见贝果的时候Neo就觉得她很特别，长得可爱又吃得多，见到她心情便会好，所以请她吃了一百个巧克力千层派，那时就很可惜没有要她的电话，所以后来辗转麻烦了许多朋友才找到贝果。

真奇怪，明明这样的缘分，他怎么就没有追求她呢？Neo 向来喜欢这种可爱阳光、笑容灿烂的女孩子啊，放在平时，他肯定会邀请她约会，跟她尝试着发展的。

“牛排好嫩……”贝果说。

Neo 笑起来，忽然觉得跟贝果在一起也蛮好的，他们一个开餐厅，一个做吃播，多么般配？

作风直接热情的Neo想到什么便马上去做，毫无预兆地对贝果说：“My love，要不要做我的女朋友？”

“啥？”贝果迷茫地抬起头，不解地看着混血老板。

他没毛病吧？！

“有媳妇儿的三角铁想吃辣”：表白了！峰回路转！

“彼岸花”：在一起！

“灵氛”：发生了什么，怎么忽然就表白了？这是个设定好的吗？

“丸子今天吃草了吗”：看贝贝的直播，总有一种在看连续剧的感觉，托腮……

“莱希”：贝贝，吃了我的瓜，忘了那个他！

Neo 语气轻松地说：“你不是失恋了吗？刚好可以做我的女朋友。”

“是啊……”贝果迷茫地说，“可我刚刚失恋啊！”

“有什么不可以的吗？”Neo 冲着贝果眨眨眼道，“爱情总是去得快也来得快，说不定下一秒就到来了。”

贝果笑得尴尬无比，不愧是混血，还混的意大利……

“可是我还没有忘记他啊……”贝果又说。

“没关系，我不介意。”Neo 无所谓地耸耸肩道，“你可以拿我来疗伤，相信我，我很快就会让你忘记那个男人的。”

事情的发展诡异得贝果都怀疑自己是不是伤心得疯了，这也太随意了吧？！

“你为什么要这样做？”

“因为我觉得你很可爱，我很喜欢你。”

“啥？”贝果更加不解了，问，“刚才还好好的，怎么说喜欢就喜欢了？”

“这就是爱情啊，总是杀得人措手不及，你呢？”Neo 凑到贝果面前问，“你喜欢我吗？”

“冰激凌”：我觉得店主有点儿奇怪……

“月落乌啼”：没关系，长得帅的就算是变态我也会原谅他的。

“子矜宝”：这又是演的哪一出？怎么这就要在一起了！

“白染”：贝贝，答应他！气死邻居！

“南有乔木”：对对对对！气死前任最好的办法，就是找一个比他强的现任！

见到贝果发愣，Neo 笑起来，忽然捏住了贝果的下巴道：“也许，我可以帮你确认一下你对我的感觉。”

眼看 Neo 就要亲上贝果了，她瞪大了眼睛，一时反应不过来。

难道她保存了二十五年的初吻就要这么荒唐地没有了吗？

可就在千钧一发的这一刻，Neo 被人用力拎了起来，甩到了一边。

Neo 被摔到地上疼得龇牙咧嘴，他正想骂人叫保安，可是看到来人的脸，就立刻把话又吞了回去。

“Sebastian？！你怎么来了？！”

贝果惊讶地抬起头，见到一脸怒意的叶天泽挡在她的身前，正黑着脸看着混血帅哥，语气冷冽地说：“你离我女朋友远一点儿。”

“我哪知道她男朋友是你啊！要是知道是叶大神，我肯定就把她供起来了！”

叶天泽冷冷地看了 Neo 一眼，吓得人赶紧走了，这才终于看向贝果。

贝果眼眶又红了，掉下泪来，抽泣地问：“你怎么来了，你不是要回德国的吗？”

“Monna”：邻居？听声音看手好像是邻居哎！

“格格”：女朋友啊，贝果果然跟他在一起哎！

“池桒”：这个更帅！比老板还帅！受不了！

“小可爱”：我爬墙了！贝贝选邻居啊！邻居更帅！攻气满满！嗷嗷嗷，第一次见到这么清晰的正脸，小心肝都要跳出来了！

“荷包瘪瘪的小荷”：所以之前是吵架了吗？

“富士见二丁目交响乐团”：我怎么觉得这个人跟叶天泽长得一模一样……

“吃土也要看书的阿嘉嘉”：就是叶天泽！上次网上出照片我就说了是叶天泽的！现在肯定了，就是我的男神啊啊啊！

“夏语冰”：叶天泽是谁？

大家正要讨论叶天泽的时候，所有人都震惊了，整个直播间都要爆炸了。

叶天泽捧住贝果的脸，吻了上去……

这是贝果的初吻，她幻想过很多次她的初吻会是什么样子，又会有怎样的心情，可是万万没有想到，竟然会在千万双眼睛的注视之下。

甜蜜又苦涩，温柔又霸道。

叶天泽离开贝果的嘴唇，伸出手擦了擦她眼角的泪水，温柔地叹息一声道：“我真的是拿你没有任何办法……”

“你……”贝果双眼湿润，整张脸都因为激动和害羞透着红，她不可置信地问，“你不是要赶飞机吗？”

叶天泽看了看时间，点了点头。

所以他还是要走是吗？

贝果垂下眼，可是叶天泽又捧着她的脸，逼着她看向他。

叶天泽的语气干脆果断，飞快地说：“我现在必须去赶飞机，要来不及了。等我，我半个月……不，我一周之内就会解决掉所有的事情回来，听清楚了吗？”

贝果惊讶得话都不会说了，叶天泽会回来？

“回答我，你听清楚了吗？”

贝果下意识地点点头。

电话响起来，是霍成珏在催他了。

“我真的要走了。等我！”

叶天泽又捧着贝果的脸，在她的额头印上一个重重的吻，然后立刻起身匆匆跑出去，跳上了等在门口，一直焦急地按着喇叭的车子，朝机场而去。

贝果的手轻轻地放在嘴唇上，终于不再哭，又露出了平时的表情。

舒芙蕾上来了，贝果举着刀叉，开心地晃了晃，元气满满地说：“让我们来消灭舒芙蕾吧！”

Chapter 12
贝多芬，你马甲掉了

接下来的直播，贝果几乎就看不清弹幕，大家飞快地刷着评论，直播间里前所未有地热闹，于是贝果干脆就放弃跟粉丝交流了，飞快地横扫着桌上剩下的食物，包括Neo因为愧疚后来又送过来的甜品。

“好了，今天的直播就到这里结束啦，大家有什么想说的，咱们一会儿上微博聊，拜拜！”

结束直播，贝果立刻接到了编辑的电话，中心思想就是夸奖她和男朋友会来事儿，并且展望了一下贝果成为吃播届一姐的未来。

挂断电话，贝果立刻发了一条微博。

贝果：“今天很开心！”

大家飞快地在下面刷着评论，一般第一时间回复的都是真爱粉，喷子和黑子都还没有到场，评论区一片和谐友爱。

“夏天就是要吃绿豆沙”：祝福祝福祝福！

“锦鲤”：这么开心，不如加一波庆祝一下？

“吃土也要看书的阿嘉嘉”：贝贝，你的男朋友是叶天泽啊！你为什么不告诉大家！贝贝你怎么把到叶天泽的，太神秘了吧！

“果果亲妈粉Nomorning”：嘤嘤嘤，有一种嫁女儿的心情，贝果每天都要幸福呀！

贝果继续往下刷着评论，然后猛地停住，又往回刷。

“吃土也要看书的阿嘉嘉”：贝贝，你的男朋友是叶天泽啊！

……

奇怪，这个粉丝是怎么知道贝多芬的名字叫作叶天泽的？

贝果正纳闷呢，正想回复一下问问，眼前却暗了暗，一个人走到她面前，挡住了她眼前的阳光，贝果好奇地抬起头来，见到江质正站在她对面。

“小贝……”江质还是那张永远严肃，毫无波澜的脸，他说，“我们能聊聊吗？”

“你怎么知道我在这里？！”贝果惊讶地问。

“我看到你的直播找来的……”江质见到贝果一脸的惊慌，忙道，“你放心，我没有告诉其他人，真的，我来也没有其他目的，只是想跟你聊聊，像是个老朋友一样。”

贝果虽然一直都挺怕江质的，但是对他的感情并不是像对父母的那种恐惧想要逃避，只是一直觉得他很严肃而已。

贝果点点头。

“那我们是在这里聊，还是换个地方。”

贝果看了眼不远处探头探脑的混血帅哥老板，无奈地撇撇嘴道：“还是换个地方吧……这里有间谍……”

登机了，霍成珏见到叶天泽坐在旁边，一脸诡异的幸福微笑，就忍不住起了一身的鸡皮疙瘩。

“老叶，你还能不能行了，一个人坐在那里傻笑，谈个恋爱也不用这么开心吧？”

叶天泽不理他，继续看着手机。

霍成珏好奇地探着脑袋看向叶天泽的手机屏幕，原来他是在刷微博。

“哎，你怎么也开始玩微博了？”霍成珏见到叶天泽正在看贝果的微博，贝果的微博他是早就关注了的，但是没想到叶天泽这种对社交网络不屑一顾的男人，竟然也开始玩这个了，兴冲冲地说，“来来来，你叫什么名字，我去关注你。”

叶天泽神色如常，语气平静地回答道：“喜欢 bagel 的叶天泽。”

……

“好恶心！”

酝酿了好几秒霍成珏才反应过来，被肉麻得恨不得要吐了。

“老叶，你能不能正常一点儿啊，简直是没得救了！”

叶天泽笑而不语。

“你别露出那么恶心的笑容好不好！受不了，太恶心了……”

“嫌恶心你可以不用关注我。”

“我偏要关注你！”

霍成珏搜索了叶天泽的微博，点了关注，又说：“我关注你了，你可以回粉了。”

“不要。”

“为什么？！”

“影响我刷贝果的微博。”叶天泽不知羞耻地说。

“怎么就影响了，我平时又不刷屏！”

“首页不想看到别人。”叶天泽继续不知羞耻地说。

“靠靠靠！你这个陷入爱河的老男人真的是恶心死我了！”霍成珏立刻把叶天泽的微博首页截图，发到群里道，“我要跟大家展示一下，你现在多么地肉麻。”

叶天泽无所谓地说:“我们这种热恋中的人，向来是把肉麻当有趣的，你们越是嫌弃，我们就越来劲。”

……

“你真的是……”霍成珏对叶天泽的厚脸皮已经佩服得五体投地，一脸扭曲地说，“叶天泽，你真的是栽了，你知道吗？”

“我知道。”叶天泽看了一眼窗外，飞机马上就要启动，他微笑着说，“当我看到她哭就要折回去的时候，我就知道大事不妙了。”

这世上，最不理性，最无法用逻辑解释的事情，终于还是降临在了一个最讲究理性、逻辑，把准确当作第一法则的男人身上，而他根本无法抵挡。

霍成珏把叶天泽的微博截图发在了群里，大家纷纷冒泡，夏莉跟着霍成珏一起骂叶天泽恶心、肉麻。

夏莉：“更肉麻的事情他都做过呢！千里迢迢把我弄回中国，就是给他女朋友做个示范，还不给我吃饭。结果贝果肚子一饿，他立刻就围上围裙去做饭了，你说他要不要脸，知不知羞！”

霍成珏："呵呵，他之前还说贝果是他的女神，从那一刻我就知道他已经没有羞耻心了。"

李思源："你们没事儿吧，叶天泽他什么时候有过羞耻心这种东西？"

吕亦澜："对，当初要我把独奏会延期配合他的进度，一副理所当然的样子，那时候连谢谢都不跟老子说。"

夏莉："所以你懂我跟他一个乐团，在他手下讨生活的痛苦吗？不过没关系，有人治得了他了，哈哈哈哈！我要去私信贝果，我要跟她搞好关系！"

马沧湖："我也去！"

李思源："我也去！"

吕亦澜："我也去！"

群里热闹不已，叶天泽微笑着看着大家的讨论，不以为耻反以为荣。

"两位先生，飞机马上就要起飞了，麻烦两位关一下手机。"

叶天泽飞快地发："你们老实点儿，不要吓到贝果，不准关注她。"

发完叶天泽就关了手机，霍成珏也嘱咐了两句，把手机关了。

这时候，刚刚一直在忙的江超凡才注意到大家的讨论。

江超凡："卧槽，老叶你开微博了？怎么不跟我说，我去关注你！保准帮你涨个几十万的粉丝！"

江超凡V：@喜欢bagel的叶天泽 老叶竟然开微博了！太激动了啊！这回回国寻找艺术的上帝你找到了吗？我不知道你艺术的上帝是谁，但是你绝对是我艺术的上帝！咱们说好的，我的新专辑你要带着你的乐团给我伴奏的！不准说话不算话！新专辑什么时候上市，全看你的了@喜欢bagel的叶天泽。

"羊羊"：这个喜欢bagel的叶天泽是谁！竟然能让我们的凡凡把他当作上帝！

"猫和罐头"：该不会是那个指挥家叶天泽吧？

"抱紧我的小鱼干"：是指挥家叶天泽，我是学古典乐的，我看到好几个人古典乐圈的大大关注他了，肯定就是那个叶天泽。

"桃花花"：叶天泽你们都不知道啊，不知道叶天泽的肯定都不是凡凡的老粉，老粉都知道凡凡喜欢古典乐的，尤其是贝多芬。叶天泽是古典乐圈的超级大神，地位就相当于我们凡凡在流行音乐圈的地位！

"夜婉"：评论有人说地位相当于凡凡在流行音乐圈的，虽然我是我们凡凡的脑残粉，但还是得摸着良心说，同个等级比较，叶天泽在古典音乐圈的地位绝对比凡凡在流行音乐圈高，因为叶天泽那是国际知名，世界第一啊。只是现在古典音乐不火，所以关注的人少。

“叶迷”：网页链接，我必须给你们上个链接，不知道都赶紧去看叶天泽的现场吧！

“Marin 的小娇妻 ”：这个 @ 喜欢 bagel 的叶天泽竟然没有关注我们凡凡，这么跩哟……我看到他的关注列表里只有一个叫作 @ 大胃王贝果的，这是谁？

“冰冰棒”：bagel 就是贝果吧……所以这个是喜欢贝果的叶天泽？两人什么关系？情侣吗？怎么觉得这个贝果是个小网红的样子……

“可乐可”：卧槽，刚刚天后也去关注叶天泽了！还转发了凡凡的微博。

天后苏黎粉丝比江超凡还要多，两人时常有合作，明面上以朋友相称，但是私下关系暧昧，两边都有不少粉希望他们在一起，两人的 CP 粉不少。

歌手苏黎 V：@ 喜欢 bagel 的叶天泽，来帮我做新专辑吧，不要理江超凡，他太吵了。

@ 江超凡 V：@ 喜欢 bagel 的叶天泽 老叶竟然开微博了！太激动了啊！这回回国寻找艺术的上帝你找到了吗？我不知道你的艺术的上帝是谁，但是你绝对是我艺术的上帝！咱们说好的，我的新专辑你要带着你的乐团给我伴奏的！不准说话不算话！新专辑什么时候上市，全看你的了 @ 喜欢 bagel 的叶天泽。

不一会儿，苏黎的微博下面也开始热热闹闹地讨论起叶天泽来，基本上就是把江超凡粉丝的讨论模式重复了一遍。

没一会儿，著名的电视制片人、著名的电影导演、今年春晚的总导演、在国内人气颇高的帅哥钢琴家等都转发了苏黎的微博。甚至连一直跟江超凡号称王不见王的另一位天王夏林安也转发了他的微博。

夏林安 V：我在伯克利音乐学院学的是钢琴，从那个时候开始就一直很喜欢叶指挥，在这里也诚挚地邀请他合作，非常希望能有机会可以结识叶指挥！ // 导演陆均：叶指挥不如来给我的新电影配乐吧 // 歌手苏黎 V：@ 喜欢 bagel 的叶天泽，来帮我做新专辑吧，不要理江超凡，他太吵了。

@江超凡V：@喜欢bagel的叶天泽 老叶竟然开微博了！太激动了啊！这回回国寻找艺术的上帝你找到了吗？我不知道你的艺术的上帝是谁，但是你绝对是我艺术的上帝！咱们说好的，我的新专辑你要带着你的乐团给我伴奏的！不准说话不算话！新专辑什么时候上市，全看你的了@喜欢bagel的叶天泽。

不过两个小时的时间，江超凡的这条微博就到了热门第一的位置。

而24小时的热搜也几乎都被叶天泽占着了。

1 叶天泽“热”

2 指挥家叶天泽“热”

3 电影我的命运我做主“荐”

4 叶天泽 江超凡“热”

5 喜欢bagel的叶天泽“热”

贝果和江质面对面坐在甜品店里，江质按照贝果以前的喜好，给她点了一个超级大的冰激凌巴菲。贝果开开心心地吃着巴菲，对已经到来的风暴丝毫没有察觉。

手机一个劲儿地响，提示着微博消息，贝果还以为是方才叶天泽亲她的那一下引起的骚动还没有结束，干脆设了静音。

如果没记错的话，江质很不喜欢别人跟他说话的时候不专心或者做别的事情。

果然，等到贝果吃完了冰激凌巴菲，江质才开口说话。

“你的手还好吗？”江质问。

贝果看了一眼自己的手，无奈地笑起来，别人久别重逢，一般都问的是你还好吗，可是人家跟她重逢，却问的是你的手还好吗？

仿佛她的生命是依附于她的艺术生命之上的，她的手和她的小提琴才重要，她本身不过是她音乐天分的寄主而已。

“我的手挺好的啊……”

两个人还是有些生分，贝果回答完也不知道说什么，搅动着空荡荡的玻璃杯，心思已经飞到了别处。

也不知道叶天泽的飞机起飞没有……

江质也很无奈，贝果总是这么沉默，从前也是这样，两个人在一起，总是安安静静得无话可说，即便说话也大多是江质在问问题，贝果在回答。

“你父母说你的手受伤不能再拉琴了，是真的吗？”

难怪江质会这样问，贝果明白过来，扯了扯袖子，低着头说道：“我的手没有受伤，他们骗你的，我只是离家出走了而已，他们可能觉得面子上过不去才这样说吧。我就是不想再拉小提琴了而已，只能离家出走……这些年也没怎么碰小提琴。”

江质的手一抖，杯子里的咖啡都泼了出来。

“你为什么会不想拉小提琴？！”他语气激动地问，“你这样有天赋，如果不是荒废了这么多年，你早已经成为世界最一流的小提琴家……不，是历史上最一流的小提琴家！你的名字会跟帕格尼尼这样的名字摆放在一起……”

“我就是不要。”贝果低着头，紧紧地捏着手里的杯子，怄气一般地说，“我就是不要成为世界最一流的小提琴家，不可以吗？”

“你这是在赌气……到底发生了什么？”

“什么都没有发生，我只是不懂你们这些人而已。”贝果抬起头来，目光灼灼地看着江质，问，“你回答我，我到底为什么非要把小提琴拉得那么好不可，我为什么非要把我的名字跟帕格尼尼那样的人放在一起？”

贝果不懂，为什么人人都盼望她成功，人人都想要她伟大，可是成功和伟大到底是什么？人为什么要孜孜不倦地追寻不朽？明明在时间面前，一切都不可能是不朽的。

“拉小提琴难道不是你天生就应该去做的事情吗，你拥有那样一双美妙的手，你拥有无数人用尽一生也无法得到的天赋，为什么要放弃呢？上帝给了你这样的礼物，你却挥霍堕落，难道不觉得心痛吗？”江质问。

贝果目光清明地看着江质，回答道：“我一直不理解天赋这个词，好像是上天赐予的礼物一样。可是明明宇宙是没有人性的，为什么我们偏要用人性去解释宇宙，编出一个老天爷来？”

“这……”

江质被贝果问住，没想到那个看起来傻里傻气的贝果，会问出这么难以回答的哲学问题。

贝果继续说道：“我从来不觉得我是天才，不觉得我被上帝宠爱，不觉得我被艺术之神眷顾，我只觉得我只是碰巧长成了这个样子而已。我碰巧有一双大手，碰巧吃得很多，我只是大自然的一个巧合，就像我们每个人都是生命的意外一样，我真的没什么特别的……我就想开开心心地做一个吃货不可以吗？我不去追求艺术的上帝不可以吗？就因为我生了一双天才的手，我就必须要拉小提琴吗？谁规定的？我偏要把我的才华丢掉。我就是想一个人安安静静地生活，吃吃饭，听听音乐，看看书，不可以吗？”

“你……你这又是在赌气。”江质无奈地看着贝果，叹息一声道，“你怎么跟个小孩子一样呢？”

像是一个叛逆的少女，偏偏不要按照家长的想法去活。

江质语重心长地说：“拉小提琴，跟你说的吃饭、听音乐、看书也并不矛盾啊？”

“谁说不矛盾了？你听说过一句话吗？”

“什么话？”

“有边界的地方就是监狱，所以人生就是监狱……我只是想从这所监狱里逃出去而已……”贝果又说，“从我爸爸妈妈给我建造的监狱，乐团给我建造的监狱，听众给我建造的监狱里逃出去，仅此而已。所以我希望你不要再劝我继续拉小提琴，我会拉小提琴，但是我不会为你们拉，你懂我的意思吗？”

“我懂了……”江质低下头，苦笑了一声道，“可能我们都不像你这样想得开。”

两个人都沉默下来，场面非常地不愉快。

江质其实还想再劝，可是见到贝果气鼓鼓的，一副不想跟他说话的样子，只能把一肚子的话都憋了回去。

贝果竟然就这样把才华丢弃了，任谁都会觉得痛心疾首。就像是有人中了两亿元的彩票，偏偏不去兑换，偏要把彩票撕了一样，真的是让旁观的人气得跳脚。

凡人渴望变成天才，天才却挥霍浪费着自己的天赋，所以伟大才那么地可遇不可求吧……

“没有别的什么事情，我就先走了，麻烦你继续帮我保密，不要让我的爸爸妈妈和张老师知道这件事情。”

“我知道。”江质犹豫了一下，又道，“走之前，我能再问你一个问题吗？”

“什么问题？”

“关于叶天泽的……既然你已经不拉小提琴了，又是怎么认识他的？”

“我跟他在街上认识的……”贝果疑惑地问，“你为什么这样说，你认识叶天泽吗？”

“当然，我们搞古典乐的有谁会不认识叶天泽，他可是音乐帝王。”

“啥？”贝果一脸的莫名其妙，哭笑不得地问，“叶天泽是音乐帝王？你没搞错吧……”

“对啊。”江质惊讶地说，“你该不会不知道吧？”

“我只知道他原来弹过钢琴，后来手受伤就没有继续从事音乐事业，然后就专业……专业……反正就没弹钢琴了。”

贝果不好说叶天泽专业当音乐家的情人，话又憋了回去。

江质接嘴道：“是啊，他原来是钢琴专业的，虽然受了伤，但是他的钢琴水平依旧是钢协钢琴家的水平，跟乐团一起演奏钢琴协奏曲是完全没有问题的。但是他对自我要求高，所以后来转了指挥。他非常有天赋，绝对是跟你一样的天才，他如今可是世界第一的指挥家，你不知道吗？”

叶天泽……

指挥家？！

还来不及问清楚，贝果的电话就又响起来，是她的编辑。

“贝果，厉害啊，你怎么没告诉我你的邻居是这么大的人物，现在网上都议论疯了！你没看热搜吗？还有江超凡的微博，赶紧去看！”

贝果挂了电话，打开微博就吓了一跳，竟然有两万条未读消息！这么多消息，贝果一时看不过来，就先去看了热搜，发现竟然都是与叶天泽相关的。

贝果点开了江超凡的微博。

江超凡V：@喜欢bagel的叶天泽 老叶竟然开微博了！太激动了啊！这回回国寻找艺术的上帝你找到了吗？我不知道你的艺术的上帝是谁，但是你绝对是我艺术的上帝！咱们说好的，我的新专辑你要带着你的乐团给我伴奏的！不准说话不算话！新专辑什么时候上市，全看你的了@喜欢bagel的叶天泽。

三万转发，六万评论，十五万点赞。

刚刚看完这条微博，首页里江超凡又更了一条新微博……

江超凡V：竟然有那么多人不知道叶天泽，看来我要给大家科普一下@喜欢bagel的叶天泽 了。给你们看看他指挥贝多芬第九交响乐的视频，感受一下我们音乐帝王、天才指挥家的魅力。

贝果双手颤抖地点开了江超凡发的视频链接……

视频里一个英俊的男人穿着燕尾服，站在指挥台上，镇定自若。

他轻挑手指，旋律便如千军万马前仆后继地汹涌而出，让人不禁心生向往，想知道那双奇妙的手若是真的挥动开来，到底会是怎样的震撼。

那个人就是叶天泽，是她的贝多芬。

叶天泽的航班终于抵达德国，一路飞了十多个小时，一行人已经是疲惫不堪。他一打开手机就被各种信息轰炸，叶天泽全都来不及看，第一件事情就是给贝果打电话。

贝果的电话关机……

叶天泽看了看时间，北京那边应该是午夜十一二点，难道贝果这么听话，他不在国内她也老老实实地早睡早起？

可是贝果应该没有睡觉关机的习惯……

叶天泽觉得事情有些不对劲，可是马上就要开董事会，叶天泽只能先跟助理一行人匆匆赶往乐团，甚至连回家放行李的时间都没有。

等到开完会又是两个小时过去，国内已经是半夜了，叶天泽估摸着贝果此刻正在做梦呢，便没有再打过去。再加上他一路风尘仆仆，便跟司机说先回家休息，回到家里，叶天泽连手机里的信息都没精神看，便洗漱休息。

今天的会开得大家都不怎么开心，两边的人没有达成共识，乐团也不愿意放叶天泽走，只怕这件事还要缠一阵子。

回去之后，师母和Sophie又各自给叶天泽打了半个多小时电话，叶天泽被弄得疲惫不堪，忙完了手头的所有事情，等到第二天叶天泽再联系贝果，距离事情发酵已经过去了二十四小时。

北京时间七点，叶天泽喝着咖啡，算着时间又给贝果打电话，而贝果那边依旧是关机状态。

叶天泽已经觉得事情非常不对劲了。

就算是睡懒觉，贝果也不至于一直不跟他联系，甚至都没有问一下他有没有平安到达，这不像是贝果的性格……

之后每隔十五分钟，叶天泽就打一个电话过去，可贝果那边却一直都是关机的状态……

叶天泽这一回是真的有些生气了，他打开微信，准备给贝果留言，问问她是怎么一回事，这才看到了江超凡发的信息……

江超凡："卧槽，老叶你开微博了？怎么不跟我说，我去关注你！保准帮你涨个几十万的粉丝！"

叶天泽的眉毛抽了抽，那种不好的预感更加强烈了……

他打开微博，发现自己不知道什么时候竟然已经有百万粉丝，私信也跟爆炸了一样。

叶天泽皱皱眉，点了刷新首页。

他首页里依旧只有贝果的微博，她最近发的是昨天吃 brunch 的视频剪辑，转发不多，但是评论竟然有几万条。叶天泽平时都非常关注贝果，所以知道这种情况有多反常。

果不其然，叶天泽点开评论一看，脸是彻底黑了。

他又看了一下热门微博，第一名是江超凡发的他的指挥视频集锦……

此时此刻，叶天泽杀了江超凡的心都有。

叶天泽立刻打电话给江超凡。

"怎么了老叶，来谢谢我啊！"江超凡还在那边扬扬得意，丝毫不知道叶天泽在这边已经气得脸都青了，还在炫耀道，"怎么着，涨了多少粉丝，我是不是很厉害？轻轻松松就让你涨了百万粉丝，上了热搜，棒不棒？要不要来帮我做专辑？"

"你现在马上给我把微博删了。"叶天泽语气冰冷地说。

"为什么啊？！"江超凡感觉到叶天泽的不悦，疑惑地说，"你本来就是名人，怕什么啊？上个热门而已，不用这么紧张吧。"

叶天泽的语气更加冰冷。

"删了。"

江超凡抖了抖，感觉到叶天泽是真的生气了，忙道："那我马上删，你等着啊。"

挂了电话，叶天泽又马上打电话给Neo。

“你知道贝果住哪里吗？你现在立刻去找她，看她在不在家，然后马上联系我。”

Neo听到叶天泽的语气这么严肃，知道事态严重，也不多问，挂了电话就马上往小吃街去。

叶天泽一边等待着Neo那边的消息，一边订了当天回国的机票。等他到了机场，便接到了Neo的电话。

“贝果不在家里啊。”

“她的东西还在吗？”

“门锁了，但是我往屋子里看了看，被子都还没叠呢，大概是有什么事情出门了吧。”

“小提琴还在吗？”

“小提琴……”Neo又趴在玻璃窗前看了一圈道，“没看到小提琴这种东西啊……”

“我知道了，谢谢。”

叶天泽挂断电话，继续给贝果打电话，那边依旧是关机的状态。

这一回叶天泽非常确定，大事不妙了……

早上五点，贝果爬起来，简单地收拾了几件衣服放进背包里，抱着她的小提琴出了家门。

附近只有一家二十四小时的麦当劳在营业，她吃了二十个麦香鱼和五个麦旋风，又到一旁的ATM取了一些现金。

东方的天空开始有些发白，贝果抱着她的小提琴没有方向地在路上走着。

她也不知道自己要去哪里，甚至收拾衣服，拿走小提琴，去ATM取钱都是下意识的行为。

走了一段，贝果有些累了，她站在路边，蹭着免费的Wi-Fi，搜索着叶天泽的名字。

她一页又一页地翻着，把每一个相关的网页都打开看了。

“叶天泽，天才的指挥家。”

……

“叶天泽，铁腕、邪恶、精力恐怖的乐团艺术总监。”

……

“叶天泽，乐坛的帝王，历史上最伟大的指挥家之一，几乎没有他应付不来的体裁，所有的曲目演绎都分毫不差，完美得没有任何错误。”

“很多人评价他的音乐里缺少人性，觉得他的音乐过于精确，以至于让人透不过气。”

“但是即便有质疑的声音，也不妨碍叶天泽年纪轻轻就达到许多人一生都难以企及的成就。古典音乐圈他是无人不知的存在，只要是学习乐器的人都有他的CD。”

……

网上有叶天泽接受杂志访问的照片。

照片里，叶天泽的眼神深邃又冰冷，可另一张他指挥时的照片，又是那样热情狂放。

杂志截图里，编辑是这样评论叶天泽这个人的：这个人有一种矛盾的邪恶气质，大胆又严谨，激情又冷漠。虽然我是个男人，却不得不承认，像叶天泽这样的人，对于女人来说是极具魅力的。女人们对他只有两种感情，爱或者恨，没有中间的感觉……

贝果关上网页，试图在脑海里重新构建一个叶天泽的形象，却发觉自己似乎没有办法把网上的这个音乐家跟她所认识的叶天泽联系起来。

所以到底哪一个叶天泽是真的？又或者哪一个他都不是真的，她根本就从未真正地认识过这个男人？

天不知道什么时候彻底亮了，街上的车子多了起来，城市开始变得喧闹。

贝果抱紧她的小提琴，拦了一辆车。

“小姐，去哪里？”

都说最了解一个城市的就是这个城市里的出租车司机。

“我想去一个安静的地方。”

“啥？”司机疑惑地说，“这大早上的，哪里都安静啊。”

贝果想了想道：“我想找一个地方，最好住的都是些不时髦的人，不接触网络的人，生活慢一点儿的那一种。”

这是什么莫名其妙的要求，这年头还有谁不接触网络的，那只有都是老人的地方吧……

“那就是老人比较多的地方呗？”司机发动车子问，“你找这种地方做什么？”

贝果不回答，司机也不多问，反正莫名其妙的乘客他也见了不少。

“那我带你去老城区吧，那边原来是国营企业的单位宿舍，现在都是些老人家住……破破烂烂的，保证跟时髦没有关系，也没人接触网络这种东西，全都是七老八十的空巢老人……”

“嗯，就去那里吧。”

车子往老城区开，贝果把手机的电话卡拿出来，扔出了车窗外……

Chapter 13
怎么哪里都有你？

“贝果，来吃饭了！”楼下的房东奶奶叫道。

这里是国有企业的旧宿舍，都是上世纪四五十年代的建筑，楼层不高，但是屋子造得扎实，几十年过去，依旧风雨不倒。

这里的住户绝大多数都是些被遗忘的老人家。

房东奶奶今年七十多岁了，身体非常硬朗，儿女全都在国外，前两年老伴去世，她去国外住了些日子，实在住不惯，便自己一个人回国生活。

今天是中秋节，房东奶奶的儿女孙子都在国外，只有贝果陪她过节。

“奶奶，你做的红烧肉超级棒！”

“喜欢就好！”奶奶往贝果的碗里夹红烧肉，说道，“我孙子也爱吃红烧肉……对了，我有没有跟你说过，他下周就要回国了？”

“嗯，您跟我说过。”贝果心里全是红烧肉，不经心地回答道。

奶奶打量着贝果，眼里都是笑意，又说：“他对国内不熟，到时候还要麻烦你带着他到处看看、玩玩，我年纪大了，腿脚不方便，就拜托你了。”

“没问题！”贝果毫不犹豫地答道，“您之前跟我说过的，我早就安排好了。”

一路吃吃吃，保证让他感受到祖国美食文化的博大精深！再也不想回国外！

房东奶奶满意地笑起来，继续给贝果夹菜。如果能够趁这个机会，把贝果跟她的孙子撮合在一起，那可就是再好不过了！

贝果正喝着汤，电视机里的主持人忽然说：“最近啊，网络上掀起了一股古典音乐热……”

贝果拿汤勺的手抖了抖，洒在了桌子上。她抱起碗来喝汤，大碗遮住脸，一双眼睛却还是不由自主地往电视机里瞟……

下面的节目是叶天泽和他的柏林乐团表演的德沃夏克《第九交响乐》。

明明是乐团的演奏，可是摄像机几乎都只在叶天泽身上流连，也是很懂得观众们的心理。

这半年叶天泽的乐团一直在国内巡演，票价被炒得震天高，就连房东奶奶都知道有个指挥家叫作叶天泽。虽然大多数人是叶公好龙，并不是真的喜欢古典乐，但是不得不说叶天泽给古典音乐在国内的普及起了非常大的作用。

“这古典音乐真是听不懂，不过这指挥的孩子是长得真好啊！你看这指挥的姿势，真好看！”

没办法，叶天泽就是下到十七岁的少女，上到七十岁的老奶奶都通杀。房东奶奶也是叶天泽的迷妹一个……

“他的父母肯定很骄傲，培养出这么优秀的儿子……也不知道今年多大了，是不是单身……这么优秀的小伙子，得多少姑娘等着他啊！”

贝果咕咚咕咚地把汤喝完，放下筷子道：“奶奶，我吃饱了！我去超市了！”

“今天怎么这么快就吃饱了？”房东奶奶不依，道，“这一桌子菜，我一个人哪里吃得完，不行不行，你再吃点儿。”

贝果没有办法，她向来是拗不过奶奶的，只能低着头飞快地把桌子上的菜往嘴里塞，不敢抬头看电视机，只想赶紧熬过这首交响乐的时间。

“这就对了，多吃点儿，你瞧你，太瘦了！”奶奶一边帮贝果吹着汤，一边说，“对了，下周啊，我们老年大学要去市里的老人院活动，我跟大家说好了，我的孙女可是要参加的，贝果你到时候去拉个小提琴可以吗？”

“啊？哦……”贝果不大情愿。

“不用紧张，拉得不好也没关系，反正没人听得懂，都是些眼瞎耳聋的老头老太太，就图个热闹而已。”

贝果点点头，没有拒绝。

她住在这边，偶尔会拉拉小提琴，奶奶知道知道这件事情，也瞒不住。不过奶奶似乎完全不懂音乐的好坏，她有时候会让贝果拉个小曲，奶奶唱唱歌什么的，贝果倒是不反感。

去老人院表演，贝果本有些抵触，但是想想之前她被房东奶奶拉去老年大学，基本上也没几个老人家听她演奏，大家还是对唱戏的比较有兴趣。这么想想，贝果也觉得无所谓了，就当是自己一个人在家里拉一样。

吃完饭，贝果拿着奶奶给的钱和清单去附近的超市采购。老宿舍其实就在市中心，几条马路之外就是热热闹闹的CBD，车水马龙，还有大型超市，说这个地方大隐隐于世也不为过。

超市的菜晚上最便宜，所以贝果都习惯吃了晚饭出来逛。

走到广场下，LED大屏幕里正放着著名男士腕表的广告，一溜儿的国际巨星，全都是行业精英，演员、歌手、导演、模特，其中有一张贝果无比熟悉的脸——叶天泽。

贝果迅速挪开目光，可这时候面前经过一辆公交车，车上印着知名咖啡店的广告，广告上叶天泽拿着一杯咖啡，正在低头微笑。

真的到处都是叶天泽！

贝果气急败坏地冲进超市里，抢到了特价蔬菜，又按照清单上列的类目去了冷柜那边。

拿起一罐酸奶，上面又是叶天泽。贝果把印着叶天泽头像的酸奶扔进推车里，内心几乎是崩溃的。

虽然贝果已经躲了半年，但是叶天泽却阴魂不散地出现在她生活的每一个角落里。

这半年叶天泽在国内爆红，不知道是不是故意的，叶天泽特别喜欢代言食品。

咖啡、酸奶、冰激凌、泡面、红酒、益生菌……他好像最近又准备给知名的调料产品代言了，好好的高岭之花，如今却彻底地接地气，一身的油烟厨房味儿。

大家一度揣测，是不是叶天泽很缺钱，但奇怪的是，很多别的高级代言找他，他都拒绝了，偏偏是食物代言，几乎是来者不拒。

叶天泽简直就是在超市里全面开花，出现在贝果生活的每一个角落里，她可以不接触音乐圈，但是她不能不接触厨房啊！

抬起头来，贝果见到工人正在换海报。

贝果的脸彻底黑了，很好，叶天泽现在直接代言连锁超市了，他是打算把妇女之友的身份继续巩固下去吗？

贝果买完了大包小包的食物，气鼓鼓地拎着两个袋子往家里走。走到一半，肚子就了。

时间过了晚上九点，很多餐厅都已经打烊了，只有一家二十四小时的火锅店还开着，生意火爆得不得了。

这半年，贝果几乎没有去吃过什么大餐厅，基本都是在路边摊吃，而且能打包就尽量不堂食，来也匆匆去也匆匆。

半年前，大家在网上把贝果扒了个底朝天。只不过贝果忽然消失，叶天泽也没有就这件事情发表任何言论，所有相关人员都一声不吭，没有了新鲜的事情可以继续维持热度，围观群众就散了。

本来网上的热门事件能维持一两周的热度就不错了，总有更新鲜、更劲爆的事情充斥人们的眼球。时间久了，就连贝果的粉丝也都慢慢遗忘了她，只剩一些真爱粉，还在微博苦苦守候着她的回归。

现如今半年过去，贝果觉得她应该很安全了才是。

这家火锅店，贝果真的想吃很久了，一开张就很火爆，据说他家的和牛超级嫩，直接生吃都没问题。

贝果吞了吞唾沫，还是没有忍住，直接走进了这家火锅店。

叶天泽刚刚结束了中秋晚会的直播，带着乐团的人来火锅店吃宵夜。大家在三楼的大包间里，由叶天泽点餐。

因为人多，所以叶天泽点了五十份和牛。

“和牛可能要上得稍微慢一点儿，可以吗？”

“为什么？”

“刚刚有一位小姐过来，一个人就点了五十份，我们这边的牛肉都是新鲜处理的，所以厨师还需要一点儿时间处理，可以吗？”

屋子里闹哄哄的，可叶天泽的世界却忽然安静了下来。

“你是说一个女孩子一个人点了五十份？”

“对。”服务员笑起来道，“真是看不出来这么能吃，现在都快吃完了吧……”

叶天泽立刻站起来，激动地问：“她人在哪里？”

服务员被叶天泽吓了一跳，指了指门口道:“在……在二楼大堂吃呢，要……要我带你去吗？”

服务员的话还没有说完，叶天泽就冲出了包间。

叶天泽一出现就在二楼就引起了一阵轰动，他也顾虑不了那么多，推开人群，朝着那个堆满了餐碟的餐桌走过去。

叶天泽素来冷静，见惯了大场面，从来没有什么可以吓住他，或者让他失去冷静，可这一刻竟然紧张得手心冒汗，呼吸都变得急促起来。

“抱歉，请让一下。”

叶天泽挡开路人，目光直直地看向前面那个背影。

小小的个子，可爱的双马尾，周围是堆得高高的碟子。

就像是他记忆里的那样。

叶天泽觉得喉咙里像是卡了一根刺，想说话竟然发不出声音来。是她吗？贝果？他找了半年，搜寻每一家热门的餐厅，想要找到她的踪迹。甚至一改他清高的作风，疯狂地曝光，接了一堆食品的代言，就是想出现在贝果的生活中，让她不能忽略。

然而贝果就这样人间蒸发了。

叶天泽发誓，贝果绝对是他这辈子见过心最狠的女人了，以至于让叶天泽怀疑，她到底有没有真的喜欢过他。

如今这个折磨了叶天泽半年的女人近在咫尺，可叶天泽却非常没出息地紧张得冒汗，什么都不计较了，就算是要他求她不要逃，他只怕也是会照做的。

“好吃！”扎着双马尾的女孩子冲着镜头卖着萌，她看了一眼手机屏幕，捂着嘴笑起来，然后鼓着嘴道，“胡说八道，我才不会把盘子吃掉呢！”

叶天泽猛地停下脚步，只觉得被一盆凉水从头浇到尾，他松了松手心，狂乱的心跳慢了下来，脸上那焦急又激动的神色一下子凝结，目光又变得冷冽和淡漠。

不是贝果，根本就不需要走过去看他就知道不是贝果，他对声音敏感，不会记错贝果的声音的。

贝果的声音清脆甜美得像是钟琴，明快悦耳，她说话的语气总是不疾不徐，有一种与生俱来的音乐感，这个故作可爱的女人怎么可以跟她比？甚至连被认错成贝果都不配。

正在直播的女主播回过头看到叶天泽出现，惊喜溢于言表。

女主播激动地拿起手机，对着叶天泽，兴奋地对粉丝说："你们看我看到谁了！"

虽然贝果的事情已经沉寂很久，但是大家都知道叶指挥曾经跟一个网红女主播有过一段，这个女主播自然也是知道的。

后来事情不了了之，所有人都觉得是因为叶天泽跟女主播只是玩玩而已。甚至有人说贝果根本就不是什么音乐神童贝婧殊，只是叶天泽为了维护形象，所以杜撰的。后来之所以贝果没有再出现，是因为叶天泽的团队安抚了她。

但是男神喜欢女主播这件事情，还是在大家的心里埋下了一颗种子。

既然能喜欢第一个女主播，自然就会喜欢第二个女主播，男人喜欢的类型都是很相似的，喜欢大胸的就找大胸的，喜欢长腿的就找长腿的，喜欢女主播的肯定就还是会找女主播。

女主播大大方方地向叶天泽伸出手道："叶指挥，我超级喜欢你！没想到今天竟然看到你了，好激动啊！"

看叶天泽走过来的样子，就是专门来找她的，可见他真的是喜欢大胃王女主播啊。

叶天泽的表情冷冷的，看了一眼女主播的手，若是放在平时心情好的时候，倒也不是不能礼貌地打个招呼，可现在叶天泽只觉得除了贝果以外的每一个女主播都面目可憎。

人就是这样心胸狭隘，他最喜欢的人不能做的事情，看到别人做，他便心里不舒服。

"可以跟你握个手吗？"女主播笑得谄媚。

"不可以。"

叶天泽冷冷地看了她一眼，转身离去。

女主播都呆住了，在镜头前尴尬得都不知道该做什么表情。

叶天泽黑着脸往回走，对一路跟来的粉丝都没有好脸色。

他只怪自己关心则乱，其实这家店最近这么火，有人来直播也没什么稀奇，是叶天泽太想见贝果，所以根本就来不及思考，甚至来不及多问几句便冲了下来。他活了这么多年，什么时候这么没有分寸过？

叶天泽是现在的当红艺术家，来这种火爆店铺的也都是爱凑热闹的，有人想要合影，可是看到叶天泽那冷冽的眼神时，就吓得不敢上前。

果然艺术家脾气就是不好啊……

于是大家就只能举着相机，咔嚓咔嚓地拍照，叶天泽就这样在一众人的闪光灯之下离开了二楼大堂……

“小姐，您要点餐吗？”服务员问。

可是眼前的女孩子却没有动静，只是远远地看着叶天泽，目光痴痴的，眼睛甚至有些发红。看来是真爱粉啊，都激动地要哭了！

“小姐？人都走了！”

服务员的手在贝果面前挥了挥，贝果这才猛地回过神，把目光从叶天泽身上收回来，她垂着脑袋，很勉强才控制住自己的情绪。

“你是叶指挥的粉丝吧？”服务员问。

贝果不说话，还是垂着脑袋，紧紧地捏着拳头。

明明每天都能在超市里、电视里、酸奶盖子上、咖啡瓶子上看到他，以为自己应该不会这样激动才对，可是见到真的叶天泽，却还是有一种被一瞬间击中灵魂的感觉。

好多画面一瞬间在脑子里爆炸开来，明明认识的时间那么短，相处的机会也不多，可为何有一种充满了回忆的错觉？

贝果摸着自己的胸口，活了二十五年，好像第一次有了一种叫作心疼的感觉。

英文里有一个单词叫作 crush，这个词中文里很难有一个词语可以直接解释，它和心动很相似，类似于一种忽然而来的，昙花一现的感情，一瞬间叫人神魂颠倒。

crush，直译过来是压碎、碾压的意思。

在爱情里，crush 便是一种短暂的、热烈的、摧毁性的爱恋。

贝果一直对自己说，她对叶天泽的感觉，不过是一种 crush 而已，短暂又热烈，但是却不靠谱。毕竟那是一个假的人，她从头到尾喜欢的都是一个幻觉而已。

可是为什么，久别重逢，她又感到了那种 crush，一瞬间就把她用半年时间苦苦建立的防线摧毁了……

她又听到自己怦怦的心跳声，怦然心动，无论怎么逃避，贝果发现叶天泽就是那个她等待了一生，无论多少次都会爱上的人。

“我们店很多明星来吃饭的。”服务员的声音打断了贝果的沉思，扬扬得意地说，“而且我们店的老板跟叶指挥是好朋友，他常来的，你要是他的粉丝，常常来我们这边吃说不定就会再遇上他哟！”

贝果重重地叹了一口气道：“谢谢，我不吃了……”

“不吃了？你都排了半个多小时的队了，这就不吃了？”服务员惊讶地问。

可是贝果却像是没有听到一样，垂着脑袋，匆匆地往外走。

等到贝果都走出了几条街，她才想起来自己从超市买的东西忘在火锅店了。她不大想回去拿，怕碰上叶天泽，可是现在时间这么晚了，超市早就关门了，不把菜拿回去，奶奶肯定要唠叨。

思来想去，贝果还是走回了火锅店，她探头探脑地看了看，确定方圆一百米都没有叶天泽的踪影，这才小心谨慎地走到前台问：“你好，我刚刚掉了东西在这边。”

“请问是什么东西。”

“两个大袋子，都是吃的。”

“哦，我知道，是这个吗？”

服务员把贝果的袋子递给她，贝果千恩万谢地接过来，正准备转身，却听到身后传来一个声音。

“埋单，刷这张卡。”

叶天泽没心情吃饭，准备提前离开，便先下来把账付了。

贝果只觉得天上落下一个旱天雷，劈得她整个人都蒙了！她瞅了一眼从身后伸出来的这只手，非常确定，这就是叶天泽的手。

叶天泽方才心情不好，没有注意周围，可现在，忽然觉得前面这个拎着两个袋子的女孩子有些奇怪。

个子不高不矮，头发只到脖子，穿着不合身的灰色大T恤，浑身僵硬。

“小姐，你还有什么问题吗？”服务员问。

女孩子摇摇头。

叶天泽皱皱眉，正想让她让一下，却忽然闻到一股淡淡的香味。

那是一种女孩子的香味，不是香水味，是她微微出汗时散发的荷尔蒙，是她的洗发水，是她晒过太阳干净的衣服的味道。

一个人可以改变她的发型，改变她的穿衣打扮，改变她的背影，但是却没有办法遮掉她基因里的味道。

从远古开始，大自然里，我们就用这气味辨别着同类。

“贝果……”叶天泽声音颤抖地喊道。

就在叶天泽喊出贝果名字的那一瞬，贝果猛地回过头，把两袋子东西砸在了叶天泽的身上，然后拔腿就跑。

“贝果！你跑什么跑！”

叶天泽拔腿就追！

虽然前台的人不多，但还是有些人围观，大家见到叶天泽本来就有些窃窃私语，没想到会忽然发生这么戏剧化的变故，只是这戏剧化的一幕并没有维持多久，小姑娘还没有跑到火锅店门口就被叶指挥一把抓住了，然后拎着胳膊径直就被拽进了电梯里。

大家探着脑袋瞅，直到电梯门缓缓合上还不愿意收回脖子。

“怎么一回事儿啊？”

“叶指挥跟这姑娘什么关系？”

“不管了，发个朋友圈先！”

叶天泽按了负二层，电梯门合上，贝果想要把自己的手抽回来，但是叶天泽紧紧地拽着她就是不撒手。

“你放开我……”

“不放。”叶天泽紧紧抓着贝果的手，目不斜视地看着前方道，“再也不放了。”

贝果一愣神，忽然呆住了，用力抽了抽手，见抽不出来，只能就任叶天泽拉着。

电梯门打开，叶天泽二话不说地把贝果塞进了车里。

贝果不吭声，眼睛到处瞅，叶天泽没好气地说：“门锁着呢，你跑不了的，而且你以为你跑得过我？就你那双小短腿……”

“我的腿才不短，是你比我高我才跑不过你。”贝果气鼓鼓地说。

见贝果终于肯对自己说话，叶天泽笑起来，温柔地说：“我们贝果的腿当然不短，又直又长，可好看了。”

贝果冷冷地看了叶天泽一眼，不为所动。扯了扯 T 恤，不高兴地把自己的腿遮住。

叶天泽闷笑起来，心情说不出来的好。

贝果继续生闷气，久别重逢，怎么气氛一下子就变得这么不正经。

叶天泽忽然朝她凑了过来，吓了贝果一跳。

“别紧张，给你系安全带而已。”

叶天泽探身靠近贝果，贝果能够闻到他身上淡淡的男士香水味。

他抬起头，同时轻轻一扣，只听见安全带咔嚓一声被系上了，仿佛在贝果的心上撞击了一下。叶天泽的语气软下来，无奈地问：“都生了我半年气了，还没有气够吗？你还准备躲我躲到什么时候？”

这是生气的事儿吗？贝果觉得叶天泽完全是在偷换概念，弄得好像是她在赌气似的。

“我又不是因为生气才躲你的，是……”

贝果话还没有说完，就被叶天泽打断了。

“原来你不生气了啊？那真是太好了。”叶天泽坐回去，“既然你没有生气，那从前的事情我们就不要再提。你饿不饿，我带你去吃饭？”

“啥？”

怎么忽然就吃饭了？

不对啊，不是这样的啊！

叶天泽干脆地发动了车子，贝果坐在副驾驶上发懵，怎么叶天泽就这么云淡风轻地把这件事情带过去了？搞得好像什么都没有发生似的……

她怎么就这样被他带着跑了？

“太晚了，我们还是不要吃得太油腻，有一家日料店不错，我试过一次，那时候就想，以后一定要带你去，你肯定会喜欢。”

叶天泽就像是贝果这半年从来没有消失过似的，弄得贝果都有些蒙了，怀疑是不是自己记错了，他们其实昨天才刚刚一起出去吃过饭。

“你看，这一家。”

叶天泽拿出手机，把备忘录翻出来递给贝果，里面全是他记下的，想要以后带着贝果去吃的餐厅。

贝果接过手机看了一眼餐厅的介绍……看起来真的超级好吃的呀！

贝果这半年都没有吃什么好吃的，虽然路边摊和房东奶奶做的菜也很好吃，但是每天吃也会觉得很无趣啊，再加上刚刚火锅也没有吃上，正饿呢，一时就有些动摇。

但是她不能这么没有原则。

“不想跟你一起吃饭，我要下车。”贝果坚定不移地说。

叶天泽也不拒绝，只是敷衍说：“前面不好停车，过一会儿再让你下车。”

这过一会儿便一下子过了二十分钟，叶天泽把车子停在了一家二层建筑外，建筑装修低调但是精致讲究，给人一种别有洞天的感觉，贝果一看店名，就是那家日料店。

“来都来了，吃个牛丼再走吧，你放心，我不跟你坐一桌，这样总可以吧？”

贝果想了想，反正都已经被抓到了，一时半会儿也摆脱不掉，不如把饭吃了。

唉，吃货真的是没有尊严的……

贝果面无表情地下了车，一声不吭地进了餐厅，叶天泽也不远不近地跟在她身后走进来。

“欢迎光临，两位吗？”服务员亲切地问答。

“一位！”贝果急吼吼地说。

服务生还是专业的，并不多问，微笑着分别把两人领到靠近花园的落地窗边坐下，这里比较僻静，再加上时间已经很晚，这块区域就只有贝果和叶天泽两位顾客。

贝果拿起菜单看了看，点了十碗牛丼，十个温泉蛋，一份咖喱猪排饭，一份天妇罗，一份厚蛋烧，一份刺身，一份炭烧雪花小牛排。

服务员虽然很惊讶小姑娘的食量，但是依旧维持着专业的笑容，下了单又到不远处的叶天泽那一桌点餐。

“一碗牛丼，再要一份和风薄切生牛肉沙拉。”

贝果的耳朵竖起来，那个什么薄切生牛肉沙拉好像很好吃的样子……

刚才那一家的火锅就是以牛肉好得可以生吃闻名的，贝果有点儿想尝一下这个生牛肉沙拉弥补一下，解一解肚子里的馋虫。

“我也要一份生牛肉沙拉。”贝果说。

服务生笑起来。

“好的，请两位稍等。”

“我不是跟他一起的！”

叶天泽无奈地冲着服务生耸耸肩，摊摊手一副拿贝果没办法的样子。

服务生偷偷笑了笑，对叶天泽说：“请您稍等。”

然后又微笑地转向对贝果说：“也请您稍等。”

两个人坐着等菜，叶天泽就坐在不远处，看着贝果，一言不发，眼里都是笑意。

贝果被叶天泽看得不自在，嘟囔道：“你能不能不要盯着我看……”

“我控制不住自己，就是想看你，怎么办？半年不见，你怎么还是这么可爱？”

贝果不想理叶天泽，反正他就是一张嘴说得天花乱坠。

哼……

贝果扭过头不给他看！

“我之前没有告诉你我的身份，你还怪我吧。”叶天泽忽然说。

贝果一愣，怎么刚刚还在说不正经的话，忽然又这么严肃了？她没有回答，还是低头看着自己的空盘子不说话。

“我当时回国是因为我的老师去世。我非常尊敬我的老师，他过世前对我说，他希望我能够在艺术上更进一步……说起来也很无奈，我一向准确，毫无错误，我自诩这是我的风格和优势。可是很多人都说我的音乐过于精准，以至于会让人有种透不过气的感觉。我的老师也对我说，100 分有时候不及九十九分，所以他让我去寻找艺术的上帝，找到突破，寻找领悟。我选择回到国内，四处看看，并不想被人知道身份。我没有告诉你我是谁，就像你没有告诉我你是谁一样。我不是想欺骗你，只是选择了保留一些秘密。我想，别人也许不懂我，但是你应该懂我的，不是吗？”

贝果被说得无言以对，是啊，她好像也对他撒谎了……

贝果感觉自己又动摇了，不行！她猛地摇摇脑袋，不能够被他忽悠！贝果忽然有些后悔来吃饭了，就不该跟叶天泽待在一起，她忘记夏莉的话了吗，他就是个大忽悠，听他这么一说，一下子就觉得自己应该体谅他了。

“不过我明白，你躲我不是因为怪我，你是害怕。可是你应该知道，我不是你的爸爸妈妈，在我身边，你可以做你想做的事情。我也不会再逼你拉小提琴，如果你不想进步，随便拉拉也可以，我不在乎。”

“骗人！”贝果气呼呼地说。

叶天泽一愣，但是又忍不住微笑起来，虽然贝果很生气，但是好歹愿意跟他交流了。

“我没有骗你。”他温柔又无奈地说。

“大家都说你是音乐狂人，说你是精力恐怖、邪恶铁腕的乐团总监。你总是无所不用其极地逼迫乐手，还说你看到有天赋的乐手，一定会用尽全力培养，把他逼到极限才行。你第一次见我，就问我是不是乐手，后来也每天逼我练琴……”

“我的确是这样的人，在乐团里手段严厉了一些，之前也的确有乐手被我折磨得受不了，恨我恨到扬言要杀了我。”

贝果心里咯噔一下，被叶天泽的说法吓到，担心地问：“他……他真的会杀你吗？”

“他真的在一场音乐会开始前，带了一把刀要来杀我。”叶天泽无所谓地说，“不过已经是原来的事情了，你不用担心，已经没事，都处理好了。”

“我才没有担心你……”贝果嘟囔道。

“贝果，我的确是一个铁腕的乐团总监，如果你是我乐团的小提琴手，我会无所不用其极地磨炼你，让你不断地进步，达到艺术的巅峰。但是你不是，我并没有把你当作我的乐手对待。在我心里你不是乐手，你知道的……如果你只是我需要为乐团培养的一个乐手，那时候我回德国之前不会来找你，不会要你等我……”

贝果捏紧了筷子，低下头来。

服务员走进来送餐，打断了两人的交谈。

气氛有些怪怪的，连服务生都有感应。她把贝果的十碗牛丼放下，又把十个温泉蛋摆好，然后把剩下的一碗放在了叶天泽桌前。

贝果不说话，开始埋头吃饭。

牛丼其实就是日式肥牛盖饭，她把温泉蛋倒上去，搅一搅，每一粒米饭上就都有金黄的蛋液，热气腾腾。

忧伤的时候，就要吃一些热腾腾的东西。

叶天泽也学着贝果的样子，把温泉蛋放在饭上搅一搅。

贝果大口大口地吃饭，叶天泽一刹那竟然有些失神。

真怀念啊……从前每天看着贝果吃饭，知道这样的时光并不是理所当然的，这都是上天的恩赐。

看着贝果吃，叶天泽也觉得有了胃口。

剩下的菜也陆陆续续上来，等到叶天泽吃完，贝果大概还剩四份牛丼，她丝毫也没有慢下来的意思，还又多点了一份咖喱猪排。

“你父母那边，我了解过。”叶天泽忽然说。

贝果手上的动作顿了一下，没有说什么，继续埋头吃饭。

“他们移民了，所以你在国内的情况，他们大概也不知道。如果你想要联系他们，我可以给你联系方式。”

“我不想。”贝果毫不犹豫地说，说完埋着头继续吃饭。

她才不见他们，其实他们也根本就不在乎她吧。

不是小提琴天才的她，多年不拉小提琴的她，不能带给他们骄傲的她，只不过是个叛逆的女儿而已，他们才不需要这样的女儿呢……

“其实，现在已经没有人能逼你做任何事情了，时过境迁，很多事情都变了。我不是你的父母，不是你的监护人，你没有必要躲我。你又不是我的什么人，不是吗？”

贝果被叶天泽说得心里堵得慌，他这是在说自己是在自作多情的意思吗？

是啊，她躲什么躲？有人找的才叫作躲……

“除非你让我做你的什么人……”叶天泽又说。

贝果有些惊讶，抬起头来。

“半年前我说追求你的话还算数，贝果，你还记得吗？”

叶天泽凝视着贝果，目光深邃又热烈，像是地下的暗涌。

“真的吗？”贝果放下勺子，抬起头看向叶天泽，语气恳切地问，“你当初问我要不要做你女朋友的话，还算数吗？”

“当然。”叶天泽的眼神笃定，语气坚定，没有一丝一毫的犹豫。

“我知道了。”贝果看向叶天泽，眼神同样的笃定，语气一样地坚定，她没有一丝一毫的犹豫，道，“我的答案是我不要。拒绝你。”

说完这句话，贝果又低下头，大口大口地吃饭。

真香！

叶天泽半天没说话，倒不是他生贝果的气，而是这是叶天泽这辈子第一次被人拒绝，所以他一时间竟然不知道应该怎么反应。

叶天泽这辈子都顺风顺水，靠着良好的家世，优秀的基因，难得的天赋，几乎只要他想要的都能够得到，世界的大门从来都是向他敞开的，可这一次他竟然吃了一次闭门羹！

“你为什么拒绝我？”叶天泽忍不住问。

贝果看向叶天泽，无奈地说：“叶指挥，你知不知道被拒绝了之后还问为什么是很掉价的行为？”

“不知道。”叶天泽无所谓地说，“反正我的价值高，掉一点儿也无所谓。我就想知道为什么。”

“知道有意义吗？”

“有啊。”

因为知道了，才能改进。

“因为我高兴拒绝你。”贝果斩钉截铁地说。

叶天泽被贝果噎得无话可说，彻底地没了办法。

一直到贝果吃完了所有的东西，叶天泽都没有再说一句话。

期间，叶天泽只叫来了一次服务员，跟人小声说了几句话，其余时间都沉默地看着贝果，不露声色，也不知道在憋着什么坏呢……

贝果小心翼翼的，可是叶天泽却似乎真的是放弃了一般，完全不管她了……

不是吧，拒绝一次他就放弃了？什么时候变得这么好说话了？

贝果害怕叶天泽憋着什么阴谋，赶紧叫来服务员结账。

这家店并不便宜，刚刚点菜的时候有点儿心不在焉，也没仔细看价格，现在看到账单，贝果的心都在抽搐！

这半年她都没有工作，全在吃老本，所以吃这么一餐还是相当奢侈的。

贝果欲哭无泪，只能可怜兮兮地问：“能用支付宝吗？”

她身上的现金肯定是不够的，她就带了两百块出门。

服务员看到贝果的神情，偷偷瞅了一眼叶天泽，那边冲着她点点头。

于是服务生笑眯眯地对贝果说：“小姐，您是过了晚上九点来用餐的，可以享受五折的优惠哟，如果现金付款的话，还能再享受五折优惠哟！”

“那岂不是只要2.5折？！”贝果惊喜地问。

“对哟！”

“可是我没带现金。”贝果遗憾地说。

“我可以借你。”叶天泽终于开口说话了。

“不要！”贝果斩钉截铁地拒绝，她可不想再跟叶天泽有什么牵扯。

“如果你是怕跟我有牵扯，你可以现在就直接转账给我，这样不就不拖不欠了？你放心，我不找你要电话号码，也不会再约你见面。”

贝果沉吟片刻，想了想，觉得这样倒是也可以。思来想去，依旧觉得这个 2.5 折不能错过，便找叶天泽要了支付宝账号，把钱转给了他。

果然，穷人是没有尊严的……

等贝果走了，服务员这才走到叶天泽身边，微笑着把账单递给他，道：“您对女朋友真好，默默给钱，还不让她知道。”

方才叶天泽特意把服务生叫过来，说让她一会儿找个理由给贝果打折，剩下的钱他来付。

“没办法，我这个女朋友可不好哄。”

叶天泽签了单。

服务员看到名字，惊讶地说：“您真的是叶天泽啊！我刚才还以为我看错了……”

叶天泽笑了笑，无奈地说：“叶天泽又如何，不也有哄不好的人吗？”

等到叶天泽出去，服务员还在恍神呢，都说叶指挥高冷，没想到竟然是对女朋友这么温柔的男人！

叶天泽走出餐厅的时候，贝果还等在门口。

这家店的地理位置比较僻静，不好拦车，叶天泽把车子开到贝果身边，打开跑车的顶篷，对她说：“上车，我送你回去。”

“不要。”贝果拒绝。

“这里不好拦车的，这么晚了你一直等在这里不安全。”

“不要。”贝果还是拒绝。

叶天泽笑起来，问：“你除了不要之外就没有别的话可以说了吗？”

“拒绝你。”

叶天泽哭笑不得，无奈地摇摇头，他的贝果简直就是个钻牛角尖的小女孩儿。

“好吧，那我先走了。”

叶天泽果断地发动车子走了。

贝果叹息一声，站在街边继续等车，可是等了半天都没见到一辆车过来。

周围黑漆漆的，没什么人，她也不敢乱走，手机随时都要关机，她连滴滴打车都不敢打。

贝果愁得都要哭了，正不知道怎么办的时候，叶天泽的车子竟然又开了回来，车子后面还跟着一辆出租车。

叶天泽停下车，走到贝果的面前道："我帮你叫了一辆车来，这下总没有意见了吧？"

贝果微微低下头，她不是一个不懂得感谢人家好意的人，小声嘟囔道："谢谢你……"

"傻瓜……"叶天泽的语气软下来，道，"你不需要谢我。"

叶天泽给贝果打开出租车门，贝果上了车，他又走到司机旁边，好声好气地对司机说："麻烦您把这位小姐送到家门口，看着她进门了再走，这么晚很不安全。"

"行行行。"司机大叔豪爽地说，"您放心，肯定把您女朋友安全送到。"

才不是女朋友呢，贝果想反驳，但是又觉得反正是陌生人，解不解释也没有什么意义。

叶天泽向后退了一步，站到马路边，敲了敲车窗。

贝果缓缓把车窗摇下来。

"你放心，我等你的车走远了再开车，不会跟着你的。"

贝果欲言又止，怕说多了又显得自己小人之心度君子之腹："我没有不放心……"

"那就这样了？"叶天泽问，"你没有什么别的话要对我说吗？"

是啊，她已经拒绝人家了，又没有联系方式，这个城市这么大，她这么一走，两个人再也遇不上也说不定。

贝果咬着牙，摇了摇头。

"那好吧，晚安。"

叶天泽说完这句话，便往后退了一步，敲了敲司机的窗子，对司机点了点头。

司机发动车子。贝果忍不住回头看，见到叶天泽一直站在路边没有动，直直地看着她的方向。直到出租车开到路的尽头转了弯，她也并没有看到叶天泽跟上来。

所以，这一次是真的结束了吗？

就这样？

Chapter 14
你的贝果已重新上线

贝果回到家，把灯都关上，躲在被子里，只露出一张小脸，她打开电脑，登录了半年都没有登录过的微博。

有很多私信，但是绝大多数都集中在她刚刚消失的那一个月，后来私信便越来越少了，到了最近这几个月，粉丝的私信就更少了，只有几个真爱粉还时不时地呼唤贝果，让她快点儿回来。

但是有一个人一直在给她发私信，就是叶天泽。

贝果想既然现在已经结束了，看看他说了什么也不是不行，便点开叶天泽的对话框，想看看他都发了些什么……

可是看到他发的东西，贝果心里那忧伤的情绪就烟消云散。

叶天泽给贝果发的全是吃的！

没有道歉，没有深情告白，没有倾诉思念，只有一张张拍得让人流口水的食物图片！

这半年来叶天泽隔几天就要发一条私信给贝果，内容和格式都差不多，首先是店铺的名称，然后是店里特色菜品的图片，外加一句：吃不吃？

大晚上的，贝果真的看得好馋哟……

她倒在床上，无声地叹息，这个叶天泽真的是不按套路出牌，想为自己逝去的爱情忧伤一下都不行的……

忽然，手机有了信息提示。

贝果一个激灵，猛地坐起来。

这半年来她没有跟任何人联系啊，怎么会大半夜的有人联系她？

她疑惑地打开手机一看，是支付宝的消息。

支付宝：叶天泽已成功给你转了一笔钱。

……

什么情况！

贝果打开支付宝查看。

叶天泽：明天要不要跟我去吃饭？

转账：520元。

靠，原来他提出来借钱给她，是这个原因！果然叶天泽的性格是不会轻易放弃的！

贝果说不清自己的感情，立刻把钱转了回去。

贝果：你不要转钱给我！

转账：520元。

叶天泽：我就是喜欢转钱给你。

转账：520元。

贝果：你转给我我也会还给你的！

转账：520元。

叶天泽：把联系方式给我我就不给你转钱了。

转账：520元。

贝果：不给！还你！

转账：520元。

叶天泽：我的电话是186××××××××！

转账：520元。

贝果：我不需要你的电话号码！

转账：520元。

叶天泽：你有事可以找我帮忙。

转账：520元。

贝果：我没有事情需要你帮忙！

转账：520元。

叶天泽：比如打不到车的时候，可以叫我接你。

转账：520 元。

贝果：不会再有这样的事情了！

转账：520 元。

叶天泽：我随叫随到的。

转账：520 元。

贝果：不需要！

转账：520 元。

叶天泽：这半年你有没有想过我？

转账：520 元。

贝果：不想！

转账：520 元。

叶天泽：怕你想我，我才天天出现在广告里。

转账：520 元。

贝果：不要说甜言蜜语，我不信你！

转账：520 元。

叶天泽：宝贝，我们明天接着聊，晚安。

转账：10000 元。

这一回怎么这么多？！

“不要叫我宝贝！”贝果回道。

贝果又准备把这一万块转账回去，却发现转不了！怎么回事儿？

支付宝提示道：“您的转账次数已达到最大限度。”

贝果这才意识到，支付宝非好友，每天转账不能超过十次。但是她今天找叶天泽借现金的时候已经先给叶天泽转过一次钱了，所以十次机会是她先用完的……

这一万块太多了，贝果肯定是要还给叶天泽的，但是明天如果她先还回去，那又是她先转账，叶天泽又是转最后一次，他如果又给她转一万块，这样下去不是没完没了了吗？

贝果觉得头好疼……

叶天泽的套路也太深了吧！

贝果把被子蒙在脑门上，烦恼得直蹬腿，烦烦烦！果然她的斗争经验实在是太不足了，在这个老狐狸面前完全没办法。

第二天早上贝果是被敲门声吵醒的，她以为是房东奶奶叫她起来吃早餐，迷迷糊糊地打开门却见到一个陌生男人站在门口。

男人个子高高大大，非常结实，一身小麦色的肌肤，典型的欧美ABC的打扮风格，长得有些痞帅，看起来挺阳光的。可是一开口贝果就对这个人毫无好感。

“我奶奶叫我上来找你的，你是我的导游吧？”

导游……

“你是李奶奶的孙子？李奶奶是叫我带着你玩，但是我不是你的……”

“那就是你了。”他打断贝果的话，上下打量了她一番，皱皱眉道，“你快点儿，我在楼下等你。”

这么跩！

这从美国回来的小狂徒丢下一句在楼下等贝果就走了，没礼貌……

贝果虽然不喜欢这人，但是答应房东奶奶的事情还是得做到，只得去洗脸刷牙换衣服，衣服穿到一半就听到楼下不停地传来喇叭声。

她探头一看，果然是这位爷，他也不知道从哪里搞来的一辆敞篷跑车，坐在车里不耐烦地按着喇叭，见到贝果从窗口探出脑袋来，便对她叫道：“快一点儿！”

贝果只能麻利地穿好衣服下楼。

自己开门坐上了车，这位爷也不问贝果的意见就发动了车子，马达震天响，贝果差一点儿飞出去，赶紧把安全带系好。

“你刚刚回国，哪里来的跑车？”贝果没好气地说，“开慢点儿不行吗？”

“我租的，我是绝对不会坐公共交通的。”

贝果觉得自己每分钟要原谅他六十次才能继续跟他聊下去。

“忘记自我介绍，我叫Damon，中文名字是李乔松。”

“我叫贝果……”贝果看了看路道，“前面右转，我们今天去吃烤鸭。”

Damon却没有右转，依旧直走。

“哎，你走错了！”贝果着急地说。

Damon把车子猛地停在了路边，他下了车，打开副驾驶的车门把贝果拉下了车，然后又重新回到了车上，对站在路边一脸懵的贝果说：“我还有事，你自己去吃吧，下午四点我们在这里见面一起回去，不要跟我奶奶说我溜了。”

说完也不待贝果答应或者拒绝他就直接把车子给开走了。

贝果目瞪口呆，说实话，没礼貌到这种程度，贝果也是开了眼！人都走了贝果也没有办法，能自己一个人反倒更好。烤鸭店也不远，贝果一个人慢慢地溜达过去。

这半年里她很少这样悠闲自在地在路上走。其实想想也知道，这个城市这么大，本来也没有那么容易偶遇，但就像是一个逃犯一般，总觉得不安。现在真的遇见了叶天泽，得知了父母都已经在国外有了新的生活，她忽然就放松了下来。

可能她从前太把自己当一回事了，她也不过是别人人生里的配角而已，每个人都有自己的人生要忙，谁会真的成天围着你转呢？即便是爸爸妈妈，说离开不也就离开了吗，就仿佛不曾有过她这个女儿一般。

贝果有一丝惆怅，但更多的却是一种如释重负的感觉。

她想了想，拿出手机，又登录了微博。

“一个小时之后直播哟！”

贝果打了这句话，犹豫了一下，终于还是下定决心按了发送键。

其实重新开始直播，贝果心中还是有些忐忑，可是最近实在是有些穷，再不找点儿进账，真的是要坐吃山空了。再加上重遇叶天泽，心里少了很多顾虑，所以她才有勇气重新开始。

其实贝果并没有很大的期待，她毕竟从众人视线里消失了半年之久，重回微博不可能像之前那么热闹，这年头什么都图个热度，过气网红不如狗，在这个日新月异的时代里，人们最擅长的就是抛弃，反正总有更新鲜、更有趣的人和事层出不穷。

但是让贝果惊讶的是，短短时间之内，她的那条微博下面竟然就有了一百多条评论。

“夏天就是要吃绿豆沙”：天呐！诈尸啦！

“果果亲妈粉 Nomorning”：终于等到你，还好我没放弃！贝贝回归了！天啊，我都要哭了！

“格格”：嗷嗷嗷，贝贝到底为什么消失了那么久！太过分了，嘤嘤嘤……

“池棻”：要哭了，躺在床上刷到这么一条微博，惊得我直接从床上蹦起来了！

“富士见二丁目交响乐团”：没有贝贝下饭，这半年我简直就是食不下咽！

“夏语冰”：回来就好回来就好！别的都不重要！永远爱你，永远支持你！我不懂什么音乐，只懂贝贝的吃播！

贝果看着这些真爱粉的留言，差一点儿要哭出来。她吸了吸鼻子，忍住眼泪，打开手机，登录了直播平台的 APP，调整好角度，打开了直播间……

“Hello 大家好，我是大胃王贝果，我回来了！今天我们要吃的是北京烤鸭！”

叶天泽正在排练，助理走进来跟他耳语了几句，他便让乐手们先休息。他走出排练厅，打开手机，点开直播APP，果真见到贝果又开始直播了。

叶天泽笑起来，然后给江超凡发了个信息。

叶天泽：还想我的乐团帮你做专辑吗？

江超凡：哥！你终于肯理我了啊！当然想啊！哎呀，我现在都不求你给我伴奏，就想重拾我们的友谊啊！你气了我半年，也气够了吧。

叶天泽：我现在有个机会给你，让你弥补半年前犯下的错误。

江超凡：什么机会你说！只要能弥补我的过错，就算是做牛做马我都愿意！

叶天泽：做牛做马就不用了，倾家荡产就足够了。

贝果重新开始直播，虽然微博上的真爱粉们没有放弃她，但是现在观看人数是完全不能跟半年前相比的。贝果早就有心理准备，她不记得是哪个一直都很红的主播曾经说过，观众都是无情的，不要以为他们会永远喜欢你，要使出浑身解数，并且紧跟潮流，实时更新最新的趋势，才能够一直被大家喜欢。

原来贝果的直播每次都有十几万的观看，如今就只有不到一万，场面着实冷清。

不少贝果从前的竞争对手，或者同行，也都在看她的视频，有的唏嘘不已，有的则是一副看好戏的心态。

不过贝果从来都不是那种在乎红不红的人，有人看，有几个人送点儿礼物，她就很开心了，原来收到的礼物可以让她餐餐吃大闸蟹，现在的收益可能就只够吃糠咽菜，但是也总比喝西北风好啊！贝果想得很开的。

“谢谢‘南有乔木’送我的鱼翅，谢谢你！”贝果由衷地说。

贝果继续包着烤鸭，一边包一边说：“好多人不爱吃大葱，但是我觉得大葱是烤鸭的精髓呀！就算只有几根，也不可或缺。我们总是只能看到主角，只能看到烤鸭，因为你们看这个烤鸭，烤得油滋滋的，皮又滑又亮，看起来就让人流口水。但烤鸭吃起来是很腻的，如果没有大葱，只怕吃几口就腻了。”

“蚊子君”：感觉不说人话的贝贝又要上线了，哈哈哈哈。

“上仙万万岁”：就喜欢不说人话的贝果哈哈哈。

贝果看到粉丝的弹幕，笑起来道：“对啊，这就是我的风格。”

贝果拿起饼皮，铺上一层大葱和黄瓜，然后夹了一大块肉，蘸了满满的甜面酱，包了一个超级实在的包，一口塞进了嘴里。

超好吃！

“Lynn 吖”：半年没看贝贝的直播，都忘记了看她的直播多么让人馋，可怜我现在在上班，要不然马上就冲去吃了！

“哀学习之多艰 hh”：好的，我要去吃大葱了！

“哈哈哈，大葱吃了对身体好啊！而且就是因为有大葱这个配角，给烤鸭去腻，提香，增加口感，我才能一口接着一口地吃，吃十只烤鸭都不腻呀！所以有时候不一定非要选择做主角，做个配角也很快乐啊。我就喜欢做大葱，做个跑龙套的，不做烤鸭。”

贝果只觉得这顿烤鸭吃得自己长长地舒了一口气，这半年的积郁都一扫而空。人活着总是难免有挫败的时候，但是无论何时，胃里能有温暖的食物，都是安慰人心的。

吃完了烤鸭，直播也差不多结束了。

还剩下一些鸭皮，鸭皮烤得脆脆的，特别适合沾着白糖吃。

贝果一边吃鸭皮一边看着大家的留言。随着直播的进行，观众也渐渐多了起来，很多原来熟悉的面孔也渐渐重新出现，真有一种跟老朋友相见的感觉。

吃完了烤鸭，贝果双手合十，无比感激地说：“今天的烤鸭我就吃完了，直播也马上就要结束了，说实话我没有想到还有这么多朋友记得我，很开心，我们明天不见不散！”

贝果刚说完这句话，就看到弹幕出现了一排字。

“你是小提琴手吗”送出游艇乘以100。

贝果惊讶地瞪圆了眼睛，她的土豪粉丝回来了！

“感……感谢‘你是小提琴手吗’送我的游艇，一百个真的是太多了，太感谢了，破费了！”

话音刚落，便又出现了一排弹幕……

“带你的乐团给我的演唱会伴奏好吗”送出游艇乘以100。

贝果还来不及感谢，就又接连出现了四排弹幕……

“带你的乐团给我的演唱会伴奏好吗”送出游艇乘以100。

“带你的乐团给我的演唱会伴奏好吗”送出游艇乘以100。

“带你的乐团给我的演唱会伴奏好吗”送出游艇乘以100。

“带你的乐团给我的演唱会伴奏好吗”送出游艇乘以100。

这又是哪里来的土豪？贝果惊讶得话都不会说了，这是要直接把她送上首页第一的位置吗？

直播结束，贝果又自己去闲逛了一圈，等到快下午四点，才回到跟Damon约好的路口，和他一起回了家。

奶奶已经在门口等着两人了，非要贝果留下来一起吃晚饭。

李乔松瞥了贝果一眼，也不知道这个普普通通的女孩子到底哪里这么得奶奶喜欢，他还没回国，就听到奶奶一直在电话里夸她多好多好，夸得其他的孙子孙女都有些吃醋了，到底谁才是奶奶的亲孙子亲孙女啊，对自家的孙子孙女都没有这样夸的。

李乔松平时都有在健身，所以食量挺大的，贝果因为白天吃了不少，所以现在也不算特别饿，便没有敞开肚皮吃，所以吃得跟李乔松也差不多。

不过李乔松的食量在男人里也算是多的了，见到贝果吃了这么多，还是有些惊讶。

他之前接触的女孩子不少，但既不敢吃也不敢喝，他就喜欢吃得多一点儿的，最烦那种吃两口就开始在那儿玩叉子，把食物扒拉来扒拉去的，搞得他倒胃口。他也不喜欢骨瘦如柴的女孩子，自然一点儿好，像贝果这样胃口好的，吃东西不矫情的就很好。

“可以啊！”李乔松拍拍贝果的肩膀道，“看不出来，胃口挺大的啊。”

贝果尴尬地笑了笑，也不知道应该怎么回答，他是没见过自己真的胃口大的时候……

奶奶笑而不语，也不戳破，毕竟她还是要留点儿惊喜给自己的孙子，有的事情还是自己慢慢发掘比较有趣。

等到吃完饭，贝果也不多留，赶紧就上了楼，奶奶也不留她，只是叮嘱贝果，明天不要忘了，还是要带她孙子出去玩。

贝果答应了李乔松不告诉奶奶真相，只得答应了。

等到贝果走了，奶奶才关上门，叹了口气道："哎呀，我的宝贝呆萌，看来你的魅力不行啊，贝果都不愿意跟你多待，吃了饭就逃了。"

"喊，欲擒故纵这个成语还是奶奶您教我的呢。"李乔松不屑地说。

李乔松从小帅到大，家里又有钱，还有才华，所以他这个人就是谜一般地自信，相信天底下女孩子只有两种，喜欢他的，和即将要喜欢他的。

奶奶了解自己的孙子，决定先不打击他，问道："先不说贝果对你的感觉了，你呢，你觉得这个女孩子怎么样啊？"

李乔松看着手机，漫不经心地说："没什么兴趣。"

各方面都挺一般的，长得还行，但是也没有到惊为天人的地步啊，性格也不温不火的，也没有到非常有个性的地步。

哪里配得上他？

奶奶知道自己孙子有王子病，摇摇头，不多说，决定让他们继续接触。

李乔松回到房间，翻着手机，心情相当烦躁。

他这次回国，是为了追求他的梦想。

李乔松是伯克利音乐学院小提琴专业的学生，但是他一直觉得古典音乐已经不符合时代的潮流了，所以他跟国内的几个朋友一起搞了个古典摇滚乐队。这个乐队他们从高中就开始弄了，虽然是地下乐队，但是仍在小范围内有些名气，有不少的迷妹。

只是后来李乔松家里移民，他也去国外读书，只有每年假期才能回来。

现如今国内忽然掀起了一股古典音乐的热潮，伴着叶天泽的大红大紫，很多人都想借着这个东风搞点儿动作。

有家公司看上了李乔松他们的乐队，打算包装他们出道。李乔松便想要退学回国专心搞他的古典摇滚。

李乔松想要退学，但是家里人强烈反对，只有奶奶支持他，不过有奶奶撑腰，家里人也不好说什么。最终爸爸妈妈妥协，答应给李乔松两年的时间去尝试，如果两年时间他还搞不出什么名堂来，就要回去继续老实念书。

没想到才一回国，乐队中的第二小提琴就撂挑子不干了，说是家里人不同意，要他继续读他的清华研究生……

出师不利，还没有正式出道，乐团就少了一个人。

他们只得重新寻找合适的人选，李乔松急急忙忙回国，也是要参与面试，挑选第二小提琴手合适的替代者，可是今天搞了一天，耳朵都长茧子了，都没找到合适的。

长得可以的水平不行，水平可以的缺乏个性，有个性的又跟乐队的气质不符合，反正就是烦得他冒火。

“呆萌？”奶奶敲着李乔松的房门道，“你在里面吗？”

“在，什么事儿？”李乔松打开门问。

“过几天啊，我们老年大学要去老人院表演，你要不也去表演个节目，把你几个伙伴叫上一起。”

李乔松撇撇嘴，不情不愿地说：“我们搞古典摇滚的，古典也好，摇滚也好，那些老家伙听得懂吗？”

“怎么着，我也是老家伙，我不也听得懂吗？”

“那别人怎么能跟您一样……”李乔松无奈地说。

奶奶年轻的时候可是去国外学的钢琴，在那个年代是多么少见，要不是后来那些年伤了手，奶奶是绝对能成大钢琴家的。

要知道李乔松的古典乐都是奶奶给启蒙的，他可是相当敬佩奶奶。

“你们必须去啊！”奶奶叮嘱道。

“哎呀，我们乐团现在少一个第二小提琴手，还没找到呢。”

“我帮你找一个，到时候先应付一下。”

“这也能乱应付的？别拖累我们……”

“哼，你能跟得上人家再说吧。”奶奶不屑地说。

李乔松对自己的小提琴水平可是比对自己的长相还要自信，他才大二就被纽约的乐团预订了，是他不乐意去。

“嘁，有我跟不上的人吗？我可是……”

“伯里克的辍学生是吧？真是没见过世面。”

奶奶轻蔑地看了孙子一眼，转身又去了厨房。

李乔松在学校里是老师的心肝宝贝儿，也就奶奶瞧不起他他不敢说什么，他嘟囔了两声，继续看应征者的简历。

他过几天倒是要看看，奶奶说的那个人有多厉害……

贝果回到房间，开始看今天的微博评论。

做个过气网红也挺好的，微博连黑子都没了，就只有真爱粉还在她微博下给她摇旗呐喊。

贝果翻着私信，看到了她在直播平台原来的编辑给她发了私信，说是原来的电话联系不上她，让她看到了给回个电话，有急事。

贝果想了想，还是给编辑把电话打了回去，毕竟直播是自己的工作，挣钱吃饭的活计，还是要认真对待一下的。

“你可回电话了啊！”编辑接到贝果的电话，激动地说，“唉，我的小祖宗，你这半年跑哪儿去了，你知不知道，因为你忽然消失的事儿，我差一点儿工作都没了！”

贝果有些不好意思，她也没有想给别人的生活添麻烦。

“抱歉啊……我当时的情况有些无奈……”

“没事儿没事儿！回来了就好！你不知道，你这回来多轰动，直接上了首页第一，你可是我们现在收益第一名的女主播！不愧是贝果，真爱粉就是给力！我们今天决定连夜开会，帮你制定新的战略，重新杀回大家的视线里！”

编辑叽叽喳喳地说了很多，贝果都没有上心听。

每个人活在这个世界上都有自己的面具，而对于贝果来说，这面具就是大胃王的身份。她选择直播，只是选择了一个让自己生存下去的方式，仅此而已。

她丢弃了亲情、身份、爱情、金钱，不是为了大红大紫，只是想戴着这张面具，隐藏在这个世界上而已。

“不用了，我就喜欢这半红不黑的样子，刚刚好养活自己就行，所以不用给我安排什么计划和活动，我不会配合的。我只想老老实实地做每天的直播，这样就够了。”

编辑被贝果拒绝，却也无可奈何，也不敢逼贝果，怕一逼她，她又消失个半年，那她的摇钱树可就又没了。

“唉，好吧，我跟领导说说。这半年过去，你倒是一点儿都没变，还是从前那个配方……”

“谢谢理解。”

挂了编辑的电话，贝果终于可以舒舒服服地躺在床上。

她翻来覆去了一阵子，然后打开支付宝，看着她跟叶天泽的聊天记录，想着怎么把钱退给叶天泽。

贝果这一看，才忽然发现昨天转账的记录竟然都是520。

贝果有些脸红，这个叶天泽真的是套路深，简直就是每个举动都有意义……

贝果心里不动摇那是假的，那可是她一见钟情的贝多芬，人生第一次心动的对象。这半年来她反反复复地思考过很多次跟叶天泽之间的关系。其实就像叶天泽说的那样，他也不能真的把刀子架在她脖子上逼她拉小提琴，她知道这一点。

可是叶天泽是指挥家，还是那么伟大的指挥家，她能让他跟她一起过默默无名的生活吗？叶天泽的一生是注定要伟大的，要么她要跟上他的步伐，要么他们就要往两条路上走。

如果她和叶天泽的追求南辕北辙，又如何在一起？

贝果逃跑的原因不是爸爸妈妈，也不是叶天泽，她逃跑的是那个要套在她身上的枷锁。

贝果终于还是下定决心，既然当初决定离开，就不要后悔，也不要回头。

她一直等到晚上11点59分，才给叶天泽的支付宝转账。

贝果：我们要的不一样，不要再联系我。

转账：10000元。

叶天泽收到这条转账信息，无声地叹息，然后又无可奈何地笑起来。

你瞧，他的贝果多聪明，看起来温暾、傻里傻气的，其实什么都懂，尤其是人生的大是大非上，一点儿都不糊涂，清楚得很。

很多人活了一辈子都没有搞清楚自己要的到底是什么，她十八岁的时候却已经想明白了。

她有着自己坚定的世界观，并且能够不被外面的世界改变，坚定又勇敢，果断又残忍。

所以他才喜欢她吧。

贝果说得没错，他们要的不一样。

他们一个在做人生的减法，一个在做人生的加法。

贝果要交白卷，而叶天泽要交一百分的卷子。

如果叶天泽不搞定这个问题，不在两人之间找到平衡，贝果是不会相信他，也不会回到他身边的。

可这个平衡在哪里呢？连叶天泽也不清楚他找不找得到，但是他跟贝果不同，他不会因为察觉到两人的差别就选择放弃。他既然是要一百分的人，就绝对不是那种看到困难就放弃的类型，困难和障碍只会激发他的潜能。

他是绝对不会放弃贝果的。

虽然已经十二点了，但叶天泽还是立刻给助理打了电话。

“我有个新想法，可以继续推广我们的古典乐。现在直播不是很火吗？我们不如跟直播平台合作一次。”

“好主意啊！”

叶天泽一直相信，机会不是等待来的，而是自己创造的。

他更加相信，男女之间靠的不是追求，而是吸引。他要为了贝果，办一场音乐会。

Chapter 15
小狼狗，注意点

接下来几天，贝果依旧每天按时跟李乔松一起出门，李乔松每天上午把贝果放在市中心，贝果去做直播，李乔松去音乐学院面试新乐手，然后下午四点准时来接贝果回家。

偶尔李乔松还会跟贝果闲聊几句，只不过贝果似乎并不爱多跟他说什么，每次他问到贝果一些私人问题，贝果总是顾左右而言他，或者拒绝回答。

李乔松还没有遇到这么难聊天的人，被贝果噎了一路，忍不住小声嘟囔道："你怎么这么神秘……"

"我并不是神秘，"贝果面无表情地说，"我只是跟你没什么话好聊的。"

……

"我哪里得罪你了吗？"李乔松一脸迷茫地问。

贝果觉得这个 Damon 是真的呆萌，他第一次出现说第一句话的时候就把她得罪了啊！他难道不知道吗？！

"没有……"贝果懒得跟他计较，大概这个人就是自我为中心惯了。

回到家，李乔松第一次主动替贝果开了车门。

没几天就到了去老人院表演的日子，贝果擦着她的小提琴，奶奶上来敲门道："我先跟学校里的姐妹们走了，一会儿你跟呆萌一起走，你弄好了下楼去找他就好了。"

"哦，呆萌也去吗？"

"嗯，他还有他的两个朋友，你们年轻人多接触一下，你啊，就是同龄的朋友太少了，整天跟我们这些老家伙玩什么劲儿！奶奶走了呀！你快点儿去找呆萌，他等着你呢！"

房东奶奶飘然而去，贝果思索着奶奶的话，的确从小到大她都没有同龄的朋友，小时候被逼着拉小提琴，根本没有机会交朋友，后来离家出走，她离群索居，也没机会交朋友，就这么一直孤独着长大。

可是她要跟呆萌交朋友吗？

想想他那个跩得二五八万的样子，贝果觉得还是算了吧。

贝果换好衣服，背着小提琴下了楼，准备去找李乔松。房东奶奶家的门没有关，贝果叫了一声李乔松的名字，没听到人应，便推开门走进去。

一走进客厅，贝果就红了脸。

李乔松戴着耳机，光着胳膊正在地上做俯卧撑……

贝果之前只在小吃街见过那些膀大腰圆的中年大叔在夏天的时候腆着大肚腩在路上走，可以说是毫无美感可言。像这种肌肉结实的小鲜肉，挂着汗珠的紧绷皮肤，充满了雄性荷尔蒙的场面她还真的是没有见到过。

房东奶奶也真是的，明知道Damon还在健身也不提前跟她说一声！

贝果正犹豫着是先上去还是扭头走的时候，李乔松就已经做完俯卧撑站起来了，见到贝果红着脸站在门口，他痞痞地笑了起来，取下耳机，走到贝果面前，问："为什么偷看我？"

"没有偷看你……是奶奶叫我下来找你的。"

李乔松又往前走了一步，逼近贝果，吓得贝果往后一退。

"别紧张，我拿毛巾而已。"

李乔松拿起挂在沙发上的毛巾，对贝果说："等我一下，我洗个澡。"然后转身走进了浴室。

贝果松了一口气，抱着小提琴等着李乔松，忍不住在心里想，这个李乔松还是有一点儿看头的，难怪平时那么自信……

李乔松洗完澡换好衣服出来，见到贝果正襟危坐地等着自己，忍不住笑了起来。

说起来比他大，但是一举一动都像是个小学生。

“你的小提琴？”李乔松见到贝果抱着小提琴，好奇地说，“给我看看。”

“不给。”贝果干脆果断地拒绝。

她的小王子可不能随便给人摸。

“这么宝贝啊？”李乔松轻蔑地说，“我还不稀罕看呢……”

想也知道贝果应该就是个普通的音乐爱好者而已，想他堂堂伯克利的高才生还会觊觎她一个票友的小提琴吗？

李乔松听奶奶说过，今天贝果要拉小提琴，他决定先不告诉贝果自己是伯克利大学小提琴专业学生的事情，免得破坏了惊喜。

一会儿去老人院表演的时候他要给她个下马威，分分钟教她做人。

“走吧，我的两个朋友还等着我们呢。”

贝果跟着李乔松出了门。

李乔松的两个朋友在约定的地点等着他们，一见到那两个人，贝果就忍不住皱眉，非常艰难才克制住自己内心翻白眼的冲动。

果然浮夸的人都是成群结队出现的。

李乔松的两位朋友也开着拉风程度不亚于李乔松那辆保时捷的跑车，穿着打扮的风格也跟李乔松有异曲同工之妙，虽然帅气但是真的很跩，一副不知道天高地厚的自信模样，远远看过去，就觉得相当刺眼。

唉，年轻就是好……

李乔松给贝果介绍道：“这两个是我的朋友，这个是Hanson，这个是Luke……这个是我跟你们说过的，我奶奶的房客，贝果。”

Hanson为人还比较礼貌，打量了贝果一番，然后礼貌地对贝果点点头，道：“你好，今天就拜托了。”

贝果莫名其妙，拜托她什么？

她还来不及问，就听到Luke说：“这个就是你奶奶给你介绍的小女朋友啊？”

……

贝果的脸僵了僵，又是一个没礼貌的。

“不是小女朋友。”贝果黑着脸说。

李乔松明知道贝果的意思，却故意曲解道：“贝果年纪可比我们都大。”

“可以啊兄弟！姐弟恋啊！ Hot！”

三个人打打闹闹起来，贝果完全插不进去嘴，她无奈地叹息一声，果然是自己老了吗，完全受不了这群年轻人的朝气蓬勃，果然这种年轻的气息对于她来说还是太多了一点儿。

“行了，走吧，要来不及了。”李乔松看了看时间道。

“贝果姐姐，要不要坐我的车？”Luke 冲着贝果挤眉弄眼道。

“滚！”

Damon 一把搂过贝果就把她塞进了自己的车里。

等到车子又发动，李乔松才说：“你一会儿可要好好拉琴，不要丢我的人哟。”

……

贝果懒得跟李乔松说。他平时在车里放的都是一些重金属音乐，感觉不像是会喜欢古典乐的人，估摸着也不懂小提琴。

“我拉得不是很好，随便拉拉。”贝果面无表情地说，“不过就算我丢人也不是丢你的人。”

李乔松扬起嘴角，笑了笑。

“你可是我奶奶介绍的，丢她的人跟丢我的人有什么区别？不过没事儿，你放轻松，非专业人士拉得不好很正常，不要紧张，一会儿我听听看。”

贝果干笑了两声，只当李乔松是爱装逼的年轻人，不走心地说道:“是吗，我会努力的，那就拜托你指点了哟……”

“当然！”李乔松毫不犹豫地说道。

贝果在后台准备表演，却见到李乔松和 Hanson、Luke 三个人搬着乐器进来了，小提琴、中提琴、大提琴。

奇怪，他们是帮人家搬的还是自己要用？

贝果打量着三个人，怎么都没有办法把这三位型男跟古典乐联系在一起，气质实在是太不符合了，正想问一下，手机却响了起来，她低头一看，是一条支付宝消息。

支付宝：叶天泽已成功向你转了一笔钱。

贝果的心一沉，一整天叶天泽都没有联系自己，她还想着，他是不是又憋着别的什么坏呢，没想到他又发支付宝消息来了。

贝果深吸一口气，点开了消息。

叶天泽：我从不顺其自然，我向来不屈不挠。

转账：1 元。

虽然叶天泽这句话说得没头没脑，但是贝果还是懂了他的意思，奇怪，两人明明相识不久，贝果却时常有一种跟叶天泽心意相通的感觉。

叶天泽这是不愿意放弃他们之间的关系。

她正想着怎么回复的时候，叶天泽又给她转账了。

叶天泽：你先来我的世界看一看，再决定去留好吗？

转账：1 元。

贝果很感激叶天泽每次只转一块钱，这样她就不用纠结着要把钱还给他，可以假装没看到他的留言。

贝果本来轻松的心情，被叶天泽这两则留言弄得沉重无比。

他的世界……

那个世界贝果见过的，并不适合她。

关掉手机，贝果心情复杂，抬起头来，已经不见那三个人。贝果是第一个节目，奶奶已经催她上台了。

贝果本来就想随便拉拉，所以连谱子都没有带，准备想到什么拉什么。

奶奶客串主持人，说："下面有请贝果，给我们带来一首小提琴，大家欢迎！"

底下的老人都懒洋洋的，老人院里总是一股死气沉沉的气息，大家稀稀拉拉地拍了几下掌，三个大男孩也不走心地礼貌性地鼓了两下。

他们是特意在下面来听贝果的小提琴的。

"怎么连谱子都不带？"Hanson 疑惑地问。

Luke 叹一口气道："看来真的很业余啊，Damon 你这女朋友不行啊……"

"废话那么多，先听听看。"李乔松倒是对贝果有些期待，道，"看她的潜质如何吧，实力不行我们可以教啊，反正是第二小提琴手。"

"哎哟，没想到你还挺向着她的。"

"废话那么多。"

李乔松瞪了 Luke 一眼，又看向站在舞台中央的贝果，只希望她能够争气一点儿，不要太丢他的人。只不过看到她垂头丧气、毫无自信的样子，李乔松有些担心。

这艺术家怎么可以没有自信呢？！

Luke 拿出手机，点了录像功能道：“那我录下来，回头好一点点给她抠问题，指点她进步。”

贝果站在舞台中间，叹了口气，阴霾的心情急需要疏导，她架起小提琴，深吸一口气。

叶天泽的话在她心中激起了一圈又一圈的涟漪。

她让他去他的世界看一看再决定去留，她应该去看一看吗？

叶天泽让她决定去留，可她就像是这个世界的流浪者，真的会有一个地方能成为她的归属吗？

“拉什么啊？”Luke 叫道。

贝果猛地回神，这才想起来自己还没有报幕，她想了想说：“就拉萨拉萨蒂的《流浪者之歌》吧……”

底下的三个人交换了一下眼神。

《流浪者之歌》，又名《吉普赛之歌》，是西班牙小提琴家、作曲家帕布罗·德·萨拉萨蒂的代表作。无论是难度还是音乐性其实都不算是最高的，演奏技巧也说不上有多难，专业的小提琴手是都能够拉下来的。

李乔松他们几个人心里想着，就算贝果真的可以把这个拉下来，也顶多就是个业余小提琴十级的水平吧。想来她是想在他们面前炫耀一下技巧。

唉，真的是不知天高地厚……

贝果深吸一口气，又重新架起了小提琴。

她清空所有纷乱的思绪，把所有情绪都倾注于她的指尖。

贝果眼神一变，拉动琴弦……

当第一部分引子结束，在场的所有人都安静了下来，就连老人院懒洋洋的老人们也全都屏住了呼吸。

音乐就是有这种排山倒海的力量，能够超越国籍，无需语言解释，直抵人心。

荡气回肠。

李乔松脑海里只剩下这四个字。

他像是被人狠狠拍了一巴掌，简直就像是被一个巨浪打在了岸边的礁石上！

这首《流浪者之歌》的难度很大，可是他却完全听不出贝果有任何的炫技。贝果拉得那样举重若轻，即便是高难度的段落，却依旧拉得不留痕迹，越是李乔松这样专业的小提琴手，越是能听出这需要多么高超的技巧和绝顶的天赋。

他跟贝果之间的差距，简直就是人和神之间的差距！

从前，李乔松听前辈音乐家拉这首《流浪者之歌》，诠释的时候，多是以悲凉、伤感、壮烈的气息为主，也有的小提琴家诠释出了哀怨和悲戚。

可是贝果的音乐里却一点儿世故和沧桑都没有，就因为不炫耀技巧，所以少了那种匠气，她拉得坦然真挚，反倒让人能感受到吉普赛的流浪者那自由和不屈的精神。

心荡神驰啊……

这是怎样的震撼！

第二部分，缓板。

美丽而忧郁，小提琴以变奏和反复做技巧性极强的发展。轻巧的泛音、华丽的左手拨弦。仿佛是海浪冲入大海。

漂流的吉普赛人，孤独无依。

艰涩深奥的小提琴技巧要求丝毫没有阻碍贝果的情感表达，她的手像是绚烂飞舞的蝴蝶。

第三部分，是极富感情的一段音乐，悲伤的情绪达到极点。贝果的演奏让人感觉仿佛整个世界都沉入了那股流浪者的情怀之中。

流浪者之歌，回不了家的吉普赛人，漂泊无助的悲怆之后，却是忽然的舞蹈！

最后一部分，右手的快速拨奏，高音区的滑奏无比欢愉。

小提琴忽然开始新的旋律，十六分音符的断奏构成游丝般的旋律，充满舞蹈感。

朝气蓬勃的乐曲，让人忘记了速度，忘记了技巧，忘记了还有几个拨弦。

这快乐是这样地纯洁，所有的阴霾一扫而光，你能做的只有投入在这音乐之中，跟随着吉普赛人围在火堆旁一起起舞。

此心安处是吾乡，原来无论在哪里都能舞蹈。

豪迈而开朗，这就是吉普赛人的精神。

高潮闪电般地结束。

风驰电掣般的速度，一丝不乱的运弓，干净利落的拨弦，丝毫不差的音准，行云流水的演奏。

李乔松之前一直觉得女性小提琴家演奏不出这首《流浪者之歌》的精髓。因为无论如何她们都是女人，掩藏不住骨子里的那股脂粉气，一双女人的手怎么可能演奏出这首曲子强而有力的气质呢？

可贝果的手却不是一双女人的手。

李乔松的眼睛片刻都不离开她的手，那是一双上帝的手，不，是超越了上帝的手，是所有小提琴演奏者梦寐以求的一双手。

一曲结束，现场一片静寂。

Hanson 和 Luke 都是目瞪口呆的表情，他们看向一旁的李乔松，只见李乔松一动不动地盯着贝果，整个人都在震慑之中，手放在嘴边，止不住地微微颤抖着。

见鬼去吧！从前的那些老师们，小提琴家们都见鬼去吧！他自己也见鬼去吧！

李乔松觉得他从前是那么无知，如果不是听到贝果的《流浪者之歌》他根本就不可能理解这首曲子真实的含义。

他想，如果不是在今天，在这个午后，如果不是听到贝果的这首小提琴，他不会知道他从前的人生竟然充满了遗憾。

没有听到过贝果的小提琴，他的音乐生涯根本就是不完整的。

如果他早一点儿听到她的琴声那该有多好！

现场响起稀稀拉拉的掌声，Hanson 这才猛地回神，猛地鼓起掌来，Luke 立刻结束录像，小心翼翼地点了保存，然后站起来激动地叫道：“Bravo！”

贝果放下小提琴，松了一口气，那阴霾的心情也随着这一曲结束而得到了舒缓。

她叹息一声，准备谢幕，却见到李乔松用一种非常奇怪的眼神看着她，看得她起了一身的鸡皮疙瘩。

好奇怪哟……

贝果抖了抖，立刻溜下了舞台。

接下来是老年大学的几个戏曲节目，比较得老人们的喜爱，贝果抱着小提琴津津有味地听着，李奶奶却走过来，领着贝果去后台找刚才那三个小子。

“呆萌啊，怎么样，要不要跟贝果一起合奏个四重奏？”李奶奶忽然说。

贝果跟在奶奶身后也是一惊，疑惑地看着三人道：“你们也是学古典乐的吗？”

原来刚才的乐器真的是他们自己搬给自己用的啊……

三个人面面相觑，点点头。

李乔松有些尴尬地介绍说：“我是第一小提琴，Hanson 是大提琴，Luke 是中提琴。”

“他们三个很优秀的，都是很专业的！”奶奶故意说道，“我孙子可厉害了，是伯克利大学的小提琴高材生呢！你拉小提琴可以向他请教！”

“奶奶！”李乔松赶紧打断奶奶的话，他知道奶奶这是故意讽刺他呢。

贝果却依旧以为奶奶是不懂音乐的人，从善如流地点点头道：“好的，我会跟呆萌学习的。”

“别！”李乔松忙道，“我拉得不好。”

Hanson 和 Luke 也连忙摆手，无比谦卑地说：“我们也拉得不好……拉得不好……”

他们三个简直就是关公面前耍大刀，哪里敢在大神面前说自己专业！

“你们一会儿一起合奏哟！奶奶等着看！”说完，奶奶就又走了，说是要准备她的节目去了。

贝果倒是无所谓跟三个人合作一次，问：“那我们合奏哪一曲？能找个我背得下来谱子的吗？”

“没问题，没问题……”

大神说什么都好！

几个人商量了一下，一起在后台稍微练了练，贝果听这三个人的水平就知道他们大概也就是音乐学院学生里比较好一点儿的水平。

跟夏莉那种专业选手还差得远。

贝果准备当第二小提琴手，可是李乔松却变得非常谦卑，表示绝对是贝果当第一小提琴手。

贝果憨厚地笑了笑道：“还是你当第一小提琴手吧，我第二就好，你来带节奏……”

“不行，你当。”李乔松非常坚持。

见到李乔松这么坚定，贝果没有办法，只能实话实说。

她尴尬地笑了笑，无奈地说：“我怕我当第一小提琴手你们跟不上……”

三个人沉默了，欲哭无泪。

回去的路上，三个人都很沉默，晚上在奶奶家吃饭的时候，都基本没怎么说话，全部都在怀疑人生。

国内原来这样卧虎藏龙，他们的组合真的混得下去吗？还是真的只能靠颜值取胜了……

之前还说要考验贝果能不能加入他们的乐团，现在他们懂了，像他们这种小庙哪里敢叫这种大神加入？

今天下午一起合奏就感受到他们跟贝果完全就不是一个层次的！可能全世界，就只有叶天泽的乐团配跟贝果大神一起合奏了吧……

贝果倒是没察觉这三个忽然变得这么老实是因为自己，还以为是有奶奶坐镇呢。

吃完饭贝果就独自上了楼，一上楼就接到了直播平台编辑打来的电话。

“明天平台的全体主播都要去参加一个活动，晚上六点在市中心的经贸大厦楼下集合，大家一起坐大巴去会场。”

贝果并不是很想去，正想着怎么拒绝的时候，却听到编辑说：“哎呀，就是出席一下而已，什么都不做就能有1万块的红包，干吗不去啊！”

一万块能吃好多东西呢！

穷人和吃货都是没有尊严的，贝果便应了下来。

“是什么活动啊？”

“什么晚会吧，刚刚定的，好像挺高大上的，具体的明天才知道，你就记得穿漂亮一点儿就行了！”

贝果答应了，挂断了电话。

挂了电话，编辑立刻跟人发信息。

叶天泽的助理接到贝果编辑的信息，立刻跟叶天泽报告。

“老大，搞定！”

上午十点钟，贝果收拾完毕，准备下楼去找李乔松，可是一打开门就见到Damon已经站在门口等着她了。

今天李乔松穿了件酷酷的皮夹克，梳了个大背头，整个人看着很精神。而且也不知道是不是她的错觉，她怎么觉得今天李乔松好像跟平时有些不一样。

“你今天怎么穿得这么帅？”贝果疑惑地问，“有什么特殊活动吗？”

李乔松表情有些尴尬，他今天特意打扮了一下，光是头发都弄了半个多小时，他还想着不要打扮得太刻意，没想到贝果还是一眼就看穿了他。

“是吗？”李乔松清了清嗓子，忍住得意，故作轻松地说，“我难道不是每天都这么帅吗？”

特意为一个人打扮，但是又不能让她看出来自己是为她打扮的，真的是一件非常难的事情。

贝果干笑了两声，无奈地说：“是哟，你每天都帅，你最帅……”

李乔松害羞又得意地笑了笑，然后故作潇洒地说：“别愣着了，走吧。”

贝果跟着李乔松一起下了楼，上了李乔松的跑车。等到了平时他们分开的地方，李乔松却没有把车停下来，反而飞快地开了过去。

“哎，你怎么不停车啊？”

“哦，我今天没工作，想随便逛逛，你之前不是说要带我在国内玩的吗？我们去哪里？”

其实今天唱片公司还要应聘新人，李乔松作为队长肯定是应该出现的，但是他现在觉得那些事情都没有跟着贝果重要。

“我今天没空……”贝果有些尴尬地说，“你怎么也不提前跟我说啊，我今天都安排事情了，从早到晚。”

她十一点可是要直播的，晚上七点还要去参加那个什么晚宴……

“你安排了什么事情？我能去吗？我反正没有别的事情，跟你一起去啊！”李乔松今天已经打定主意要缠着贝果了。

贝果想了想也觉得李乔松跟他一起吃饭倒是也无所谓，只要他不出现在镜头前就行了，便叮嘱道：“倒是没有问题，只不过你一会儿可不要出声，你安安静静地吃自己的饭就好了。”

“什么事情啊，这么神秘，话都不让说……”不过李乔松觉得，现在最重要的事情还是跟着贝果，便毫不犹豫地回答道，“行，我答应你！绝对不出声！”

“Hello大家好，我是大胃王贝果，今天我们要吃的是韩国部队锅！”

李乔松没有想到，贝果竟然是网红，还是搞直播的！

双人份的部队火锅，另加了三份芝士年糕，三份泡面，三份芝士，除此之外还有五种口味的紫菜包饭，一份韩式炸鸡，一份鱼饼，一份芝士年糕料理，一份紫菜炒饭，一份石锅拌饭，一份韩式冷面，一份韩式炸酱面，一分烤牛肉，一份泡菜汤，一份大酱汤……

看到这一大桌子菜，李乔松的心情很复杂，原来贝果深藏不露的不仅是小提琴而已，还有她的食量。

这么多她真的吃得下去？

然而等部队锅煮好的时候，贝果已经把三份紫菜包饭吃完了，轻轻松松毫无压力。

部队锅煮好了，芝士融化在面上，辣汤咕噜咕噜的，香气四溢，贝果伸出筷子夹了一团面，芝士便被拉得长长的。

“芝士就是力量！”

满满一口面，简直就是超满足！

“这世上还有什么比碳水化合物、脂肪和胆固醇更能让人满足的呢？”贝果问。

一旁的李乔松都看得馋了，他这个人一向是不喜欢吃韩国料理的，觉得没什么好吃的，但是看到贝果这样吃，也被勾起了馋虫。

“我也想吃。”他脱口而出道，“你不分我一碗吗？”

What the fuck！

不是说了让你不要说话的吗？！

贝果一眼瞪过去，李乔松这才想起来贝果说了不让他出声的！

“对不起啊，我忘了，你说了不让我说话的……唉，说都说了。”李乔松干脆地走到贝果身边坐下，把自己的碗往她那儿推了推，可怜兮兮地说，“你给我盛一碗吧……”

贝果想死的心都有了，可是事已至此，已经无法挽回，她只能重重地叹一口气，无奈地说：“好吧，你想吃什么。”

“这个，这个，这个，这个……”

贝果一样样给李乔松盛好，把碗给他，然后指了指对面的位置道:“你就坐在那里乖乖地吃，不要乱动了。”

“没问题！”

李乔松走过去自己吃自己的，见他老实了，贝果才又继续自己的吃播，她低头看了一眼大家的评论……

她的心情毫无波澜，甚至有些想笑。

呵呵，就知道会是这个样子……

老粉们在直播间里号叫。

“喵”：贝贝又有男朋友了！

“爱上杧果味麻薯”：贝贝换男友了！

“蚊子君”：好帅！好帅！身材超级好啊！

“仙贝晴”：这个好年轻呀，小鲜肉啊！

“果果亲妈粉 Nomorning”：哇，有一种小狼狗的感觉，汪汪汪！

正在看直播的霍成珏见到这一幕连嘴里的意大利面都喷出来了。

他连忙给还在排练乐团的叶天泽发了条信息。

“老叶，快看贝果的直播！你的脑袋现在正在冒绿光呢！”

晚上就要在音乐厅表演了，上午的练习结束，叶天泽正准备放大家休息去吃午饭，却刚巧收到了霍成珏的这条信息。

他打开直播 APP，进了贝果的直播间，刚好看到接下来的一幕。

李乔松吃完了面和年糕还没觉得饱，又找贝果要炸鸡。

“你刚刚不是找服务员点了好多菜吗？”贝果嘟囔道，“干吗非要找我要，你的马上就要上了，不要打扰我直播。”

“我那是点给你吃的，我就要吃你的东西。”

“为什么？”

“因为你吃过的比较香啊。”

音乐厅里，乐团的成员们一个个正襟危坐，大气都不敢出。

虽然听不懂叶指挥在看什么，但是见到他的神情，大家都很确定，他们接下来的排练肯定要不好过了……

怎么回事儿啊，Sebastian 一向淡定，竟然也有这么喜怒形于色的时候？

他平时面无表情的时候都那么可怕，现在脸黑成这样，还不得弄死他们！

Chapter 16
轻挑的贝多芬

贝果今天还要去参加网红们的活动。

因为上次逃跑的时候只随手拿了几件换洗的衣服，好多东西没拿，这半年深居简出，也没有买什么好看的衣服，所以贝果只能临时买件衣服去参加晚宴。

直播结束，贝果去附近的商场买衣服，李乔松也老老实实地跟在她身后，结果买衣服花了太多时间，没赶上网红们的大巴。

贝果只能直接去会场，交通高峰打不到车，贝果只能上了李乔松那辆浮夸的敞篷跑车。

“你放心，我肯定准时把你送到。”

……

红毯的直播会在七点十五准时开始，时间就快到了，大家都跃跃欲试。

就在这时候，所有人都听到一阵轰隆的引擎声，只见一辆红色的跑车风驰电掣般地开了过来，然后一个帅气的漂移转弯，稳稳地停在了红毯的尽头。

“那个是贝果吗？”

“好像是的啊，哇，我说为什么消失了半年，原来是被有钱人包养了啊？”

“哇，你们看，那个开车的好帅啊，富二代吧！”

女主播们的议论声里，贝果的内心几乎是崩溃的。这个李乔松为什么非要这么浮夸地出场，说了把她放在外面他就是不肯，非要开进来！

李乔松一脸狂跩酷霸，他帅气地下了车，替贝果打开了车门。

贝果只能硬着头皮，被李乔松扶着手，在众目睽睽之下走下了车。

霍成珏看到这一幕，完全是幸灾乐祸的心情。

他戳了戳叶天泽，小声在这位黑面神耳边说道：“哟，哥们儿，你这绿帽子戴得挺稳的呀。”

音乐厅外挂着大大的海报，上面写着今天表演的乐团和曲目，是叶天泽的乐团……

不是吧！这次直播平台的活动竟然是音乐会，还是叶天泽乐团的音乐会，编辑怎么也不跟她说清楚！

贝果有一种非常不好的预感，她怎么想怎么觉得这件事情有猫腻……

因为李乔松的拉风出场，两个人一下车就成了众人的焦点，贝果感觉自己好像正在被围观，而且这些灼灼的目光中，有一束尤其地难以忽视，简直就让她觉得浑身发毛！

贝果抬起头，顺着那股让她发凉的目光看过去，只见到红毯的另一头，一个穿着燕尾服的男人高高在上地站在台阶的最上端，此刻他向下俯视着贝果，宛如这座音乐厅的君王。

叶天泽的目光深邃冷冽，贝果有一种要被叶天泽的目光穿透的感觉。

他为什么要用这种眼神看着她？搞得贝果有一种自己做错了事情的错觉……

“看什么呢？”李乔松问。

“没什么……”

贝果赶紧收回目光。

李乔松顺着贝果方才看的方向看过去，也看到了叶天泽。

哎，叶哥怎么在这儿？

李乔松冲着叶天泽挥挥手，想跟他打招呼，可是叶天泽压根儿就不搭理他，依旧直勾勾地盯着贝果，旁若无人的样子，恨不得要一口把贝果吞了的模样。

霍成珏见到李乔松竟然笑嘻嘻地跟叶天泽打招呼，一副熟人的模样，一时彻底被这三个人的关系给弄迷糊了。

“怎么回事儿，你们俩认识啊？”

“嗯……”叶天泽声音阴沉地应了一声。

哇，这么精彩啊……

霍成珏还想追问，可是叶天泽并不想跟他多说话，他径直走下楼梯，直直地往贝果的方向走去。

李乔松正在跟贝果说话。

“你们活动几点结束啊？我一会儿接你回家。”

“不用了吧，多麻烦啊。”

“不麻烦，我就在外面等你，你弄完了给我打电话。”

“哦……好的呀……”

李乔松本来都准备走了，可是抬起头，见到叶天泽走过来，又热情地冲着他挥手。他还以为叶天泽是专门下来跟他打招呼的。

“Sebastian！好……”

好久不见还没有说完，李乔松就看到叶天泽一把抓住贝果的手，一脸郁闷地说道：“你跟我过来一下。”

此刻直播还没有开始，红毯上都是空的，两边只有工作人员在做最后的准备。整个红毯就只有叶天泽和贝果两个人在那里拉拉扯扯。

叶天泽全程黑着脸，动作果断，气势逼人。

所有人都被这一幕吸引，工作人员忘记工作，网红们忘记自拍，齐齐都看过去。只见叶天泽连拖带拽地把贝果拎走，两个人一起进了音乐厅，消失在大家的视线里。

……

“你到底要干吗，你要拉我去哪里！”

叶天泽黑着脸不说话，贝果感觉他背后在冒黑烟。他到底在生什么气，可是贝果不想问他，因为贝果也很生气啊！

“这个活动是不是你安排的？是不是你让我平台的编辑骗我来的？你这人怎么这样啊！简直就处心积虑！”

叶天泽还是不说话，继续把贝果往里拽。

贝果更生气了，嚷道：“你快放开我，就算把我拉到后台来，我也是不会配合你的，我是绝对不会上台拉小提琴的！”

叶天泽打开一扇写着他名字的门，把贝果推进去，然后猛地关上门。

贝果也很气啊，她怒气冲冲地瞪着叶天泽，脑袋上的小羊角又冒了出来，一副要顶叶天泽的样子。

“谁告诉你我把你弄来是要你拉小提琴的？”叶天泽的眼神冷冰冰的。

啥？

不是吗？

“哦，那没别的事，我出去找呆萌了。”

呆萌？连小名都取好了。

叶天泽只觉得气不打一处来，浑身的火气无处可发。他按住贝果的两只手，怒气冲冲地就亲了上去。

贝果被这突如其来的吻彻底给吻蒙了。

直到叶天泽撬开她的牙齿，她才猛地回过神来，想要推开叶天泽，可叶天泽却把她紧紧地箍在怀里，一边亲一边揉，抱着她一边吻一边往后退，然后猛地将她压在了沙发上。

贝果觉得叶天泽的吻热烈得恨不得要把她融化，她一点点失去了力气，简直就要被叶天泽给揉碎了。

上一次被亲吻，对象也是叶天泽，可那次叶天泽只是捧着她的脸在她的嘴唇上啄了一下而已，哪里像是这一次这般，充满了攻击性。

贝果被吻得呼吸急促，脑子越来越晕，浑身都在发抖。

叶天泽感觉到怀里的人在微微发抖，他的动作这才轻柔了下来，一肚子的火气也一点点被怀里的柔软给浇灭了。

他终于离开贝果的嘴唇，可是却还是紧紧抱着她，他真的是恨不得把她揉进自己身体里才解气。

贝果的脸红扑扑的，整个人都在冒烟，叶天泽觉得，他活到今天才真正明白了白里透红到底是个什么意思。

“你快起来……”贝果推着叶天泽，可怜兮兮地说。

“还去不去找别人了？”

贝果非常识时务，猛地摇头。

“不去了，不去了！你可以起来了吗？”

这种姿势实在是太羞耻了，贝果这种单身二十多年的人，一时承受不住这么激烈的事情……

可是贝果越是这样害羞得要命的模样，叶天泽就越是舍不得放手，就越来劲儿。

叶天泽觉得自己简直就是遇到劫数了。

贝果的这条小裙子露出了她的锁骨来，一想到刚刚她就露着这白生生的脖子，穿着这么短的裙子坐在李乔松身边，叶天泽就又是一阵无名火，低下头就在她肩膀上咬了一口。

“你是狗吗？！”贝果气呼呼地说，“怎么老是乱咬人。”

“我是狼。”叶天泽恬不知耻地说，“色狼。”说完叶天泽就又低下头吻上了贝果的嘴唇。

这一回贝果也算是有点儿经验了，不至于被吻得晕头转向，好歹是知道抓住机会换个气，可是一轮亲完，贝果还是觉得晕晕乎乎的。

她真的是被叶天泽亲得没脾气了，气喘吁吁地推着叶天泽，带着哭腔说：“你……你能不能不要欺负我……”

贝果一副可怜相，叶天泽也不忍心再欺负她，而且觉得再这样下去，他可能真的会控制不住自己，指不定一会儿的音乐会就只能让副指挥顶替他了。

叶天泽这才不得已地站起来，整理了一下领口，又是一副衣冠楚楚的模样。

贝果身上的压力消失，忙从沙发上爬起来，站得离叶天泽远远的，整个人还在冒烟。

“你离我那么远做什么？”叶天泽没好气地说。

贝果跑到角落里，伸出手做出一副拦住叶天泽的姿势，急吼吼地说：“你……你不准再过来了！你这人怎么……怎么这么坏啊！”

“这就坏了？我还没做坏事呢。”

贝果气急败坏地说：“反正你就是不准过来。”

叶天泽也不想过去，他觉得他再过去，只怕是收不住，肯定要出事儿。

“放心，我不过去。”

贝果这才放松了一点儿，扯了扯裙子，小声嘟囔道：“有什么事情，我们好好说，你……你不要动手动脚的。”

“行，那就好好说。”叶天泽瞥了一眼贝果身上的小裙子，语气不善地问，“我们来说说，你跟那个李乔松到底是怎么一回事。”

“什么怎么一回事？”

她跟呆萌怎么了吗？

“你故意带他来气我是不是？”

“我才没有故意气你！”贝果没好气地说，“你才是呢，今天的音乐会到底是怎么一回事儿？你是不是故意骗我过来的？”

“是啊。”叶天泽毫不犹豫地说，丝毫不觉得自己的行为有什么问题，他双手抱在胸前，无所谓地说，“不过你放心，我不是要逼你拉小提琴，我说过的话都算话。”

“那你把我骗过来做什么？”

“还能做什么？”叶天泽脸不红心不跳，恬不知耻地说，“当然是为了亲你啊。”

“不要脸！”贝果没好气地骂道。

“要脸做什么？我要你就够了。”

贝果被叶天泽一句接着一句的流氓话给弄得满脸通红，哪有人这么不害臊的，这种不知羞耻的话说得这么信手拈来！

“你不喜欢我亲你吗？”叶天泽问。

挺……挺喜欢的……

但是贝果不好意思实话实说，只能垂着脑袋，红着脸道：“你……你怎么可以不说一声就对女孩子做这种事情呢？”

“做这种事情之前先说一声才比较尴尬吧？”叶天泽无奈地说，“怎么，以后亲你之前，还要先问一句能亲你一口吗？那岂不是把接吻的责任推到了女孩子身上？我可不做这么不绅士的事情。”

这个叶天泽就是歪理邪说多，怎么强吻到他嘴里都成了绅士的事情了？！

不过要是真的每次接吻之前都问一句，那也真的是更让人不好意思了……

“你要是真的觉得那么害羞……”叶天泽又开口说，“不如……”

不如什么？

不如以后他就不亲她了吗？

“不如你就做我女朋友算了。成了男女朋友，我们就可以光明正大地做这种事情。我们天天做，从早做到晚，在厨房亲，在阳台亲，在桌上亲，在床上亲，亲多了你就不害羞了。”

不要脸！

贝果脑海里忍不住出现叶天泽描述的画面，脑袋都要因为充血而爆炸掉了。

“你能不能不要总是跟我说这种话！”贝果气呼呼地说，“你再说这种流氓话，我就生气了！”

叶天泽重重地叹了一口气，无奈地揉了揉眉心，没想到他当了这么多年浪子，一把年纪了却被小女朋友逼得只能玩纯情。

“行行行，不说了。”叶天泽无奈地说，“以后光做不说，这总可以了吧？”

这明明还是在说流氓话啊！

贝果气鼓鼓的，决定不跟叶天泽扯了，反正他一直都是这副轻佻的模样，她又不是第一天认识他，现在计较又有什么意义。

这时，贝果的电话响了起来，是李乔松打来的。

叶天泽眼尖，看到手机屏幕上的名字，额头又冒起了青筋。

这小子还挺缠人。

贝果接起电话，电话那边李乔松忧心忡忡地问道：“贝果，你没事儿吧？”

“没……没事儿啊……你为什么这样问？”

“叶天泽没把你怎么样吧？”李乔松紧张地说，“你在哪里，要不要我进来找你？”

“不……不用了……”贝果脸一红，偷偷瞥了叶天泽一眼，小声磕磕巴巴地答道，“他……他没把我怎么样啊……他……他有事情跟我说……”

“什么事情？”李乔松打探道，“是私事，还是公事？他是不是要你当小提琴手啊？”

李乔松心里又生出一股希望来，因为抢女朋友他觉得自己是肯定抢不过叶天泽的。但是如果叶天泽是看中贝果的才华，那就不一样了。

也是，贝果那样的小提琴天才，叶天泽那么惜才，肯定是要说服贝果去他们乐团的。

“你们电话说完没有？”叶天泽没好气地说。

还准备把他晾在旁边多久？

李乔松听到叶天泽的声音，忙道：“那你们先谈，我就在音乐厅外面等你，晚上一起回家。”

“好的呀。”

贝果挂了电话。

叶天泽耳朵尖，语气阴森地问：“晚上一起回家？你们住一起吗？”

这个李乔松，不仅跟贝果一起直播，竟然还住一块儿吗？

“他住我楼下。”贝果还是怕叶天泽误会又发神经，所以补充道，“我们真的只是朋友而已，你不了解呆萌，我跟他不可能的。”

当然不可能，叶天泽在心里想，有他在，贝果除了他跟谁都别想有可能。

叶天泽冷哼一声，又问：“你什么时候开始跟圈子里的人做朋友了？你知道他也是这个圈子里的人吗？”

李乔松可是知名唱片公司的太子爷，他的爸爸妈妈都是乐团的股东，是叶天泽所在乐团的董事会的成员，所以叶天泽跟李乔松熟得很，之前他的爸爸妈妈一直希望李乔松在叶天泽的乐团里待着学习，但是叶天泽嫌弃李乔松的小提琴水平，干脆果断地拒绝了。

叶天泽以为贝果大概不知道李乔松的身份，知道李乔松也是音乐圈的人，怎么也应该生他的气才对。

可是没想到贝果毫不犹豫地说：“我知道这件事情啊……不过他的小提琴拉得真的挺一般的……”

叶天泽本来怒气都平复了一些，现在整个人又火了。“你知道？你知道还跟他那么好？”

当初一知道他是指挥家，跑得影子都没有了，现在知道李乔松的身份，竟然还跟他做朋友，还住上下楼，还一起直播，还坐他的跑车？

叶天泽阴沉着一张脸，目光冷冽地看着贝果，问：“怎么，他也是音乐圈的，我也是音乐圈的，凭什么他可以，我就不可以吗？”

贝果也不知道叶天泽为什么忽然这么凶。

她有些胆战心惊，紧张地解释道：“他……他跟你不一样啊……”

李乔松就是一个普普通通的乐手，还是二流的那一种，在贝果心里他的水平也就跟那些业余爱好者差不多。

而且他们就是普通朋友，根本谈不上有什么共同未来这件事。她随时都能抽身而去，当然不一样呀。

可是这句话在叶天泽耳朵里，就是另外一番意思了。

他不一样……

啭，那条小狼狗在贝果心里就这么特别吗？

叶天泽的脑袋上仿佛有一团黑云。

黑云压城城欲摧，贝果有一风雨欲来的感觉。

天啊，她说了什么？！

就在这时候，不知道是哪个不识趣的竟然在敲叶天泽休息室的门。

“进来。”

叶天泽的助理推开门，一打开门就感觉到一股黑压压的黑气扑面而来。

叶指挥这是怎么了？

“说。”叶天泽黑着脸道。

“Boss，红毯都走完了，音乐会要准备开始了……您……是不是现在去后台啊。”

叶天泽不是那种分不清轻重缓急的人，他看了看时间，对助理点了点头。

“音乐会结束之后等着我，不准走，我们的话还没有说完。”丢下这句话叶天泽就黑着脸转身走了出去。

助理见到贝果站在那里可怜兮兮的模样，走过来客气地说：“我先送您去会场落座吧？”

贝果他是知道的，那可是他们叶指挥的心肝宝贝啊！

虽然现在两人一副吵架的样子，但是床头打架床尾和，未来的Boss夫人还是要好好哄着的。

“好的，谢谢你……”

贝果跟着助理去了会场，音乐会快要开始了，大家都已经落座，贝果的出现又引起了一阵骚动，大家窃窃私语，贝果只能当作没听到。

音乐会的位置是很讲究的，助理领着贝果穿过那群网红，直接到了最好的位置，她旁边坐的可都是主办单位的领导以及文艺界的名流……

贝果看着正中间贴着自己名字的位置，小声对助理说：“要不我去别的地方坐吧……”

助理为难地说：“别，这可是叶指挥特意给你留的，而且音乐会马上就要开始了，现在换来换去的也不方便……”

贝果没有办法，只能在众目睽睽之下，硬着头皮走到中间落座。

她坐下没多久，观众席的灯光就黑了。

上一次听音乐会还是跟叶天泽一起，那时候的指挥是江质。说实话，贝果还真的挺期待的，虽然她也在网上看过叶天泽的指挥视频，但古典乐是一种只有在现场才能够彻底体会那种震撼的音乐。

乐团已经到位，观众席里有一种蠢蠢欲动的氛围。

叶天泽啊，谁不期待？

观众的掌声响起，贝果探头看过去，不自觉地心脏一紧。

叶天泽在万众瞩目之中款款走向了舞台中心。

他真的是一个为舞台而生的男人，舞台中央的他耀眼得像是太阳神，像是童话里的王子，像是每个女孩子的梦中情人。

叶天泽款款向观众致意，然后转过身，面对乐团。

他举起双手，音乐厅一刹那便寂静下来，这个男人就是有这样的力量，能够吸引所有人的注意力，攥住每一个人的心神，让人为了他寂寂无声，也为了他心潮澎湃。

《贝多芬 c 小调第五号交响曲》。

叶天泽手指轻挑，一刹那恢宏的乐声炸裂开，仿佛是雷神之锤……

贝果像是摸到了高压线，整个人都触电了。

你感受过天神的愤怒吗？

那摧枯拉朽一般的气势，简直要把整个音乐厅掀翻。

冬风般冷冽，革命般激情。

那是她的贝多芬啊。

无论是不是古典乐迷，只怕都听过贝多芬的 c 小调第五号交响曲。

这首贝五还有一个大家耳熟能详的名字——《命运交响曲》。

古今中外，无数指挥家带领着自己的乐团演绎了数不清版本的贝五。

提到贝多芬，无论是内行还是外行，都绕不过这一首《命运交响曲》，甚至说起《命运交响曲》大家恨不得觉得有些俗气，因为实在是出现的频率太高了。

所有人都像是写作文范文一般地说这首曲子是怎样表现了贝多芬与命运抗争的精神，是他在人生最黑暗的时候，在耳聋的时候，顽强地创作出来的杰作。

可到底什么是和命运抗争的精神？

难道与命运的抗争精神就只是几个鼓点，只是管弦乐的几声合奏，或者只是几个快节奏的音符吗？

第一乐章四音符摸进，这绝对是音乐历史上最伟大的一段四音符摸进。

那强烈的节奏，晦暗却澎湃，像是海上的暴风雨，像是龙卷风，像是火山爆发，像是无法反抗的自然风暴。

任何文字和语言的描述在此刻都变得那样苍白无力。

山呼海啸般的呐喊，那是命运来叩门的声音！

命运站在你的门外，带着深刻的苦难和沉重的人生，用力地敲门，它带着你的痛苦来找你了，不让你逃避，硬要你开门放它进来。

你是不是躲在黑暗里，缩在角落里，不敢应声？

你越是恐惧，它的敲门声就越是疯狂！

贝多芬在第一乐章的开头，写下了一句话……

“命运在敲门。”

躲是躲不掉的。

无论如何，命运它都还是来了，它来找你了，它一下又一下地叩门，激烈、沉重、汹涌！它就是要吓倒你！它就是要恐吓你！它就是要让你像此刻这样浑身战栗！

命运是这世上唯一的神，庸碌的凡人还想怎么样抵抗？

命运之神摧枯拉朽地席卷而来，比北极的寒风还要冷冽，比尸骸遍野的战场还要血腥。

音乐不断发展，变换着各种形态。管弦乐向我们展示着人生的沉重痛苦，展示着人与命运艰难的斗争。

还是要充满希望啊，还是要跟命运做斗争啊。

第二乐章，音乐不似第一乐章那般激烈，渐渐平复下来。

似乎还有希望啊，人就是这样天性乐观的生物，到了绝境却依旧希望命运能放自己一马。说不定还会有转机呢？

可你以为苦难是来做什么呢？你以为真有侥幸？

苦难就是来毁灭你的。

痛苦没有人们赋予的多余的意义，它就是要让你痛。

它残酷无情，不讲道理，毫无逻辑。

激烈的斗争开始了，人与命运之战，仿佛是一场已经弹尽粮绝的守城之战，怪兽在城墙下咆哮，城门随时都要被突破，烽火硝烟的城墙里，是疲惫的士兵和绝望的老弱妇孺。

第三乐章，音乐越来越不安，那是最深的黑夜里，是决战前的最后一晚。

终于全部希望都被摧毁了，不得再心存侥幸，也无处可以逃避，那与命运的一战不可避免。

弦乐飘忽不定，鼓声轻轻的，像是怕吵醒了黑夜。

雨还在下，天色晦暗，不安与恐惧在城市里弥漫，黑暗正在悄悄地向光明过渡……

第四乐章，一开始就是辉煌无比的凯旋进行曲。

比第一乐章命运的叩门之声还要激烈，音乐的表情不再是晦暗沉重的，乐曲忽然变得光明又激昂，像是高亢的胜利曲。

我们昂首挺胸，拿着盾牌和长矛，向着命运突刺。

打开城门，士兵冲出围城，东方有太阳升起，下了一整夜的滂沱大雨终于停下，战士们踩着泥水奋战。

泥泞里有人类的高贵。

命运是史上唯一的神，而敢于屠神的，是那英雄。

自信、豪迈，排山倒海一般的巨浪扑面而来，心潮澎湃，那是叶天泽指挥的《贝多芬c小调第五号交响曲》。

一曲结束，贝果发现自己竟然满脸都是泪水。

她浑身不住地颤抖着，那是一种每一个毛孔都打开的感觉，酣畅淋漓，只有哭一场才能让内心澎湃的情感得以宣泄。

贝果听过许多版本的贝五，富特文格勒的版本充满了艺术气质，内涵深厚，细节丰富，可以看得出对贝多芬的理解深刻，完美地刻画了贝多芬创作乐曲时的心情。克莱伯的版本，流畅、现代、舒适，惟妙惟肖，带着一股潇洒，不矫饰，充满了平衡感，非常耐听。

而叶天泽的版本带着一股刚毅骄傲的王者之气，音乐从头到尾都有一条明确的direction在指引，就像是将军制定好冲锋的方向，战士们按照他的指引拼杀，突出重围。

都说指挥是对作曲的再创造，每一个指挥家都有自己的风格，叶天泽的这一首贝五，从头到尾都有一种王者气概。

他没有要向命运臣服的意思，就是刚硬地要把它踩在脚下。

你来敲门，我便开门一战。

这英雄的巨浪，似乎感染了在场的每一个人，音乐的品位有高级或者低级，但是音乐的感受却都是一样的，那是人类的共情。

所有人都起立鼓掌，排山倒海的掌声要把音乐厅淹没。

贝果也站起来，一边抽噎着一边擦着眼泪，她拼命地为叶天泽鼓掌，像是在迎接一个英雄。

他真的是天才的指挥家，贝果从未像此刻这样感到过一种澎湃。

每个人都有自己坠入爱河的时刻，贝果也有，她也曾经坠入爱河。

第一次在街头偶遇叶天泽，被他牵住手。

第一次在爷爷的地下室摸到小提琴，拉出第一个音符。

现如今，贝果又感受到了那种坠入爱河的迷幻，不知身在何处，甚至有一种产生了幻听的错觉，仿佛音乐声还没有停止，也永不会停止。

贝果感到自己又一次爱上了贝多芬，又一次爱上了古典乐……

她再一次地，坠入爱河了……

音乐会过后是餐会，如果说之前的红毯是那些时尚、美妆主播们的主场，那餐会绝对是吃播主播们的主场。

会场里，主播们几乎人手一个自拍杆，也有比较红的主播带着男朋友或者助理跟拍的。一屋子人都在做直播，这种场面也是相当地热闹辉煌。

李乔松想了些办法，也进了会场。他在会场里转了一圈，才终于在角落里找到了心不在焉的贝果……

“你怎么了？”李乔松戳了戳贝果。

贝果抬起头来，见到李乔松蹲在他面前，正一脸担忧地看着她。

“你怎么进来的？”贝果惊讶地问。

“我托你编辑让我进来的……”说着李乔松拿起一只绑着摄像头的手机道，“她特意叮嘱我，要把你拍得漂亮一点儿，你不去吃东西吗？那边都在直播呢……”

贝果看着李乔松手里的手机，沉重地叹了一口气。

是的，一会儿还要做吃播呢，这是今天的任务。

贝果垂头丧气地站起来，沮丧地说：“好吧，我们去找点儿吃的。”

这还是人生里少有的，贝果想到吃都觉得提不起劲来……

“你这是怎么了？之前还好好的？”李乔松不安地问，“发生什么事情了？是不是叶指挥把你拉过去说了什么？”

难不成叶指挥也跟拒绝他一样拒绝贝果进乐团吗？

贝果摇摇头，沮丧地说：“我不是因为他说了什么才烦的……就在刚刚，在我看叶天泽指挥，听着他的音乐的时候，我忽然生出一种前所未有的想法，这个想法把我吓到了，我觉得很可怕……”

这句话也把李乔松吓到了。

贝果该不会爱上叶天泽了吧？！

这种可能性是非常大的，女孩子，尤其是学古典乐的女孩子，只要看过一场叶天泽的现场指挥，十有八九都要成为他的迷妹。

那可不行，贝果完全不是叶天泽喜欢的类型，叶哥之前交的女朋友都是女神款的，肤白貌美大长腿，性感成熟大波浪。李乔松觉得自己不能眼睁睁地看着贝果伤心。

“贝果，舞台上的形象跟现实生活是有差别的！你还是要分清楚偶像的崇拜和私人的感情……有时候那不是爱情，只是崇拜，你懂吗？叶哥私下里的个性，跟他在乐团里的个性真的不大一样。我怕你到时候失望难过……”

“啥？”贝果听得莫名其妙的，问，“你在说什么？”

“你不是想追叶哥吧？”李乔松不安地问。

“才不是呢……”贝果毫不犹豫地说。

李乔松这才松了一口气，只要不是对叶天泽产生了爱情就都还好，李乔松觉得自己简直就是逃过一劫。

真要跟叶天泽争贝果的芳心，他肯定是争不赢的。

李乔松心情大好，又问：“那你到底是生出了什么可怕的想法？说来听听。”

贝果看着远方，深吸一口气，鼓起勇气说道：“我想跟叶天泽合奏，我想站在他身边拉小提琴。”

……

“这不是很正常吗？！”李乔松长舒一口气，安慰道，“跟世界第一流的指挥家和乐团合作，是每个乐手的希望啊，你有这个想法很正常的。而且我觉得你绝对有这个能力，只要听过你小提琴的人都会被你迷住的。刚刚叶指挥把你拉过去，难道不是跟你谈进他乐团的事情吗？”

贝果摇摇头：“不是啊……”

“那他跟你说什么？”

贝果脸一红，有些不好意思，但还是老老实实地诚实回答道：“他……他要我做他女朋友。”

……

什么？！

李乔松简直就被雷劈了，他总算体会到什么叫作坐过山车一样的心情。

“你……你们什么时候到这个地步了？”李乔松震惊地问。

“有一段时间了啊……”

贝果来不及细说。因为这时候会场里忽然轰动起来，掀起一股尖叫和惊呼声。

贝果和李乔松顺着人群喧嚣的方向看过去，原来是叶天泽出现了。

主播们纷纷把摄像机对准叶天泽，对直播间里的观众介绍着，表达着自己激动的心情。

叶天泽似乎很淡定，他的目光锐利地在会场里巡视了一圈，然后把眼神稳稳地落在了站在角落的贝果身上。

他伸出手，对贝果招了招手。

“唰”地一下，所有的镜头就又都对向了贝果。

什么情况？！

贝果虽然有些不好意思，但她还是鼓起勇气走向了叶天泽。

她就是这样的人啊，想好了的事情不会后悔，做了决定就不畏首畏尾。逃跑的时候能跑得无影无踪，要冲的时候她也一样敢勇往直前。

贝果走到叶天泽的面前，两人对视一眼，谁都没有说话，似乎不用说就能理解对方。

叶天泽牵起贝果的手，拉着她离开了会场。

两个人就这样在众人的瞩目中手牵手离开了……

李乔松目瞪口呆地看着这一幕，一颗情窦初开的少男心，就这样被撕成了一片又一片……

Chapter 17
来碗牛肉面

叶天泽和贝果一起走出了音乐厅。

外面很安静，偌大的广场上只有叶天泽和贝果两人而已。

方才宴会厅里人声鼎沸，空气都显得稀薄，现在冷风一吹，贝果那一股子脑热的劲儿便下去了，这才意识到自己在众目睽睽之下牵走叶天泽是多么轰动的一件事情。

她想抽回手，可是叶天泽却把她拽得紧紧的。

“行了，牵都牵了这么半天了，还别扭个什么？”叶天泽故意笑话贝果的扭捏道，“刚才怎么没见你害羞？现在想起来了？”

贝果红着脸，点点头：“现在才猛地回过神来，觉得怪不好意思的。”

人有时候就是凭着一股冲动在做事，很多人生里重要的选择，都是那一咬牙一跺脚的劲儿，等回过神来，后悔都来不及。

大概人就是被这样的时刻推着往前走的吧。

“你就这样牵着我走了，明天网上会怎么说呀？”贝果不安地问。

叶天泽毫不在意地说：“能怎么说，不就是公布恋情吗？比起媒体怎么说，我比较在乎的是你怎么说。”

“啥？”

“你向我走过来，还跟我牵着手离开，算是什么意思？”叶天泽目光灼灼，他凝视着贝果的眼睛，脸上是柔和的笑意，循循善诱道，“你得给我个说法吧？总不能让我这么不明不白的，不是吗？”

“你……你放心……”贝果被叶天泽看得紧张得不得了，着急地说，“我不会让你不明不白的！我肯定是要对你负责任的！”

听到贝果这样说，叶天泽没憋住大笑了出来。

“好，我等你负责，那你准备怎么对我负责？”叶天泽又问。

贝果窘得要命，心里千头万绪，一声不知道说什么，酝酿了半天才憋出来一句：“我……有点儿饿了，要不我们先去吃东西吧？我请你吃牛肉面……我们边吃边说……”

叶天泽也舍不得看贝果这么为难的样子，道：“好，边吃边说。”

贝果这才松了一口气，问：“你想去哪里吃？”

叶天泽想起他们第一次见面的时候，贝果就正在吃牛肉面，只是叶天泽当时的注意力全在贝果的手上，都没有好好看一看她吃饭的样子，也没注意那家牛肉面到底好不好吃。

现在想想，多可惜啊。

贝果的手的确很奇妙，仿佛有魔力，可比她的手更奇妙的、更有魔力的是贝果这个人啊，她的笑容，她吃东西的样子，她的大胃，她对音乐的理解，她不知到底是柔软还是坚硬的心，她单纯却又复杂的灵魂……

人总是容易被局部迷惑，而失去了整体。然而一棵树并不算风景。一幅完整的画里，需要有一棵树，一朵云，一片天空，一枚夕阳，一个人。

“你为什么忽然不说话了？”贝果疑惑地问。

叶天泽摇摇头，没有解释，而是提议道：“不如去我第一次见到你的那家牛肉面店如何？我很想尝尝那一家的味道。”

想弥补一下，第一次见面没有好好看贝果的遗憾。

“好的呀！”贝果也正想去那一家呢，她笑眯眯地说，“那是全世界最好吃的牛肉面！”

晚上十点以后街上的人并不算多，但还是有吃宵夜的人认出叶天泽来，大家在一旁小声议论，偷偷拍照，但碍着叶指挥平素高冷的形象，并不敢上前来。

都入秋了，晚上的风有些凉，贝果只穿了一件小裙子，先在音乐厅里还不觉得，现在在外面坐了一会儿就觉得瑟瑟发抖。

叶天泽脱下身上的燕尾服走到贝果身后替她罩上，贝果浑身一颤，只觉得被一阵淡淡的温暖气息包围着，仿佛是叶天泽的拥抱。

她红着脸说：“谢谢……”

叶天泽取下领结，松了松领口，看着贝果身上的小裙子，想到她穿着这个裙子和李乔松一起下车的那一幕，便心中不悦。

“你为什么觉得李乔松特别？”叶天泽问。

“我什么时候说李乔松特别了？”

叶天泽嘲讽地冷哼一声，没好气地说：“你忘了吗，几个小时前，你在我的休息间里说的，你说李乔松跟我不一样……”

贝果回过味来，解释道：“我是说他跟你不一样，但是我不是这个意思啊……”

“那你是什么意思？”

“他跟你是不一样，可不是因为他特别，而是因为你特别。”贝果一双眼睛直勾勾地看着叶天泽，真挚无比地说，“对于我来说，只有你是最特别的。”

对于贝果来说，遇到叶天泽的那一刻，人生的轨迹才开始改变啊。

夜晚的风凉凉的，空气里弥漫着宵夜摊的味道，孜然味、烧烤味、辣椒味，周围是嘈杂的人声和马路的烟尘，明明一点儿都不清爽，可叶天泽却有一种春风十里扬州路的错觉。

叶天泽轻咳了一声，微微侧过脸，用手遮了遮嘴。

叶天泽从没有想过，活了这么多年，竟然被一个小女孩的一句“你是最特别的”弄得不知所措起来……

他从前的所有技巧，所有手段，此刻都失了效，他甚至都不知道应该说什么能恰当地表达心情，竟然连句情话都不会说了。

幸好这时候店家送牛肉面上来。

十一碗牛肉面上来，整整齐齐地摆在桌上。

面条劲道，根根分明，没有黏在一起，红油汤让人看一眼就下意识地咽口水，上面摆着几根青菜，然后便是满满的牛肉，每一块都带着炖烂了的牛筋，油亮亮的，感觉每一口都是胶原蛋白！

贝果很快就被牛肉面吸引了注意力，完全没有注意到叶天泽的反常。

“我十碗，你一碗。”

贝果兴奋地拿起筷子，在面前的碗里挑了大大的一筷子塞进了嘴里。

真的是太好吃了！

贝果吃得一脸的幸福，叶天泽看着她吃，也饿了，拿起一碗，一边看着贝果，一边吃完了他的面。

吃完了叶天泽就心满意足地看着贝果吃东西，原来怎么不知道，看着一个人，就算什么都不做，也仿佛拥有了全世界呢？

“你刚刚不是说我们边吃边说吗？”叶天泽撑着手，目不转睛地看着贝果，问，“你到底答不答应做我的女朋友？”

贝果差点儿噎着，叶天泽给她倒了杯水，又说：“我们年纪也不小了，就不要玩什么暧昧了，就安安分分地在一起，吃吃饭，聊聊音乐……你觉得行不行？”

贝果终于把嘴里的牛肉给咽了下去。

她红着脸，嘟囔道：“我刚刚走过去找你，其实是要跟你说另外一件事情……”

叶天泽皱眉，问：“有什么比我们在一起的事情还要重要吗？”

“我……”贝果鼓起勇气，她看向叶天泽，脱口而出道，“我想跟你一起合奏！”

说完这句话，贝果等待着叶天泽的回复。

然而，叶天泽的表现却跟她想象得似乎不大一样。

贝果本来以为叶天泽会很兴奋，就算他比较淡定，但是至少还会很高兴的，然而叶天泽面无表情，甚至还有一丝不耐烦。

“能不要在私人时间谈工作吗？”叶天泽敲了敲桌子，不耐烦地说，“工作明天你去乐团办公室找我，我们再谈。现在是私人时间。你到底要不要做我的女朋友，给我个肯定的答案。”

贝果呆住了。

这个反应不对啊！他不是一直希望她能拉小提琴吗？他不是一直被她的才华吸引吗？

而且什么叫作给我个肯定的答案？还不能否定了是吧？

“你听清楚我刚刚说的话没有？我想跟你合奏，我想跟你一起拉小提琴协奏曲，和你，还有你的乐团，站在舞台上，合奏！”

“我耳朵好得很，我没有聋，听得见你在说什么……”叶天泽皱着眉，有些不高兴地说，“要不然这样吧，你做我女朋友，我就让我的乐团跟你合奏。”

……

贝果的心情复杂，一时都找不到合适的形容词。

“你这是在潜规则我吗？”

叶天泽想了想，无所谓地耸耸肩道：“虽然这不是我的本意，但是你也可以这么认为。怎么样，做我女朋友吗？”

贝果万万没有想到，自己有一天也会沦落到需要出卖自己才能上舞台的地步，这是怎样的一种风水轮流转……

叶天泽一只手撑着下巴，一只手轻轻地在桌上敲了敲，催促道：“又可以做我的女朋友，又可以跟我的乐团合奏，这样天上掉馅饼的好事情可不常有，一般人有一个就要去庙里烧香了……”

叶天泽的话都没有说完，就听到贝果干脆果断地说：“我不要。”

又是毫不犹豫的拒绝。

贝果紧紧捏着筷子，目光坚定，鼓着嘴，气呼呼地说：“我才不要这样子。”

叶天泽叹气。

不要，又拒绝他。

叶天泽也是一点儿脾气都没有了，人生第三次被拒绝，又是被同一个女人。

他还能怎么办？当然是原谅她啊。

“你还要不要吃什么别的东西？”叶天泽往周围看了看，旁边有卖汤包和鸡汤的，问贝果，“要不要吃汤包？”

贝果不说话，还是紧紧捏着筷子，垂着脑袋，不知道为什么，好像跟谁在赌气似的。

“怎么了？”叶天泽看着贝果面前的碗，疑惑地问，“怎么不动筷子，这就吃饱了？”

“我不要这样。”贝果气鼓鼓地看着叶天泽，啪地一下把筷子放在桌上，义正词严地说，“我想做你的女朋友，也想跟你合奏，但是我不要这个样子。我们不可以做这么不道德的事情！”

叶天泽一愣，沉默了片刻，终于还是没有忍住扑哧一声笑了出来。

“你笑什么笑？”

贝果气鼓鼓的，这个人怎么总是这么不正经！

“全世界也只有你会把别人的这种玩笑话当真吧，跟你调情真的是一点儿成就感都没有……”叶天泽重重地叹了口气，道，“要你做我的女朋友是因为我喜欢你，跟我的乐团合奏是因为你有这个资格，这种事情还需要说得那么清楚吗？难道不是很明显吗？”

“嗯？”

是这样吗？

叶天泽又把筷子擦干净，塞回贝果的手里，无奈地说：“吃吧吃吧……”

“哦……”

“女朋友。”叶天泽轻轻地说。

贝果手一抖，然后又低着头继续吃面，吃着吃着，终于后知后觉地回过味来，意识到发生了什么。

她红着脸，脸恨不得要埋进面碗里，都不敢抬头看叶天泽了。

所以她现在终于不是单身狗了吗？

叶天泽其实也很庆幸贝果埋头吃面没有抬头，因为如果她抬起头的话，一定会看到他现在的样子，就一定会知道他到底有多喜欢她，以后只怕更要肆无忌惮地骑在他头上了。

夜越来越深，吃宵夜的人也不再像先前那样激动地冲着叶天泽拍照，大家习惯了叶指挥在旁边，也都开始自己吃自己的饭。

叶天泽目不转睛地看着贝果，嘴角微微扬起，笑得不知道多温柔。

也不知道为什么，他明明是一个心硬如铁的人，见到这个女孩子，他便觉得心软，舍不得让她饿着，舍不得生气，舍不得对她凶，就算是她一声不吭消失了半年，也舍不得怪她。

叶天泽忍不住叹息。

“你叹什么气啊？”贝果担忧地抬起头。

叶天泽该不会是后悔了吧？

然而叶天泽忽然撑着桌子站起来，突如其来地吻上了贝果的嘴。

本来只想亲一下的，可是一碰上就舍不得离开，一直到旁边响起了欢呼声、口哨声，叶天泽才又坐了回去。

“你……你怎么又乱亲人，太……太坏了……”

“你别这样看着我。”叶天泽半真半假地说，“你再用这种眼神诱惑我，我可要蹂躏你了。”

贝果赶紧低下头，往嘴里塞面条，恨不得直接往肚子里吞。

“吃慢点儿，我又不跟你抢。”叶指挥无奈地说。

旁边有位哥们儿认出来叶天泽，大着胆子跟叶天泽搭讪道：“叶指挥，谈恋爱了啊？这么甜蜜，大晚上的在路边摊虐狗。”

叶天泽难得心情这么好，一脸笑意，对那位哥们儿道：“对不起啊兄弟，追了好久，人家终于答应了，一时没有忍住。”

“那不得请客啊！”

“好啊。”叶天泽毫不犹豫地对夜市摊的老板喊道，“今天在这里吃饭的我都请了。”

“叶指挥请客，大家再多点些，哈哈哈！”老板激动地说。

贝果抬着头看向叶天泽，他侧着头微笑着对老板说着话，看起来那么轻松和温和，跟他平时的模样都不一样。

“偷看我做什么？”

贝果摇摇头，又继续埋头吃面。

怎么办，她为什么觉得每一分每一秒都更喜欢他了……

吃完面贝果叫老板结账，老板喜滋滋地把计算器拿过来，算了账然后把数字给叶天泽看，道：“哈哈哈，今天叶指挥要破费了。”

叶天泽指了指贝果，微笑道：“账单给她，今天我女朋友说她要请客的。”

贝果呆住了，对哟，她说了今天请叶天泽吃牛肉面的，难怪他那么大方，说请这里所有人吃饭！敢情是慷他人之慨啊！

老板一愣，叶指挥怎么这么抠。

他有些尴尬地把账单递给贝果，贝果神情复杂地看了看数字，差点儿没吐血，大家还真的都没有跟叶指挥客气！

“支付宝可以吗？我现金不够。”

“可以！支付宝！微信！银行卡！都行。”

贝果心疼无比地结完账，抬起头来，见到叶天泽已经憋笑要憋得内伤了。

贝果忽然觉得很后悔，她为什么要找这种男朋友，她刚刚为什么会觉得每一分每一秒都更喜欢他？她现在一点儿都不喜欢他了！

虽然她还是很爱他就是了……

时间不早了，叶天泽把车开到贝果住的小区门口，车子开不进去，两个人便踏着月色一起往里走。

叶天泽牵着贝果的手，他们就这样安安静静地走着。

都说成年人的感情是复杂又单纯，复杂是因为掺和很多除了爱情以外的因素，单纯是因为目的简单直接。

可是跟贝果在一起，叶天泽却难得地有了一种纯爱的感情。

两个人就这样牵着手走到了贝果楼下，叶天泽只是吻了吻她的额头，轻轻地抱着她，心软得一塌糊涂。

“咯咯……”

忽然，身后传来一个严肃的声音，两个人一愣，齐齐看过去。

只见房东奶奶站在门口，一脸严肃地看着两人，对贝果说：“贝果，这是谁啊，怎么也不给奶奶介绍一下……”

贝果猛地放开叶天泽，跳到一边，红着脸对奶奶说：“这个……是我男朋友。”

房东奶奶一愣，贝果怎么这就有男朋友了？她那没用的孙子到底是干什么吃的？！

奶奶立刻把脖子上的老花镜戴上，看向黑暗中的人。

叶天泽和房东奶奶这才看清楚对方的长相，都是一愣。

“小叶啊？！”房东奶奶惊呼道。

叶天泽也认出房东奶奶，恭恭敬敬地冲她弯下腰，打了声招呼。

“你们认识吗？”

“当然。”叶天泽回答道，“这位是国际音乐艺术协会的理事之一，你不知道吗？”

贝果不知道啊！

国际音乐艺术协会的理事……

贝果完全没有办法把眼前这位热心肠的老太太跟这种遥远的词语联系在一起，在贝果的心里，房东奶奶就是个听音乐会都会打瞌睡的人啊！

“要不要进去坐坐？”房东奶奶和蔼可亲地问叶天泽。

“不了，今天太晚，过几天我找个合适的时间再来拜访您。”

这位毕竟是叶天泽很尊重的长辈，这大晚上的，他就这样空手进去拜访还是不大合适。

“可以可以，我都有空，看你的时间就好。”

“行，我来拜访前会提前跟贝果说。”

“好好好，这时间也不早了，那我就不送了啊。”奶奶扯了扯贝果，笑眯眯地对她说，“孩子，跟我一起进屋去吧？不早了，你都在外面待了一天，肯定累了，去奶奶那儿吃点儿水果就上楼睡觉吧。”

贝果犹豫地看向叶天泽，叶天泽对她点点头。

贝果只能依依不舍地点点头道：“哦……那好的呀……”

叶天泽对奶奶道别，然后又对贝果说：“明天早上七点我过来接你，记得上闹钟，不要睡过头了。”

七点那么早？！

贝果刚想抗议，可是奶奶却已经急不可待地要拉她走了。

“行了，别舍不得了，有什么事情你们白天再说吧。来，贝果，我们进去。”

说着房东奶奶就把贝果拉进了楼栋，直接拉到她家去了。

“贝贝，我的宝贝呀！”一进屋子奶奶就抓着贝果的手道，“你跟叶指挥是怎么一回事？你们怎么都抱一起了？你们什么时候认识的？”

贝果脸一红，奶奶怎么一上来就问这个啊。

“我们认识有一段时间了……”

“唉，你这个小丫头，有男朋友怎么也不早跟奶奶说呢！”

早知道就不把傻孙子介绍给贝果了。不过幸好发现得早，那个傻孙子应该陷得还不深。

“你们发展到哪一步了呀？”奶奶又问。

“没……没哪一步啊，”贝果没想到自己竟然会跟奶奶聊起自己的感情生活，又尴尬又害羞地说，“其实我……我们也是今天才决定在一起的，就被您看到了。”

“真的吗？你不要害羞，别看奶奶一把年纪，当年也是年轻过的，什么不懂啊！”

贝果都有些急了：“真的！没有骗您，您别问了……”

“唉，好吧……”奶奶抓着贝果的手，语重心长地说，“贝果啊，你跟奶奶说实话，你们俩是认真的吗？你真的喜欢叶天泽？”

贝果点点头，毫不犹豫，神色郑重。

奶奶重重地叹了口气，唉，真是没办法。

"唉，我也不劝你了，叶天泽那种男人，就算是为了他心碎一场也是非常值得的。奶奶懂，奶奶也年轻过……"

"我干吗要为他心碎呀？"贝果疑惑地问。

他们好好的呀！

奶奶还是摇头，没有说破。

这丫头年轻，叶天泽那种多情的浪子，一般人留得住吗？更何况贝果这种单纯的、没有感情经历的孩子？

但是她知道，感情的事情，长辈是不能劝的，越劝孩子的逆反心理越强。

"其实我不是很建议你跟叶天泽在一起。你呢心思单纯，容易相信人。小叶呢也是个好孩子，就是心太深，谁都不知道他想什么……但是作为长辈，我知道我不应该干涉你的人生，应该让你自由成长，做你想做的，爱你想爱的。你只需要知道，奶奶永远是你的后盾！"

贝果不明白奶奶干吗把跟叶天泽在一起说得那么恐怖，他挺好的呀。

"好的呀……我记住了。"贝果只得这样说。

"嗯，保护好你自己！心可以随便伤，但是身体真的不能伤，健康最重要。你等我一下！"奶奶立刻起身回屋子拿了一个小盒子，也不待贝果看清楚，就把小盒子塞进贝果披着的那件燕尾服口袋里，然后语重心长地说，"这本来是给我的傻孙子准备的，现在给你了。"

"什么东西？"

"你回去再看吧。"奶奶怕贝果害羞，所以婉转地说，"你记住奶奶一句话，凡事不能只让男人图舒服，你自己的健康安全才是最重要的，知道吗？"

"哦……"贝果似懂非懂地点点头。

奶奶松了一口气，拿了个橘子递给贝果说："来，快吃，我老家的人今天刚刚送来的，特别甜。"

贝果一边剥橘子一边偷看着奶奶，还是忍不住心里的疑问，问道："奶奶，你为什么从来没有跟我说过你是什么国际音乐协会的理事啊……"

"你不是也从没有跟我说你是小提琴天才吗？"奶奶也伸手拿起一个橘子剥，一边剥一边说，"你们这些年轻人看问题就是不深刻，总是被那些咋咋呼呼的称谓给唬住了。你说，明明人就站在你面前，你不去认识，不去观察，不去了解，不相信自己的眼睛，不自己思考，偏偏只听那些名头。你说你是不是傻？”

贝果被奶奶噎住，怎么这些艺术家一个比一个会讲道理。

“那你为什么听音乐会要打瞌睡。”

“我年纪大了啊，本来就精神不好，还让我听那些那么平庸的音乐，可不无聊死我了吗？”奶奶把剥好的橘子递给贝果，继续给她剥，笑眯眯地说，“奶奶真不是装的。”

“好吧……那你为什么假装听不懂小提琴？”

“当然是因为你的房东奶奶是一个懂礼貌的奶奶啊。别人费尽心思掩藏的事情，你偏偏要去戳穿，那不是很讨厌吗？既然你不想让我知道，我就假装不知道啊。”

好有道理的样子……这么说来，奶奶瞒着她是为她好啊！

贝果吃着橘子，点了点头。

“不过，贝贝啊，有些废话呢，奶奶要跟你叨叨，你不要嫌奶奶多话哟。”

“不会的，我知道奶奶对我好。”

贝果虽然有时候迟钝了一些，但是她心思敏感，能分得清谁是真心，谁是假意，奶奶对她的好是很无私的。

“你知道迈克尔·拉宾吧？”

当然，小提琴家啊，只不过英年早逝。

“他呢也是小提琴神童，九岁就进了音乐学院，十岁就开始进行职业演出，十三岁在卡耐基音乐厅首演，一举成名……”奶奶打量着贝果，意味深长地说，“有没有觉得听起来挺耳熟的？”

贝果忽然有一种浑身汗毛都竖起来的感觉。

怎么跟她的人生这么像……

“只可惜，他的艺术还没有完全成熟，却在事业如日中天的时候，因为吸毒死了。跟他耀眼的艺术生命比起来，他的私人生活简直就是糟糕透顶……”

贝果越发觉得后背发凉。

“这个世界上啊，最容易结局凄凉的就是天才和美人，他们的才华和美丽太耀眼了。然而一个人在年轻的时候，灵魂的分量太轻，以至于那耀眼的美丽掩盖住他们灵魂的光芒，无论是别人还是天才和美人自己，都看不见他们的灵魂。所以天才年轻的时候恃才傲物，美人年轻的时候持靓行凶……”

“奶奶……你为什么跟我说这个？你是不是觉得我也会这样？”贝果忧心忡忡地说。

“当然不是……你不会的。奶奶不知道你当初发生了什么，但是你没有进职业的圈子，荒废了些年，倒也真的不是坏事。人有时候啊，总是急急地往前冲，却不知道自己追求的是什么。奶奶倒是觉得，现在的人太着急了，还是走得慢一点儿好，因为我们也要等一等自己的灵魂不是吗？”

贝果点点头，奶奶说得很有道理的样子。

“你呢，是个有大智慧的孩子。之前我还想循序渐进地诱导你慢慢敞开心扉，现在看你跟叶天泽的样子，我估计你也想通了。这样很好，你的灵魂已经打磨得差不多了，就像是在山上修炼的人，找到了本心，接下来就要下山去俗世里接受考验。你现在呢，正是时候。去打磨你的技艺，去继续追逐艺术，去做一个伟大的艺术家……”

贝果垂着脑袋，小声嘟囔道：“其实，我还是只想开开心心地拉小提琴，我也没想追逐什么艺术，真的，我就自己拉着玩也没什么不好的吧……”

“贝果呀！”奶奶拍拍她的手，难得语气郑重地说，“不要惧怕伟大！”

惧怕伟大？

什么意思……

贝果听得愣住，可这时候门被人打开了，是垂头丧气的李乔松回来了，所以想要问的话又憋了回去。

李乔松见到贝果坐在屋子里小眼神一时没有收住，那可怜兮兮的模样，宛如一条被抛弃的小狗。

奶奶见到孙子这个模样，知道今天的课还没有上完，还有一节课呢！

不过她的话也跟贝果说得差不多了，便笑眯眯地把一篮子的橘子塞给贝果道：“好孩子，都拿回去吃！早点儿回去休息吧！”

贝果抱着一篮子的橘子回到家里，一放下橘子，叶天泽的电话就打了过来。

“睡了没？”

“刚从奶奶那儿回来呢……”贝果接到叶天泽的话心里甜蜜，腻腻歪歪地问，“你到家了吗？”

“没有，在你楼下，见到你灯亮才打过来的。”

“你还没走吗？！”

贝果冲到窗口，往下看，见到叶天泽正插着口袋站在楼栋背后的草坪上给她打电话呢。

“本来已经走了，但是还想看你一眼。”叶天泽温柔地看着贝果道，“现在看到了，我回去了，你早点儿休息，我们明天早上见。”

“你等一下，我马上下去！”贝果想了想道，“我把衣服还给你就上来休息，你等着我啊！”

贝果立刻冲下楼，经过房东奶奶门口的时候还特意放慢了脚步，蹑手蹑脚地走过去之后，才又大步跑出去。

叶天泽穿着白衬衫站在草地上，简直就像是一个青春的梦。

他完全就是白马王子的代言人！

贝果气喘吁吁地跑到叶天泽的面前，把燕尾服还给他，然后笑眯眯地盯着他看。

这个世界上，为什么会有这么好看的人？简直就是在发光！

“这样看着我做什么？你再这样看着我，我又要做坏事了。”

贝果踮起脚飞快地在叶天泽的嘴唇上亲了一下，然后得意扬扬地说：“我也会做坏事的呀！”

叶天泽被贝果亲得一愣，还来不及反应，贝果就趁机溜了。

“晚安！明天见！不要睡过头了哟！”

贝果冲着叶天泽挥挥手，红着脸转过身一溜烟就又跑上了楼。

叶天泽伸出手放在嘴唇上，温柔又无奈地笑了起来。现在这个为了一个简单的吻就心满意足的自己，陌生新鲜，却又让他觉得很满意。

他抖了抖燕尾服，穿在身上转身准备离开，可这时候燕尾服的口袋里却掉了一样东西出来。

奇怪，他没有在口袋里放过东西，是贝果的吗？

叶天泽皱皱眉，弯下腰捡起来一看……

竟然是一盒避孕套。

Chapter 18
铁腕的指挥家

早上天还没亮贝果就醒了，连一分钟都没舍得在床上磨蹭。对于今天和叶天泽的见面，贝果满是期待，虽然不知道叶天泽会带她做什么，但是只要跟喜欢的人在一起，贝果就觉得全世界都是粉红色的泡泡。

收拾完也才早上六点半而已，距离约定的七点钟还有很长一段时间，贝果干脆就先去小区门口等着，顺便去早餐店买了五十个肉包子和五十个菜包子。

因为怕影响别人早上上班，所以贝果要买包子的日子，都会提前跟老板打招呼的。贝果到早餐店的时候，老板刚把一百个包子打包好。

“今天怎么打扮得这么好看啊？”老板看到贝果就高兴，笑眯眯地又送了她两个黑米糕和两个鸡蛋，“拿着吃，你这一百个包子，我的馅儿都包得特别厚。”

“谢谢老板！”

贝果高高兴兴地拎着两袋包子离开早餐店，只觉得今天一切都美好无比，一早上就弥漫着一股万事皆顺的气息。

走到约定的地点，贝果发现叶天泽竟然已经等在那儿了。

果然今天万事皆顺，还有意外的惊喜！

叶天泽今天打扮得比较随意，不像平素那样总是一丝不苟地穿着套装，今天他上身只穿了一件白色衬衫，没有打领带，袖子随意挽起来露出结实的胳膊。他一只手插在口袋里，一只手拿着两杯咖啡，懒洋洋地靠在车边，一副精神不振的样子。

奇怪……

叶天泽给人的印象一直都是精力充沛到邪乎的地步，这还是贝果第一次见到他面露疲态。怎么一副一晚上没睡觉的模样？即便如此贝果还是觉得叶天泽整个人都在发光！

贝果拎着包子一路小跑过去，叶天泽听到贝果的脚步声回过头来，紧蹙的眉毛这才微微放松了一些，不自觉地露出一个温和的笑容来。

“怎么这么早？”两个人同时说。

“因为我想到要见你好开心，一大早就醒了呀！”贝果笑眯眯地问，“你呢，你怎么一副好累的样子？”

叶天泽看着贝果的目光里尽是无可奈何，他重重地叹了口气，道:“我昨晚没睡，干脆早点儿来，也可以早点儿见到你。”

贝果大笑起来，故意揶揄叶天泽道：“你这个人也真是的，虽然想到今天我们要约会我也很兴奋,但是也没有到高兴到睡不着的地步啊……哈哈哈，你怎么跟小学生要春游似的！”

真是比她还要幼稚。

贝果说完，抬起头一看才发现叶天泽忽然用一种很可怕的眼神看着她，一副恨不得把她吞了的神情，把贝果看得一身鸡皮疙瘩。

“你……为什么这样看着我？”贝果缩了缩肩膀，瞬间就尿了，嘟囔道，“我不笑你就是了嘛……真是开不得玩笑。”

叶天泽揉了揉眉心，深呼吸，忍住了心里的那股怨气。

没关系，原谅她。

晚点儿再收拾她。

“要不要吃包子！”贝果把手里的包子举起来，在叶天泽面前晃了晃道，“我买了一百个！老板还送了我黑米糕和鸡蛋！”

叶天泽看着那两袋包子，皱了皱眉。

“你怎么就拎了两袋包子，你的小提琴呢？”

“小提琴？”贝果歪着头一脸迷茫地看着叶天泽，疑惑地问，“带小提琴做什么？”

“当然是练琴啊，要不然为什么要约这么早见？”叶天泽看看时间，语气严厉地说，“我陪你回去拿琴，你在路上把包子吃了，差不多七点半我们能到乐团，上午练习，下午跟乐团的成员见一见，大家交流一下，稍微合一合，让你们彼此有一点儿了解……”

……

贝果忽然觉得她身后的粉红泡泡一个接着一个全破灭了。

“我们今天就练琴吗？”

“对。”叶天泽居高临下地看着贝果，把咖啡递给她道，“有什么意见吗？”

贝果接过咖啡，心如死灰地摇摇头。

“快点儿吧。”叶天泽催促着贝果道，“不要浪费上午练琴的宝贵时间。”

贝果忽然就觉得很绝望啊……

门德尔松《e 小调小提琴协奏曲》。

这首协奏曲是世界上最著名的几首小提琴协奏曲之一，贝果这种小提琴手从小基础就扎实，越是世界名曲练得就越多，所以对这首小提琴协奏曲她很熟悉，并不觉得有什么难的。

可是不知道为什么，叶天泽全程都面无表情，甚至有神色越来越凝重的趋势。他这样不说话，贝果反而更加紧张，宁愿他刻薄一点儿。

“我拉的有什么问题吗？”贝果小心翼翼地问。

“我只是有些纳闷儿……”

“门德尔松是一位追求完美的曲式大师，这首《e 小调小提琴协奏曲》是他的代表作，柔美浪漫，均匀齐整，可以说是一部充满了女性柔美气质的臻于完美的作品，没有一丝一毫的阴霾。而你呢，你这个人明明看起来甜甜的，又很温顺，跟这部作品的气质很符合，可是一拉起来，就跟原曲的意思南辕北辙。”

贝果嘟囔道：“演奏者难道不应该创造吗？”

“这个问题我没有跟你说过吗？创造也是要建立在理解上的，要不然就是错误。”叶天泽的语气越发严肃，道，“你每次拉这种女性化的柔和作品，就怎么拉怎么不对劲，不是慢得要人想睡觉，就是毛毛躁躁不知道在着急什么。你有去理解这部作品吗？”

贝果老老实实地说：“我其实不是很喜欢这种温柔的作品，还有那种田园风格的，我也不是很喜欢……”

“为什么？”

“我就是喜欢那种高压线一般的音乐，狂风暴雨的，戏剧化的，充满了冲突感的，激烈的，高昂的，悲剧的！”贝果笑眯眯地看着叶天泽道，“就是你最擅长的那一种啊！”

叶天泽拿贝果没办法，神情严峻地说：“虽然我也更偏好这个类型，但是我没有不擅长的音乐类型。”

贝果被叶天泽怼得无话可说。

“你坐过来。”叶天泽神色依旧严肃，对贝果招招手，打开曲谱对贝果说，“你处理一个曲子之前，应该先去好好了解它的结构。”

贝果老老实实地坐在叶天泽的旁边，看他写着密密麻麻注释的曲谱。

她有些惊讶，没想到叶天泽这种狂妄自信的人，对工作却是这么认真。

贝果撑着下巴痴痴地看着叶天泽，看得口水恨不得都要流下来了……

“这首小提琴协奏曲在结构上创造了协奏曲的新高度，三个乐章的主题是相互呼应的。你看，第一乐章，优美抒情，虽然用奏鸣曲式写成的，但是却改变了双呈式部的结构，直接由小提琴演奏主题……”

叶天泽跟贝果讲着曲子，可是却发现旁边的人注意力并不如他这么集中，转过头一看，贝果的眼神越来越迷离，脸上是痴痴的笑容，看他都看呆了……

这放在平时，叶天泽兴许会很高兴地逗弄她一下，但是现在是工作时间。

“你有听到我的话吗？”叶天泽语气严厉地问。

贝果撑着脸，摇了摇头，老实回答道：“你太让我太分心了，要不你再说一遍？”

看着叶天泽说话，贝果就有一种世界在飞速地往后退，声音一点点消失，最后只剩下他的脸，他柔软的嘴唇……

啪的一声，叶天泽把曲谱扔在了桌上，把贝果吓了一跳。

贝果还是第一次见到叶天泽这么生气。

“贝果，不要像一个顽皮的小孩子一样，你不是小孩子了，你也不是十三岁被逼着拉小提琴的天才。你现在是自己要求想要做一个协奏曲的演奏家，要求跟我的乐团合作的，你的态度需要端正一点儿。”

贝果被叶天泽骂得蒙了，只觉得被一盆冷水泼得浑身发凉。

“如果你不想跟我的乐团合奏也没关系，你告诉我，我们不用浪费时间练习，有这个时间浪费在这里拉一些三流的音乐出来，不如做点儿别的有意义的事情。”

“对不起……”

“不用说对不起。”叶天泽眼神锐利地看着贝果，重重地叹了口气，无奈地说，“贝果，你不拉小提琴也没关系，真的。私人生活里，你想做一个小孩子就做一个小孩子，我愿意你永远长不大，你也可以任性撒娇。但是如果你真的想和乐团合奏，想要跟我一起站在舞台上，就不要做个半吊子，因为工作上我不接受半吊子，也不会徇私，你懂了吗？”

贝果被叶天泽说得羞愧万分，涨红了脸，垂着脑袋点了点头。

“好的……我知道的……”贝果可怜兮兮地说，“对不起，我会好好练习的……”

“如果你真的端正了态度，那么工作的时候，我希望你不要把我当作你的男朋友，我是乐团指挥，是你的领导。”

“知道了，叶指挥……”贝果老老实实地说。

虽然说公私分明，但是叶天泽见到贝果这个样子也有些心软，叹一口气，看了看时间道：“十点了，休息半个小时我们再继续。”

贝果点点头，细声细气地说：“好的，叶指挥……”

叶天泽打电话叫助理把事先准备好的点心拿进来。

桌上摆满了各种各样少女心的小蛋糕，可是贝果却还是一副垂头丧气的样子，小口小口地吃着蛋糕，一言不发。

见到贝果情绪不高的样子，叶天泽走到她的面前，无奈地叹息道：“好了，现在我不是叶指挥，是叶天泽，我的小宝贝有什么委屈可以跟我说，领导骂你不开心了吗？”

贝果摇头，真诚地看着叶天泽说：“我不委屈，我只是在自我反省！”

“反省什么？”

贝果坚定地看着叶天泽道：“叶指挥说得对，我不要做一个半吊子。从前都是别人逼着我拉小提琴，逼着我上舞台，这是我人生第一次自己想要站在舞台上演奏，所以我真的想把这件事情做好。原来我都是为了别人拉小提琴，现在我想为自己拉。我真的很想跟叶指挥一起演奏出我心中的音乐，就像他在舞台上感动我一样。叶天泽，我想跟你一起在舞台上，融合在一起，完成一个完整的‘我’！”

叶天泽愣了一下，他总是被贝果这种突如其来的真诚表白弄得毫无防备。

他的神色变得异常温柔，眼里似乎有星光。

“我知道，我懂你。”他揉了揉贝果的脑袋道，“我相信你。”

叶天泽这句我相信你，给了贝果无穷的动力，她又冲着叶天泽笑起来。

“我要吃蛋糕了，吃完了我们继续练。”

贝果高高兴兴地吃蛋糕，时不时还要喂叶天泽几口，叶天泽平时觉得这种喂来喂去的行为非常肉麻，现在却有些懂得那些人的心情了。

真心喜欢一个人怎么会觉得肉麻，只嫌不够。

贝果一边吃蛋糕，一边顺手把手机打开了。因为刚才在练琴，所以手机一直关机，现在打开手机，发现手机都要爆炸了。

编辑给她打了无数个电话，发了一长串的微信和短信……

她给编辑回了话，然后打开了微博……

“叶指挥……”贝果翻着微博，神情复杂地说，“现在到处都是我们的绯闻呢，那个什么星探还专门出了一期节目……”

“看看……”

贝果把手机递给叶天泽，自己也凑过去。

这期节目大概是连夜赶出来的，很明显有些内容没有核实过，爆料也有真有假，但是依旧跌宕起伏，把叶天泽和贝果之间的爱情故事描写得跌宕起伏，轰轰烈烈。贝果都不知道他们之间的感情这么深刻纠结，虐身虐心……

“你真的是这样想的吗？”贝果指着上面的字幕问。

“当然不是……”叶天泽毫不犹豫地说。

这个视频真的是煽情煽过了，竟然说他昨天演奏的贝五是一曲爱情悲歌，表达的是他们的爱情轰轰烈烈地抗争命运……

完全不是这样好不好……

叶天泽关了视频，把手机还给贝果，真的是看不下去这种鬼扯。

“回去继续吃你的蛋糕。”叶天泽说。

“哦……”

贝果老老实实地回去吃蛋糕。

这个是现在最红的豆乳盒子，贝果舀了满满一大勺塞进嘴里，超级满足！

“贝果，看着我。”

贝果满嘴都是奶油，她疑惑地抬起头来，迷茫地看向叶天泽，叶天泽就趁机咔嚓一声给贝果拍了张照片。

“嗯，很好。”叶天泽看着照片满意地笑了起来，发自内心地说，“我的女朋友怎么这么可爱？”

贝果不好意思地笑了笑，心里又有些小得意，继续开开心心地吃蛋糕。

没过一会儿，贝果听到了微博的提示，有关注的人在 @ 她。

谁啊，这都好长时间没有关注的人 @ 过她了……

贝果赶紧把这一盒豆乳盒子全部都塞进嘴里，然后才疑惑地拿起手机，刷开了微博。

喜欢 bagel 的叶天泽：@ 大胃王贝果 没有人比我女朋友更可爱。

不过短短两分钟而已，下面就有几千条评论。

“傅之乔 ”：叶指挥一谈恋爱，感觉整个人都萌了起来。

“鸡仔 DJ ”：承认了承认了！

“Lynn 吖”：好好好，贝果最可爱，你第二可爱，可以了吧？

贝果看到微博下面自己的照片，急得直接跳了起来！

“你怎么也该发一张我优雅一点儿的照片吧，这种满嘴奶油的照片怎么可以！”贝果急死了，拿着手机慌里慌张地说，“你看！你都不给我 P 一下，修个图，加个滤镜。”

“这样很好啊，多自然。”

贝果气得都不会说话了，不过至少让她确定了一件事情，那就是叶天泽是一个非常耿直的直男……

“你快点儿转发。”叶天泽催促道。

贝果没有办法，只能按了转发，问：“发什么呀？”

“这都不会，给我。”

叶天泽把贝果的手机拿过来，打了一排字，按了转发，然后才把手机还给贝果。

贝果接过手机，看着刚刚刷出来的最新的微博。

大胃王贝果：@ 叶天泽 除了你这个世界上我谁都不喜欢 [心][心]

[心]。

……

贝果的表情僵了僵，没看出来叶指挥也有一颗少女心，这女孩子的语气还学得挺像的，竟然还比心……

不一会儿，下面就有了好多评论，都是祝福的，贝果也没有仔细看。

“指挥家江质”：祝你幸福。

“蚊子君”：好幸福！

“Damon 李乔松”：希望你快乐吧……

叶天泽看着贝果微博下面的评论，冷笑一声，关了手机，然后说：“现在我们的关系不是绯闻了，你可以安心吃饭了吧？”

“这样好吗？”贝果还是忍不住忧心忡忡地说，“你不担心大家议论吗？你跟我这种小网红在一起？现在都是祝福，肯定不一会儿就有人黑来了……”

“我是怕人黑的人吗？无关紧要的人说的话都没有意义。他们祝福也好，谩骂也好，都跟我们没有关系，我们过自己的日子就好。”叶天泽把叉子又塞回贝果的手里，催促道，“快吃，吃完了我们还要练琴。不要在意那些无关紧要的事情，记住你现在最重要的事情就是练好这首曲子，知道吗？”

贝果点点头，是啊，都不重要。她现在最想做好的事情就是跟叶天泽一起合奏，希望能够成为一个可以跟乐团协奏的小提琴家！

她把手机放在一边，心中一片宁静。

贝果飞快地吃完了甜点，拿起小提琴，斗志满满。

“有斗志很好。”叶天泽一秒转换成叶指挥的模式，翻着乐谱道，“只是练琴的时候不要只带着手，还是要带着脑子的。”

“哦……知道了……”

接下来的时间，贝果依旧一直在被叶天泽挑剔，但是至少每次都有进步。虽然练得比较有成就感，但是总的来说，还是被叶天泽骂得很心塞。

“你以为演奏小提琴协奏曲是那么简单的事情吗？明天早上继续单练。”叶天泽合上曲谱，看了看时间道，“跟乐团约的下午三点，中午还有时间，你跟我一起出去吃个饭。”

“哦……”贝果收起小提琴。

“除了我们还有两个人一起吃饭。”

“哦……”

“我爸妈。”

……

“啥？！”贝果瞪圆了眼睛，吓得抱紧了小提琴，惊恐地说，“我们这个进展是不是太快了。”

这就要见父母了吗？！

“是吗？你竟然觉得我进展快啊……”叶天泽冷笑一声，抱着双臂看着贝果问，“到底是我的进展快，还是你的进展快？我怎么觉得你比我还着急呢？”

“什么意思？”贝果一脸迷茫地问。

毕竟是在乐团里，叶天泽作为一个有职业道德的人，很多话不好说，只能把一肚子怨气又憋了回去。

“晚上再跟你说……”他叹了口气，又道，“你也别紧张，不是特意安排你见我父母，他们本来早就定了回国的行程，今天一起吃饭也是事先约定好的，我也不大方便再改时间，你今天只是顺便去见一下他们而已，就当是跟长辈吃个饭，你不用拘谨，该怎么吃就怎么吃，他们都是很随和的人。”

“不行不行不行！”贝果可怜兮兮地说，“他们不喜欢我怎么办啊？如果你爸爸妈妈逼我们分手怎么办？”

那个八卦视频里就说叶天泽的父母非常不满意她！

叶天泽头疼地说：“你电视剧看多了吧，我爸妈人都很好。就算他们不好，也管不着我的私事……你放一百个心，不会出现这种事情的，是多懦弱的男人才会让自己的父母影响自己的人生选择？你去吃饭就好了，别胡思乱想。”

“哦……”

贝果只能硬着头皮跟着叶天泽去吃饭，一路都忐忑无比，就算叶天泽是那种自我的人，不会被父母影响，但是谁不希望自己的爱情得到周围人的祝福呢？

贝果不是那种喜欢跟全世界作对的人，她比较喜欢全世界都不管她……

午饭的地点定在乐团附近的一个大厦上的顶层花园餐厅，比较高级私密，午休的时间有不少商务人士来这里用餐，见到叶天泽和贝果这两位最近的热门人士出现，大家表现得也很平静，只是对二人点头微笑而已。

叶天泽的父母已经在等他们了，见到两人手牵手走过来，他们都站了起来，微笑着跟贝果打招呼。

“贝果吗？听我儿子说了很多次，今天终于见到你了。”

“叔叔阿姨好。”

“你好你好，来，都坐吧。”

几个人落座，贝果虽然还是有些紧张，但是已经放松了不少。学音乐的人都心思敏感，她能够感觉到叶天泽父母身上散发的善意。

大家各自点餐，叶天泽的父母点得很简单，对服务生也客客气气的，可以感觉到叶天泽的父母都是性格温和，也没有什么要求的人。

叶天泽就完全不同了，从点餐这件事情就可以看得出来，他们三个都没有什么意见，只有叶天泽，不要这个，要加那个，几分熟，用什么油都要啰唆……

贝果看了一眼叶天泽的父母，叶天泽的父母也有些不好意思地看了看贝果，三个人在眼神交流中完成了一次彼此谅解，加深了双方的感情。

叶天泽的父母的眼神，大概就是养了这样的儿子以后真的是要给你添麻烦了的意思。

贝果的眼神则是，没关系我就喜欢他这样的人的意思……

“刚才我点的菜，全部都来五份的量。”叶天泽对服务生说。

“五份？”服务生有些惊讶。

“对。”

贝果不好意思地看了一眼叶天泽的父母，耸耸肩，害羞地说：“抱歉啊，我吃得比较多……”

“吃得多是好事，有什么可道歉的，挺好的，家里要一个吃得香的才好。”

“是是是，是挺好的，吃饭嘛，又不是坏事，吃多怕什么？”

夫妻俩一脸温和的微笑。

贝果忍不住再一次看向叶天泽，这么平易近人的夫妻到底是怎么培养出叶天泽这么事儿的儿子的？

大概是因为之前叶天泽就知会过，所以夫妻俩对于贝果的大食量似乎也没有过于吃惊，虽然见到贝果一盘接着一盘地吃，还是忍不住多看了几眼，但是教养良好的他们也并没有多言，只是微笑着要贝果慢慢吃，不要着急，他们不赶时间。

席间这一家人随意地聊了几句，很快也就没什么多余的话可说，便各自做各自的事情，顺便等贝果吃完。

贝果倒是觉得这一家人的气氛很好，叶天泽的父母似乎不怎么管他，也不问他工作生活上的事情，只问了几句最近身体怎么样，心情如何而已。

明明没说几句话，但是气氛却一点儿都不尴尬，空气里仿佛弥漫着一股温柔的风。

贝果好像有些明白为什么叶天泽会长成这样了，因为他的父母允许他成为他自己，并没有要把儿子变成跟他们一样的人。

“慢点儿吃，”叶天泽皱着眉说，“吃太快了胃痛。”

“哦……”

贝果又专心吃东西。

叶天泽又给她重新点了一轮，贝果也彻底放开了，不再着急，也不扭捏不敢大口吃，就像平时那样自由自在地吃着自己的饭。

叶天泽的母亲喝着茶，微笑着看着顶层的景色，神情温柔。叶天泽的父亲戴起老花镜，专心致志地看着手里的外文音乐杂志，叶天泽则关注着贝果有没有吃饱，目不转睛地看着她吃饭。

贝果第一次生出了一种想法，她也好想要家人啊，想要这样的家人，想要跟叶天泽成为一家人……

“这期杂志有你啊。”叶天泽的父亲微笑着说，看着儿子眼神里满是慈爱和满意。

“哦？给我看看。”

叶天泽的母亲把杂志拿过去看，看着看着眼神却微微一变，她偷偷地瞥了一眼儿子，没有多说什么。

叶天泽的母亲又把杂志还给叶天泽的父亲，微笑着说：“有我们儿子不是很正常的事情吗，大惊小怪的。”

叶天泽察觉到母亲的怪异，伸手道：“把杂志给我看看。”

叶天泽的爸爸这回也看清了文章内容，打着哈哈道：“都是些老生常谈，没什么好看的。”

“给我看。”

叶天泽的爸爸没有办法，只能把杂志给了儿子。

的确是老生常谈。

必须承认，现在的柏林乐团经过叶天泽的带领已经彻底成长成他梦寐以求的模样。柏林乐团的素质让人着迷，叶天泽在乐团上花费的时间，终于让乐团与他同心同德。

于是我们终于看到一个跟叶天泽一样精准的艺术机器。

柏林乐团现在只有一个表达意见，那便是叶天泽。

要知道，我们这位音乐的帝王，构筑音乐的超人，他总能让音乐听起来更准确、更美好、更精彩。他的音响之华美，肢体之丰富多彩令人赞叹。没有人能够像叶天泽那样有力地把握住那壮丽豪华的气氛。

我们不得不承认，叶天泽在他的艺术领域已经臻于完美，可他也让我们不禁怀疑，他对于这种绝对控制力的追求，是否让他的音乐缺少了艺术的真实？

我们的独裁的音乐领袖，叶天泽，他对精准近乎变态的追求，成就了他的伟大，但似乎也正在毁灭他的伟大。

叶天泽把杂志还给了父母，夫妻俩不动声色地又聊起别的话题。贝果抬起头来，见到叶天泽眉头微蹙，似乎不大高兴。

这顿饭开始的气氛有些拘谨但是却愉悦轻松，中途每个人都很放松，可最后却在一种不可言说的尴尬气氛里结束了。

贝果的直觉告诉他，应该跟那本杂志上的话有关系。

两个人回到乐团，稍作休整，叶天泽便领着贝果去见了乐团的成员，并且宣布贝果将在下个月卡耐基音乐厅里跟乐团一起表演西贝柳斯的《d小调小提琴协奏曲》。

哎，贝果一愣，准备不是的是门德尔松吗？

怎么忽然变成西贝柳斯了……

乐团的成员在底下小声议论，毕竟绝大多数人并不知道这个贝果是何方神圣，只知道她与叶指挥有私人关系。

但是叶指挥是个非常严格的人，绝对不是那种因为私人的喜好而影响乐团艺术性的人，所以大家虽然心中好奇又怀疑，但是也没有多说什么。

倒是夏莉对贝果表现得很热情，见到贝果就上去给了她一个大大的拥抱，并且跟大家说贝果的演奏技艺多么完美。

夏莉作为乐团的第一小提琴手，在乐团的地位很高，既然她也对贝果担当协奏曲的小提琴家没有意见，大家就更没有意见了，这倒是让乐团的其他人稍微放心了点儿。

下午贝果跟叶天泽的乐团稍微一起练习了一下，这首西贝柳斯，虽然在小提琴技巧日趋完善的今天，算不上难度多么高超，但是难度还是有的，而且西贝柳斯一直以来最难的就是音乐的表现力，所以并不是一个容易的作品。

西贝柳斯的协奏曲，只有遇到合适的音乐家才能焕发生命力。

因为之前大家准备的都是门德尔松，所以一时换成西贝柳斯还是略有些不习惯，但毕竟都是素质极好的乐手，又有叶天泽指导，所以一遍下来，乐团和小提琴手之间已经有了初步的了解。在技巧和音乐表现力之上，贝果作为一个协奏曲的小提琴家是完全没有任何问题的，大家心里还是很服气的。

本来今天的主要目的也不是为了练出个什么，所以叶天泽也不介意乐团今天练习得磕磕巴巴，大概交代了一下，很快就结束了今天的训练。

等到训练散了，夏莉立刻跑过来热情地搂着贝果，道："还是贝果厉害啊，把老叶搞定了，都在微博上给你上身份了！你不知道这半年你不在，我们叶指挥多想你。我之前说错了，叶指挥不是什么大忽悠，他现在简直就是情圣啊！"

"就你话多。"叶天泽把贝果拉到自己身后，简直就跟防狼似的防着夏莉，警告着对贝果说，"夏莉不安全，你离她远一点儿，以后在乐团少跟她一起混。"

"哦……"贝果老老实实地答道。

"怎么，怕我掰弯你的心肝宝贝肾啊！"夏莉冲着贝果眨眨眼，故意说，"贝果，我跟乐团合奏有经验，你有空我们私下多聊聊，我传授给你一些经验。别听老叶的，整个乐团最坏的就是他！"

贝果看向叶天泽，似乎是在询问他的意见。

"你看他做什么？"夏莉夸张地说道，"不是吧，管得这么严啊！"

叶天泽看向贝果，语气严肃地说道："她经验丰富，你的确可以多跟她讨论工作，尤其是做协奏曲的演奏家跟独奏家很不一样，她和乐团磨合多年，很多事情能够帮助你。"

"好的呀！"贝果高高兴兴地点点头。

"嘁，没意思……这么听话……"夏莉白了叶天泽一眼，嘟囔道，"还以为终于找到人治你了呢。”

“谁说不是了？”叶天泽牵着贝果的手道，“工作上我管她，生活里她治我，我们走。”

贝果被叶天泽拉走，还不忘记回头跟夏莉说拜拜。

离开排练厅，贝果兴致勃勃地问叶天泽道：“我们一会儿去吃什么呀？”

“去我家吃吧。”叶天泽忍不住皱了皱眉，有些疑惑地说道，“我怎么觉得我们今天一直都在吃东西。”

“对啊，好难得呢，我们一日三餐都可以一起吃，好开心呀。”

叶天泽笑起来，发动车子道：“你放心，这样的日子还长着呢，我们以后每一天一日三餐都会在一起吃。”

贝果脸一红，心跳猛地快了起来。

每天一日三餐都一起吃……

只有夫妻才会这样吧？！

难道叶天泽是在跟她求婚？

可是贝果还没来得及幻想他们的大房子、落地窗、一条狗一只猫、大草坪和玫瑰花，叶天泽就继续面无表情地说道：“因为接下来一个月你都要为卡耐基音乐厅的表演做准备，我们每天都要练习，每天七点开始，一天都不能落下。”

“哦……”

贝果终于感受到了传说中的铁腕的乐团指挥了，他的心真的都被交响乐填满了……

叶天泽的家就在乐团附近，很有他的风格，顶楼的豪宅，加上大大的落地窗，隐秘又开阔，装修风格也是一股浓浓的屋主是个事儿逼的气质。

“过来吃饭。”身后传来叶天泽的声音。

贝果正站在落地窗边好奇地往外看，听到要吃饭喜滋滋地跑过去，看到满满一桌子的饭菜。

“你怎么这么会做饭呀！”贝果捂着胸口说，“我运气怎么这么好！有一个这么会做饭的男朋友！”

叶天泽轻笑起来，贝果的嘴巴倒是挺甜。

他开了一瓶香槟，一边倒一边说：“我还挺喜欢做饭的，因为做饭是有创造力的事情，而生命只存在于创造的过程之中。”

做个饭也能讲出道理来的人也就只有叶天泽了。贝果笑眯眯地看着他，然后问：“是不是你们年纪大的人，都特别爱说大道理。”

“好啊，你竟然嫌我老。”

“没有！”贝果开开心心地举起刀叉，摇头晃脑地说，“算起出道的时间，我可比你久！”

叶天泽想了想倒也是，贝果十三岁出道，已经出道了十二年，算起来他也不过出道十年而已。这样说起来，贝果还是她的前辈。

贝果开开心心地吃饭，好吃得摇头晃脑。

叶天泽坐在她对面，看着她吃饭，自己却没有动刀叉。

贝果吃了一半，见到叶天泽还在独自饮酒，便放下刀叉，有些担忧地问：“那本杂志上说了什么，我觉得从中午开始，你的情绪就不大对劲……”

叶天泽也是一愣，贝果倒是很敏感，而且关心起人来也是完全不婉转，直截了当。

他放下酒杯，想了想，还是开了口。

这还是叶天泽第一次跟贝果提起自己事业上的事情。

“我有没有跟你说过我当时为什么会回国？”

贝果点点头。

“我也许只能到此为止了，我寻找了那么久，却依旧什么都没有找到，我以为我已经改变，但是我的音乐告诉所有人，也告诉我自己，我其实还是从前的我。”

“做你不好吗？”贝果好奇地问，“你难道不已经是最伟大的指挥家了吗？”

“我的老师对我说我应该去寻找艺术的上帝，我的演奏总是一百分，而有时候一百分却比不上九十九分。你能懂他的意思吗？”

贝果点点头。

“艺术本来就不应该是完美的，因为完美只是一个无限趋近的概念，如果真的完美，那就意味着停止。一样东西到了顶，不是要下坠，就是要毁灭，对吗？”

叶天泽笑起来，对于贝果说出这些话他感到有些惊讶，又觉得本该如此。

这样真好，说话不费力气。

“你应该也听过外界对我的一些评价吧？其实这些年对我批评的声音很多，大多都是觉得我的音乐让人透不过气，过于精准。就像今天那本权威杂志上说的，缺少了艺术的真实感……”

“难道准确地表现乐谱，不是一件极其困难的事情吗？”贝果疑惑地说，“很多外行都以为准确地表达乐谱并不难，其实只要是内行就知道，真的要完全展现音乐的意图，还原作曲家的心境，分毫不差，是一件极难做到的事情。超级厉害的啊！”

“可对于我来说，这样还不够。”叶天泽神色黯淡。

“我觉得够了呀。”贝果没有一丝一毫的犹豫，脱口而出道，“也许他们说得对，你过于完美精确了，以至于缺少艺术的真实感，可是，这不就是你的九十九分吗？我不同意你老师说的话，你的老师要你找你的九十九分，可是按照你的老师说的，你需要寻找的九十九分不就在这儿吗？”

叶天泽忽然愣住，不说话了。

贝果见他不说话，疑惑地叫了他两声，可是叶天泽却依旧沉默着，眉头紧锁，目光深邃，似乎陷入了沉思。

贝果见叶天泽不理她，也不多想，便又低下头来继续吃自己的饭。

她自己也是个天才，所以贝果知道天才是有些毛病的，偶尔发个呆没什么，只要不自杀，什么都好谈。

“你做的松饼我觉得我一辈子都吃不厌的！”贝果开开心心地说。

叶天泽不理她，她就继续自言自语。

“牛排是怎么煎得这么嫩的呀，又有嚼劲。”

“我觉得我们应该去开个餐厅！”

“只不过开餐厅，可能会被我自己吃垮，还是算了……”

贝果一个人高高兴兴地在那里絮絮叨叨，而叶天泽则一直思索着贝果的话。

他只觉得他一直在寻找的东西，在刚刚那一个刹那似乎有了答案，很多他从前苦苦思索却无法整理清楚的事情，瞬间就清清楚楚了。

是啊，这不就是他的九十九分吗？

他过于完美以至于缺少真实感，难道不就是他缺少的那一分吗？

“贝果。”

“嗯？”

“你喜欢我的音乐吗？”

“喜欢啊！”贝果毫不犹豫地说，一边嚼着牛排一边回答道，“你的音乐就像是高压线，每次都让我有触电的感觉。”

“你不会觉得让你透不过气吗？”

“会啊，甚至会有呼吸不过来的感觉。不过这不是你的风格吗？我感觉你就是一个喜欢悲剧、激烈、伟大的人。所以你指挥的贝五就比贝六好，那种田园风格的交响曲，你可能就不是很适合。但是我宁愿你做一个把贝五演奏到极致的人。本来每个人都有自己的偏爱，你为什么凡事都要争第一呢？你说，你非要每一首交响曲都演奏到全世界第一才高兴吗？”

“我什么时候这样想了？”叶天泽无奈地说，“这种事情怎么可能……”

“那你为什么录那么多张唱片？我感觉你是全世界录唱片最多，涵盖作曲家最多的指挥家了。光是贝多芬你就录了好几遍全套交响曲吧？德奥系的作曲家作品，你也几乎都出了唱片。西贝柳斯也是你喜欢的……还有歌剧啊你也参与了不少……反正就是一大堆。”

“你觉得我不应该这样做吗？”

“没有不应该啊，这是你的个性嘛……”贝果抬起头，举着刀叉，思索道，“我记得那时候我在网上搜索你的时候，看到那一排排的唱片，我就知道，这个男人一定是渴望着伟大和不朽的。一个人想要在这个世界上留下自己的印刻，一定是因为被伟大和不朽迷惑着。”

“你不想伟大吗？”

贝果想了想，毫不犹豫地摇摇头：“不想，不过我现在可能也不惧怕伟大了吧……我有时候想，我从前那么害怕伟大，本身也是因为我实在很介意这件事情，你说呢？”

叶天泽无奈地笑了笑道：“有时候，我觉得你似乎对一切都充满了热情，有时候我又觉得你似乎对一切都毫不在意。”

“对呀，我就是这样的呀。”贝果说笑眯眯地说，“如果你是追求一百分的人，那我就是追求负一百分的人。你说我们加起来，音乐会不会变成零分？”

叶天泽又忍不住笑起来。

“大概是零分吧。”叶天泽温柔地说，“零分也挺好的呀，零分是一切的开始。”

贝果喜滋滋地吃完最后一口牛排，揉了揉肚子站了起来，兴致勃勃地去拿她的小提琴，高高兴兴地说：“吃饱啦，我们可以继续练习了！”

叶天泽放下酒杯，走到贝果的身边，按住她正准备拉弦的手，把小提琴又放回了琴盒里。

“今天练了一天了，过犹不及，明天我们早点儿起来，还是七点准时开始训练。”

“好的呀……”

贝果看了看时间，都已经晚上九点了，等回去洗漱休息不知道又多晚，肯定都睡不了几个小时……

“那我得赶紧回去了……”贝果伸手准备拿外套，急匆匆地说，“我们明天早上见，你也累了，不要送我，我自己去坐地铁就好。”

叶天泽拦住贝果道：“不用走，你从今天开始就住在这里吧。”

“啥？”

“你跑来跑去不累吗？就算你不累，我每天开车来来回回接送还累呢。从今天开始，你就住在我这里。”

“哦……那……”贝果有些紧张起来，问，“那我住哪个房间？”

“我的家可没准备给客人住，我只有一间卧室，当然是跟我住在一起。”

“不行不行不行！”贝果急得直摆手，着急地说，“我们这样不好吧！这……这不是同居了吗？不行不行不行，我们……我们的进展太快了些吧？”

“是吗？”叶天泽拿出一个小盒子，在贝果面前晃了晃道，“你真的觉得进展快的话，为什么要把这个塞到我口袋里？”

“这是什么？”贝果好奇地一看，发现叶天泽手里拿着的是一个避孕套。

贝果的脸彻底红了。

她还叶天泽衣服的时候忘记把奶奶给她的东西拿出来，哪里想得到，奶奶竟然往她的口袋里塞了避孕套！

叶天泽步步逼近。

“夏莉说得没错，你就是老天爷派来治我的。”叶天泽晃了晃手里的避孕套，低着头语气暧昧地对贝果说，“你知不知道，你害得我昨天一晚上都没有睡着？”

贝果紧张得都结巴了。

“我……我……我怎么害你了……”

“因为你害得我一直想着你啊，想得脑子里全是你，怎么都睡不着，你说我该怎么办？”

Chapter 19
爱的协奏曲

贝果的背抵着身后的墙壁，垂着脑袋不敢看叶天泽的眼睛，她浑身都在发抖，脸也在发烧，简直就像是一只被猎人抓住的鹿，知道自己马上就要挨宰，无路可逃，怕得不得了的样子。

说实话，贝果这个样子简直就是找欺负，但是叶天泽无奈地发现，一看到贝果这副可怜兮兮的样子，他就不忍心了。

浑身都是硬的，只有心是软的。

叶天泽觉得在这一刻，他才深深地体会到自己有多么喜欢这个女孩子。喜欢便肆无忌惮地索取，想要更多，怎么都不够。爱却是要克制自己的欲望，爱得越深越沉默。喜欢是看到清晨的花便想要摘下来带回家。只有爱过才懂得，爱是守护，是悉心浇灌，是不让你经受风雨。

不舍得让你经受风雨，又怎么愿意做你的风雨呢？

叶天泽揉了揉贝果的脑袋，叹息一声道："不逗你了，瞧你吓得。我们慢慢来，不着急，这个东西我先替你保存着。"

叶天泽把那盒避孕套放进口袋里，他不想给贝果那么大的压力，也不想逼她做任何事情，免得她那么㞞，不知道什么时候又偷偷跑了。

可是虽然叶天泽这样说，贝果却还是站在那里一动不动，涨红着脸，瑟瑟发抖。

“怎么了？真的吓着你了？不要告诉我你是第一次见这个东西啊……”叶天泽无奈地笑起来，温柔地说，“算了，今天你也累了，去休息吧。你自己一个人睡卧室，可以吗？”

叶天泽发现自己拿贝果也真的是毫无办法，肆无忌惮的他，也有无可奈何的时候。

贝果这是怎么回事儿，用不着吓成这样吧，他们至少也接吻过吧，他这样就吓着她了？

叶天泽只得往后退了一步，想要贝果放松些，就在这时候，贝果却忽然踮起脚，搂住他的脖子，把他往下一拉，吻上了他的嘴唇。

贝果亲完叶天泽，又目光灼灼地看着他，她的眼睛又黑又亮，温柔却勇敢。

“我可以的……”贝果坚定不移地看着叶天泽说。

“我……我愿意的……”

……

贝果醒过来的时候，身边已经不见叶天泽了。

她身上还有些痛，轻轻地叫了叶天泽一声，却没有听到回应。外面似乎有灯光，贝果看了看时间，凌晨五点。

贝果随手裹了一件衣服，在书房里找到了叶天泽。

书房只亮了一盏小灯，叶天泽坐在单人沙发上，眉头紧锁，正在专心致志地看乐谱。

“你怎么这么早就起来了？”贝果探着脑袋问。

叶天泽见贝果走过来，便放下谱子，伸出手把她拉到腿上，从身后抱着她，腻歪地把脑袋埋在她的脖子里，声音轻柔地说：“我习惯每天四点半起来看两个小时的乐谱。”

“每天都这样吗？”贝果惊讶地问。

“嗯……我决定转做指挥之后，就一直保持这个习惯，大概也有十年了。”

“为什么这么早啊？”

“早上比较安静，注意力也比较集中，读谱是一件非常需要专注的事情，所以我一般会安排在早上。”

贝果这下算是明白为什么大家说叶天泽精力恐怖了，每天这么早起来读谱，还要管理乐团，指导乐手，做巡回演出，真的不是一般人能够承受的工作量。

贝果低着头，她是今天才意识到叶天泽每天的工作有多辛苦，付出了多少努力。

每天四点半起来看两个小时的谱子，坚持十年，如果不是对这份工作有着热忱和热爱，是无法坚持的。

贝果也喜欢拉小提琴，但是她拉小提琴大多数时候就是图开心，她跟叶天泽不一样。

“那我是不是打搅你了？”贝果有些内疚地说，“我回去继续睡觉吧，你接着看。”

“好。”

贝果起身准备回去继续睡觉，却又被忽然抓住。

“等一下。”叶天泽说。

“嗯？怎么了？”

叶天泽又把贝果拉进怀里，紧紧地抱着她，低头亲得她气喘吁吁的，才松开手。他神情愉悦地看着贝果红扑扑的小脸，微笑着说:“现在好了。”

“讨厌……”

贝果猛地推开叶天泽，从他身上起来，红着脸一溜烟地就跑了。

叶天泽看着她的背影忍不住笑起来，然后心情愉悦地拿起曲谱继续看。

可是他刚刚低头，门口又探出一个小脑袋来。

“叶指挥，我能问你一个问题吗？”贝果靠在门边问。

叶天泽放下曲谱，点点头，无奈地微笑道：“当然可以，什么问题这么严肃要你叫我叶指挥？”

“你为什么想当指挥家？”

叶天泽愣了一下，他沉默了一会儿，微微侧过头，看着黑暗的城市，然后朝着落地窗外的黎明之前的天空伸出手。

他看着自己的手说：“因为我沉迷这种感觉，指挥乐团演奏的时候，我常常觉得我的双手仿佛从我的感官之中独立出来，它们似乎有自己的灵魂。很多时候，我甚至忘记是我在控制它们，它们的挥动是那样自然而然，仿佛本该如此。音乐是有自己的呼吸的，我是一个相信科学、相信逻辑的人，可是音乐却让我有另一种感觉，仿佛这世上真的存在神，存在灵魂，存在另一个维度。我想任何一个有幸和音乐终身相伴的人，都是神的宠儿，得到了这人世最大的恩赐。”

贝果听得着迷，她还是第一次见到叶天泽表现得这样感性。

“音乐有自己的呼吸……”贝果重复着，思索着这句话。

“对……跟你讲个事儿……”叶天泽笑起来，看向贝果，似乎打开了话匣子，道，“有一次音乐会上，一个管乐手在吹奏一个长段时，我忽然有一种感觉，我感觉他快接不上气了。所以我立刻命令音乐加快了进行的速度。第二天那个管乐手跑来找我，他觉得昨天发生的事简直就是难以置信，不知道我到底是怎么知道他气紧了的。可我就是知道，即便我闭上了眼，即便节奏只有百分之一的差别，我也能感受到那个乐段要不连贯了。我很难解释那种感觉，解释我到底是通过什么在跟演奏者沟通。只是那件事情，让我一下子明白为什么贝多芬耳朵聋了也依旧能够继续创作。绝不仅仅是因为他的顽强，也不仅仅是因为他要跟命运抗争。而是因为音乐并不是属于耳朵的，音乐不仅仅是音符而已。音乐有自己的呼吸，它有自己的身体和灵魂。而我们这些演奏者要做的，是让音乐在我们的世界，在这个维度里，焕发出生命来。你不觉得，这才是最让人心醉神迷的地方？”

贝果还是头一次听到这种说法。

从前她拉小提琴只是为了自己开心而已，可现在她忽然很好奇，好奇叶天泽口中那让人心醉神迷的音乐。

她好像一下子就明白过来。

叶天泽一直跟她说，创造是建立在理解之上的，乱拉一气不是创造，是错误。从前她都老实点头，可这一刻她才真的理解这句话的意思，为什么她不可以只图开心，为什么她不可以随心所欲地乱拉一气。

因为音乐有自己的呼吸啊，音乐也有身体和灵魂，只是音乐与我们不在同一个次元和维度里。所谓的创造，就是让音乐在我们的世界里得以重生。

像是母亲孕育一个新生命，像是上帝创造一个新世界。

“我从没有跟你提过，我第一次听你的音乐，是在一个夜晚？”叶天泽说。

贝果有些惊讶地摇摇头。

“那时候我已经有回德国的念头了。临行前一周我独自走在老街上，背离城市的喧嚣，在那片残破肮脏的区域里，我忽然听到了一阵音乐声……巴赫的第1004号作品，《恰空舞曲》，一个解不开的无穷无尽的谜题，人们都说，那是上帝的作品。”

叶天泽的声音像是一首诗，把贝果带回了那个夜晚。

“那是我第一次为一首曲子流泪。粲然收住的悲伤，动荡不安的音符，忧郁温暖的光芒，在那一刹那，我仿佛忽然置身于一座巨大的教堂里，被悲伤却圣洁的光线笼罩着。我感觉到一种生命的宽慰，我仿佛一刹那懂得了我的老师对我说的话，伟大之后的幻灭……”

叶天泽看向贝果，眼里星辰万千。

“贝果，你让我相信了上帝的存在。所以我相信你，你的音乐还有无数的可能，你能创造出伟大的音乐来，属于你的，属于世界的，属于宇宙的。”

贝果看着叶天泽，她的眼睛亮亮的，有湿润的光芒在闪烁。

忽然，她转身就跑出了书房，叶天泽正疑惑着，可很快他又听到贝果又急匆匆小跑回来的声音。

贝果喘着气跑到门口，深呼吸道：“叶指挥，我可以跟你一起看乐谱吗？”

贝果手里抱着琴谱和小提琴，目光灼灼地看着叶天泽，虔诚得仿佛一个小孩子。

叶天泽温柔地笑起来，点点头道：“当然可以，我的小提琴手。”

接下来的日子，贝果干脆地搬到了叶天泽家，她的生活每天都跟叶天泽一样自律，早上四点半起来看曲谱，七点早餐，然后和乐团练习合奏。

做小提琴协奏，协奏者需要更多的时间排练，而西贝柳斯贝果从前并没有刻意钻研过，现在才发现，除了技巧之外，演奏西贝柳斯最重要的还是音乐的表现力。

因为西贝柳斯的伟大需要被诠释。

她专心致志地跟叶天泽一起投入西贝柳斯的世界里，头一次，外界的纷纷扰扰不能打搅她，她不需要逃避什么，不需要躲藏，因为在这个她创造的新的世界里，谁都不能影响她。她仿佛是这个宇宙最大的神，她说有光那便有了光。

这个道理她从前怎么就没有明白过呢？

躲藏在这个世界的任何一个角落里她都总会被找到，因为我们生活的世界是属于别人的世界，别人的世界就是自己的监牢。

而音乐给了她另一个世界，另一个宇宙。在那里，她是绝对自由的啊。

就像叶天泽说的那样，每一个有幸与音乐终身相伴的人，都是神的宠儿。

半个月之后，排练差不多有了些样子，叶天泽这才对外宣布贝果将以小提琴协奏家的身份参加下个月在卡耐基音乐厅举办的音乐会。

这个消息不可谓不轰动。

这对神秘的情侣，自从上次发了那个男朋友、女朋友的微博之后，就几乎没有在公众场合发过声，外面无论怎么传言，他们都毫无回应。狗仔队追踪两人的生活也追踪得相当乏味，几乎就是乐团和家两点一线，除了对方之外，几乎也没有任何社交，有时候收到凌晨拍到的照片，竟然一个人坐在沙发椅上看曲谱，一个人在旁边练琴！

艺术家的人生难道不应该有趣一点儿吗？

而且前面半年一直非常高调的叶指挥，也忽然又变回了从前那高岭之花的作风，几乎不再出席任何公共活动，拒绝了所有的商业邀请，不接受任何非专业音乐杂志的采访，似乎又一心一意地回他那小众的古典音乐圈去了。

于是这一回叶天泽的发声，在他们俩的热度快要消散的时候，又一次将他和贝果带回了话题中心。

“叶男神和他的网红女朋友竟要合作交响乐！”

“贝果的神秘身份大揭晓！”

“神秘的小提琴天才和网红女直播的前世今生！”

总之这件事情彻底吸引了大家的注意力，电视台和视频网站都纷纷向叶天泽的乐团伸出橄榄枝，叶天泽也很快带着乐团跟几家公司敲定了合作协议。

于是又有人说叶天泽完美地完成一次炒作。

很多古典音乐圈的人都纷纷表示自己对叶天泽的不满和鄙夷，表示他拉低了古典音乐圈的格调，让这个圈子充满了商业的铜臭味。

还有的质疑叶天泽和他身后的财团，坐拥几个亿的身家，控制这个行业，阻碍了音乐圈的良性发展。

也有的说叶天泽醉心名利。

“你才不是这样呢！”贝果看到这些报道很不服气道，“你明明是真正的艺术家。”

叶天泽放下手里的咖啡杯，毫不感觉羞耻地说：“我就是这样。我的确是个音乐商人，也的确稍微利用了一下大家对我们的好奇，告诉你一个好消息，虽然调高了价格，但是现在我们整个巡演的票都已经卖空了。”

贝果无言以对，没想到他竟然毫不犹豫地承认了！

她忍不住嘟囔道：“有时候真不知道你到底是艺术家还是商人，怎么就这么精明呢……”

“艺术家也是要吃饭的啊，你当艺术家就不食人间烟火吗？”叶天泽一边替贝果开蟹钳一边无奈地说道，“乐团那么多人很好养活吗？我可以清高，我的乐团成员不行，你应该知道我们这一行是有自己的生存困境的，多少人因为活不下去，只能放弃成为专业乐手的梦想……”

是啊，古典音乐圈很小众，也很难盈利，那些没有名气的专业乐手，想要靠着音乐生活得好是非常困难的事情。

这一行的竞争又极其残酷和激烈，有时候想想都可怕，勤学苦练了十几年，却依旧拿不到一张专业的入场券，有的即便能够加入专业乐团，也依旧默默无闻，永远得不到属于自己的机会。

艺术的领域，似乎就是为了戳破努力就会有回报这个谎言而存在的。

努力不一定有回报，梦想也绝大多数都无法成真。顶尖的人是那样少之又少，绝大多数普通人都不过是为了做那些有天赋者的陪衬，普通的乐手用他们的尸体化成营养，滋养着那些天才们，于是我们的时代才能结出艺术的果实来。

所以对于这绝大多数人来说，想要继续音乐，温饱是多么重要？当理想无法实现，可能唯一能有所安慰的就是生存了。

这样想来，他们的确需要叶天泽这样的人。

叶天泽把剥好的蟹肉放在贝果的盘子里，这时候助理又打了电话过来，说是有电视台想要约他和贝果采访，是国内知名的电视台，节目质量也绝对有保证。

“我们现在要准备音乐会，不能分心。不过等首演结束倒是可以考虑一下。”

叶天泽跟助理简短讨论了几句，接下来又继续安排乐团的事情。

贝果看着叶天泽，忽然觉得这个男人真的是超人，一面他仿佛活在云巅之上，是一朵高岭之花，追求着艺术的上帝，不染凡尘，有一个艺术家的痛苦。一面他又是世俗和功利的，承托着许多人的生计，甚至是一项事业的未来，每天都要辛苦钻研。

她忽然不奇怪为什么这个看似轻佻又冷漠的男人会演奏出那样强韧和富有戏剧性的音乐了。

因为他就是这样的人啊，强韧到让人恐怖。

叶天泽挂了电话，见到贝果看着他发呆，无奈地问："怎么了，看着我就饱了，我有那么秀色可餐吗？"

"你这个人……"贝果想着合适的词汇，想了半天，叹了一口气道，"真复杂……"

叶天泽笑起来，神色温和地看着贝果道："这世上有你单纯美好就足够了，我的世界里，只需要你这一份单纯，我继续做我的反派人物就好了。"

贝果忍不住白了叶天泽一眼，讨厌，还是这么会甜言蜜语。

"你才不是反派人物呢！"贝果毫不犹豫地说，"你在我心里就是全世界最好的人！"

真的，她就是这么想的，谁都没有叶天泽好！

"哦？"叶天泽双手撑着下巴，微笑着看着贝果，不怀好意地问，"那昨天晚上是谁一直叫着说我坏的呢？"

贝果的脸腾地一下就红了！

日子继续平静地过去了，可就在乐团准备动身去美国的前一天，发生了一件不大不小的事情。

一家好事的媒体，跑去采访了贝果的父母，还非常不地道地做了一期节目。叶天泽知道这件事情之后，并没有瞒着贝果，还是选择了把视频给她看。

贝果放下小提琴，打开视频。

爸爸妈妈的脸看起来有些陌生，他们都老了，也都胖了，看起来过得并不差。

也没什么新鲜的话可说，大概就是谈了谈这么多年培养贝果是多么辛苦，贝果小时候是个怪孩子之类的话。

到了最后，又隐晦地表达了一点不满，觉得贝果感情冷漠，这么多年从不联系父母。

“大概也是小时候我们给她的压力大了些，全心全意地培养她的小提琴，忘记教她怎么珍惜亲情。”

……

“我们还是会原谅贝果的，毕竟是自己的亲生女儿，她的成功也是我们的成功，是我们培养她，她才有今天，所以现在看到她又重新登上世界的舞台，我们还是很高兴的。”

……

“虽然想想还是有些难过，但是为人父母，总是希望女儿好的，只要她愿意回来找我们，我们永远向她敞开怀抱。”

……

贝果沉默地看完视频，脸上的神情看不出来有什么波动，她把手机还给叶天泽，然后面无表情地说：“看完了，我继续拉琴了。”

“好。”叶天泽看着乐谱，耳朵听着贝果的演奏。

西贝柳斯《d 小调小提琴协奏曲》，第一章，悲婉浪漫的主题，小提琴独奏深切而忧郁。

平静的旋律线，发展到第四小节的三连音节奏，情绪忽然开始起伏。左手强烈的揉弦，逐渐走向情绪的高潮。

可就在这时候，琴声忽然戛然而止。

“我才不需要他们的原谅！”贝果忽然说。

叶天泽的目光从琴谱移到贝果的身上，她紧紧捏着她的小提琴，背对着叶天泽，面对着巨大的落地窗，整个人都在瑟瑟发抖。

逆着光，只能看到她的剪影，她似乎在愤怒，可是颤抖的双肩，告诉叶天泽她感到悲伤。

“我才不需要他们的原谅，我没有做错。”

贝果不断地重复着这句话，语气坚定。

叶天泽走到她的身后，轻轻抱住了她，温柔地吻着她的头发，无声地抚慰着她。

过了一会儿，贝果的身子才渐渐放松了下来，不再那么僵硬和紧绷。

叶天泽的下巴抵着贝果的脑袋，柔声问：“需不需要我安排一下，我们做个回应，也免得他们在那里自说自话？”

“不用了。”贝果重重地叹一口气道，“我不想这件事情变成一场狗血大戏，随便他们怎么说、怎么想，我也不在乎被网友议论，也不是第一天被议论了。”

反正贝果当网红的时候就已经造就了一颗金刚不坏之心，悠悠众口哪里都堵得住？有时候人太较真，是因为太把自己当一回事。

直到最后你才会发现，那些骂你、诅咒你、诋毁你的人跟那些口口声声说爱你到永远的人一样不走心。

“只是不要影响到我们的演出就好……”贝果有些不安地问，“会不会大家对我印象不好，就不来看乐团的演出了？”

“怎么可能，艺术家有几个私生活能看的？大家多多少少都有些人性的瑕疵。你放心，对于天才大家是很宽容的，因为世人都势利。更别说你在这件事情上本身就没有错，稍微有一点儿思考能力的人，只要想一想就能明白。”叶天泽吻了吻贝果的头发道，“你也不想想，这可是我的乐团，只要由我指挥，就算我指挥的是一堆机器，票房也不会差的。”

那倒是真的，贝果这才放心了些。

“人生真的是没完没了。”贝果重重叹气。

“是啊，人生常态。不过以后有我和你一起去面对……”

这件事情，贝果和叶天泽都没有发声，倒是叶天泽的父母发声了，这让叶天泽都有些惊讶，因为他的爸爸妈妈是从来不掺和他的私事的，一向由他自由发展。

叶天泽的爸爸妈妈在国内，所以有记者去采访他们对贝果的看法。两位老人倒是直言不讳。

“天才都是结在时代上的果实，没有谁能说是他们孕育了天才，因为孕育天才是上帝和神的事情。像是Sebastian，他是天才的指挥家。可我们身为他的父母都是音乐家出身，也绝不敢说是我们培养他成为一个音乐家。这样说太狂妄了，我们觉得做人还是需要怀着一颗谦卑的心。”

……

“这世上真正的爱都是不求回报的，即便付出会结出果实是自然的事情。可一开始就抱着必须结果才付出的心情，那绝对不是父母的爱，那是商人的爱。所以我们从小都没有对Sebastian提过任何要求，我们只希望他成为他自己。”

……

“孩子的成功，绝对不是父母的成功。我为Sebastian感到骄傲和快乐，但是我知道那是他自己争取的人生，我们做父母的，只是尽责任养育他长大。至于果实是甜美的还是涩口的，那并不是我们可以控制的事情。”

……

“贝果是个非常好的孩子，我们一起吃过一次饭，她生性单纯，有着艺术家的敏感。我们觉得她真的是一个秉性很好、积极乐观的女孩子。因为即便是在那样缺少关爱的童年、被压榨价值的童年之下，她还是成长为了一个非常善良的人，多难得啊。”

……

“哦，我们当然看了那个采访。”

……

“想法？听说他们也要去看贝果和Sebastian在卡耐纳基音乐厅的音乐会。我们希望他们的人性里若还有一丝一毫的善意，就不要再做这种让双方都尴尬的事情了。”

……

看完叶天泽父母的采访，贝果真的是不得不感叹读过书的人就是不一样，明明也没有骂人，但是总觉得句句话都是在骂人，而且条理分明，含沙射影！

贝果原来还觉得叶天泽的爸爸妈妈那么好相处，生出叶天泽这样的儿子挺离奇的，现在却觉得他们果然是一家人啊。

“他们真的会去音乐会吗？我的爸爸妈妈……”贝果不高兴地嘟囔道，“我不是很想他们去看……”

“我会让保安拦住他们的。”

“那他们要是买了票呢？”

“他们就是买了音乐厅，我也有办法不让他们进去。”

贝果这才放心了些，过了一会儿又问：“你说，我这样算不算很绝情？”

叶天泽无所谓地笑了笑，意味深长地说：“有的时候，对自己和别人都不够坚决的人，是很难过好这一生的。”

对自己和别人都不够坚决……

“可他们毕竟是我的父母，我这样做对吗？你说，我以后会后悔吗？”

“很多事难以评判对错，我们只能找到一个相对舒服的姿态生活，如果你觉得有些内疚或者矛盾那也没有办法，有的时候人生就是充满了遗憾的，带着矛盾生活下去，也是人生的一部分。如果有一天你觉得悔恨，那也是你需要承受的代价，现在就不需要想那么远的事情了。”

贝果忍不住笑出来，讽刺着叶天泽说：“你跟你爸妈一样，说起道理来都一套一套的，都不肯好好说人话。”

“那又怎么样？”叶天泽一脸自信地说，“你还不是爱我爱得不得了。”

贝果笑得甜甜的，毫不犹豫地说：“对啊，我爱你爱得不得了，我全世界最最最爱你，天下第一爱！”

贝果的父母最后还是没有去音乐会，兴许是这一轮的营销叶天泽这边先抓住了主动权，把贝果塑造成了一个被父母揠苗助长、饱受童年摧残的天才形象，所以网友们纷纷表达了对贝果的同情，谴责了她父母继续消费她的行为。

贝果的爸爸妈妈兴许觉得没什么意思，还是选择了离开。

他们出国之前，辗转联系了贝果，说是想要见她一面，叶天泽这一回没有告诉贝果，直接替她回绝了。

虽然人生充满了矛盾，但是能少受一点儿选择的煎熬，也不是坏事。

从那以后，贝果与爸爸妈妈几乎就没有什么联系了。偶尔还是会想起那两个人，但是也难以再在她心上掀起波澜。她也觉得自己兴许感情太过于淡薄，但她放弃了贝婧殊那个名字，选择成为贝果，便是想要一次重生。

就像是叶天泽说的那样，如果她的良心需要戴上枷锁，那么这也算是她获得自由的代价吧。

贝果跟叶天泽的乐团一起抵达了美国。

卡耐基音乐厅是世界上相对著名、历史悠久的音乐厅之一，几乎所有最伟大的古典音乐家都在这里演奏过。

创造音乐，创造历史。

可以说，许多音乐家把在卡耐基音乐厅一演作为毕生的努力目标。

贝果之前在欧洲巡演过，但这却是她第一次踏上卡耐基音乐厅的舞台，她真的很紧张。

礼服做完最后的修改送过来，贝果换上了一身水蓝色的礼服，大大的裙摆，水蓝色上有白色的泼墨，就像是漂浮着冰山的北冰洋。

这件衣服的气质，倒是跟西贝柳斯冷冽的北欧风情有些契合。

贝果有些紧张地坐在后台的休息室里，努力深呼吸让自己保持平静。

明明不是第一次登台演出，可是她却比小时候还要紧张。小时候根本不懂事，也不知道什么叫作怯场，人真的是年纪越大越㞞。

有人敲门。

“进来。”

门被推开，是房东奶奶带着 Damon 出现了。

“奶奶！”

贝果拎着裙子惊喜地走过去。

房东奶奶戳了戳自己的孙子，Damon 便有些不好意思地上前一步，把手里的那一大捧花递给了贝果。

“祝你首演成功……”Damon 看着贝果的脸，忍不住有些脸红，轻咳一声道，“你今天很美。”

“谢谢你。”

贝果接过花，开心地捧在怀里。见到熟悉的面孔真的让她轻松不少，有一种回了家的感觉。

“不要紧张，你可以的。”奶奶说。

“当然可以！”Damon 对贝果相当有信心，道，“你可是我心中的小提琴女神，不过是一个卡耐基音乐厅而已，分分钟拿下。”

“好的呀！”贝果志气满满地说。

又有人敲门，是叶天泽带着他的几个朋友来了。

“这几个人非要见见你。”叶天泽瞟一眼旁边的人有些不耐烦地说。

叶天泽对于自己这几个过度热情的朋友也很是无奈。

这几位都是古典乐坛响当当的人物，霍成珏、吕亦澜、李思源，还有天王江超凡。

一开始贝果还觉得有些拘谨，直到几个人说起，他们都看过贝果的直播……

“我们可都给你送过礼物呢。”

“是啊，那时候是为了专程笑话叶天泽的，哈哈哈。不过你真的挺能吃的，太厉害了！你的胃跟我们正常人不一样吧？”

“我靠，我还被叶天泽逼着送了五百艘游艇好不好。”江超凡说。

听到五百艘游艇，贝果立刻就想起来了，问江超凡道：“你该不会就是那个ID叫作‘带你的乐团给我的演唱会伴奏好吗’的土豪粉丝吧？”

“对！就是我！”

贝果当时就觉得这个名字很奇怪，现在终于明白了，原来这个人是江超凡啊！

霍成珏拍了拍叶天泽道：“兄弟，可以啊，还知道劫富济贫，拿江天王的钱去捧自己女朋友，真贼啊。”

“是啊，自己花钱还不够，还要拉着大家一起花，有这样的吗？”江超凡似乎很怨念，抱怨着说，“结果还是没给我伴奏。”

那边贝果却听出不对劲来，问叶天泽：“难道你也给我花钱了？”

“对啊，他就是……”

霍成珏正准备说，却被叶天泽踢了一脚。

“闭嘴。”叶天泽冷冷地瞪了霍成珏一眼，语带威胁地说，“不要话多。”

“你是谁啊？”贝果好奇地问叶天泽，“你的ID叫什么？”

“不是吧……”一旁的Damon惊讶地问，“叶哥，你也看直播啊？”

“他不仅看直播，还上直播呢。”霍成珏打趣道，“而且还殷勤地给人剥虾。”

“哈哈哈，是的，真是没想到啊那时候，我们都说，叶指挥也有今天。”

“对啊，也不知道是说自己的手只拿指挥棒的？”

大家你一言我一语的，不知道多热闹，搞得贝果终于忘记紧张，跟着大家一起笑起来，这时候夏莉出现在门口，敲敲门道：“要准备开始了，你们都去观众席吧。”

“好，那我们走了，祝你演出成功。”

“是是是，庆功宴上我们再好好聊一聊老叶这半年的糗事。”

“哈哈哈哈，对对对，叶指挥追妻记！”

“行了……”夏莉催促着众人，“赶紧走！”

夏莉把大家都带走了，休息室里只剩下贝果和叶天泽。

“你到底叫什么名字啊？”贝果好奇地问，“你给我送过多少礼物？你可别乱花钱啊！”

“音乐会结束了再告诉你。”叶天泽有些窘迫地转过头，假装看了看时间道，“我们该去准备上台了。”

想到马上要登台，贝果又开始紧张了。

她深呼吸，惴惴不安地问叶天泽：“我看起来如何？像不像一个小提琴演奏家？”

“不像……”

贝果的心一沉。

可叶天泽马上又说：“因为你本来就是。”

贝果笑起来，捶了捶叶天泽道：“话不要说一半好吗？！”

叶天泽安抚着贝果道：“好了，不要紧张，这个地方你早就该来了，你应该当作是回家。更何况你还有我呢，有我在怎么会出问题？”

贝果点点头，转身抱起自己的小提琴，对叶天泽说：“我们走吧？”

叶天泽牵着贝果的手，两个人一起离开了休息室，往音乐厅走去。

乐团的人都已经落座，只等待音乐会开始。指挥家和小提琴演奏家并不是一同上台的，叶天泽要先上去。

“我先去了，你没问题吧？”

贝果探着脑袋往下看了看，音乐厅里座无虚席，她深吸一口气，摇了摇头。

“我可以的，你先上去吧。”贝果说。

叶天泽整理了一下燕尾服，神态自若地走上了舞台，底下掌声雷动，叶天泽总是那样可以轻而易举地俘获观众的心。

等叶天泽站好，贝果也深吸一口气。她终于迈开步子，朝那光芒所在之处走去。

那是属于她的舞台。

西贝柳斯《d 小调小提琴协奏曲》。

这首小提琴协奏曲遵从传统的三乐章协奏曲形式，第一乐章采用奏鸣曲式，但是它没有像古典协奏曲那样一开始就由乐队呈示主题，而是用独奏小提琴直接登场。

所有人都期待地看着这位隐世多年的天才，期待她再一次出现，到底是涅灭还是重生。

贝果架上小提琴，她与叶天泽目光对视，两人的眼神皆是一变，叶天泽手指轻挑，贝果拉动琴弦……

叶天泽的手，仿佛有魔力，稍作点拨的手势就可以使整个乐团的表现精确有力。

他是那样令人着迷，对乐团成员和听众有一种催眠一般的影响力。指挥棒也像是他手的一部分，是他手指的眼神。

此刻他就像是一个印象派的画家一般，描绘的不仅仅是单纯的韵律结构，力度之间一点点细微差别就能造就出音符之间谜一样的感觉……

第一乐章的第一主题悲婉浪漫，主题经过发展，音乐逐渐热情，第二主题明朗激情，预示着高潮的到来，小提琴的华彩光彩照人。

第二乐章篇幅不长，却是西贝柳斯所有作品里最优秀的浪漫曲，也是世界小提琴协奏曲里著名的柔板乐章之一。

第三乐章进入快板，变作狂野放浪的舞曲，被评论家称为“北极熊的波兰舞曲”。紧接着乐队与独奏小提琴之间展开竞奏，轮番歌唱，把乐曲一层层推向高潮，导向辉煌的尾声。

本来应该是这样计划的……

可是就在第一乐章结束进入第二主题浪漫曲的时候，贝果也不知道是怎么一回事，节奏忽然就变了。

一个交响乐有自己的direction，那一条主题明确有力，指挥家抓住那个方向不变，也允许所有演奏者在这个方向里有自己的发挥。

可是这么一下，就把叶天泽的direction扯动了。

虽然就那么一下而已，但是叶天泽这样的完美主义者怎么可以忍受？他一个眼刀飞过去，狠狠地瞪向贝果，瞪得贝果吓掉了半条命，赶紧就回来了。

然而，这首乐曲在这一刻，就彻底找不回它的direction，完全改变了。

乐团的人都觉得他们的叶指挥有点儿不一样。

叶指挥这是疯了吗……

变了，全变了！

每个乐手都在调整着自己的节奏和音响，就像是被暴君统治的臣民，为了求得苟活，只能用尽全力去适应他的调整。

西贝柳斯的音乐本就是先锋的气韵最为打动人，叶天泽手中的指挥棒此刻仿佛变作了一把开山巨斧，砸向那北极的冰山。

像是狂风，像是暴雨，像是暴风雨里的航船，像是正爆发的火山。

不停地向前，狂躁汹涌，深沉愤怒！

这一切都在叶天泽的塑造之下，变成一个高度统一的听觉体。

深沉的爱啊，永不熄灭的希望啊。每一个听众都能感受到这巨大的震撼。

叶天泽的手简直就像是在鼓动风云，一股一泄到底、势不可挡的巨大气流向所有人气贯长虹一般地奔涌而去。

随着轰隆的鼓声，第三乐章里的提琴从 G 弦上拉响。

贝果拉着小提琴在三拍子的节奏中直奔高音区，夹着一连串的急速三连音和三度双音飞快地狂舞。

整个乐队就像是一支暴风敢死队，狂风暴雨里，冰冷的海上，他们不顾一切地前进！

贝果的小提琴就像是海上的巨浪，琴弦里不断地刮出风暴来。

而叶天泽，则像是一个末日英雄，带着他的船队跟这巨浪对抗！他气势汹汹，仿佛是雷神之子，挥动着锤子，要最后一战。

震音和人工泛音一个接着一个，乐队管乐齐鸣，铜管铸出一幅海上舞蹈的巨大画面。

这是战斗的场面，是叶天泽和贝果之间的战斗！

“北极熊的波兰舞曲”，很多人这样称呼西贝柳斯的《d 小调小提琴协奏曲》的第三乐章。

原来琴声也可以这样英雄。

英勇的琶音、双音、分解和弦，与隆隆的鼓声一起。终于提琴落入 d 小调的声部里，带着大段的双单音跳音一刻不停地冲向彼岸……

一曲结束，乐团的每一个人都有一种打了一场仗的错觉。很多人背后都湿了，有的人满头大汗，有的还没有回过神来。

就连观众也有刹那的失神。

贝果恍恍惚惚地放下小提琴，只觉得头顶的灯光非常地刺眼，她看向叶天泽，叶天泽也看向她，两人在眼神里表达了对彼此的无奈，相视一笑。

叶天泽走到贝果身边，轻轻抱住了她。

“Bravo！”

雷鸣般的掌声响彻卡耐基音乐厅。

叶天泽和贝果拥抱着彼此，竟然都有一种劫后余生的感觉。

“结束了吗？”贝果有些迷茫地问。

“结束了。”叶天泽重重地叹了口气道。

“我表现得怎么样？”

“很棒。”

这一场音乐会，在之后被许多音乐评论人提起，大家都说这是叶天泽音乐生涯的转折。

那一天叶天泽也不知道是受了什么刺激，他忽然变了一个人。他仿佛是喝了酒的卡拉扬，失恋的布列兹，跟人吵了架的伯恩斯坦，练了一身肌肉的阿巴多，嗑药嗑嗨了的贝蒂尼，反正他就不是叶天泽。

贝果也因为这一场演奏再次名声大噪，后来有许多乐团都向她伸来橄榄枝，不过最后她还是选择了做小提琴独奏家，只偶尔跟乐团合作。

那一天演出结束，贝果和叶天泽一起在休息室里换衣服，准备跟朋友们去庆功。

“我感觉我有些爱上跟乐团合奏的感觉了，真的有一种带着千军万马在打仗的感觉，简直就像是英雄。你说得对，我原来不喜欢交响乐那是因为我没有遇到一个好指挥！”贝果激动地说。

叶天泽没有接话，一边解开领结一年随口“嗯”了一声。贝果的确是带着千军万马在打仗，差点儿就把他给战死沙场了。

“我们以后常常一起合奏好不好？”贝果兴奋地问。

叶天泽把领结扔在一边，看向贝果，非常郑重地对她说：“不好，我拒绝。”

……

贝果呆住了，没想到叶天泽竟然会拒绝她去乐团当小提琴手，他不是一直希望她能够继续音乐生涯的吗？

“为什么？！”

叶天泽无奈地说：“你太有个性了，不服我管，我不想每次都跟你打架，虽然协奏者有个性，双方磨合得好，其实可以让音乐展现出更丰富的生命来，但是你知道的……”

“我知道什么？”

叶天泽毫无羞耻感地说：“我这种控制狂，喜欢乐团百分之百地听我安排，严格按照我的计划，向着我的direction走，我不要一个跟我对抗的第一小提琴，只有我能带节奏，你不行。”

……

叶天泽竟然毫不犹豫地承认自己是控制狂了！贝果也是被他的坦荡弄得没脾气了！

“而且你跟夏莉不是朋友吗？怎么可以抢她的饭碗……”叶天泽又补充了一句。

这一点倒是的，总不能抢夏莉的饭碗吧……

贝果也不生气，又问：“那我以后还有机会跟你合奏吗？”

“当然，每隔一段时间我们乐团都可以邀请你来合奏，但是不要太频繁，最多一年一次吧……我觉得我如果总是跟你合奏，很可能被你气得早死几年。我本来年纪就比你大，咱们还是少合作比较好，我还想看着我的孩子们长大呢。”

……

贝果万万没有想到，自己竟然会被这样嫌弃！叶指挥竟然只愿意一年跟她合作一次！

叶天泽还没有发现贝果不开心了，继续说道：“你也不用担心，这场演出之后，肯定会有很多乐团邀请你的。你要是想常常做合奏的话，我可以推荐你去法国的爱乐。他们的首席指挥是个软柿子，脾气特别好，你这种能用小提琴控制乐团的类型，就去跟着他吧，他适合你。而且法国好吃的也多，正好满足你的胃口……”

“其实维也纳也不错，都在德国，离得近，我们不用分离太远，见面的时间比较多。纽约就算了，虽然乐团气质跟你比较符合，但是美国太远了，你还是在欧洲范围里选一个吧，如何？”

贝果越听越生气，气鼓鼓地说：“你什么意思啊！你完全是在赶我走！你是不是想跟我分手？！”

“当然不是……”叶天泽无奈地说，“我这是为了我们的感情好，我不想做你音乐路上的绊脚石。”

“你就是嫌弃我！”

“我真的不是……”

“你不嫌弃我，那你跟我合奏啊。”

“我拒绝。”

“你拒绝就是嫌弃我！”

“我真的不是……”

站在休息室外的一众准备给两人庆功的人，全都尴尬地面面相觑。

唉，恋爱中的人就是智商低，说的都是些什么无聊的废话啊，一点儿营养都没有……

“我们要不还是到庆功宴那儿等他们吧？”

“好主意……”

叶天泽和贝果没有去庆功宴，两个人直接回了酒店休息。

这一夜两个人就在沙发上抱着一起，有一搭没一搭地说话，旁边放着酒店送来的食物，贝果都没力气去吃。

“我其实一直都想跟你一起合奏一曲贝多芬的。”贝果有些遗憾地说，“虽然西贝柳斯我也很喜欢……”

“贝多芬的小提琴协奏曲吗？可以，我们约在明年吧。”

“好的呀！”贝果激动地说，“你说，一年只跟我合奏一次，那不如我们以后每一年的这一天，都一起合奏如何？”

叶天泽宠爱地亲了亲她的脖子道：“好，随你。”

“属于我们的纪念日。”贝果甜甜地说。

“嗯。”

叶天泽已经累得睡着了，虽然他不说累，但是准备这次音乐会，他的确是连轴转了好久，这个月几乎每天都只睡了不到五个小时。高强度的训练，还有乐团世俗工作的安排，他的确是累坏了。

一旁传来叶天泽均匀的呼吸声。

贝果爬起来，伸手拿了一个盘子，咬了一口艾克蕾。

这甜蜜的滋味，和她第一次吃的时候一样，宛如初恋一般。

美食，每刻，你。

贝果撑着脑袋，看着在沙发上睡着了的叶天泽，幸福地笑起来。

那是她的叶天泽，是她的一见钟情，她的扯面十碗不如你，她的艾克蕾一般的甜蜜，她的轻佻的贝多芬。

（全文完）